天涯

Frontiers

《天涯》人文精品书系

绝版的抒情

JUEBAN DE SHUQING

孔见　王雁翎　主编

当代中国出版社
Contemporary China Publishing House

图书在版编目(CIP)数据

绝版的抒情 / 孔见, 王雁翎主编. -- 北京 : 当代中国出版社, 2015.10

(《天涯》人文精品书系)

ISBN 978-7-5154-0634-3

Ⅰ. ①绝… Ⅱ. ①孔… ②王… Ⅲ. ①散文集—中国—当代 Ⅳ. ①I267

中国版本图书馆 CIP 数据核字(2015)第 235334 号

出 版 人　曹宏举
策划编辑　梅　一
责任编辑　李一梅　秦霁政
责任校对　康　莹
装帧设计　古涧文化
出版发行　当代中国出版社
地　　址　北京市地安门西大街旌勇里 8 号
网　　址　http://www.ddzg.net　邮箱:ddzgcbs@sina.com
邮政编码　100009
编 辑 部　(010)66572264　66572154　66572132
市 场 部　(010)66572281 或 66572155/56/57/58/59 转
印　　刷　北京宝昌彩色印刷有限公司
开　　本　720 毫米×1020 毫米　1/16
印　　张　21.25 印张　1 插页　224 千字
版　　次　2015 年 10 月第 1 版
印　　次　2015 年 10 月第 1 次印刷
定　　价　48.00 元

总　序

1996年初，地处海南岛的传统文学期刊《天涯》在著名作家韩少功、蒋子丹的主持下，变法图强，浴火重生，秉持道义感、人民性、创造力的宗旨，主张回归中国杂文学、泛文学的传统，以令人耳目一新的栏目设置、超豪华的作者阵容，在当时沉寂的思想界、文学界投下了一块嶙峋的石头，激起阵阵波浪，被称为“1996年文坛十件大事”之一。

光阴荏苒，这本重生的杂志至今已经走过了二十个年头。二十年来，处于边缘位置的《天涯》，始终保持着深度的人文情怀和强烈的现实关切，以从容中道的姿态，对新左派与新自由主义、大规模开发中的环境生态、底层与社会分化、当代道德状况与精神建设、东方视角与中国道路等诸多问题进行跟踪；同时也以敏感的文学修辞，回应时代的喧嚣与人心的跌宕，得到了知识界与文学界有识之士的倾力支持。可以说，时代大潮的每一轮潮汐都在天涯海角惊涛拍岸，卷起千堆雪。

敏感，因而敏锐；关心，因而关注。《天涯》二十年的历史，已不仅仅是一本杂志的历史，有心人可以从中看出，这二十年来中国社会思想和文学潮流的变迁。“《天涯》人文精品书系”立足于当下的知识视角，以专题形式进行精选，企图以杂志二十年的回顾，为中国社会世纪之交世相与人心的变迁立此存照。书系计有：《我们经验里的时代》《平静的坏心情》《生为女人：性别、身体、欲望、情爱与权力》《蝴蝶发笑》《绝版的抒情》《此情可待：1956 — 2005 年的情书》共六卷。既有知识分子对社会焦点问题的热议，也有草根百姓日记书信等实用文字，更有禁得起时间磨砺的文学创作文本。

回顾二十年的文字过程，我们心存感恩之情。借书系出版之际，我们向二十年来为《天涯》贡献了自己智慧与才华的作者表达由衷的敬意，同时也对《天涯》的读者深致谢意！正是他们之间的精神交集，成就了我们工作的意义。

二十年的时间不算太短，但也不算太长，《天涯》仍在路上，“有何胜利可言，挺住意味着一切！”谨以此与《天涯》的作者、读者们共勉。

王雁翎

2015 年 9 月 1 日

目　录

绝版的抒情

002　1991 年的乡间小镇
/ 李晓君

013　土城乡鼓舞
/ 雷平阳

022　遗失的河滩
/ 梦天岚

031　有一些忧伤，有一些浪漫
/ 杨献平

043　绝版的抒情
/ 江　子

047　我们在稻谷上睡了一个冬天
/ 帕蒂古丽

054　留在书上的划痕
/ 安　歌

檐上的月亮

058　小旅馆
/ 沈　念

063　城西之书
/ 文　河

076　时间段落
/ 江少宾

089　坝上
/ 袁　瑛

100 旧时
/ 黛　安

113 大地公民
/ 张羊羊

123 低处的光阴
/ 王　选

138 檐上的月亮
/ 阿微木依萝

无人看见的生活

152 无人看见的城市生活
/ 傅　菲

160 100%
/ 阿贝尔

173 紧，再握紧一点儿
/ 朱子青

178 合租手记
/ 塞　壬

190 史三原
/ 第广龙

199 从毡房到出租屋
/ 丁　燕

218 老努尔旦
/ 小　七

迷恋午后的光

236 停顿
/ 格　致

244 与你相望
/ 杨　沐

262 执镜者
/ 南　子

273 安安静静许多年
/ 杨永康

278 迷恋午后的光
/ 项丽敏

288 那条叫沙爽的鱼
/ 沙　爽

298 身心之累
/ 闫文盛

307 虚实
/ 朱　强

316 骊歌
/ 陆蓓容

绝版的抒情

1991 年的乡间小镇

李晓君

中学

“中学是一个人青春的黑暗史。”当我在 1991 年的南岭乡中学写下这句话后，我从屋子里走出来，仰望山坡上高远的星空。1991 年的夏夜比现在更热、更黝黑，我在屋中待得太久的皮肤上的汗粒，被风吹干。整个校园空空荡荡的，人去楼空。这是个乡村中学，白天它像个赶集场，热闹、喧哗，人来人往、川流不息，现在像个寂静、冰冷的教堂，屋顶的斜坡举向夜空，桦树漆黑的影子像亡故的人的灵魂在黑夜中行走。我一个人走在宿舍外的空地上，手触摸到砖墙的裂缝，抠进去，一些粉末扑簌簌地掉落下来。白天我基本上待在屋里，坐在椅子上，像诗人庞培写的那样：“有时你在上面睡着了它却在下面 / 思考并像你一样 / 不知不觉地老了。”

中学建造在一个山坡上，孤兀、醒目，像水泵房中一件笨重的家什，深深青草掩映着一条狰狞的土路（被雨水冲刷的缘故），桦树和白杨树下，有着碎裂的闪着耀目日光的玻璃和学生随手丢下的肮脏的冰棍纸，奔跑的学生和邮差绿色的单车带起灰黄的尘土。我刚刚师范学校毕业，带着满脑子的幻想、对文学的隐秘的追逐（像暗恋一位从未交谈过的女生），我还不能适应一个需要面对哪怕是简单的人际交往的社会。我背着一个绿色画夹，手提袋里放着一个黑壳笔记本（哦，那么多羞于示人的诗句，我还要继续它们对生活的记录）。我还不能适应从学生到教师的角色的转换，当我站在讲台上，捧着教材的手在微微地颤抖，我的脸总是莫名其妙就红了，我看到坐在最后一排的女生哧哧地笑着（我的年龄只比她们大两三岁）。我经常收到一些漂亮的卡片，在某个上下午它们被偷偷地塞进我的门缝里。那一年秋天，我早晨起来洗漱的时候，常常瞥见窗台上放着带露水的金色野矢菊，啊，我不能漠视一个乡村女生单纯美好的心思。

我在洗漱的时候，厨房的伙夫周师傅和食堂管理员祥云，正在称量学生带来的大米。在周师傅弯曲的臂弯里，山坡下白亮的细流从田野中流过，在更远处一个叫圳头的村庄里，有他的一个情人（但不止于此），他经常摸黑下到圳头村去，翌日清晨披着消退的星光回到山坡上的学校来。我没有建立起跟祥云的良好关系，这个据说与县教育局有一定关系的聘用工人，喜欢对人颐指气使，在普遍比较厚道的乡村人群里，他身上的市侩气息，像土墙上一块灰白、污秽的塑料雨棚一样醒目。

又一个夜晚，我隔壁刘老师的老婆芸娇钻进了周师傅的被窝。刘老师年届四十，眉清目秀，身材瘦削，是20世纪70年代毕业的师范生，为人柔弱、谦和。刘老师虽长得清瘦，但吃起饭来毫不秀气，喜欢离开餐桌蹲在宿舍门口吃。那双被墨水、烟草濡染得分不清颜色的细长手指，捧着一只青瓷大碗，看得出来他的胃口很好。他长期住校，只在每个周六回到另一个乡镇的家中，看望年迈的母亲。而每当这个夜晚，睡在他身边的熟悉的女人，也会在自己的床上消失。周师傅虽然脾气不坏，但看起来完全像个不解风情的粗人。刘老师的老婆芸娇也许喜欢他行伍出身的健壮身躯和满口的粗言秽语，她是个爱听粗话和喜欢与年轻的男教师打情骂俏的人。我也喜欢住校，但每到周六晚上，想起这个时候学校只有三个人，而且一想起他们，便联想到“偷欢”“裸体”这些字眼，便感到空气中布满了令人窒息的不洁的粉尘。我住校不愿回家，是因为病态地爱上了自己独居的巢穴；而他们，则把积蓄了一个星期的激情，释放在对方灼热的石磨般的身体上。他们在受用着一种被道德谴责但无比刺激的乐趣，而我的孤居是出于对自我的迷恋和对生活无着的幻想。

我对每一位年轻、纯朴的乡村女性抱有好感和幻觉的情爱。我读中学的时候，是在县城，与我现在教书的中学有着很大差别。我曾经幻想与一位乡村姑娘的相爱，在山冈下的溪流旁、在干草堆和枫杨树下，彻夜拥抱和交谈。但是当我真的身处乡间的时候，我却发现自己的心在远方。我坐在黑夜中的椅子上，不停地写诗，但激情未曾在身边的事物上停留。我认定有着一种更高的存在，向我召唤，会将我从卑微、庸常的生活中脱离出来，进入到更抽象但也更为激动人心的事物中。我曾经喜欢过一个人，沉静、娴雅，经常使我彻夜难眠，但除了路上相遇时会心的一笑，我不曾向她表达内心的爱慕之情——我听凭内心的另一个声音，这个声音引领我从现实的生活中剥离出来，并指向一个未知的远方。我在青春期易患的毛病之一：不低头于眼前，相信未来是更真实的存在。现在，我失眠得更加厉害，我发现自己的傲慢其实是最大的愚蠢，我给远方的女孩儿写过一封求爱信，但像放手于空中的纸鹞，音讯全无，了无踪迹。

学校里不断有年轻的教职工恋爱的消息，与我同时分下来的老师郭春华也加入了这个阵营。他与一位乡财政所的所长一起追求他的师范女同学贺红霞，并且渐渐占了上风，我经常被邀请到他的女朋友的小学去玩。那是一个旧祠堂改造成的村小，晚上显得阴森、恐怖，我突然理解了那些女生读书时死也不肯向那些狂追猛打的男生就范，而刚踏出校门却轻易地被她从前的男同学俘虏的原因——在坚硬的现实面前，幻想总是不堪一击。而我仍在游离。我记得那年学校里大约有五六个男教师正在恋爱，对象有村小的老师、厂里的职工、在沿海城市打工的村姑（最后一类的成功率几乎为零）。我记得有一次，这些老师们的女朋友们都来到了学校，当时县城的舞厅时兴跳舞，我被邀请与大家一起在宿舍前的空地上跳拉手舞，大家兴高采烈，录音机的音乐声一下子吸引了好多学生观看，现在回忆起来，像是隔着百年的时光，令人难以置信。

那一年秋天，我的组诗《读古典名著》在《星星》诗刊发表了。我像是突然看清了自己的命运，多少个默默无闻的孤居的夜晚像被一道电光擦亮。我每日在山坡上热切地眺望，等待穿着绿色制服的老李的出现，急切地从他的手中接过信件，像一个热恋的人一样轻度地晕眩、疯狂。

青草在窗外疯长，枯萎，时光寂静，缓慢，我像个抽干墨水的瓶子，在亮着台灯的桌前沉睡。但这平常、枯寂的生活里还是发生了几件戏剧性的事情。

其一是，中途有一位姓陈的年轻女老师，从另外一所中学调到我们学校来了。这是一个长相清秀、开朗活泼的城市姑娘，一度引起学校好几位单身男教师的浓厚兴趣。陈老师与我住在同一栋宿舍，每次从我门口经过，婀娜的身影洒下一地芬芳。说实话，我一开始对陈老师的印象也是不坏的。但没过多久，就有一位中年男子常骑摩托车来她的房中过夜，关于陈的风流韵事也很快在学校的老师中间传播开了。这无疑让这些单身汉们感到深深的失望。有一天深夜，传来一个女人气急败坏的叫骂声，一个场景深深地惊愕了我们：月光下，陈老师夺门而出的赤裸身体在宿舍前奔跑，一个身材高大、体态壮实的中年女人在后面叫骂着穷追不已（她的男人也许还毫无廉耻地在陈老师的床上继续他的蒙头大睡）……第二天，空地上燃烧的灰烬仍在冒着青烟，依稀可以辨出：毛衣、棉被、胸罩、裤袜、口红、坤包，以及多少双看不见的眼睛里的嘲弄和屈辱……

另一件和我有关。有一天，我们学校出现了一个背着巨大行囊的流浪诗人，他向别人打听一个叫“李晓君”的诗人。这是个头发板结状如乞丐的矮个男人，操着一口浓重的四川口音。我对两个“诗人”之间相遇时应有的表现完全没有经验，惊慌失措地面对着他。说实话，那一刻我为自己是“诗人”感到耻辱。流浪诗人坐定后，从口袋里掏出一张纸片给我，上面是我的一位朋友的笔迹，交代我好好接待云云。流浪诗人与我大谈文学和佛学，玄虚之极，使我如坠云里。为不负友人嘱托，我以酒肉待之，忍受着他身上刺鼻的异味让他在我床上留宿，并违心地给他返回的路费。后来才弄清，这个所谓“诗人”，完全是个被文学毒害了的神经错乱的疯子。

这两件事对我的内心产生了极坏的影响，一度使我对身边的女性怀着不信任和不健康的想法；而诗歌，更像一种致幻物，它摧毁了我很长时间建立起的一种内心秩序，使我陷入某种虚空里。

乡村医生

乡村医生有一把红得发亮的吉他。每次我看到他坐在床前弹奏，都会误以为他是个校园歌手。他弹得不很专业，但很深情，粗黑的长发遮掩着半垂的脸，贴着胶布的手腕有节奏地敲打着颤抖的琴弦，空气里布满了福尔马林的气味和冬天炉火的煤烟味。这个时候，村庄外的行人很少，村口马路结着白白的冷霜，栗树的枝条像被电击的肢体，剧烈地抖动着，冬季的田野上空，云翳灰暗，天空倾斜。

他的诊所在村庄的路口，老远可以看见白色墙面上一个鲜红的十字。通常他的门口聚集着无聊的人们，前来听诊的少妇若无其事地将架在乳房上的红色线衣放下来，目光呆滞地望着门外，而他将听诊器从耳朵上取下来，余温尚存的手拧开笔套，在便笺上奋笔书写。这双手多少次从一个个病体的双乳间抽出来，然后插在口袋里，像害羞的猫头鹰一样窝在暗处。我曾经握过这双白皙、修长的手掌，在这个村子里，我们更像两个闲人。相对悠闲的职业赋予我们相近的气质，对自由和书籍的共同热爱，使我们成了可以交谈的人。他的桌上整齐地摆着一些医学书籍和路遥的小说以及一本《东周列国志》。一本人体解剖书已经书页翻卷，封面残缺不整，里面画着许多红蓝圈圈、线条，好几处空白的地方写着同一个女人的名字；有一页绘着女阴的插图旁边，濡染着黄色的斑点。诊所散发着一股潮湿的、腥膻的气味，散发着一个单身汉身上躁动的体味。

他的妹妹，坐在我班上后排爱笑的女生，身体已经呈现出青春期的丰满，每天上课时显得神思恍惚。有时晚自习我去教室察看，走到她身边看到她在一本笔记本上入迷地写着“诗歌”。当她发现我，急速躲开的眼睛里闪过惊慌和妩媚的笑意。

我是个对学生宽容而随意的人，从心底里认为自己并不适合做教师。我的生活凌乱、没有方向，对职业缺乏热情，整日在空洞的内心里度过。我还没有尝试过谈一次恋爱，总觉得那是件多么遥远而不现实的事情。我每日坚持写作，但又对自己非常不满意。我的隔壁住着一个不需要教课而领着全额工资的老师，他患有精神分裂症，每日紧闭着房门，房间里经常水流成灾，却能准确无误地踩着钟点到食堂去打饭吃。多年以后，我离开了这个学校，几次在县城的马路上远远看到他，像卓别林一样迈着奇怪的八字步，他看到我时嘴角嗫嚅着似乎想说什么却什么也没说，就走过去了。

周师傅有一些简单但实用的智慧，他用竹片给每位教师做了个牌子，挂在一个小黑板上，要用餐的老师，需要事先把背面写着自己名字的竹片翻过来。我的患有精神分裂症的邻居，总不会误了自己的口粮，每次都可以看到第一排末尾他的名字：贺凤仪。他的父母多次将他送到吉安市精神病院，每次回来情况都会变得好些，甚至还能和刘老师的老婆芸娇开起玩笑，但总是维持不了多久，便又开始恶化。他原来考取的是一所名牌大学，没有读完，因为精神分裂给送回来了，又不知什么原因安排在这个中学。

我有时会到诊所去，坐在乡村医生肮脏不堪的床上，和他谈论疾病、女人，或者什么也不谈。我忘了介绍，他有一条残疾的右腿，缘于少年时的一次车祸。他读过高中，高考落榜后复读过两年仍然折戟。而他的妹妹，成绩也是差强人意，但她早已做好读完初中去广东打工的心理准备。有一次，他对我说如果能够做一名老师，他将感到非常满足——他羡慕我有一份稳定的职业，而我却总想着离开。

我们都是生活在病态里的人，对生活失望，又极度自闭，没有缘故地嫉俗愤世。有时我觉得在某种程度上，我和我患病的邻居没有多少本质上的差别。乡村医生三十出头了，还没有成家，以抚摸病人的乳房为乐事，他的脸苍白、猥亵，内心一定沉淀着许多的阴暗。平常他是个默不作声的人，是个喜欢干而很少说的人。房间里唯一的窗户冬天紧闭，呼呼叫的北风被拒之门外，仿佛里面是个与乡村无关的世界，但总会有急迫的敲门声让他从床上惊醒过来，翻身坐起，套上那件（仿佛多年未洗的）白大褂，翻开病人的眼皮、查看舌苔、熟练地将听诊器套上耳朵、镇定而严肃地询问。那样的时刻，在我眼中他看起来像个陌生人，仿佛从一种呆滞的氛围里抽身出来，一根将枯的枝条重新焕发了弹性和生机。

实际上他并无把握处理那些难度稍大的病症，他完全是出于对医学的好奇而自学成才的。他的诊所矗立在村口，只是为了能让村庄感到一丝安慰，看起来似乎能够使局部溃疡的村庄得到医治，其实完全是自欺欺人。但村庄需要这样一个存在，来缓解对病痛的恐惧。因为整个村庄，包括我和我的邻居、刘老师、刘老师的老婆、陈老师、医生，都是有病的人，都需要得到抚慰和医治。

诊所紧靠着几棵高大的香樟树，其中一棵已经活了上千年，依然枝青叶绿。树的身上挂满了红色的画着桃符的布条，黄昏的时候密密匝匝的乌鸦栖落在树上，将硬硬的樟果撞落下来，噗噗掉在青烟缭绕的祭坛里。医学和迷信，在村庄里并行不悖，就像两种人——留守在村庄的老人和常年在城市打工的年轻人，他们共同构成了一个异质的村庄，一个充满躁动而又依然宁静的村庄，一个铮亮的摩托车、牛仔裤和牛车、破草帽抵手比肩的村庄。乡村医生是为数不多的留在村庄的青年人，他不同于那些烧香迷信的老人，又不同于那些城市打工者。他是个迷失的愤青，又是个旧时代的同流合污者。他眼神的不羁和身上的暮气交织混合在一起——其实他完全是这个村庄里多余的人。他干着这临时的职业，但永难糊口（不像他的弟弟每年从南方打工的城市给家里汇来不菲的现金），对于父辈扛锄下地的生活，他是厌恶的。他在乡间的位置，与我在学校的感受有着相似之处。

从我学校步行到他的诊所，大约需要花费十来分钟，在这步行的途中，我想了些什么，已经不记得了。

单车爱好者

单车记录着一个人青春的梦想、存在的卑微感、对远方小心翼翼的（有时又是激烈的）探寻……一个孤独者，对单车所寄予的情感可以与相恋的人媲美。有一段时间，我们几个家在县城的青年教师（有的教中学，有的教小学），总是周一相邀骑单车去乡下上班。六七个十八九岁的青年，像云翳下炫目的日光，划过空荡荡的乡村公路——这一情景，至今回忆起来，都是一种充盈的感动和幸福。从公路上可以眺望广阔的原野、河流、稻田、隐没的村舍、公路两旁的林梢，太阳洒下和煦、麦芒般的光辉……其间的女孩儿，总是得到男士们得体、细心的呵护，她们的白色裙子在车辐上喇叭花一样被吹起。其中一个眼睛很黑、很大的，是我初中的同学，我曾经去过她的学校，她是个爱整洁的人，铺着塑料地膜的房间一尘不染，墙上张贴着巨幅的林青霞、张曼玉的彩色画报，房间里弥漫着好闻的洗发水的味道——她后来没有嫁给那个她喜欢的男孩儿，而与一个苦苦追她的老师结婚了。

渐渐地，这个单车队伍分裂了，有的是丧失了这种乐趣，有的是有了男

（女）朋友，有了更为具体和称心的“旅伴”。到后来，剩下我一个人，骑着单车在路上来回。我的这辆黑色凤凰牌单车（它是我参加工作后购买的第一件物品）成为我最后不离不弃的“爱人”，每次骑回家，我都会仔细地擦洗它身上的尘土、污垢，为它的轮胎被尖利的石子割破而惋惜，它的轴轮、链条有些锈迹了我要给它们涂上机油，龙头上的塑料车把已深深地烙下我的指纹——无论小偷把它弄到哪里，它身上都带着我不可更改的印记。它像一个有着丰富情感的人一样，有它的脾性、喜怒哀乐；它也有它的健康和疾病，也有它卓然的气质和内在的卑怯。多少次我跨着它在照相机前英姿勃发地故弄姿态，很多次它也闷闷不乐，我骑着它去学校，它不是漏气了，就是掉链条。但它也有幸灾乐祸的时候——这条简易的乡村公路，县里要将它拓宽改造成一条沥青公路，路面被挖开了，坑坑洼洼，有一些路段，自行车根本骑不了——我将它扛在肩上步行，我听得见它在我肩上咯咯地笑着。有一段时间，我跟校长的关系弄僵了，他总给我小鞋穿，我将自己关在屋里生着闷气，它在角落里默不作声，用沉默的叹息安慰我。更多的时候，它用欢快的音节为我的行旅奏乐，让我忘记世间的不美好，借助它我看到公路两旁悬铃木美丽的花瓣、在绿荫间嘤嗡的蜜蜂、南风吹拂稻田弯曲的姿势、印象派画家对乡村事物产生的伟大而美好的情感——重新感到对生活的信心……

我曾经在一篇《去往一个无名小镇的公路》的短文里，这样描述：“我一般是骑自行车去学校，路上的半个多小时，正适合想一些眼前或遥远的事情。南方乡间的早晨——山谷间清凉的岚气、公路两边峭拔的白杨树、田野里的黄牛以及野兽昨晚留在公路上的新鲜粪蛋，总会让人陷入一种传说中的乡村的记忆里，时间和现场仿佛并不存在，眼前所见，只是昭示着另外的一个时间和乡村……”

伟大的库切，“他几乎像修道士那样自律和勤奋，不喝酒、不抽烟、不吃荤。他骑自行车进行长途运动以保持健康，每天早晨至少伏案写作一个小时，即使周末也不例外。在冷若冰霜的外表下，他的内心世界非常丰富，大脑思维高度活跃，总是在不停地尝试新思想，这种活跃与尝试外化为他脚下飞转的自行车轮子。库切是一个自行车迷，在开普敦期间，该城每年一度的自行车赛里少不了他的身影”。（《人民日报》，2003 年 10 月 31 日第十五版）然而我所喜欢的这位作家，当时还默默无闻（至少我这样认为）——这当然是媒体和文化交流上的障碍。我在 1991 年的乡村拥有诗歌、单车、青春、梦、黑夜……而单车是其间的中介，它将我与这些事物联系起来。当时广西有一本诗歌民刊《自行车》，创办它的人有一个很好听的名字：非亚。

一个骑单车去乡下中学上班的年轻人，在路上会遇见什么？夜行的小动物血肉模糊的尸体——肇事的司机早已远去，浑然不觉；易发事故的拐弯路段，一个挑担的无辜的农妇和一个孩子（他有一双聪慧的眼睛）——平常的生命销迹于地球，让那个闯祸的人终身活在悔恨和歉疚中。这条公路，不很平坦，中间有几个陡坡：当我的单车爬上来时，汗水已经洇湿了我的肩背，混合着年轻的身体、香皂和油菜花的气味；当我从坡顶往下俯冲，单车像是张开了两只欢快的翅膀。我的单车超越一个个路上的行人时，我感到了它的那份骄傲和优越感。有时与对面骑车的人交臂而过，我们互相之间以微笑致敬。有几次，我的车把刹车失灵了，或者冲撞在一块石头上，或者在拐弯的时候没能控制好速度，总之，我被摔在地上，膝盖磨破了，单车滑向一边，后轮还在（像白亮的溪流一样）转个不停。一个骑车不断在路上往返的人，他所见的事物已与他的生命建立起了某种内在的联系，他知道前方路段岔口的一个避雨亭，在一排茂密的榉树下有一眼清甜的山泉，山泉前方几十米处有一片墓地，经过村公所门口的时候，他经常看到一个穿桃红色衣服（在门口张望）的姑娘，一个路边的简易杂货店，他有时会停下来买包烟抽两口又重新上路……他在路上的往返、思考，丰富了他的内心世界。他知道，他现在所经历的将被永远打入记忆的冰窖，他终将会离开这里，离开这条公路，离开这辆单车，在别的地方，继续不知所终地奔波。

多年以后，我看陈果导演的影片《细路祥》，深化了对单车的认识。在20世纪90年代中后期的香港，八岁的祥仔常帮家里的燕记茶楼送外卖，为了攒钱买自己喜欢的电子鸡，他常常骑着一辆破旧、笨重的单车（与他单薄的身体很不相称）在街头飞奔。祥仔偶遇大陆“偷渡”来港的阿芬之后，两人结下了深厚的友谊。在警察清理无证儿童时，祥仔骑着单车追赶阿芬乘坐的警车却错过了，车里的阿芬以为祥仔追的是救护车而并不想和自己说声“再见”，一个伤心的误会令阿芬意识到童年的结束——童年的结束意味着生活残酷的开始，而生活的残酷竟源于一场误会……那辆支在公路和主人公贫寒生活边上的单车，像是一件沉默的抗诉道具。这辆笨重的单车，在影片中反复出现，它暗示出生活的诸多况味，震撼人心。

我的这辆单车后来在家里被小偷窃走了。在晴天白日下，小偷直接从我家的客厅将车子推了出去。这是我丢的第一部单车，伴随着单车的丢失，我也不断地将一部分生活给丢失，我丢失的部分，命运并不以另外的方式进行补偿。生活在不断地改变，我已生活在另外一个地方，一个陌生的城市，仍然骑一辆单车上下班。我的女儿也已经出生，并在向祥仔的这个年龄突飞猛进。她常常骑着一辆小单车在院子里横冲直撞，而她的父亲，还在城市的大马路上飞奔。这条路，与多年前的那条乡村公路有着隐秘的联系，它们共同存在于大地上，磨砺着一个人飞转的车轮，也磨砺着他的青春、情感和梦想。

李晓君：作家。著有《昼与夜的边缘》《时光镜像》等。

本文刊于《天涯》2006年第2期。

土城乡鼓舞

雷平阳

一

在我有记忆之前，欧家营或许都是寂静的，仿佛有永远的暮色罩着。

记忆的来临，或说欧家营的景物、发生的事情进入我的身体并无论如何也驱赶不走，是从我四岁左右的一天开始的。那一天，利济河两岸的白杨和核桃树的叶子，被密集的雨滴打得噼啪作响。有一条通往天边的利济河，就有一条通往天边的音响带。没有雷声，也没有闪电，利济河的狭窄的河床上，流水被一个个滩涂所阻挠，也接受着一蓬蓬水草频频的弯腰致敬——作为矮处的景象，它们似乎没把雨滴的敲击当成一回事。雨滴打水溅起的水花圈，总是比最小的漩涡还小，至于那些荡向滩涂的雨滴，它们的小躯体一直都是沙砾的过客，一滑，小脚一滑，就隐身到了沙砾下的稀泥之中。它们也是通向天边的，它们组成的景象就算连通了天庭，也不会轻易地解散。

那天，是我爷爷的出殡日。爷爷黑色的灵柩上站着一只鲜艳的公鸡，它们被人们高高地抬起，在利济河的河堤上朝着天边缓缓移动。灵柩的前面，是我们家族头顶着孝帕的白色队伍，大爹、二大爹、我爹、姑妈及他们的配偶，包括他们已经能独立行走的儿女，低着头，泪流满面，步履沉重，人人都在内心苦痛的簇拥下，与脚下的泥泞搏斗。穿着的草鞋、手杵的饰有白纸条的芒杖，往泥泞中插去，好像付出的都是全身的力气和意志，反过来看，却仿佛要把整整的一条河埂提起来。大爹走在队伍的最前面，他双手捧着装满了五谷杂粮的宝瓶罐，那里面装着爷爷今后维系千千万万年生命时光的粮食，他小心翼翼，如果脚下打滑，便先收腹，肩前倾，头低垂，死死地护住。男人泪少，女人悲声最多，谁都想灵柩里的人惊飞爬榾鸡，掀开棺材盖，像睡了一觉似的翻身爬起来，继续统领这支白色的队伍，可一切都为时已晚，灵柩里的人生命已走到了尽头。

在灵柩的后面，走着欧家营几乎所有的人，男的、女的，老的、少的。有的流泪，有的没流泪；有的是亲戚，有的不是；有的是爷爷生前的交好，有的不是。送葬的人群，心中永远没有是非标准，人已死，只剩下恩，没有怨，更没有诅咒。陪爷爷走人间的最后一程，这是每一个人的义务……

记住这一切，我后来分析，大抵是因为我看见了送葬队伍中忽前忽后疯狂地跳着鼓舞的那几个青年男子。整个送葬的过程，因为岁数太小，我都一直被舅母抱着。开始时，舅母的泪水混合着雨滴，打在我脸上，再看着大妈、二大妈、我妈和姑妈及堂兄堂姐们大放悲声，不知是被阵势吓着，还是觉得别人都哭了自己不哭就不对，抑或真的对爷爷的离去感到悲痛，我也就跟着大哭不止，张得很大的嘴巴里灌进了太多的泪水和雨水，呛得直打喷嚏。后来，看见了那十几个跳鼓舞的人，我的哭泣便告一段落，以至许多年以后，舅母每每提及此事，都会笑着说：小孩子不懂事，爷爷去了，他还笑个不断，像遇上什么喜事似的。

二

我的老家欧家营，隶属云南省昭通市昭阳区土城乡。它坐落在云贵高原向四川盆地倾斜的大斜坡上，是乌蒙山的腹地。众山行到此处，仿佛累了，一一地伏下身子，可能的短暂的休息变成了永恒的长眠，使得山的眼皮子底下有了一块难得的平地。大地怀中的弹丸，群山皮肤上的泥丸，小小的一点，却成了昭通市昭阳区和鲁甸县几十个乡镇几十万户人家的息壤。欧家营就处在它的心脏旁边，像它的肺的一个组成部分。

难得的一马平川，山峦退到天边，成了太阳升起来和落下时的仪仗队，永远的黛青色。站在村子最高的地方看它们，它们也不是清晰的，似乎都没有几公里长的巨石和几十公里长的绝壁和峡谷；金沙江和牛栏江仿佛成了它们体内的肠道；一直往天上铺去的树木和荆棘，消失得无影无踪；飞鸟和狼、蛇和狐狸、蝴蝶和松鼠，更非肉眼所及。春天，人们只看见风暴从那儿吹来，把土地里的小生命、树枝中躲着的小胚芽，一一地召集到壁立的空气的广场上；夏天，那里是云朵的飞机场，同时又几乎天天都在举办雷霆和闪电的宏大盛宴；秋天，那里是寂静的，大雁的翅膀越扇越慢；冬天来临，那儿最先落雪，先是顶峰白了，接着是山腰，当山脚也白了的时候，欧家营的雪也下疯了。因此，在我的记忆中，山是被省略了的，土城乡或欧家营生活的人们，抬起头来，是看天，不是看山；低下头去，是看田地，不是看深渊。每个人耕种的土地，田埂笔直，秧垄笔直，每一寸土地都没有坎坷和陷阱，白杨、苹果树、桃树、杏树、梨树、枣树、李树、核桃树、樱桃树、棕榈树，全都长在平地上，没有危岩上的青松，没有从石壁上吸收水分的竹子，最显示品格的植物，顶多也就是长在河堤上的白杨。如果说白杨有什么象征意义，那就是充当了护守河堤的士兵，落下的叶子有一半被河水带走而不能魂归大地。

平地上的村落也因此像一幅建筑平面图。以欧家营为例，它无地势可借，就依着作为季节河的利济河，所有的房屋“井”字形排列，一律的土木结构，像泥土随意凸起的肉腱。假如说，一栋单独的房子其形象酷似农民李雄心，那么整个欧家营就是近八十个李雄心，静谧而又素朴地站在一起。它们绝少变化，用料、做工一致，结构、布局相同，体积、高矮雷同，就连每年春节时家家户户张贴的门神，也一律的关羽和张飞，可能的差异就是辣椒串的长短、造饭烟团升起的早迟、门洞里人数的多少以及面容的千变万化（但表情又差不多）……令人难以置信的是，这些房屋并非出自一人或一伙人之手，建造它们的永远是它们的主人。这些离地面最近的房屋的主人，仅仅在建筑学上被同一股神秘的力量掌控着？实用主义竟如此不可思议地服从于集体主义？审美观竟奇迹般地孕育了克隆术？

相同的心理定式，人们在村子四周的土地上耕种，田亩上使用同样的农具、种子和肥料；多少比例的田亩种稻子，又用多少去间种蚕豆，一概都是统一的；有限的旱地，如果种植高粱和红苕绝对可以获得不错的收成，可人们还是清一色地种植苞谷和土豆，谁也不会想起高粱和红苕。收获了，大米怎么存放、怎么煮吃，苞谷怎么处理，土豆的吃法，一日三餐的食谱，每个人的饭量（分男女老少），也大抵相当。每户人家都有近一亩的菜地，没有多少意外，所种的均是白菜、青菜、菠菜、豌豆苗、蒜苗、葱、香菜、韭菜、青笋、西红柿、刀豆和南瓜。粮食除养人外，每家基本上都另养一头牛、两头猪、一条狗和一只猫，外加几只鸡……有些年，政策号召种烟草，人们就种烟草，塑料薄膜、复合肥、烟草品种及整个种植和收获过程，均毫无二致，村庄里多出来的烤房，家家都连得像古代的微型碉楼；再过些年，政策又号召种水果，苹果或水蜜桃，家家户户辟出的地亩也没什么差别，在同一个农科员的指导下，育苗、嫁接、剪枝……也都是一样的，一样的金帅和红富士，一样的甜度和一样的价钱。一样地，人们后来又铲除了烟草，连根刨掉了苹果树，在富裕之梦中列队行走的人们，最终又把家中富余的劳力送上了进城打工的道路，一样地去落魄，一样地去往死里卖力，一样地去遭人冷眼并把最悲最贱的人生排练给人看。城市角落里的幽灵，生活沙场上的炮灰，犹如一堆碎玻璃，在古老的生存法则的字里行间，擦抹，来回地互相擦抹，发出刺耳的吱吱声。一样地，当他们返回欧家营时，差不多人人都身无分文，并赖城市所赐，有的人还患上了性病……

差不多每年我都要回一趟欧家营，尽管它线性的、看不见更多希望的变换，带给我的苦楚比欢快要多，可它还是像一个由蜂蜜营造出来的漩涡，其吸力也许引不回一只飞鸟，却能牢牢地把我卷回。我得探视父母，土地之慢，一再为他们的苍老提速；土地一直在向上升，他们一再地在矮下去；早些年，他们的脚边尽是青葱的苗圃，过去几年，他们的枕边也会多了许多落叶。就守着那几亩田地，目光从来不会离开看了一辈子的田垄、水渠、白杨：哪一寸土地有颗石头，这石头来自哪里；哪一条沟底埋着一个破碗，这破碗出自哪一户人家；哪一棵树干上有一道斧痕，这痕是谁留下的；哪一堵墙上有一片雨渍，这雨渍开始于农历何年何月何日的哪场暴雨；哪一条小路晚上行走，走几步要用脚探一下，才不会失足……他们从不要别人提醒。生活之细，细得能记住任何一个村里死去的人的死期，以及墙角上有几个蚂蚁打出的洞穴。他们的世界正一寸寸缩小，而模型中历练出来的呆板的人生，还是体味不出妙至毫巅的超然乐趣，纯粹是生命之小，毫无回归可言。去看他们，是孝道，更是慈悲；是一代人在另一代人身上觉察孤独与无助，更是两代人在一块共同排演历久弥新的生死话剧。血液中潜藏了无数道别和相守，只有一次次地用行动去表达，它们才属于生命。我的头发都白了，父母的头发还会黑吗？

在父母的土地上，我有过沉醉的时光。1991 年前后，在一篇题为《菜园》的散文中，我曾这么陈述："我家的菜园在村子的西北角，胜天河（欧家营旁边的一条人工小河）在那儿日夜流淌，水声中长大的杏子树远远地将它围着。然后才是几棵老棕树，一棵核桃，三棵苹果和一棵樱桃。迎春花的藤子年年新生，年年蔓延，年年也都被编织，结结实实地将那一片葱茏在杏子树的圈子里又围一圈。马桑树扎成的小门上，铁丝早已生锈；各种树底下的菜蔬年年无收，只有树荫遮不着的地方，才有菠菜摇动着扇叶，才有青菜高傲得脆嫩，才有蜻蜓栖在萝卜缨子上像一个个小巧的风筝，也才有蚱蜢的长须扫过白菜的脸，才有蜜蜂躲在油菜的花蕊里誓死不出来，也才有雨前的蚂蚁搬家，小小的背脊上托着一团团白色的卵蛋往树底下跑，也才有花蜘蛛的小网子一次次被风吹散，或者一次次被锄头捣毁，又一次次重新拉起，捕捉一只只乱撞的水蚊子，也才有奇懒的菜虫把屎一索索地拉在菜脉上，也才有这个不同于凡尘的世界总是在有趣地组合着、变化着、消逝或新生着。”

我承认，我是一个生活的旁观者，从童年到现在，也许还得继续下去。

三

地势平缓之所，集体主义掌控灵肉之地，小生命贴着地表喘息的小舞台，可食的植物变幻人间美景的角落，欧家营抑或土城乡，作为它的养子，我也感到有些费解：它凭什么孕育出了以乐致哀的疯狂鼓舞？

给爷爷送葬的那天，总共有十六个跳鼓人，四人一队，共四队。一队是“座堂鼓”，即我爹那辈人三兄弟花钱雇来的；一队是“后家鼓”，是我奶奶后家的人带来的；一队是“亲家鼓”，是我远嫁他乡的姑妈带来的；最后一队是“家祭鼓”，则是由家族的人凑钱雇来的。它们体现了鼓舞的四种拜祭方式和家族史中四支血缘的流向。尽管每支鼓队跳出的舞蹈内容上没什么差异，也一律的是男人之舞，男人悲烈极致的身体炼金术，但因来历各异而有着不同的性质。本家无鼓，悲何以幻变为乐？且在全村人心中就会有诸多的家族品德被抽掉；后家无鼓，铁打的一世婚姻，其质量就会遭到怀疑；亲家无鼓，繁衍史中的小小一环极有可能出了问题；家族无鼓，则意味着一个家族丢掉了向心力，不能同悲，哪来同喜？不痛悼死，哪会有沸腾的生？反之，四支鼓队汇聚，昭示的则是一个家族的亲密与兴旺，大家都有信心在剧悲之中以乐致哀，以哀为契机，进一步打造出一个人人倾慕的黄金家族。

四支鼓队照例以鼓为步，行进在送葬队伍的最前面。如果变一个视角，我们不是从送葬队伍中翘起头去看他们，而是站在利济河两边的田野上去看，四支鼓队是在以最癫狂的肉体方式，引领着一支心胸激荡而肉身又定格在零度以下的白色队伍。摄影术从来都是一门删繁就简的艺术，假如这时我们以它切起两个画面，一个只有四支鼓队，一个只收留送葬的人，我想，以我贫乏、空泛的想象，是绝对难以将它们联系在一起的。十六个男人的舞蹈，十六只筒鼓（不是铜鼓），十六个人，在四分之二拍“咚锵 / 咚锵 / 咚咚 / 咚锵”反反复复的节奏中，在利济河的河埂上，在滂沱的大雨里，直跳得泥泞往天上飞，把两边的树叶打得噼啪作响，以至于走在送葬队伍最前面的大爹，彻彻底底地变成了一个泥人：他白色的孝衣、孝帕，再也看不见一丝白色；手中的宝瓶罐也溅了厚厚一层泥浆。同样，十六个人，十六只筒鼓，一次次地被泥浆糊住，又一次次地在狂野的动作中把泥浆甩掉。节奏单一，舞步重复，情绪却非常饱满，鼓人一体，十六个人分四队，相互之间，或舞老牛擦痒，或舞双龙抱柱，或舞喜鹊登枝，或舞仙鹅抱蛋，或舞狗舔骚，或舞鲤鱼跳龙门，或舞大猴背小猴，或舞苦竹盘根，或舞蛇蜕皮，或舞童子拜观音，或舞猫拿耗子，或舞小牛拜四方，或舞公鸡啄架，或舞蛤蟆晒肚，或舞雪花盖顶，或舞蚂蚱亮翅，或舞黄莺剟食，或舞猴子捞月亮，或舞耗子抠油缸，或舞狮子滚绣球，或舞祈人上轿，或舞老鹰叼鸡，或舞花鱼抢水……咚锵 / 咚锵 / 咚咚 / 咚锵，咚锵 / 咚锵 / 咚咚 / 咚锵，咚锵 / 咚锵 / 咚咚 / 咚锵，咚锵 / 咚锵 / 咚咚 / 咚锵……

每一个舞者的身体中，仿佛都关着成百上千的野兽，它们一再地发力，暴跳如雷，一刻都忍不住了，前仆后继地决心冲破这皮肉栅栏；它们把舞者的每一根毛发、毛孔，每一块肌肉，每一寸皮肤，每根手指、脚趾，眼睛、鼻子、嘴（包括舌头、牙齿、牙龈）、屁眼、生殖器、耳朵、脚底、手纹……全都当成了突破口，狠命地冲击。这涌起于内部的力量，均匀地、强势地鼓荡着舞者，欲炸、欲裂、欲飞，唯有舞，唯有跳，唯有不停地释放，源源不断地把野兽放出来——抢食遍地的悲和飘满空中的哀。身体的高潮是恒定的，就像永不熄火的炼钢炉，只有当我爷爷的棺木落入地中，一切才戛然而止，一切又回归原有的现场和秩序。

舞者身后的队伍，依然缓缓流动，人们说它像一条白色的河，白色的，夹杂着黑色的哭。雨水没有停下的意思，使每一刻时光都布满了暮色。队伍行到通天的半路，孝子孝孙们一条线似的跪下，让灵柩在头上来回移动三次，所有的祈望，只愿亡人有皈依，灵位高矗，不要漂泊。之后，送葬的队伍就地解散，大路上只剩鼓队和加快了步伐的抬棺人，颠颠簸簸中渐走渐远，直到雨幕徐徐拉上。

四

没有丧事，土城乡的筒鼓是哑巴。

但似乎又没人视它们为禁忌之物，那些打破了的筒鼓，人们稍事修补，或做凳子用，或做米桶，也有人将鼓面的牛皮清理干净，将木箍子往屋后的地下一插，修起个不起眼的小水井。有鼓破了，就得做新鼓，一支鼓队四只鼓，缺一不可。做新的筒鼓，梧桐树的材质最好，重量轻，音色响。取一截，先解成板，再刨削成长约四十公分，宽约五公分，厚约一公分的木片，用木楔或竹楔串箍为直径二十八公分左右的圆筒，筒里放几粒铁粒子，两头用最好的牛皮绷上。制作工艺更考究一些的，当木筒箍起，还要像法国波尔多的木匠制作葡萄酒桶一样，在筒中点一堆火，收尽木材中的湿气，然后又将其用酒水泡浸，让木缝死死地结合，然后再晒之以阳光。阳光晒过，再用木胶精心填缝，最后上几道木漆，使之可作镜子。当然，为了防止舞者忘我的大力击打而导致鼓身炸开，通常人们还会在鼓身上箍几道细钢筋或 8 号铁丝。但事实上，再坚固的筒鼓也会一一被打炸，正如再优秀的舞者也避不开另外的舞者为他跳鼓的那一天。

鼓是好鼓，却不常跳。为此，当我四岁时迷上它，我就成了欧家营之后的岁月中每一个亡失者年龄最小的守灵人。孝歌沉沉，悲声苍茫，白色的纸幡令人意志变薄，纷飞的纸钱冷冰冰地明灭不休，特别是那暗夜里摆放棺木的灵堂，棺木下那盏蓝焰的过桥灯，它照亮的并非阳关道而是黄泉路……这样的场景往往令人避之不及，可我始终拒绝不了那上祭时分的鼓舞、招灵时分的鼓舞、发丧时分的鼓舞：咚锵 / 咚锵 / 咚咚 / 咚锵……鼓舞一起，土城乡所有的苹果树上马上就落满了尘土，土城乡所有的悲马上就得到了化解。没悲，真的没悲，当跳鼓人的肉腱子鼓起一团团火，当他们弓腰抱鼓，双脚右横移一步，左横移一步，向前跨一步，当牛形、虎形、鸟形、龟形、蛇形……轮番呈现，哪儿还有悲？乐，没命地乐，以死的方式乐，以葬礼的仪式乐，乐得心如槁木，乐得痛感全失：咚锵 / 咚锵 / 咚咚 / 咚锵……

有一回，一户曹姓人家发丧，时间选在拂晓，土城乡一片漆黑，欧家营也只有曹家的门前亮着一盏汽灯。为了看鼓舞，我在曹家的草垛里候了一夜，可是，当鼓舞跳起来，我却什么也看不见，尾随着一个个送葬的黑影，只听见黑暗处传来一阵阵鼓声和舞者跺地的响声。觉得无聊，靠在利济河边的一棵核桃树上就睡着了，醒来时，阳光照亮了大地，利济河的河堤上一个人影也没有。

雷平阳：诗人。著有《普洱茶记》《云南黄昏的秩序》等。

本文刊于《天涯》2006 年第 2 期。

遗失的河滩

梦天岚

多少年过去，多少地方多少脸都淡漠了，有些人已谢世。而我站在远方，夜那么静，我终于肯定，我最怀念的，不是那些终将消失的东西，而是鸟鸣时那种宁静。

——〔美〕罗伯特·潘·沃伦

有几年，邵水河里的水枯瘦得不像个样子了，它紧贴着河床的底部，它的骨架以及从前的冲动和刁蛮不知到哪里去了。但此刻它用了劲，只是努力地把自己拉长，拉得更长更细，像拉扯着拧在一起的红薯糖，却不断掉。只有当远处的人走近了，一直走到它的跟前才能听到它的响动，那有几分嘶哑的沙沙的响动仿佛是水里间或暴露的石头的棱角发出来的，就像一匹灰色的绸布在河的皱褶处被石头给挂住了，紧接着又被撕开，因为不是太用力，裂开的口子也不大，但老是被挂住，又老是被撕开。

正是因为这样，向它走近的人才能走过一段踏实而又柔软的潮泥地带，也才能继续走过时而隆起时而凹陷的沙滩地段。潮泥肥而厚，无数有野心的水草在上面竞走，水嫩而光鲜，它们的腿随时都会因为需要而从身体的某个部位里钻出来，身子也在不断地拉长，但它们并不会因此而变得越来越细。这一点与邵水河的水有着明显的区别，它们是我那个时候见到的唯一具有动物性的植物。若是在早上，它们的叶尖就会像刺刀一样挑着晶亮的露珠，让经过的每一双足隔着布鞋都会感到一阵阵沁凉。它们的队伍很快就庞大起来，就连沙滩地段也随处可见，只是竞走变成了攀爬，且根茎要细小得多、柔软得多。它们想更快一点儿（尽管这个想法有点儿盲目），足底却变得轻浮，甚至有点儿打滑；它们想把根须扎牢一点儿，或者想抓得紧一点儿，但往往事与愿违。它们经常被扯起来，像一条条细长的蜈蚣，根须上细细密密地沾着黄褐色的沙子，只轻轻一甩，沙子就会细细密密地落下来。那些根须就像是刚从水里洗过一样被捞了上来，白生生的。一同被翻出来的还有滑溜的小石子，它们用不同的形状和颜色告诉我们水流的方向和时间的久远。当然还有一些鱼的骨头，间或还会有一只鸟的头盖骨。曾经还有人在这里找到过人的牙齿，它们混杂在石子中间，成为另外一些石子，被几只黑衣蚂蚁辨认出来。无论是鱼是鸟还是牙齿，也无论是空气还是水，它们都曾游过、飞过、浸泡过，现在它们安静下来，包括它们的回忆。

清晨的河滩多雾，一眼望去热气腾腾。十米之内，不时有人钻出来，或挑着篼箕，或扛着锄头，或提着木桶，或捏着缰绳牵出一头磨磨蹭蹭的水牯。这里有点儿像圈地运动，只要用锄头率先划拉出一条地界来，这地就归谁家所有，旁人绝不会涉足。当然，他们不会太贪心，大多量力而行。被我唤作伯父、叔叔、婶娘的人们早在河滩上像开荒一样开出了一溜一溜的地头，许多水草被锄断，用来喂猪、喂牛、喂水塘里的鱼，或堆在河滩上让太阳晒干，再一把火烧了，做了底肥。一片一片的白菜、辣椒、高粱因此长势良好。

我们经常赶在太阳还没有下山之前提着木桶到河里去取水，用来浇灌白菜和辣椒。那真是一段美好的时光，赤着双足走在温软的草地上，走在细腻的沙滩上，走在坚硬而滑溜的石头上，一直走到河床的最底部。那鼓圆的木桶在流动着的河水表面荡了几下，一些水藻的碎末和草叶就会打着漩被水冲走。抓着桶把的手一用力，木桶就会一头扎进水里，待它沿着水里划动的弧线被提上来时，已是满满的一桶水，那水激动的样子直晃得波光像白肚鲫鱼一样在桶沿处蹦上跳下。真正的白肚鲫鱼总是成群结队地在水底出现，它们总是逆流而上，黑黢黢的背脊像蹿动的水墨，只有当它们在水的流动中突然感到很激动的时候才会电光火石般亮一下自己的白肚皮。十米开外，有时也有白肚皮从上游一闪一闪地漂下来，那是死鱼的肚皮，有的已经发臭……

年届七旬的祖母没有在河滩上开荒，她用一根扁担把一只鸡笼搭在肩上，十几只仔鸡扑棱着翅膀，随着祖母身体的摆动，在鸡笼里颠簸。在河滩上放鸡是祖母打发余年最为惬意的营生。那些仔鸡一旦从笼子里放了出来，就憋足了精气神，直往地里头钻，白菜叶上的大青虫、蚜虫，辣椒树上的飞蛾、花斑长脚蚊，都逃脱不了它们的眼睛。有时为了追赶一只花蝴蝶，它们会使出浑身解数，冠红脖子粗地追过来追过去。实在追不到了，也只好无奈地望一眼半空中那越飞越远的小斑点，然后重又埋下头去，继续打理那正在腐烂的草根和已经破败的白菜叶子。祖母坐在河滩边的一块石头上，只是远远地看着。她喂养的仔鸡就像地里的庄稼一样开始疯长，不等它们的翅膀全部丰满，公鸡和母鸡就有了十分明显的区别。祖母喂的鸡总是母鸡居多，她渐渐有点儿昏花的眼睛总能在小鸡刚刚破壳而出的时候就看个八九不离十。祖母喜欢母鸡，村里所有的人都喜欢母鸡，因为母鸡能下许多的蛋。不等太阳下山，祖母就会把鸡笼子打开，扯开嗓子吆唤。那些仔鸡听到吆唤后，都不约而同地从地里钻出来，聚到一起，然后齐刷刷地打着飞脚直奔过来，不讲一点儿价钱就往鸡笼里钻。祖母的动作有点儿迟缓，但显得从从容容，她把笼门的插销插上后，又半蹲着身子，将扁担穿过笼背上的提缆，嗨的一声搭上肩，站起来，沿着河岸上弯弯扭扭的田间小径往回赶。至于落在她背后的那几声长叹到底隐含了多少东西，恐怕连她自己也说不清道不明。

陷入沉思的河滩总是把日子当作它唯一的出口。

隔三岔五会有一个赶河鸭的赶着一群鸭子经过河滩，黢俩——黢俩——黢俩，他一边挥动一只系着一根红绸带的长长的竹竿，一边从挎在腰间的篓子里抓出一把谷子，像天女散花一样地撒向鸭群。鸭子迈着八字步走在河滩上，一边剧烈地晃动着它们肥肥的尖尖的尾部，一边努力拉长着它们的脖子，像探测地雷一样，扁扁的黄色的嘴紧贴着地面行进。它们只是一群行色匆匆的过客，很快就会下到水里去，这个时候的邵水河就是它们的天堂：有的在水面上使劲地拍打着双翅；有的用头和脖颈在背上擦过来擦过去；有的把头直往水里钻，一对对黄色的脚蹼不时翻弹在水面上，在水浅的地方，一小片一小片浑水在流动中不断地归复原有的清澈，一些泥沙、虾米、河螺、草蔓得到了挑选；还有的昂着头一边嘎嘎嘎地叫着唱着，一边相互追逐着嬉戏着，一些白色的或者黑色的鸭毛漂浮在水面上，毛茸茸的，像被吹落的蒲公英，随着荡漾开去的波纹顺流而下。顺流而下的还有赶鸭人韵味悠长的吆喝声。

在荷叶村离河滩不远的地方有一座桥，十几个用石头垒成的巨大的桥墩支撑着的只是由预制板搭成的宽一米五左右的桥板。现在站在河滩上望过去，整个一座桥就囫囵囵地摆在那里。桥墩的下半部一圈一圈地缠绕着一些干枯的树枝、草屑和泥沙，显现出河水退去的痕迹。桥下的石阶早已被河水冲得溜光可鉴，石阶下面是水流长年累月冲击而成的一个深坑，准确一点说应该是一口深潭，自从邵水绕过石桥后，这里的水就断了流，既不流进，也不流出。深潭过去又是一大片的河滩，只是这里的河滩要潮湿许多，若是有牛到这里来觅食，蹄子大多会陷到泥里去。沿河乡村里的放牛娃总是喜欢把牛牵到这里来，牛一到河滩里就舍不得走远，一是这里的水草格外肥，而且浓密，二是每挪动一个地方牛们就要费掉不少的气力才能将蹄子从潮泥里拔出来。牛一懒得动，放牛娃就跑得欢了，他们总是三五成群地在河滩上玩尽各种能玩的花样：摔跤、打纸牌、堆沙堡……有时还骑到牛背上去，最热闹的要算是看牛斗架。往往是两头势均力敌的大水牯斗到一起，今天斗红了眼明天又接着斗下去。两对胀鼓鼓的牛眼一碰上，就各自朝着对手直逼过来，快要靠近时，各自把头弯埋下去，贴着地面，将盘在头顶的硕大的角再顶出去，哐当——那是铁与铁的碰撞，仿佛要碰出火星来。角尖锋芒锐利，一旦被对手挑中软弱的部位，轻者皮破血流，重者伤筋断骨。分出胜负后，败的一方往往会有意避开对手，当然这种有意取决于它的主人，尽管不舍，脸上无光的主人还是会把它牵到偏僻一点儿的河滩去，仿佛落败的不是牛而是人，这样的主人就多少显得有点儿落寞和孤单了，他只有远远地看着这边的热闹，而不敢轻易靠近。

曾经有一段时间，我们都不敢去河里游泳。大人们把红毛水鬼说得跟真的一样，他们说红毛水鬼经常躲在河边的柳树下或河底的水草里，一旦碰到小孩子从树边过或者到水里游泳，就会突然伸出一只手来，专门拖小孩子的脚后跟。当然，红毛水鬼谁也没有遇到过，当河滩出现后，我们更相信浅浅的河水已无法让红毛水鬼藏身，胆子就又一点点大起来。

由于石桥太窄，而我们又不得不牵着牛打上面过，惨剧就难免发生。有一次，一头母牛的后面跟着一头小牛犊，小牛犊还只有几个月大，睁着一双圆鼓鼓水汪汪而又十分淘气的眼睛，睫毛长长的，长到令人心痛。行至桥的中段时，活蹦乱跳的小牛犊突然挤到母牛的旁边，拉长着脖子去吃奶，结果被懵懂无知的母牛给挤了一下，小牛犊猝不及防，一脚踏空后摔了下去。首先是身体落在石阶上发出了沉闷的响声，紧接着滚落到深潭里去了，只见深潭里的水剧烈地震荡了一下，小牛犊就不见了踪影，一长串水泡咕嘟咕嘟地从水底冒了上来，就在发呆的工夫，水面又恢复了原有的平静。几天前，一群放牛娃还脱光了身子麻着胆子站在这桥板上往水里跳，比谁站得高跳得远。

真正令人一想起来就有点儿后怕的是一个女人的死——她是被枪毙的。

女人算不上漂亮，个子不高，但身材好，尤其是那一对大而挺的乳房，连我们这些毛孩子也不由自主地要多瞟几眼。女人两边的嘴角有点儿往上翘，这使得她在面对枪口时面部表情显得有点儿倔和冷，还带有一丝嘲讽的意味。她的娘家就在邵水河下游不远的一个村子，有一段时间她经常搭便船领着两个女儿过去小住，河水枯了以后，又经常走旱路回去。后来就很少回去了，听人说她跟一个打鱼的男人好上了。打鱼的男人攒了一笔钱后，河里的水就快干了，就干脆连船也卖掉，一门心思待在家里打牌。七村八寨想赢他钱的人很多，有时设了圈套去，打到最后又总是输给他。他和女人是在打牌时认识的，女人心软，不肯设套子绊他，结果有一天晚上被自己的丈夫痛打了一顿。谁也说不清她与那个打鱼的是如何好上的，只知道她的丈夫自那以后经常骂她打她，有一次，她的丈夫借打牌的机会与打鱼的男人干上了。过了没多久，她与丈夫离了婚，村里人满以为她会和打鱼的男人结婚，谁料打鱼的男人一甩手跑了，过了一年多才又回到村子。女人没有再嫁，没有再嫁的女人一气之下在某个晚上用一把菜刀了结了打鱼的男人的性命，并连夜将他的尸体抛到了邵水河里。由于河水太浅，尸体没漂多远就停在了河滩边，第二天一大早就被人发现了。案子很快被侦破，女人被铐走了。在女人被枪毙的那天，河滩的外围远远地站着许多人。被绑得结结实实的女人昂着头，眼里迸射着怨恨的光。她孤零零地站在离人群百米开外的河滩上，被一只黑洞洞的枪口瞄准。她原来的丈夫抱着她的两个女儿跑到现场时，她已身中五枪倒在血泊之中。女人穿着土麻布料的囚衣，左胸用红笔画了一个圆圈。第一枪很准，正中圆心，但女人并没有倒下，第二枪和第三枪同样打得很准，但奇怪的是女人还是没有死！行刑一度中断，有两个公安还跑过去查看，查看完后向开枪的人示意了一下，行刑继续，打完第六枪后，女人终于倒在了河滩上。后来村里人谈论说，前面几枪是被女人的乳房挡住了，后面的几枪才击中心脏。因为女人的死，我们有很长的一段时间没去过河滩，有时只是远远地望着。但这对于偌大一片河滩来说只能算是一个小小的插曲。

一些正在朽烂的枕木被挖了出来，一副猪的骸骨被挖了出来，一床发黑的竹席被挖了出来，一只缺了边的青瓷花碗被挖了出来……无数场洪水曾经打马路过这里，它们掠去的和它们遗落的都慢慢被人忘记，就连此刻的河滩也保持缄默。

一群青蛙并不懂得这种缄默，一到晚上就自发地聚集起来，至少它们的声音是这样的。它们不约而同地出现在柳树下、草丛中、沙堆上、菜地里、水流边，用声音的亮光勾勒出河滩在晚上大致的轮廓。那声音就像多声部的大合唱，分成无数个章节，直唱得荡气回肠。河滩是它们的舞台，高悬于夜空的星星，是它们的听众。这同时也是属于夏天的狂欢，它们的低声部有时是让蛐蛐、纺织娘等昆虫来完成的，这些小东西的声音往往纤细精致得像丝线，又有着丝线一样的质地。在这些声音的掩映下，还有一些求偶的、交配的声音，它们仿佛不属于河滩，属于季节性的痉挛，属于与季节性痉挛有关的气候、心情和征兆。

因为夏大过去马上就是秋天，秋天过去马上又是冬天，冬天过去马上又是另外一年了。

保持缄默的河滩像是一直在寻找什么，那份属于它的深刻还得从秋天说起。

秋天的河滩总是充斥着一片狼藉过后的后现代气息，到处是被伐倒的高粱秆，到处是枯黄的高粱叶子，白菜地里所有的白菜都把自己的心包了起来、捆绑了起来，辣椒树上的辣椒也变得短小而僵硬，大部分的草都在枯黄，都像在无声地燃烧着、蔓延着。

一群白鹭从远处灰蒙蒙的山林飞过来，停在水边想摆弄一下优美的步态，但很快它们就有点儿失望了，它们闻到了水里腐烂的气味，那是浸泡得太久了的季节之根的气味。这是个观众缺席的秋天。在河滩的那边，一些垒得高高的稻草垛在水里闪现出它们的倒影，由于光的作用，这些倒影成为替补席上的观众，它们金黄色的脸孔尽管在泛黑的水中显得有点儿模糊，但夕光和水流的涌动所组成的色彩让这些倒影多了一份质感，多了一份虚幻的但又不乏真实的现场感。

白鹭很快就又飞了起来，它们纯白的羽毛迎着夕光、迎着瑟瑟的秋风飞了起来。当然它们还会飞回来，河滩是它们每天必需的功课，在秋天更是不能例外。秋天让所有的事物变得单纯，也让所有的心事变得复杂、缜密。

河滩一动不动，它巨大而显得笨重的躯体躺在那里，属于它的每一个微小的细节像毛孔一样慢慢地张开。

蚂蚁们不再四处游荡，它们从高粱叶上爬了下来。它们的巢穴总是在不远的地方张开野菊花似的小嘴，它们的自信与它们步履的从容非常吻合。一个秋天，蚂蚁们备足了一个冬天和半个春天的口粮。它们知道，一场突如其来的大水离它们还很遥远。一只叼鱼郎飞过来，稳稳地落在一根柳枝上，它锐利的目光像是要洞穿什么，它安静下来的速度里隐含着一支箭。

风在翻动一片片叶子，不大也不小的风在翻动河滩上每一粒能够翻动的尘沙，还让正在枯黄的草，也不时弯下它们的身子。紧接着便是秋天的雨，老是跟在阳光和风的后面，轻轻飘飘地来。这时天边的云朵便透出铅的质地来，举轻若重地悬着，仿佛是另一片河滩。

河岸上的柳树看着看着就败了，枯了，只剩下躯干，站成一排形销骨立的汉字，无论从哪里念过去，都是作别秋天的诗。这时的河滩如同一幅油画的底色，整个画面看上去有一种令人心颤的美。

冬天的时候，河滩自然又会是另一番景象。

那些被翻过又被踩踏实了的地头一下子变得有点儿僵硬，一些白霜打在上面，一些碎碎的冰块结在人的脚窝里或者牛蹄印里，等着太阳出来，等着慢慢地融化。一些被冻僵的虫子的尸体随着冰块的融化粘在裹着一层亮膜似的泥地上，等待它们的是另外一种被冲走或者被掩埋。

一只秃了顶的老鹰在河滩上转了一圈后，有点儿失望地栖落在柳枝上。它将灰色的双翅耸起来想把自己的秃顶遮住，它的身子突然晃了晃，为了保持平衡它不得不又将双翅打开。看来它是真的有点儿老了，除了失望，还是失望。

一群孩子从村口走过来，走过空空荡荡的田野，在距老鹰几十米远的地方，他们开始向老鹰抛掷石头和土块。孩子们屏住呼吸，一步步靠近。老鹰睁开世故的眼睛漫不经心地看了孩子们一眼，又漫不经心地飞起来。等孩子们走到跟前时，它已飞到不远处的另一棵柳树上去了。此刻的河滩在孩子们的眼中是那样的模糊，它甚至远没有在雾中那样清晰。

如果是雪天就大不一样了，那是孩子们的节日，河滩就像一个为庆祝节日而特意准备的巨型松糕。河水自顾自地流着，带走断裂的冰凌，带走孩子们奔来跑去的欢笑声和叫骂声，带走河滩还没来得及梳理清楚的思绪。

河滩承载着这一切，从来没有像现在这样冷静过，但冷静过后更多的是失落，这种失落来自它曾经的拥有。在一个泪流满面的中午，河滩终于在阳光下袒露了内心的泥泞，这是另外一种狼藉，一种掩饰的策略和无奈。它的秘密已遍布它的每一寸肌肤，喧闹的、宁静的、冷清的、疯狂的、斑斓的、漂浮的、深埋的秘密已将它胀满。它不是一块松糕，它更像是一块海绵。

等高粱酒酿出来的时候，新的一年又来了。它就像是一个喝醉了酒在清晨归来的人，春天的阳光跟在它的后面，照过河滩，照过田畴，照过村庄的梧桐树和低矮的屋檐。跟在春天后面的或许会是一场大水，一场多年不遇的发着酒疯的大水。

高粱酒的黏稠正在提升着邵水的高度，它必将浸过来，漫上来，盲目而不顾一切地淹过去。当这一切成为事实，河滩便会随之消失。秘密再次成为秘密，成为更深的秘密。这秘密的一部分注定会被水带走，另一部分则会被记忆带走，带走的最终结果是为了忘记或者遗失。

祖母已去世多年，那个被枪毙的女人的两个女儿也已远嫁他乡。

一群白肚鲫鱼又迎来了它们产卵的季节。

一群陌生的孩子站在河岸上，他们瞪着一双双懵懂的眼睛，他们还无法知道水的深浅。

梦天岚：编辑。著有《神秘园》《羞于说出》等。

本文刊于《天涯》2007 年第 2 期。

有一些忧伤，有一些浪漫

杨献平

从沙漠开始的道路

“如果我们每天都在做同样的一个梦，那会跟每天看到的物体同样影响到我们。”（帕斯卡尔《思想录》）这么多年来，我就这么走着，一个人，或者两个人、三个人，沿着那些可以走的道路，缓慢或者急速地走。四周都是风景，都是人，我看到的，没有看到的，看到我的，没有看到我的。那些路，路上的事物久长或者短暂，我相信它们并不取决于路过的某个人。某一天，我突然感到沮丧：这么多年，走了那么多的路，但与一直生活在乡村的母亲相比，我走的这些路仍旧是短暂的。

由此，我可以说：母亲，我们走路的孕育者和启发者。据我所知，母亲走过的大致有这么一些：去过三次一百多公里外的邢台市和沙河市，还有山西左权的拐儿镇；再就是来过两次西北（也就是我现在所在的巴丹吉林沙漠西部边缘）；剩下的，她的路限定在村庄向北三十公里的路罗镇、向东的乡政府所在地和派出所大院，向南是二十公里的南山，向西到武安的阳鄄乡；范围再小，最远就是五里外的石盆村、三里外的自留地和后山的果树下了。

母亲就这样反复走着，脚下的路短暂而又漫长。她走的时候，身上还扛着或提着锄头、镰刀、粮食、清水等等一类的东西。记得她来我这里时，第一次带了一千元钱、十斤小米、一双自己做的布鞋；第二次是冬天，带了小米二十斤、柿饼十斤，还有给她孙子做的两双布鞋和一身衣服。

我也一直走着，跟在她身后。她走过的那些，在我长大成人或者还在襁褓中，也断断续续地走过了。到西北，在巴丹吉林沙漠，我的最初是安静的，最远就是往返老家。后来，去更多的远处，携带皮箱、礼品、眼镜、书籍、手表和手机，还有各式各样的心情。我与母亲有一个区别是，母亲走远路带的钱总是不超过一千元，我呢，每次至少也要多她两倍以上。此外，母亲只有一次一个人走远路（含返回），我至少二十余次（并不包括以后）。

我所在的巴丹吉林沙漠西部边缘，到处都是戈壁，附近的村庄始终在炊烟、绿树、枯树和土尘之中。我时常站在营门前（偶尔坐在班车上），看见异地的村庄，它们的隐藏和浮现并不能给我带来任何心理的效应。唯一记得的有三件事情。一是在单位的菜市场，夏日正午，几个人蹲在流水的渠边吃西瓜，一边吃一边扔皮；一位六十多岁的老太太，穿着一身油垢的衣服，捡拾我们丢弃的西瓜皮，放在一边的芨芨草编织的篮子里。二是在集市上，看见一个疯了的男人，夏天穿着一件露着棉絮的军大衣，不停呵呵笑着，在人群中走来走去，一直穿梭到集市散尽，也没有看到他有一丝不快乐。三是一起来的张小生在三十里外的鼎新镇找了对象，有次要我陪着他去；在一家理发店理发，第一次近距离地感觉到异性的身体，以及她身上的气味。

1994 年 5 月 4 日，跟随单位的人，骑自行车，出营门，看到弱水河。沙漠的河流，清澈的水，冰冷刺骨。背一位女同事过河（她在我背上的感觉至今没有消散）。看见秦朝大将蒙恬建立的烽火台，五里一座，矗在黑色戈壁隆起的山包上。在天仓村后，进入彭祖居住过的窑洞，面对被村民用铁锨铲坏的壁画（彭祖和女孩子云雨交欢的画面），痛惜出声。沿路的坚硬山包中部，还有不少窑洞，据说是“备战备荒为人民”年代的遗物。那里还有一座形状像卧牛的山，浑身褐红，头角峥嵘。在一座铁矿选厂的一边，发现一座古代的城池，虽然已成废墟，但城墙和城中建筑的轮廓还在，遍生的茅草当中，我只认得芨芨草、骆驼刺、红柳和蓬棵。

再远处是清水（应是西北最大的兵站）。有一年去了三次，一次回家，一次去接头儿的两个亲戚，还有一次是独自去玩，在一座铁桥下面，看到秋天的芦苇和水中游弋的野鸭。之后的酒泉和嘉峪关似乎是四年后才去的，偏僻的边地城市，丝绸之路上的现代城池，伊初的陌生让我感觉到一个客居者与它们的格格不入。武威和兰州，那些年我去了好几次，一个人，或者几个人。有一次，在回程车上竟然遇到一个同事，惊喜之余，在餐车喝酒，喝得晕了，一直睡到玉门镇才醒来，只好再返身回到酒泉。

1999 年以前，回老家喜欢走陇海线，河西走廊之后，兰州、陇西、定西、天水、秦岭、宝鸡、西安、三门峡、洛阳、郑州、新乡、安阳。这些城市在窗外，钢铁的奔走让我真实地触摸到了时光的迅疾。路上的风景是雷同的，绿色的植被、咆哮的河流和巍峨的高山，黄土高原在黑夜或者白昼不断起伏和消失。邯郸下一站，我下车，再换乘汽车，往太行山里走。2000 年以后，我习惯走包兰线和京张线，路过青海（那时候喜欢写诗，自然想起诗人昌耀）、宁夏（想起红艳艳的枸杞子）、内蒙古（想起歌曲《蓝蓝的天上白云飘》《草原之夜》）、山西大同（想知道五台山的具体方位，还想起小时候听村里雇请的山西放羊人唱得有点儿黄的民歌《七十二开花》）、河北张家口（想起它流转的皮货），到北京西山（燕山深处，草木茂盛，巍峨但有残缺的长城高高在上）。北京——更多是茫然，还有到达的轻松和忙乱。

再后来（这话像是讲故事），我很少乘坐火车，每次回家和出差乘飞机（母亲至今没有乘坐过）。从沙漠起飞，俯瞰大地，沙漠、戈壁、村庄和河流都在身下，还有钢铁、坐垫和地毯等等东西。连我一直仰视的祁连山也变作了平地上一堆隆起之物，积雪和云层一样洁白，阳光从上面投射下去，再返回到眼睛中。天空与大地，我在其中。那时候，我常常想：向上也是一种道路，还有向下的，平行的道路，它们的确切方向究竟是哪里？走出机舱时，我总会长长地出一口气，看看周边的矗立在大地上的事物，然后才提着箱包，慢步走下舷梯。

向着西边的梦幻之旅

这依旧是个梦想，夹杂了道听途说——我曾经无数次想：一个人，骑一匹慢吞吞的枣红色的马，走过河道，两边可以没有绿树和花草，清澈的流水是潜行着的，装腔作势，安静优雅，矜持得像是迂腐的哲人——四周都是风，夹着沙尘，狼一样奔逃——我始终一个人，向着不可抵达的地方，在路上经历时间或被时间经历，在繁杂的风景中找到前世的自己——还有那些丢失了的，没有来得及拥抱、抚摸、答谢的人和事物。我相信我是真的爱着他们的，连同我的情敌、总是趁我不备从背后踢我一脚的人。

而再长的河流也不可能无始无终，一个人的道路也并没有能够看到和想到得那么远，每一条道路都是人心和人想象的功勋——除了这些，肉体扮演的角色是干瘪的，充满趣味，却又在趣味中迷失。很多年前，我就浪漫而充满期待地想：总有一天，我会一个人，骑一匹枣红色的马，带着简单的行囊和自己，沿着中国甘肃的河西走廊，从《诗经》的弱水河边、从巴丹吉林沙漠的流沙地带动身，将汉武帝和卫青、霍去病、李广、林则徐、左宗棠的酒泉轻轻带过，像一绺风一样，从嘉峪关古城堞上，落在阳关或者玉门关的废墟上，再向西应当是这样的——马儿的铃铛是沙子打响的，我的嘴唇是被爱情烧焦的，头顶的蓝空充满宗教的宁静，偶尔的黑鹰应当就是这个世界上最优美的闪电。

向西——匈奴远遁的沙漠，吐蕃逃逸的荒道。走着走着，高昌故城出现了，在庞大的沙漠当中，夏日的熊熊烈焰燃烧着大地的油脂——火焰山的焦土吹送着苦难人间和美丽神话的灰烬。蜿蜒于祁连山下的铁路像是一只巨大的蜈蚣，让人联想到钢铁的呆滞和笨拙。而马儿是有灵性的，它一直在走，身体的晃动就是大地的晃动，响亮的喷嚏多次让我从梦中惊醒。露宿的夜晚，狼群和雪豹、黄羊和沙鸡——任何一丝动静它都先我知晓。我早就听说吐鲁番有一口沙漠水井——我想停下来，和我的慢吞吞的红马一起低头喝几口水，然后听着肚子咕噜咕噜地响，再度启程。

再向西，我不甚明了：那里是哪里，都有一些什么——葡萄是不是真的像珍珠一样？唱歌的女孩子是不是还有着唐朝或者汉代的风韵，她们的歌声真的像身段一样柔软和漂亮吗？当我再度路过沙漠的时候，我和马儿必须找一个避风的地方，在寒冷的黑夜，相互依靠、相互取暖。大风呼啸的黎明，如果有一个人，在砂土中不肯醒来，那他一定是最有福的。我还听说，乌鲁木齐河从城中流过，天山脚下的草原上牛羊成群，骑马的汉子比我强健和英俊百倍。

我还想去和田，买最好的玉——送给母亲和最爱的人；到伊犁去，看胡杨和大草原上的蝴蝶和甲虫，风中的花朵没有香味，鸟儿飞跃的山冈上响着清朝的马蹄和箭镞。我的朋友还说，要在伊犁大草原上喝酒、跳舞、唱歌和醉倒，要让自己在一段时间内，谁也找不到——生命瞬间失踪，在草原制造一个悬念，留下一个传说……事实上，我知道做不到。即使侥幸做到了，也不会成为传说。我还想去那里的天池，山上的水，山上的湖泊，不逃跑的鱼是最快乐的——还有那些森林，一棵棵的松树是遮蔽，也是埋葬。我可以骑着慢吞吞的马儿，在灌木和大树之间穿梭，如果可以遇到美丽的女巫和传说中的城堡——公主和王子，财主和贫民，七个小矮人一定会在月光下围着这个世界上最善良的人跳舞。

这一切都是真的，我相信。而当我真的要纵身前往——那时，一定没有了慢吞吞的枣红马，只是一个人，只身西行。所有的风尘都在车窗外面，一日千里的行程给我一种真切的恍惚之感——盛夏或者早春，甘肃、新疆，乃至整个中国西北，荒凉或者茂盛，单薄或者厚实，大地的风景，必将被我领略……但这些，其实都不是问题——我想到，真到了那个时候，我面对的最大的问题是：所有合众或者单独的旅行，最难以放置和收容的，是旅行者个人的那颗漂浮的心。

关于生活的个人感觉

中午，一片阳光照在后背上，从窗外、从天堂来的阳光，我感觉到了上帝的光亮。赫拉克利特说："干燥的光辉是最为智慧和最为高贵的灵魂。"我不知道这片阳光是不是最智慧和最高贵的——但有一点可以肯定：它是来自天堂的尘世的光辉，是生命在某一时刻接受到的一种照耀。尽管它穿越了无数的云层和庞大的灰尘、众多飞行器和工业油烟，它到达的最终目标是找到了我——纷纭的尘世之中，有无数的我——而我只有一个，就在这片阳光下面，以一个人的姿态，坐着，被阳光看到和抚摸，这又何尝不是一种挥发和消耗呢？

我知道，这是生活的一瞬——似乎也只能这样：每天，都有一片阳光落在身上，有一个人或者一群人，惦念或者看到我；还有一些物质，在我周围，被我和我们获得、享用和丢弃；而物质给我的，也像此刻的阳光，是维持也是温暖，是加害更是热爱。事实上，在庞大的生活当中，我遇到的大都是沙尘的吹袭和刀子的创伤；但月光和玫瑰，激情和幸福，一般人的美好，我也一直有着，即使最为艰难的时候，还有我的父亲母亲，就像现在——深秋的一抹阳光，在巴丹吉林沙漠的正午时分，照见我的后背——我感到温暖，感到了上帝在人间对我的一种关怀。至于那些旧了的往事——疼痛和伤口、激情和幸福——都在这一时刻化为乌有。或许，生活就是这样：不断的创伤之后，是短暂的幸福；大面积的沉郁之后，应当就是欢悦。

很多时候，我愿意这样——像一株树，不断被削砍；像一粒米，被糠皮紧紧包裹；像一个人，必需的经历正是他必然活着的依据。所有的一切，都在无休止的运动之中，正反、前后、左右和明灭，不管怎样的姿势和态度，都是一种生活。亚里士多德说："运动共有六种：产生、毁灭、增加、减少、变更以及地点改变。"而生活（生命），又何尝不是这六种呢？我时常想起自己的幼年，生活到处充满阴影——那个村庄，阳光很多，但照耀到我的身体和内心的却很稀少；粮食遍地，可我喜欢吃的不多；到处都是人，而我可以自由亲近的人没有几个……再后来的学校，到处都是书籍，但没有一本让我死心塌地地热爱、背诵和朗读；那么多的歌声，却不都是唱给自己和真正美好事物的……直到现在，在我个人的生活当中，内心仍旧是孤单、漂浮和游离的——我不知道哪一天会触礁沉没，也不知道哪一阵风会使这一片孤舟樯倾楫摧。

确切地说，我现在的生活状态从 2000 年开始——不再惶恐，不再无主，不再像一只土拨鼠一样小心翼翼、提防，或者卑躬屈膝；物质开始围拢，生活细腻而又平稳，一个人走过来了——后来成为我的妻子，另一个人出生——他是我们的儿子……笑声乃至吵闹声，窘迫乃至奢华，我相信都是美的；但我不知道这样的生活可以持续多久。朋霍费尔说："与一个自由、有责任感的人所受的苦难相比，一个顺服长官意志的人所遭受的苦难是微不足道的。"我知道，这句话有着某种交换意义上的代价因素，尽管如此，我仍旧不能肯定它到底会跟随或者被我占据多久——总有一些事情和物质，不会被我的意识所左右，永远都在飘浮着，并且矛头四出，会随时发出攻击，将一个人的生活刺穿……如此，我的一点儿幸福和浪漫，不过是附属品和衍生物；再生动一点儿说，就像中世纪的奴隶——所有的荣耀，包括生命和生活在内，几乎与个人毫无关系。——对此，我也可以直接说：这都是他们的。

不知何时，落在后背上的一片阳光突然不见了——无声无息，轻如鬼魅。

当我觉察到——房间已经转暗，更多的杨树和楼房之上，阳光灿烂，走在其中的人脚步响亮；秋风再起，落叶和灰尘齐飞，夕阳与人群同隐。尼采曾把“宗教的残忍”比作一把有着许多横档的巨大梯子——而生活的最浪漫的那部分，就像疼痛之中的一声大笑和一口长长的喘息。

对于两个人的壮美想象

我说：偌大的世界就那么三两个真正美好的地方——沙漠、草原和大海。雪山是神者的居所，原始森林是妖精的巢穴。那些满身俗气的功利主义者，即使跑到雅鲁藏布江泡十年八年，也未必能洗得一干二净；在菩提树下静坐百年，也还是肉体凡胎一个。

我把它们说得伟大神圣，内心的想法也很好，甚至壮美，令人激动：有两个人，最爱的，一起到这三个地方旅行或者小住——观赏风景应当是行踪诡秘者所为。我的意见是，真正热爱它们的人就应当在它们的上面把自己最真实的东西交出来，把肉体、灵魂和内里的那些乱七八糟的东西通通放在它们面前，让风翻阅，让石头记住，让害虫、蝴蝶和土拨鼠相互传播，让自己看见自己。把真实的肉体、真实的行为留给它们，并期待着在若干年之后，有一些后来者会在某一时刻，看到我们曾经活动过的壮美景象。

在沙漠，两个人，相互扶携。在淤积深陷的沙土中行走，被烈日烘烤，漠风吹袭。走到黄昏，累了、乏了、渴了，汗水被风带走，气温迅速下降，把帐篷打开，吃喝之后，身体的热量完全可以抵抗寒冷。交谈或者私语，达成默契之后，就着温热的黄沙，望着蓝色的星空，在蜥蜴和马兰花的旁边……从容一些，真实和自然一些……大风吹就吹吧，狐狸、黄羊和蜥蜴看就看吧，骆驼跑就跑吧……把什么都忘掉，随心所欲，以身体和情感，合力到达两个人身体和心灵的天堂地狱。

在草原，骑马的人只在白昼四处奔跑。傍晚，光辉昏黄，大地的灯盏即将熄灭，远处的马头琴响了起来，刀子一样的声音缭绕不绝……有人唱起了牧歌，穿透大地。暮色升起，露珠悄然凝结，一切安逸。这时候，两个人，最爱的人，一起坐下来，身体下面是青草，可能还有蚂蚁、牛羊的粪便，甚至颜色斑斓的昆虫……青草代替和遮掩了一切，在最和谐、激越的声音和动作当中——我们会说，上帝死了，而草原活着。这时候，我们可以省略帐篷和被褥，可以大声唱歌，可以放声大叫；不惧怕突如其来的狼群，不在意会被找寻丢失羊只的牧人看见。风吹草低的草原，激情的草原，在夜晚深埋，在欢愉的声音当中，变得羊毛一样温驯可爱。

然后是大海。大海，波涛翻涌，大浪淘沙，我们看过了，我们走过它，在它的某一个海滩，某一棵棕榈或者椰子树下。就着海风，咸腥的味道，在夕阳中进入……我们可以听见美人鱼的欢呼，可以听见鱼类的蹦跳，可以看见海底的世界，沉船、礁石、海藻和它们的尸骨，看见一只巨轮，灯火闪烁，从墨汁一样的海面驰过——如此，激情的风景和两个人身体和内心的高度融合，我想是最完美的结合，也是这世界上最具震撼力的人性和自然之歌。阿诺德·汤因比说："人性包含着的力量远比我们已经驾驭的任何无生命的自然力更具威力。"激情和美好的事情，在沙漠、草原和大海，这一种方式的展现和融合：巨大的完美和快乐，普天之下，不可多得！

而我，对此是黯然的，诸多的禁令和法则、社会和习俗，构成了最为强大的绳索。很多时候，当我纵情想象，壮美的景象浮动起来，隐秘而又光亮，辽阔而又狭窄：两个人的世界，两个人的内心和肉体，灵魂和精神，人世间最美的风景，天性和本能的光亮——激越的、沉潜的，永恒的和瞬间的。我相信其中的美好和神圣——但我也时常仿佛听见李尔王说："当我们生下来的时候，我们因为来到了这个全是些傻瓜的广大舞台之上，所以禁不住放声大哭。"

我的物质生活

从一开始，它们就腐坏了——物质围绕的世界、人类肉身的消耗成为它们不竭的动力源。密尔说：“功利是最大的幸福原理。”为此，我感到震惊——学者或者智者，中国乃至西方的，我敢说，没有一个人喜欢在学术研究和文艺创作当中，无条件地要求功利。而事实上，物质刀子一样切入了我们的俗世生活和精神活动。物质使人沉沦，又何尝不是拯救人呢？沉沦是普遍性的，也是个体和自我的——在物质主义当中，所谓的拯救是罕见的，也最为艰难。

这一番引用和感悟——艰涩、不切主题，但我知道，一个平凡普通的事物必定包含了更多的普遍规律。就像人类，在物质中不能自拔，津津有味，而又鄙夷物质，假作崇高。物质给予了我们感官，乃至生命的愉悦——这是最大的快乐原则，一切生命的生活，必须附着和依赖于物质。纷纭重叠、琳琅满目和功能不一的物质，它们本身是丰盈的、快乐的，充满被消耗和被摧毁的欲望豪情。

很多年前，我不知道物质究竟是什么——每天都在使用和消耗，但却无动于衷，原始的懵懂，是不是对物质的一种怠慢呢？那时候的乡村一无所有，有亲戚来，带了饼干和糖块——晚上睡觉，我就放在枕边吃，吃得昏昏欲睡，牙齿乏困，仍旧不停。物质的匮乏使我变得贪婪，一旦拥有，就要消灭殆尽。记得有一次，好久没有吃到糖块了，就偷了家里的鸡蛋，到供销社去换。人还没有柜台高，抓了糖块就跑到外面，连糖纸一起塞进嘴巴——春天时，实在想吃，就去舔花朵的屁股，淡淡的甜，重复了一遍又一遍。还有很多次偷吃奶奶做馒头的白糖——糊得满脸都是，被奶奶抓到，一顿臭骂，尴尬地走出来，心里很是委屈，找个没人的地方去哭一会儿。到了过年的时候，母亲做了包糖的馒头，总是先掰开，吃掉糖，把馒头皮扔到篮子里。

和奶奶不同的是，母亲只是唠叨，从不骂我。十四岁时，到外村读中学，经常在一个老太太开的杂货铺买饼干吃，欠了五十块钱的账，真的搞不到钱还了，她就对母亲说了。这次，母亲真的生气了，付账之后，带着我，一路走一路训——没过多久，我还想吃，看到那些花花绿绿的吃食，我就想吃，馋得流口水，但是，把衣兜摸了好几个洞，也还是没一分钱。那时候，我真的感到了悲哀——没有想到物质对人的要挟，而只是想到了自己的无奈和贫穷；期望长大，有更多的钱可以用来支配——典型的一厢情愿心理。十六岁时，似乎有了廉耻之感，再饿、再想吃，也只是忍着，或者躲开。有一次在集市上，很多人都在喝羊汤、吃油条。我也想吃，可我知道，没有钱，谁也不肯给你的。我只能去找母亲——那么大的集市，几千人熙攘，蜂拥，我在里面穿梭了三个来回，才在一个布摊上找到母亲，她给我十元钱，让我去吃。

其实，我不爱吃肉，尤其是牲畜的内脏，羊汤也不好喝，太腥。还要说的是，那时我还是一个纯正的素食主义者，买羊汤喝纯粹是受到了他人吃喝的引诱——强大的力量，在身体之内发生作用，异常迫切，甚至惨烈，没有一个孩子可以抵抗极端的饥饿。后来，到更远的地方去上学读书，那里的物质更为丰厚，四周都是，只要抬眼、伸手，就可以摸到，但根本的问题是——物质需要货币的等量交换，或者说物质就是为货币而诞生的。对于我这样一个物质贫乏的人来说，再多的物质也只能是身外之物，与自己毫无瓜葛。还记得有一次，几个同学一起看电影，我买票，然后将剩余的二十元钱交给一个心仪已久的女同学保管——没多久，母亲就对我说，人家都笑话你傻呢！连钱都给别人管。后经核实，这话正是出自那位女同学之口——或许，物质远比信任重要得多，生存的艰难传统和思想意识生硬而又嘲弄地推离了我示爱的本意。

那时候，一个正在成长的孩子，总是耽于幻想，关于爱情、生活和此后的种种际遇——浪漫的色彩斑斓美丽，而面对的现实坚硬如铁。在物质面前，所有的浪漫都不堪一击。那次被出卖、嘲弄之后，我收敛了好多——几乎与此同时，也在心里始终觉得，那个女同学的举动是对纯粹爱情或者说友谊的严重诋毁，在我心里，她一下子丑陋和渺小起来，那种萌动爱慕的感觉一去不返。有一次在舅舅家遇到她，却没有尴尬，倒有一种蔑视心理。还有很多次，一个人走在城市当中，在物质和它们催发的叫卖声中深陷，我狠狠地想有朝一日会将整个城市买下来。

这种狂妄我看作是理想，尽管此后并没有向此目标穷追不舍，耿耿于怀，甚至头破血流。奢华的城市仍旧由众多的他人掌控——但谁能说根本上不是由物质所掌控呢？以致多年之后，我的理想仍旧没有实现。有几次走在北京和上海的街道上，或乘坐飞机在空中俯瞰，那种买卜整个城市的欲望再次爆发——虽然持续很短，但一点儿也不亚于雷声。这种对物质的梦想，我相信应当有它的容身之地。对此，我只能在自己的位置、在周遭的物质当中，想象、仰望、寻找、拿来、丢弃和依赖，像一只蜜蜂——使命一样劳作，在不断的渴求和厌倦中继续。就像罗丹所说：时光流逝，一代人的工作和梦想还没有完成，他们的生命就已结束。又一代人开始劳作了——遭遇与我们相同的命运，就像一粒石子投入草丛，没有声息，但会卓有成效。

杨献平：作家。著有《在西北行走》《沙漠里的细水微光》等。

本文刊于《天涯》2007 年第 2 期。

绝版的抒情

江　子

七十岁那年，他回到了久违的故乡，带着他目不识丁的小脚老伴儿，据说还有几箱子书。他带回来的，还有他的令人猜测的身世——村里人对他是熟悉的，许多与他同龄的人，依然能从他已经苍老的身材和面容对他进行指认；而没有见过他的年轻人，也都从村里年长的人口中知道他的名字。村里人对他同时又是陌生的，这个少小离家的老人，他有过怎样不平凡的经历、怎样的际遇、怎样无告的哀哭和欣喜？在他七十岁的身体的深渊里，埋藏着怎样的一堆时间之灰、怎样的光亮和阴影？而村里人对他的了解是点滴的、片面的、道听途说和似是而非的。有人说，他是一个抱养来的孩子，生身父母是谁，谁也无从知晓。有人说，他的人生充满了太多的坎坷：少时读书，十多岁时就离开家门；年轻时，与许多热血青年一起，振臂高呼救国，办过杂志，写过文章，篇篇都是犀利的檄文；坐过国民党的监狱；有官不做，以教书为业，育得学子三千；"文革"时被踢断肋骨四根；至今许多人物辞典里，收录过他的生平。有人说，他的才华到了博古通今的地步，《红楼梦》的许多精彩章节，他都倒背如流。又有人说，他年轻时风流成性，许多女人都和他有过交往，他因此吃了不少苦头（他头发雪白，身材修长，举止儒雅，即使晚年，亦是十分迷人）……七十岁那年，他回到了故乡，请人翻修了他行将坍塌的祖屋。在祖屋的门楣上，他用行楷写下了“归来居”的匾额，并在匾额的上方，用隶书抄写了陶渊明的《归去来兮辞》；同时在空余的位置，画了几笔淡淡的兰花（在祖屋的檐头上，亦相得益彰地长了一蓬狗尾草）。在祖屋里，他养花、种草，写字、画画。他养的花草，有月季、吊兰、君子兰等，冬天的时候还有水仙。在祖屋的小天井里，他经常给花草浇水。而他身后，悬挂在里屋门墙上的一株吊兰，蔓生的枝条衍生的阴影已把半边墙遮蔽。祖屋中，悬挂着他的书法和国画。他画马、兰花，他的书法真草隶篆俱佳，而所书的内容，有文天祥的《正气歌》、诸葛亮的《出师表》，以及陶渊明的诗。偶尔，他还会腌制酱菜、豆腐乳、小片的腊肉。他精通腌制术，经他腌制的食物，竟有一股与村里人不同的美味（一股子书卷味）。——他是谁？一个回头的浪子？一个居身世外的高人？一尊流落民间的古董（青花瓷器）？村里人不知晓，而对往事，他绝口不提。

昨日的传奇都已成过眼烟云，昨日的愤怒都已平息，昨日犯下的错误已不需要改正。他在故乡的祖屋里，等待疾病，约会死亡。他的身体越来越衰老，背影越发地充满了凉意。他的书法，笔画越发松散、飘忽……疾病和死亡，像一个赶了很多路的老者，姗姗来迟，在他七十六岁那年，终于抵达他业已衰老不堪的身体——他患了皮肤癌。这种疾病的症状是，他衰老的身体经常出现一些不明的肿块。他在故乡祖屋里隐匿的他的不同寻常的经历，村里人猜不透的谜——他年少时的轻狂，他曾经的委屈、光荣、得意和失意，他过人的才华，都转化为他身体里的毒素。而隐藏多年的毒性一旦发作，那将是命运以皮肤为纸写就的一些不明文字，是死神催促一个人起身的一纸告文。接到死神的告示，他不感到意外，也似乎没有悲伤。他依然写字、画画，给花草浇水，偶尔剪去花草干枯的枝条。他经常带着患病的身体在黄昏的田野散步，样子极像一个游手好闲的人，用的是村里人少有的态势。在绿色的田野里，他头顶雪冠，白衣飘飘，像极了传说中的仙人。或者，他躺在祖屋前空地的躺椅上闭目，有人经过他也充耳不闻，像是回忆起某件已相隔久远的往事，或是陷入对历史的深深忏悔之中。当一个陌生的年轻人（据说是他在远方的至交好友的孙子）从北京某所名牌大学千里迢迢赶来看他，告别的时候，他哭了。他的身体靠在墙上（这使得似有洁癖的他衣服上因此沾上了不少的灰尘），双肩耸动，双手掩面，几乎不能自持。哭声从他的指间，像一条浑浊的河流，汹涌奔流。他哭泣的样子，令所有围观的人动容。他的哭泣里有着对往事的留恋、对未来毫无意义的挽留、对人间真情的珍视眷顾，以及对人生须臾的感叹。而当一群举止蹒跚的老太太相约来看望他，他却高兴得像个孩子。她们的身份以及和他的关系颇让村里人猜测。她们在他的祖屋里抽着烟卷儿——是那种叫“大前门”的不带过滤嘴的老牌子香烟。她们抽烟的姿势透着一种久远的优雅，一种老牌的迷人的风度。她们还在他的祖屋里打着骨牌——一种村里已很少有人会玩的牌技。她们在他面前显得十分亲昵，偶尔地撒着娇，就像她们是十八九岁的小姑娘。他的小脚老伴儿，在厨房不情愿地忙碌着，嘴里嘟嘟囔囔。而他却有一种偷偷掩饰的欣喜，和一丝丝对老伴儿的愧疚。他的脸上，有着与他的年龄不相称的温情，仿佛他不是一个濒临死亡的古稀老人，而是陷入恋爱中的少年；而她们不是来与一个不久于人世的人告别，而是来赶一场期待已久的约会……七十六岁那年，他死了。他死前的一个早晨，还提着饱蘸了墨汁的毛笔，亲自爬上楼梯，在一直空白的檐头写下了“永葆天机”四个大字。字用的是楷体，苍劲有力，根本看不出是出自一个濒死者的手。——这个精通腌制术的老人，是否想借此告诉别人关于腌制术的要诀？他死的时候无声无息。他的表情平静、安详，就像一个熟睡的婴儿那样。而在他仍然温热的身体的旁边（枕边），是一本已经卷了角的村里人看不懂的外国人写的诗集。摊开的一页上写着：

当你老了，头发白了，睡意昏沉，

炉火旁打盹儿，请取下这部诗歌，

慢慢读，回想你过去眼神的柔和，
回想它们昔日浓重的阴影；

多少人爱你青春欢畅的时辰，
爱慕你的美丽，假意或真心，
只有一个人爱你那朝圣者的灵魂，
爱你衰老了的脸上的痛苦的皱纹；

垂下头来，在红光闪耀的炉子旁，
凄然地轻轻诉说那爱情的消逝，
在头顶的山上它缓缓踱着步子，
在一群星星中间隐藏着脸庞。

——〔爱尔兰〕叶芝《当你老了》

江子：作家。著有《入世者手记》《在谶语中练习击球》等。

本文刊于《天涯》2007 年第 2 期。

我们在稻谷上睡了一个冬天

帕蒂古丽

那一年，地里的稻谷还没有收回来，大雪就像盗贼一样从南山那边扑过来，抢夺了村庄里收割的喜悦。

爹爹悔得直跳：“咳！就在地里多放了一夜，谁知道雪这个贼娃子，会趁村庄睡着的时候，把一地壮壮实实的稻谷全给埋起来了。现在镰刀磨得再利，又有啥用？”

“辛苦了一年的收成，总不能就这样送给雪贼，就是一点一点挖，一捧一捧捧，也要把它收回来。不然，娃娃们挨饿不说，连明年的稻种子都有麻烦。”妈妈低头看着隆起的肚子叹了口长气。

这天，村里的大人孩子全都出动了，扛着铁锹、坎土曼、铁叉、木锨，推着手推车，带着畚斗、簸箕、筛子，到雪地里刨稻谷。

稻谷躺在冰床上

雪有一尺多厚，要一锹一锹把雪铲成堆，再运到稻地外面去。等手推车推出去的雪在稻地四周围起冰雪长城，脚下的稻谷才从雪缝中戳出了一根根尖细的稻芒。

再往下铲，都是混了雪的稻谷，人踩过以后，稻谷和雪粒粘在一起，日头一照就结成了块，掰也掰不开了。

这天，全村的人都蹲在地里捡稻子，远远地看过去，就像是在雪海里淘金子。

我和弟弟妹妹跟着大人们在雪窝里淘稻谷，我们用双手把稻子旁边的雪刨开，稻子一棵棵躺在雪上，就像金丝金豆撒开在白白的棉花絮上，金闪闪地耀人眼。

小心地抠掉沾在稻穗上的雪渣子，再轻轻地剥掉裹在稻谷壳上的冰块凝雪，一棵完整的稻穗就躺进我们为它准备的畚斗里。

爹爹走过来，看到我们举着稻穗像看花骨朵一样就跺脚："还不拿畚斗快点儿铲，铲起来倒进麻袋里！不把掀开雪层的稻谷赶紧铲起来，要是夜里再下场雪，它们就要烂在地里了！"

我们加快了手脚，满畚斗、满簸箕地撮起雪地里沾着冰粒的稻谷，把大一点儿的雪块挑出来丢在一边，把裹着冰衣、连着稻秸的稻谷，倒进大麻袋里。往麻袋里倒喳喳作响的稻谷，就像是在倒真金白银。

到日头偏西的时候，我们已经收了一半的稻谷。到日头隐在我们早上用雪垒起的白色长城后面时，所有的稻秸连着谷穗，都和冰冻的大地结成了一整块镶金雕银的冰面。——我们终于连一粒稻谷都剥不出来了。

爹爹用一把小锄头在冰面上刨了一会儿，只在冰面上刨了几个白色的小坑。爹爹摇摇头，收起了锄头，套上了毛驴车，把六个装满稻谷的大麻袋放倒在车上，我和弟弟妹妹也一个接一个地爬到了麻袋上面。

大雪从人们手里抢夺过去的宝藏，又被人们抢夺了回来，尽管只抢夺了一部分，至少人们没有完全输给这场大雪。

不一会儿，马车、驴车和手推车都排成了队，跟在我们后面，就像运送宝藏的队伍在雪原上列队行走。还有一些人肩扛身背着麻袋，一边走一边不停地往回看，那样子就像是把孩子丢在了地里。

路上爹爹说，明儿个要起一个大早，把丢在地里的稻谷全都收回去，实在捡不起来的，就让牛羊、鸡鹅来觅食，这么好的粮食，一粒也不能白糟蹋了。

稻谷睡在大炕上

我们把本来躺在冰床上的稻谷，搬回了家里。

妈妈挺着大肚子，抱了一大捆干树枝在炕洞里点燃了火。爹爹掀开了大炕上所有的苇席和毡子，把六麻袋夹带着冰雪的稻谷全都倒在了大炕上，用木锨摊平。雪渣子一遇着热炕，很快化成了水，嗞嗞地冒着热气。

爹爹把苇席、毡子、单子、褥子，一层层铺盖在摊开的稻谷和冰雪上，妈妈抱来的干树枝已经堆满了半间屋子。爹爹说："孩子们，你们拉开被窝，就睡在稻谷上。我和你妈一起把炕烧热。"

我和弟弟妹妹，和一大炕的稻谷一起睡得很香。

早上起来，我向窗户外一看，没有日头，鹅毛大雪像会动的棉花帘子一样厚厚地挂在窗玻璃上，一扑扇、一扑扇的。爹爹绿色的眼珠显得阴沉沉的。半屋子的柴火，全都变成了死灰，堆在炕洞里。妈妈坐在炕洞前，脸色像灰一样。

大雪一连下了半个月，每天早上起来，连门都被雪堵住，推也推不开。那些日子，我们不再去稻地里收稻谷，从早上到晚上，我们都在做一样事情——扫雪、铲雪。扫了屋顶上的，再爬下来铲院子里的，扫完院子里的，再铲羊圈里的。刚刚扫干净，又落下厚厚的一层。老天就像在弹棉花，大梁坡村被捂在巨大的棉花套里，掀也掀不掉。

雪停天放晴的那天，村里有很多人还是不甘心地到稻地里去，看看稻谷被雪埋了多深。人们没有一个扛家伙的，两只手筒在袖筒里去，又筒着两只手回来，脑袋和眼睛像是被稻地里一根看不见的线绳牵拉着，一步一回头，好像那些稻子会在他们哪一次回头时，一下子从雪窝里窜出来，窜到他们跟前。

回来的路上，爹爹的头像霜雪压倒的稗子穗，一直戳进了肩胛里，硬是一次也没有回过头。我替爹爹回头看了看那片稻地，爹爹后脑勺上跟长了天眼似的："丫头，再看也没法子把在地里的稻谷看回来了，还是赶快回去吧。"

爹爹的步子越走越急，我一路小跑跟到家里。爹爹进了院子，操起靠在墙根的一把木锨就冲进家门，连脚带鞋上了炕，把炕上的铺盖、毡席全掀到地上，他就像大锅里翻炒手抓饭一样，不停地翻搅满炕的稻谷，稻谷冒着腾腾的热气，土炕上不时地露出斑斑水渍。

妈妈、我和弟弟、妹妹抱起地上的潮乎乎的被子，晒到了院子里。本来薄薄的毡子浸透了雪水，变得比平时厚了几倍，我们四个人拽着又湿又重的毡子四角，好不容易拽到了柴草跺上摊平。

炕上的稻谷被爹爹一刻不停地翻搅了大半天。到傍晚的时候，我们把冻得像一张大铅饼一样的羊毛毡子，重又盖到了还没有干透的稻谷上。

晚上，睡在硬邦邦的冻毡子上，像睡在大冰块上，被子怎么也暖不起来，一股凉气从身子底下直往上拔。

"下面火炕烤，上面身子焐，稻谷干得快一点儿。"爹爹躺在被窝里说这话的时候，牙齿打着战。

我们睡在稻谷上

我们在稻谷上睡了一个冬天。这是全家人睡得最踏实的一个冬天。我们每天晚上早早就躺在火炕上，用身子去暖那些稻谷。

每天早上起来，我都能看到爹爹的胡须上、妈妈和妹妹的发辫上，沾着细细的稻芒。

照镜子的时候，我还能看到细小的稻芒夹在我柔软的头发丝中间，它们就像是躺在稻草堆里那么舒坦。一个冬天，我们家的每个人身上都带着新鲜稻谷的香气。

我们每天看着邻居家的大儿子喀力哈孜用石头臼子捣米，他们家每隔一天就有一顿大米饭吃。那些稻谷躺在我们身子下面，我们一粒都没舍得吃。爹爹说："炕上的这些种子，吃掉一颗，明年地里就要歉收一捧米。吃到肚子里的只有变成粪，种在地里的才能长成粮食。"

听了爹爹的话，就是看到有一颗稻谷掉在地上，捡起来偷偷含进嘴里，我都不舍得嚼烂，又悄悄把沾着口水的稻谷粒放进毡子下面盖好。我们硬是忍着，把一天三顿饭，减到一天只吃两顿，靠着喝玉米糊，吞高粱饼和吃地窖里的土豆、白菜，挨过了一个冬天。

冬天终于到了尾巴根上的时候，又一个弟弟降生在铺满稻谷的大炕上。本来睡在妈妈旁边的妹妹，把靠着炕洞和火墙最暖和的位置，让给了新出生的弟弟。

大炕上又多了一个娃娃，家里顿时热闹了很多。我家的门上还挂上了一根透着喜气的红布条，爹爹妈妈的脸也像五九过后的天气，渐渐暖和起来。

妈妈给小弟弟穿上妹妹刚出生时穿过的小棉袄，让我抱他到院子里看冰凌。屋檐下的冰凌吊得有三尺长，像透明的绳索垂挂在头顶上，滴答滴答往地上滴水。

"一九二九不是九，三九四九冻死狗，五九六九娃娃拍手，七九鸭子八九雁，九九加一九……"邻居家的女孩儿穿了鲜艳的衣服，扎了漂亮的麻花辫，一边唱一边跳橡皮筋。春天的气息就从她们的童谣、花衣服和头顶的蝴蝶花，弥漫到了整个大梁坡村。

稻谷来到了春天

大梁坡村的春天，最先是沿着出去觅食的羊踩出的雪坑走进来的，深深浅浅的羊蹄坑在春风里一行一行变得水汪汪的。厚厚的积雪覆盖的大地泥土最先从那一个个小坑里重见天日，小小的羊蹄坑从村庄四周越走越远，向着村庄外更远的地方散开去。

冰冻了一个漫漫长冬的大地，就像是从羊蹄坑里解开了一粒粒黑色的纽扣，慢慢脱去了捂了一冬的白羊皮袄，一点一点露出了春色。

眼见着路边的杨树返青，河沿的柳树吐出苍绿的芽苞，结冰的渠沟在晴天里变得水汪汪的，春天的味道慢慢地从冰融雪消的田野上升腾起来。

清早，布谷的鸣叫从河坝那边飞过来，“布谷”“布谷”的声音在窗户上、屋檐上飞来撞去。这声音撞到谁家，谁家就像得着了神谕似的，打开仓房，开始清理农具和闲放了一冬的马车和驴车。

爹爹修整好拉犁铧的绳索，把它套在老牛身上，起早摸黑到稻谷地里犁了三天地，他说，这片地去年吃下了那么多粮食，肥得流油，今年根本不用上肥料了。

我们把稻谷从大炕上扫起来，堆到场院里，爹爹给马套上了石磙子。马拉着石磙子在场院里撒了大半天的欢，那些连着稻秸秆的稻谷，舒服地躺在磙子下面打滚。我们在被爹爹的铁叉叉到了一边的干净的稻秸秆上打滚，就像在铺了新褥子的大炕上打滚。

我们把妈妈扬好了的稻谷，用木锨和簸箕铲进大麻袋里，抬到了车上。

爹爹把驴车赶上了高高的大梁坡。

我和弟弟妹妹坐在摞得高高的麻袋上，村庄一下子变得很矮很矮。我们被装满稻种的大麻袋托在半空中，天上软绵绵的云、地上暖洋洋的风，向着我们扑过来。

从坡顶上远远地看过去，冬天被雪埋掉的那片稻地，已经被犁铧翻了个透，油黑油黑的泥土上，拢着淡白的水雾，日头照在雾气上，反出一道道、一圈圈紫蓝色的光晕，像虹一样。

弟弟和妹妹早已按捺不住，跳下高高的麻袋垛子，在翻得松软的泥土上奔跑。爹爹停好了驴车，卸下稻种，坐在新打的田埂上，卷上根莫合烟点着，美美地吸了一口，眯着眼睛看弟妹们在稻地里撒欢。

我问爹爹："这么大一片稻田，这几麻袋稻种不够播咋办？"

爹爹捋了一把密密匝匝的胡茬子，对着稻地盘算："就是种子播稀点儿，也得把这块地全都撒上种子。今年雪水这么足，这地里，播上一颗种子，就能活一棵苗子，说不定去年埋在地里的稻谷也能发芽。再等些日子，这稻地里就长满绿绿的稻秧了。"

爹爹说这话的时候，我看见他湿汪汪的眼睛就像是两大块水田，成片成片的稻子苗浸在他的眼波里，那些在爹爹眼里疯长的绿色稻苗，一下子盖满了整个大梁坡，连大梁坡上刮过的呼啦啦的风，都被爹爹眼睛里的光染绿了……

帕蒂古丽：作家。著有《跟羊儿分享的秘密》等。

本文刊于《天涯》2012 年第 2 期。

留在书上的划痕

安　歌

那时候我还很小，大概也就十一二岁吧。也不知什么原因，总是很孤单，日日与书相伴。虽然除了几本翻烂的小人书外，我并没有属于自己的书。幸运的是妈妈也酷爱读书，尽管那个年代的书并不如现在名目繁多，但妈妈总会带回一些好书，对我，就是至上的安慰了。

记得最清楚的就是妈妈从单位图书馆借回来的《鲁迅全集》。其实那个年龄的我是不可能理解鲁迅先生极理性的世界的，除了觉得先生的言辞给我隐隐的痛快外，更多的是因为书中出现的那些红笔的划痕。划痕极细致，像小心的波浪托在先生文字下面，旁边间或有眉批，也是很娟秀的红色。记得在鲁迅先生关于有缺点的战士和完美的苍蝇旁有这样一段眉批：苍蝇们和习惯苍蝇们的人们覆盖世界的时候，我已看不见了战士。那纤纤秀秀的文字所显示出的隐忍的悲凉和先生匕首投枪般冷如雪峰峰巅的愤懑那么相称，仿若执手面对苍黄世界的一对蓝色恋人，那种相互耀照的美使小小的我心仪。静静看着它们的时候，我仿佛和眉批者有了共同的隐私——在呼吸和血液里翻开另一个人内心思想的脉动，觉得静静的幸福。

忍不住问妈妈那个写眉批的人，妈妈说，这是毛阿姨的丈夫写的。毛阿姨住在我们家拐角一个深深的小巷子里，她的丈夫张是我们学校的校长。这以后我静默的少年世界里便多出一个人，从此便可以常常看见张从我家的门前走过——年近四十，高高的个子，一副黑框的眼镜在他白皙的脸上，细小的眼睛温良地闪在镜片后面。他有时对我笑笑，像对任何一个邻居的孩子。他并不知道我在自己的暗角已经走过了他的眉批和划痕，他更不知道我在那些文字中所看到的呼吸和血液已使我把他当成了亲人之外的一个亲人——秘密的同志。因为他的不知道，这一切便意味深长。

张和他的家虽然在我们的大院里，但他和毛阿姨总是离人群很远。有时我路过他家关紧的木板院门，就想张在哪里行走呢，总是在很远的地方吧。

有一次妈妈负责发电影票，毛阿姨出差去了，妈妈说她不想给毛阿姨家送去。我从饭桌旁站起来说，我去吧。推开他家大院的木门，院子里静悄悄的，种满西红柿、辣椒和豆角的院子在正午的阳光里敞开着，我有一种隐隐的激动和紧张。我敲房间的门，久久没有人声。推门进屋，准备把票放在外间的小圆桌上便离开。那个时代，邻里之间互送东西，遇到家中无人时，进门把东西留屋里是常有的事情。正在桌上放电影票，里间的门开了，张走了出来。我感到有一种隐隐的慌乱，不是来自我，而是来自张。我没有看张的脸，对他说，妈妈要我来送毛阿姨的电影票。同时我看见了那个女人，潮红的脸，坐在凌乱的床上打理着凌乱的头发——那个女人不是毛阿姨。

我不了解毛阿姨，据说她不漂亮，而且很晚才结婚——这都是大人们说的。我知道里间的那个女人是张学校的语文教师，课讲得极好。她的儿子比我高一年级，刚刚在全省的作文竞赛中获了奖。当然，在那个年龄，我虽然不像大人们所想象的那么一无所知，但对很多事情依然是想不通的。回到家后，大人们都午休了，我静静地翻开那本《鲁迅全集》，看着那小溪般的红线上娟秀的眉批，心里觉得无边的悲伤，那个中午巨大地堵在我的心里，久久挥之不去。除此之外，我还有一些隐隐的担心，不知道是为张还是为毛阿姨。

从此之后，远远地看见张，我总是用一个孩子的方式尽量自然地躲开——为了不使他难堪。张永远都不会知道，在那些眉批的秘密联合下，一个十一二岁的女孩子埋藏着对她而言无比巨大的秘密和她所感到的悲伤。

然而，事情还是败露了。那个女教师在她丈夫深夜的拳脚下，说是张强迫的。张一言不发地被送进了监狱。我隐隐觉得张是爱那个女老师的，尽管她也不漂亮，但她笑时的眉眼间有一种一闪而过的灵气，那是非人间的一种轻灵，张或许想握住这光。在那个作风不好比杀人更耻辱的年代，我想他一定感到了比他的罪名和坐牢更大的耻辱和悲伤，因为这关联着背叛。我不知道他那时是否还有能力想到苍蝇。

这事成为县城的一大新闻，人们，特别是女人们纷纷议论——早就看出了他心术不正。但毛阿姨却出奇地镇静，像是什么也没有发生过，依旧静悄悄地上下班，去探监时，她还送去了新织好的毛衣和自家院里的新鲜蔬菜。那些一心想等着她的眼泪和哭诉的人们在失望之余，把准备好的同情和安抚变成了：这个贱女人，就怕找不上男人。

我看着毛阿姨来去的背影，希望她更有力量些。我想，毛阿姨之所以如此镇定是明白这世上谁是真正的亲人，也许正是在喧嚣尘世之外那些静静的眉批，建立了他们之间不仅仅是血肉意义上的真正的亲人关系。而这种感情所需要的意志力，在那个年代，是一个女人真正成为女人后才能懂得的。我曾想站出来对这事发言，但我十二岁的证词能证明谁，又能伤害谁呢？也许只能让大人们的世界和张尴尬，而我也将被彻底地抛出十二岁。我躲在整个事件之外，想着人世的莫测，我知道了所有的路都会走出很远。

我就是从那一行行眉批、点画和这个事件中走出了自己的童年。从张的行为、毛阿姨和他的情人各自的行为中走出了盘根问底的童年，从此再也无法走回去了。

后来张搬走了，和毛阿姨一起走出了我们的巷道。我也像众人一样忘记了此事。但以后很多年里，只要看到陌生书页上的眉批和划痕，我就会想起那本《鲁迅全集》和张远远走来的样子，还有毛阿姨。

安歌：诗人。著有《植物记》《阳光的首都》等。

本文刊于《天涯》2014年第2期。

檐上的月亮

小旅馆

沈　念

我们鱼贯而入。在小旅馆的门口。

每天的这个时候，白日的微光逐渐被次第亮起的路灯、招牌灯散射出的或柔媚或刺眼的光芒抵抗、遮掩的时候，总有一些人，他们或她们，或者不间断地小住几天的我们，三三两两地聚集成堆，或者一窝蜂地钻出来，挤在小旅馆门口并不宽敞的水泥坪上。然后鱼——贯——而——入。

小旅馆，在这座小县城里，名气就像它的规模，一般般。称谓小旅馆，是人们的习惯，还有那的确很窄的门面。如果要准确地描述它的位置，应该有三种方式：桥东胜利农贸市场右侧一百五十米处，桥东陵园路 171 号，湘运汽车站斜对面——老张医师诊所隔壁。对于第三种表达，是因为这家诊所的招牌，白底红色行楷字的招牌，无论白天还是晚上都十分醒目。许多人，尤其是一些女人，是这家诊所的常客。不一定是看病，可能是闲聊，问些生活小常识，间搭买点儿必用品。然后从诊所出来，走过那条四五米长的煤渣铺成的路，再走进这被称为"隔壁"的小旅馆。

小旅馆有姓有名，一个听起来有点儿老态龙钟而又充溢着美好愿望气息的词语——喜临门。多年前取的名字，不知道这些年小旅馆里有多少算得上喜的事降临过。但据大家的议论，曾经几易其主的旅馆老板，一个比一个显得精瘦，油水被前面的主儿刮得越留越薄了。我曾经路过的一次，正好目睹公安的四辆警车一溜子排在小旅馆门口，车顶的红警灯忽闪忽闪的，尖利的叫嚣声吓得那些围在车站附近的无证经营小贩落荒而逃。开始大家以为是抓那些暗里出没的皮肉生意，纷纷拥挤在门口，想看看那些垂头丧气的男人和无所谓的异地女子是怎样钻进警车里的。大家想象着，等待几个光溜溜或至少露点儿什么的身体出现，可那天的结果是一拨人一拨人换岗似的等到最后，终于看见几个警察抬着蒙着白布的担架出来，有一双脚因为担架的倾斜不慎露出而成为供人猜测的“根源”。这双脚的主人的年龄和身份在接后的一段时间里被唾沫四溅地流传，最后的怀疑对象落在一个老年男子和一个靠身体谋生的中年女子身上。一个因为过度兴奋用力过猛，一个因为接客过多。关于前者用药的说法是从诊所传开的，人们证实那个老年男子曾在诊所的当街玻璃柜台里买走过壮阳之类的药物，而且“那男的一看就是常年四季在外面搞这种事的男人，只能靠药物了”。有人这么说，立刻有人顶去一句，“这事，谁不搞这事呢？”而关于中年女子的判断，是与她有过交道的人发现，这个叫“阿兰”的女子神秘失踪了，就在那天下午。失踪说明了什么呢？这个从邻省来的女子，一度孤独地靠自己养活自己，她还从邮局寄走过几次小笔的钱。也许有人认识她，甚至有过亲密接触，但她“失踪”了，再也没在县城里出现过。倒是几年后有人说在另一个城市的火车站出口处看到过衣着光鲜的阿兰，拉扯着一西装革履的男人，一看就让人明白还干着那营生。只要她还活着就好，诊所的老张医生叹着气说。

我第一次走进小旅馆是八岁那年。一个八岁的孩子对它的记忆保留在一些模糊的片断上。模糊，是因为八岁所处的年龄段对经历事物的记忆提取有着极大的随意性：红色油漆新刷过后的鲜亮地面，深橘黄色的高柜台，两盆新鲜得很的假花，墙壁中间悬挂的别人赠送的玻璃框左上角写着“开张志庆生意兴隆”，而框着的是那时十分畅销的迎客松图。太阳照着山岭上的一棵大松树，也照在胖胖的中年女老板长着三个下巴的笑脸上，松树展开的浓密枝叶喻示着展翅的鲲鹏。当然有关鲲鹏、有关画是我父亲的朋友、那天把我从老家小镇带到县城的朱叔叔讲解的。那天晚上我和他挤睡在一张床上，另一张上的客人不知为何深夜未归。朱叔叔的呼噜声响亮，在白天我见过的松树和想象中的所谓鲲鹏之间变幻，俯冲下来钻进我的耳朵里，我一直睡不进梦里。也不仅是呼噜声的原因，我想家了，想父母和家里的小床，还有对那间双人房——我的新奇感一直没消退。

我仍然记得那间位于狭长走廊东头的双人房，简单的布置局限在两张床、一个木制洗脸架、两把可以坐两个我的平藤椅、一张四方桌子和一台 14 寸的黑白韶峰电视机上。所有的家具都是那种新的橘黄色，亮眼得很，房间里散发出油漆的气息在鼻子里干巴巴地痒。那天晚上，我小心翼翼地拨弄着电视机上的旋钮，雪花点一直不停地闪烁，很遗憾的是电视台没有节目。我的心情像那些雪花点样地说不清楚滋味。我的手在旋钮上用力，隔一阵隔一阵地用力，我甚至怀疑电视机坏了。可这台取名自伟人故乡特征性事物的韶峰牌，在当时的名气是口口相传的。这个词语曾经在县城以及小镇、乡村里的多少张嘴里滚来滚去，仿佛这不是简单的一个词，而是一颗令孩子们流口水并且骄傲得不愿吞化的糖。

那个晚上的睡眠完全脱离了平常的轨道。我睁开眼睛，月光透过玻璃窗洒射在桌椅上、电视机上、洗脸架的大牡丹花瓷盆上，一种淡淡而晶莹的白，刺眼，无所顾忌。我连忙闭上眼睛，一片静谧，搓揉散了呼噜声。我迷迷糊糊地睡了，又在朱叔叔下床拉尿的时刻醒来，他晚上喝多了酒，进进出出上了四五趟厕所。我不作声，但他每次下床上床弄出的一丝丝响动都钻进了耳朵里。

这个在八岁孩子眼中完全是“新”的小旅馆，在我时隔十三年之后再次进入时，一切都蒙上了“旧”的色彩，旧里还张扬地显示出残破。挂玻璃框的墙上留下一个背影，换了一面早已歇息的挂钟，也不知在这里时间停了多久。假花不见了，柜台的位置没变，因为只有那个角落才能容得下这个大厅里唯一的庞然大物。只是柜台表面磨损得厉害，深橘黄色的颜色早已脱落，多少汗渍或者做过别的事的手，在柜台上摸过来擦过去，留在了小旅馆的记忆里。那天下午大街上阳光灿烂，而小旅馆里显得格外黯然，甚至阴沁。我的身高已经允许我往柜台里自由探视，原来这么脏乱，比我八岁时的渴望与想象差远了。笔、卷边的记录本、茶杯、计算器、过期的报纸以及更多七零八乱的小东西，都那么自然地袒露在视野里。

这一次我没在这里留宿，房子里的潮湿、地面漆的剥落、藤椅不见了、床单的不洁以及床褥摸上去的湿润感，都构成我不留宿的借口。我看到柜台后墙壁上的小黑板用白广告粉标示的价格。五人间：五元。三人间：十元。两人间：十五元。单人间：二十五元。这是我见过的最便宜的地方了。还有我听闻里别人给小旅馆冠上“鸡棚”的外号，这个道听途说的绰号取得颇为有趣。在当地人的嘴巴里，它和阴暗、潮湿、肮脏、疾病等等有关，我内心明白，这里是许多异地或本地乡下女子的活命地。她们的身体，曾在每一张床上滚动过，每一张床单都应多少残留些她们身体里的芬芳。

我在小旅馆待了两个多小时，是去看一个人，我找他聊天，记下一些我想要得到的事件。然后，我甩给他两包精白沙烟，在一个电话的催促下匆忙离开。

我与小旅馆的这种过客与主人的关系，还谈不上什么它对我的影响或者别的更多内容。有许多东西，生命中注定了相遇，而“相遇”这个被我描述过多次且让我珍爱的词汇，又一次将相遇的对象推到更多眼球前面。这里要补充的一点是，在县城里发生的那次较大规模的拆迁改建中，从桥东路西头朝东开拓，但恰好到小旅馆的隔壁就终止了。那间老张记小诊所搬走了，到县城北门的更大一处地方继续生意兴隆着。那些女子要买些生活用的东西，可能要远走一段路到一家小医药超市去，也许在那柜台的下面也出售。现在若是要对小旅馆再进行位置的描述，已经发生了改变：胜利农贸市场背面，胜利路 171 号，湘运汽车站斜对面——家乐多超市的隔壁。超市在那条煤渣路上铺了水泥，到小旅馆的门口，一边很新，一边很旧。小旅馆一天到晚似乎还围着不少人，大家鱼贯而入，又鱼贯而出。因为从那里的一个小侧门，可以插近路到新的胜利农贸市场，能节约五到八分钟时间。我去县城的次数越来越少，但再少也还一定要去。因为公路的新开辟，有时我会沿另一条公路横穿过县城，与小旅馆擦肩而过。也有几次，我看到小旅馆在车窗外，像一个在花园里晒太阳的老头儿，表情冷淡、静默，旁边门脸比它新炫的各种店子的喧闹声毫不在意地淹没了它。

沈念：作家。著有《时光里的事物》等。

本文刊于《天涯》2006 年第 2 期。

城西之书

文　河

沙河

沙河从县城西侧流过，所以这儿的人们就把这条河叫作西沙河。我住在城西地带，西沙河离我大约三里左右。黄昏，我向西行走，如果走得快些，到达西沙河，就会看到夕阳正好落在水面上，河里一片通红。如果走得慢些，夕阳就已西沉了，水面只剩下一片漠漠的暮色，好像这世界上很多东西都走了似的。这时，我就随便站在河滩边的哪棵绿槐下，静静听一会儿蝉声，然后在黑夜来临之时，离去。

此河在此地称之为沙河，流经阜阳即古颍州时称之为颍河，然后蜿蜒入淮，入洪泽湖，入海，云蒸霞蔚，浩漫不知所终。天下的水都是相同的，但天下的河却各个不同，水的命运也因此而千变万化。

2000年初夏，我从城东搬到城西，到现在不知不觉已经过去了五个年头，我还没有想离开的意思。二十岁以前我认为这辈子应该定居在爱情中；三十岁之前我还没有放弃“生活在别处”的信念。我的四十岁还没到来，但三十岁之后我已哪儿都不太想去了，我只想静静守着一小片地方，守住生活中某些微不足道的东西。但有时我也想，也许是这些微不足道的东西拴住了我，让我无力离开。——这样的叙述，说明我是个内心充满矛盾的人。

2002年春天，我乘渡轮到河对岸去玩，过了长满杨树的行洪区，有一个小村庄，我相中了村后那片春天的荒树林子和林中野花盛开的青草地，村后还有一个长着芦苇的水塘，是村人取土烧砖挖成的。我当时突然冒出了一个念头，想在那儿租个院落生活个一年半载，每天写点儿什么，或者什么都不干，就那样闲着，静静面对着自己。这个念头当时很强烈，但对我来说当然不能实现，我只是想想罢了。在我的生活中，常有很多类似这样简单而又不切实际的念头，它们不绝如缕地出现，或长或短的持续一阵子，然后悄无声息地消失。

我已经说过，我已经在城西地带生活了五年，我不知道还要在这儿再生活多少个五年。好在我的一生还应该有好几个五年。我生活在这条河的附近，它不可能离开我，只有我可以离开它。有时，坐在它的岸边，坐久了，我曾荒唐地想，一条河，如果它能站起来，它应该是什么样子的呢。一棵树躺下，仍然是一棵树，一条河站起来，那就不是一条河了，也许是瀑布，也许是别的什么事物。一个人在一个地方是他，到了另一个地方，也许就永远不再是他了。——我总是不自觉地对我生活其中的世界做一些高于现实的测想和虚构。我向往某种生活，但在一个地方生活久了，就算有朝一日真的实现了，也许我反而不会适应了，我知道这点。我已经三十二岁了，我生命中最好的时光已经过去，余下的岁月只能充满更多的物质意义上的事物。

慢慢地，我的梦想已不会比一条河走得更远了。我的梦想已变成了河岸上的一棵树，泥土中是向下扎的根，天空中是一摊水汪汪的绿。

我越来越感到生活中的一些事物让我无力离开，比如我无力离开这条河。这样，我就不得不爱上它了。我不得不爱它枯水期的清瘦，不得不爱它丰水期的丰满，甚至我不得不爱它的泛滥和污染。当我说，沙河，沙河，我仿佛是在叫着一个活生生的名字，它和我的生活之间已经没有什么距离了。

乡村教堂

教堂处在去西关纸厂的那条路的南边，两个铁大门就对着路。路是煤屑路，机动车一过，灰尘滚滚，经久不息。因为灰尘，我很少走这条路，也很少到这个教堂来。教堂前面就是一大片田野，长着很多小樱桃树，这些樱桃树其实还不能算是树，还没有树的骨骼和身姿，正处于生长发育期，只能算是树苗。有时，我从前面过来，穿过一个小村庄，到这个未来的樱桃园散步。黄昏，路边那几棵小杨树上总是落满密密麻麻的麻雀，把树梢都压弯了，叽叽喳喳一片繁响，仿佛是整个绿叶稠密的树冠在夕阳中生机勃勃的鸣叫。暮色沉沉时，一切都静下来，从这儿可以望见教堂哥特式的黄色尖顶，在天空亮闪闪的，仿佛世上最后一抹生动的光亮。有几次，我独自从教堂门前经过，向教堂望去，发现整个建筑很清冷。——不过，也许是肃静。

我的祖母信基督，信了十几年了。她平时住在老家，有时也喜欢到城里住上一段时间，星期天就到这所教堂做礼拜。她刚信教那年，我得了一场大病，双侧气胸，差点儿死掉，她一边祈求她的上帝保佑我，一边积极动员我以后和她一块上天堂。那时我还年轻，不理解她的好意，也不理解宗教，我不喜欢她那些每次吃饭睡觉前祈祷一番的仪式性的烦琐，也不喜欢她的信仰中的功利性，她信教的主要目的就是死后上天堂。有一天，她又在我面前谈论进入天堂的种种好处，要求我皈依上帝。那时我刚从医院出来，在家休养。她说，要不是我祈求上帝保佑你，你现在还在医院躺着呢！她坚信不疑的样子让我感到好笑，我觉得这种宗教和我祖母的实用主义结合起来，显得有点儿不伦不类，这时的它与其说是一种精神的信仰，不如说更是一种世俗情感的寄托。我对祖母说，要不这样吧，你给我找本《圣经》，我先看看。她一听喜出望外，第二天就给我从她教友那儿拿来一本，我看了一段开头，浅尝辄止。也许是因为病后虚弱，我感到这部世界上最伟大的书实在太厚太重了，怎么也看不下去。又过了一天，我的祖母就对我说，这下你总该信仰上帝了吧，这个星期天和我一块做礼拜去。我说，我还是不想去。祖母急了，就说，你要是不去，上帝会生气的，还会让你犯病。几天后，我的另一侧保守性治疗的肺叶又漏气了，我还真的又住进了医院。这样一来，我的祖母对上帝的无所不能就更加坚信不疑了，她且忧且喜地说，瞧，这下让我说准了吧！

去年夏天，一场大雨过后，我到西沙河的河滩听蝉声，回来时路过这个教堂，一时好奇，就跑到那里面看看。教堂里面有点儿幽暗，那情景有点儿像英国后现代主义诗人拉金在其名诗《上教堂》的开头所写："我先注意里面有没有动静，／没有，我就进去，让门自己碰上。／一座通常的教堂：草垫、座位、石地，／……还有浓重而发霉的、不容忽略的寂静／……"我从半开的后门进去，教堂内部非常空旷。一排排空荡荡的座位，整齐而有序，虽然没有人坐，却仿佛仍然还有什么在那儿静静坐着，在那儿静静倾听和凝视。我的脚步不由得也变轻了，我慢慢向前走，然后踏上通往布道台的红地毡，好奇地登上布道台，低头看上面那束红色的落了一层薄薄灰尘的塑料花。当我居高临下地向着下面一排排空荡荡的座位张望时，竟然突然有一种精神上的优越感，仿佛一位精神世界里的钦差大臣。我很惊讶自己的这种感觉。皈依是心灵对某种高于自己的事物的虔诚投靠，但也意味着心灵对自己某种权利的无条件的放弃。这一刻，我知道，也许我永远也无法在自己的内心培养出那种强劲的宗教感了。

我很快就从教堂里走出来，至今一直再没进去过。

教堂大门两旁有两棵粗大的木槿树，我一直把这两棵木槿看成是教堂密不可分的有机组成部分。因此，这也是我有关这个乡村教堂印象中的一个亮点。这两棵木槿当时密密开满了浅红色的花朵，还有许多密密的未开的花蕾，让人觉得美在时间中有着大量的储备，包含着更多的现在和未来。我喜欢这些充盈的繁花。我喜欢柔软的东西，比如花朵和女人，比如春天和爱情，比如某一阵黄昏的钟声。我身上一直有一种类似于流水般柔软的东西。我与现实世界的关系可以用秦少游的一句词来形容，那就是：“郴江幸自绕郴山，为谁流下潇湘去。”——是啊，我原本应该整个地属于这个现实世界，但我身上的另一个我却又与它渐行渐远，寻找着某种现实之外的东西。

教堂东侧还有个长满青草的水洼，一只白鹭在水边一动不动地站着，我经过时它并没有想飞走的意思。我想离它更近些，但当我走到能看清它在水中倒影的距离时，它却突然飞起来了，像一小团雪，向教堂的方向飞去。我看见它飞过教堂的黄色尖顶，忽然融化在一片虚空之中。我静静站着，再也看不见它了，只有一团蓬松的云，天蓝得仿佛要塌下来。

四月的花叶

植物的花叶是四月份最好，尤其是四月初。这时各种树木的叶片刚好长出型，尤其是杨树的叶子，非常好看。杨树林的梢头齐刷刷的，像雕刻在蓝天上。叶子映在西沙河的水面，晕晕的一大片影子，一实一虚，相得益彰。河滩上还有成片的油菜花，色彩浓得没有了层次，映在水里黄澄澄的。有小船驶过，后面便拉扯开一匹长长的锦绣。

西沙河有一处水面，长着几丛浅苇，芽尖有点儿像竹笋。芦苇的叶芽春天最好，芦花秋天的黄昏最好，要晴朗的黄昏，要有一丝丝瑟瑟的西风。有一次我看到几只野鸭在苇丛中嬉戏，就见天空中忽然掠过一团黑影，这黑影平稳、坚定、直接、明快地冲向其中一只野鸭。当时，我一下子就认出了这是一只雕，它的两只翅膀展开时约有二尺半长，我甚至看到了它钩状的尖喙。没有人知道这只雕平时伏在何处。平时雕是沉默的，但在冲向野鸭的那一刻，它的力量就全部展现出来了。

暮晚，大地静下来了。天上是一弯新月，青草香、绿叶香、花香，还有很多东西正慢慢沉淀下来。一棵长在屋角的杨树，影子映着清肃肃的天空，看上去让人心里有种说不出的滋味。树那么高大，屋子那么矮小。

柳树的叶子长得最早，到了四月初，柳条上就起柳絮了。柳叶和别的叶子不同，三月初看上去才最美，四月的柳叶有点儿风尘气。不过，黄昏，夕阳隐没了，暮色还没到来，映着水面远远地看上去，别有一种风韵。如果星月之下看，倒有绰约之姿了。这里说的是垂柳，一般长在水边。我们这儿还有一种柳，叫旱柳，枝条刚硬散乱，一条条向上蹿，没有韵律感，也没有柔媚之气，但是枝叶浓密繁茂，也很奇特。这是北方的柳，有着北方的性格和骨气。

榆树的叶子刚长出来时是星星点点的，很冷很瓷实的绿。榆钱很大，一串一串，碧绿。榆钱可以拌上面粉蒸吃，也可以蒸熟后用油炸一下或炒一下再吃。只不过短短几天，榆钱就老了。老了的榆钱发黄发白，风一吹就纷纷飘落。

枣树发芽是很晚的，但四月初枣树也长出叶子了。曲曲折折又老又枯的枝上爆着点点清新的绿意，沧桑中透出生命的活力和韧性，看上去让人感到生命的悲怆中有着那沉着的一笑。

石榴树的叶芽一簇簇的，白皮石榴树的叶芽翠绿，红皮石榴树的叶芽绛红。五月，石榴花就开得如火如荼了。“浓艳一枝细看取，芳心千重似束”（苏东坡），那就不计后果地怒放一次吧。也许做个浪荡子，醉生梦死一番，也是好的。毕竟，生命只有短短的一次。

昨天下了一天一夜的雨。夜里打了几阵子雷，很响，倒像是盛夏的雷声。似乎天空一时有很多话要说。

早晨天晴了。天光大亮。我喜欢一起来就是一个好天气。

柿树的叶子大了许多，浅浅的绿，透明，每个叶柄处都打了一个小小的花骨朵。柿花本来就很小，乳白色，像玉，但是很多。再过几天，柿叶就更厚更大了，会变得很硬，绿得发黑。柿花也会开得满枝都是，每个绿豆般的小青果都顶着一个柿花。

橘树的青枝上缀满了淡白的又微微透绿的花蕾。橘叶很香，容易遭虫咬，不过现在虫子还不多，倒是来了两只白蝴蝶。蝴蝶骨子里是个抒情诗人，一个不可救药的唯美主义者。“菜花成荚蝶犹来”（范成大），蝴蝶对花朵的迷恋是刻骨的、身不由己的。

有一次，我还在路边的乱树林里看到了一树紫藤花。藤上满满缀得都是花穗子，花蕾都还没开，紫郁郁的。紫色很高贵，过浓的时候，还有点儿神秘。

桐花也开放了。桐花也带点儿紫色的影子，但没有藤花浓。中国古代有个传说——凤栖梧，这个传说实在很美。还有，李商隐的诗，“桐花万里丹山路”，我不知道这里所说的梧桐，是不是就是这种桐树。但对于美好的事物，我是宁信其有、不信其无的。

清少纳言的《枕草子》中也写到过桐树，她说“梧桐开着紫色的花，也是很有意思的，但是那叶子很大而宽，样子不很好看，但是这与其他别的树木是不能并论的”。从这些描写来看，我觉得和我们这儿的桐树很相像。不过，我倒是很喜欢桐树的叶子，一大片一大片的，树影又张扬又有气势，满地的绿荫也铺张盛大。

四月多好啊。风是清风，绿是新绿。百花齐放，万物生长。一切都不曾变老。

我感到自己必须在每一年的四月里爱上一些什么。爱上一些很细小很细小的，甚至很卑微的东西。从第一天开始，也许再也不会结束。

被风吹绿的笔记簿

年后立春，时值阴历正月初七。风细了、圆了、长了，丝丝吹着——穿过针眼儿，若有若无，仿佛来自灵魂的罅隙。阳历廿一号，上午，有阳光。阳光变暖时，便成了一种抚摸。在路边，我发现那株野海棠的枝条上爆出了芽粒，星星点点的，猩红。很红很红的颜色有尖锐感，像针尖。好些年了，它一直没有开花，不知道今年它会不会开。我看了一会儿，很愉悦，感到春天正一针一线地把我织进她的图案中去。

麦子还没起身——是那种待要起身，犹未起身的状态。但看上去明显比年前绿了。这是在双庙地界。双庙，一个地名，我曾在此生活过几年。因此对我而言，它已经超越地名，它是一枚灵魂的邮票。沿着黑茨河蜿蜒向南，在去神农药材厂的堤坝上，是一条杨树林带。从白龙桥到药材厂的这段距离，我看到了很多鸟巢，一个、两个、三个……一共十七个。鸟巢很大，粗糙、简陋，有乌鸦的，也有喜鹊的。这些鸟巢无一例外都搭建在最高的树梢上，有的一棵树上甚至有两个。很快，这些杨树就会长满叶子，就能把鸟巢掩藏起来了，并且会慢慢把它们举向一个新的高度。这样，过不多久，鸟巢中就会孕育出幼鸟，林子里就会充满新的歌唱。从神农药材厂出来，在去王大庄的路上，我看到五六只乌鸦，它们在杨树上飞落。我总感到乌鸦是种孤独的鸟儿，这么多鸟儿在一起，只不过加深了它们的孤独。又过了一段路，在黑茨河滩上，我又看到了十来只喜鹊，溜河风把它们黑白分明的羽毛吹得有点儿零乱。我在风中一动也不敢动。

在早晨，沉默了整整一个冬天的花斑鸠突然叫了几声。是一只，在西沙河对岸的那片杂树林子里。或许从此，在以后的许多个早晨，它都会不停地叫下去。我怀疑那片树林里还应该有一只斑鸠，只不过此时还没鸣叫。阳光明净，早晨的鲜明的阳光。古诗“初日照高林”，写的只是事实，但在一个经验主义的层面上，却有着一种超越日常性的质朴的美感。我身边的这棵野石榴树的枝条变得柔韧了，树皮吹弹得破，充满了一种生命的力度。去年，这棵树结了七个野石榴，小小的，圆润的红皮石榴，像北斗七星。毫无疑问，今年，它会结得更多。天空会在它披纷的枝杈间降下一个更为璀璨的星群。沉寂中又是一阵斑鸠叫。我没有到河对岸去，我在河这边停了下来。我一直守着一条窄窄的理想主义的河岸。

从贾顾庄到西沙河之间的这条路，我不知道曾走过多少遍了。同一条路，我走得越多，越证明了我生活的单调。但是，反过来说，为什么我就不能通过对简单有限事物的反复描述，来使自己抵达某种繁复呢。从贾顾庄到西沙河之间的这条路，中间还隔着李营庄。李营庄西头的那片天空。去年夏末，下午，阳光白亮亮的，当我经过时，曾看到一大堆雪白的云。映着深邃渊静的蓝天，映着野地里那几棵绿叶郁郁的大桐树梢子，那白云显出极其强烈的亮度和雕塑感。当然，那片白云早就消失了。——过不多久就消失了。缘起缘灭，云聚云散。如今，只剩下一片空旷的天空。只有我知道，那片天空，曾有过多么壮丽的景象；只有我，一直对那片白云念念不忘。因此，每次走过那条路时，也只有我一个人感觉到那片天空有一种无法言喻的荒凉。李营庄西有一大片樱桃林，小小的猩红色花骨朵刚刚从枝条上脱颖而出——脆弱的美从虚无深处再次来到人间。我一直在某种极端的有限性中生活。是的，我要把同一条路，反复走，经常走，直到把它走成一种无限，直到用尽自己的一生。

那所乡村诊所在秦小庄东边，靠着一条砂浆路。一个小小的院落，三间出檐瓦房，青色的砖，灰色的瓦，白色的院墙。它的瓦很好看，半圆弧的小筒瓦，积满青苔，是小土窑烧的。20 世纪 80 年代末期这种小土窑就淘汰了，因此，这样的瓦如今极少见了。现在的瓦都是红色的片瓦。一个小筒瓦就像一个半括号，这些半括号顺势叠砌，呈鱼鳞状，便有一种沉静典雅的韵律感。诊所有着古朴清凉的色彩，有着皖北平原特有的深厚滞重的宁静，也有着可以看得见，甚至掬在手中的清幽幽的光阴。我喜欢这个诊所的名字：一根针，一把草。这个名字有着传统中医的平和、沉稳和自信，甚至略微显出了某种简洁的意味。院子里种着何首乌、桔梗、大青根、麦冬、白芍、忍冬（这种植物的花朵在福克纳的小说《喧哗与骚动》中有着那么浓郁暧昧的气味）。还有几种药草，我叫不上名字。根茎最大的那株何首乌被制成了盆景，白芍刚刚冒出红艳艳的芽粒。一只鸟儿在极高的天空中叫了一声，像一滴饱满的雨水，在一大片青荷叶般寂静的天空中滴溜溜地滚动了好大一会儿，然后才突然笔直地落下来。生命在天地间流转着，波澜不惊。

在这片平原上，这些村庄其实都是大同小异的。有些零乱和陈旧，像被一阵大风突然刮成这个样子似的，并且永远陷入寂静之间。甚至在刮大风时，这些村庄也是寂静的——风把声音都刮跑了。冬天，这些小村庄就更寂静了，尤其是夜晚。寂静到极处，世上所有的声音倒仿佛又回到寂静之中了。这样，寂静反倒成了一种更大的声音。冬夜，一个小村庄就是住了再多的人，还是空，还是寂静，还是感到时空和岁月的无边无际。冬天的房间需要住上人，需要有灯光，熄灯后房檐上需要夜夜挂满古铜色的大月亮。风刮过来，刮过去，然后就刮到了春天。这时，风会把一些带走的东西送回来。风同时刮进所有空荡荡的房间，把色彩和温暖还给人间。风吹皱河水，吹皱女人的衣衫，还把一些人的心吹成涟漪。当然，风还吹动更多的东西。慢慢地，村庄在风中发生了变化。墙角的花朵在你看到或看不到的时候一夜之间就红了，然后在你看到或看不到的时候一夜之间有的就落了，有的就变成了果实。星星特别大，特别亮，挂满酸枣树瘦瘦硬硬的枝条。春天到来的时候，我经常在村子与村子之间游走，直到盛夏来临，绿荫重新把我覆盖。“村庄”，一个最绿的词。记得二十年前的暮晚，父亲曾让我到邻村杨桥去叫他的一个老同学喝酒。我很快就到了。整个村子静悄悄的，似乎空无一人。记得当时我想到：这整个村子的人都到哪里去了呢？这儿有种古朴、废弃和遗忘的气息。我感觉自己好像一下子来到了另外一个极其遥远神秘的地方。村口有个大水塘，塘里堆着菱角叶子，开满金黄色的小花，也许还有莲藕，一株粗可搂抱的大黑皮柳树斜卧在水面上。到处是撕裂不开的浓荫，铺天盖地，似乎把我的双肩都压疼了。浓荫中还有许多幽暗又闪烁的光线、光斑和光点，那种寂静、温煦、厚实的氛围（就像一个梦境）包裹住我。我怀着好奇而又虔敬的心情放慢了脚步……那时我才十来岁，我还没读到保罗·策兰的诗句：“每当我与桑树并肩缓缓穿过夏季，它最嫩的叶片尖叫。”是那强烈到近乎尖锐的内心感受！那种感受我至今不忘——但至今仍无法完全清晰地表达出来。

我是去年夏天发现那道沟渠的，它在三河村西南角。那是一个早晨。我先是从老远的地方看到那个四围长满杨树的水塘，然后就信步走了过去，还没到那儿，就听到哗哗的流水声。那条沟渠从水塘向西沙河蜿蜒流去。刚下过一场暴雨，水积得很满。渠道两旁长满茂盛的荒草，几只鹌鹑突然蹿上天空。我顺着流水没走多远就返回来，因为草叶上露水珠子太多，把裤脚都打湿了。深秋的一个黄昏，我又去过一次。渠水变得又细又浅，几乎看不到流动。夕阳一片火红。枯黄的茅草在西风中发出极长极硬的声音，细细的，不绝如缕，像针尖，一下下扎在心上。白色的花絮漫天飞舞。我静静站了一会儿，走了。整个冬天，我一次也没去过，但我老是记着那个沟渠。有时我想，我应该再去看看它，但我最终没去。我第三次去的时候，已是春天。春天对我来说，更是一种信念。只有一无所有的人，才能看到更多的春天。这次，我顺着这条沟渠一直向前走。最细微的事物也能把我带走。我想，就算从这个水塘到西沙河这段短短的距离吧，也足够我走这一辈子的了。我走啊走啊，像个无助的孩子。

我第一次看到这些石楠的时候，并不认识它们。后来，我回去查了查资料，才知道它们的名字。以前我曾在勃朗特三姊妹的小说中读到过描写这种植物的文字，它们在哈代的小说中也大量出现。而这几丛石楠就长在刘关小学校园南面的空地上。厚墩墩的叶片呈暗绿色（它们的厚度很像枇杷叶，色泽稍浅，但叶形要比枇杷叶俊秀），叶片层叠有致。很多常青树的叶片只有等到新叶长出后才会脱落，而石楠的叶片则能经受好几个冬天。现在是春天了，石楠的枝头又萌生出了新的叶芽。这些小小的鲜嫩得不可碰触的叶片，阳光中闪闪发亮。当凝视着它们的时候，你会感到这个世界正在慢慢融化，正在慢慢融化成旋律、色彩、光芒。我早就想写一写这些石楠了。这最纯粹的生命。我看到了一些事物，如果不能把它们表达出来，我觉得这就是我对它们的亏欠。我必须浩大。我必须在死亡与永生中写下最动人的文字。

树篱

把一些小树棵子——桑、榆、槐、杨、楸、花椒、香椿——一棵棵身子紧贴着身子随便栽在房子周围，过段时间，这些小树棵子，有的死了（死了还在那儿站着，仿佛还要一死再死，一直死到完全消失为止），更多的活下来（活了就好好地活，就长出更多的枝叶，能开花儿的就开花儿，能结果儿的就结果儿，就尽量不让自己浪费掉）。这就是树篱。

有些树，长起来一点儿也不费事，呼呼直往上蹿，说长高就长高了，仿佛是在某个饱满的瞬间一下子长成那个样子的，没有一点儿生命的过程。而这些树却永远也长不成那种通常意义上的树了，它们的生存空间从一开始就被剥夺了。所以这些树从一开始就得使劲地长啊长，它们命运的种种艰难通通反映在它们细瘦扭曲的身姿上。

由于房子，树篱有了一点儿围墙的意义。

但树篱毕竟不是围墙，围墙总是挡住更多的事物。比如围墙挡住一些危险，也挡住了一些善意。每年围墙总是把春天隔开，墙里的春天不容易出去，墙外的春天也不容易进来，春天和春天脸对着脸，就那么眼巴巴地隔墙相望着，把满树桃花憋屈得通红。树篱是春天的一部分。春天，树木意意思思地发芽，树篱一点点变绿，慢慢地，绿的速度加快，到后来，绿色把树身子严严实实地裹起来。从下到上，一摞一摞的绿，一直往上堆，堆得真高。每天，房子里的人从树篱的豁口子里走进走出，就这样被春天的子宫反复孕育。围墙比树篱多了几分社会学的意义，树篱比围墙多了几分美学的意义。

这些树篱，把这个小房子圈起来，就好像怕这个小房子会到处乱跑似的。其实，就算房子会跑，房子又能跑到哪儿去呢，跑来跑去，总归跑不出脚底下的这片土地，总归跑不出自己这一身的土。人的心总是比人跑得远，有的人，他的心跑远了，那个人也跟着跑远了，再也不回来了，也不知那人有没有把他曾经生活过的房子带上；有的人，他的心被这一小片土地上的事物给牵挂住了，他的心不能跑了，那个人也就在这一小片土地上永远留了下来。

日复一日，那个留下的人深深陷在他的生活里，比一口井在土里挖得还要深。

一个个日子过去了，又一个个日子过去了，树篱越长越高。春天过去，夏天过去。秋天来了，秋天就窝在这儿。秋天的风很多。风一头撞在树篱上，风声就大了，荒荒的，风一下子就有了几千年的年龄。满天的夕阳和黄叶。风把树叶吹掉，树就露出光秃秃的身子。过大年，落大雪，天是白的，地也是白的，房子里的人就在树篱上挂几个红灯笼。

房子里的人老了。

有一天，他从房子里走出，从此再也没有回来，他什么也没带，包括他的房子。

也许一个人只有生活在土里之后，才算拥有了这世上的一切。

树根往土里扎，人往土里走，房子里的人在土里越走越远、越走越深，直到走出世上所有人的记忆。没有人住的房子也很快就老了，空空的。老了的房子寻找他的主人，于是它变成了一堆黄土。房子里的空间也消失了，消失在一个更大的空间。后来，黄土上面长出了野草，开出了水做的花朵，飞来了爱情做的蝴蝶。

树没有心事，树比人能活，房子里生活过有心事的人，树又比房子能活。人和房子消失后，也许树篱又存在了一段时间。一切在时间中变得有价值的事物，最终会在时间中变得毫无价值。到后来，树篱也消失了。

后来，在这一小片空空的土地上，又开始出现了生命的歌声和呼唤，又开始出现了生活的沉寂和流转。

文河：公务员。已发表散文若干。

本文刊于《天涯》2007 年第 2 期。

时间段落

江少宾

时间这个毁灭者又是时间这个保存者。

——〔英〕艾略特

旧书店

记不清准确的时间了。那段时间，吃过午饭，我时常要下楼转一转。最常去的地方，是一家逼仄的旧书店。不远，步行八九分钟的样子，向右一转身，就有一排排的书映入眼帘。

左首是一家琳琅满目的商行，右首是一家中等规模的香熏 Spa。旧书店的门面，挤在正中间。它的逼仄是相宜的，像个小家碧玉，寻常的日子，便该是素面朝天，浓艳了反倒让人生疑。第一次，它的素净让我停下了脚步，左右两侧是两排高高的旧书架，中间是一长溜看相尚好的书。一步步地挪过去，安妮宝贝、韩寒、村上春树、金庸、安意如……无非是一些时下流行的书籍，有些书不用看，就知道是盗版的。就在我准备抽身出门的时候，在一个不打眼的角落里，我忽然瞥见了一册《达利》。封面崭新，书页精美，厚厚的一大本，标价却只有五元。而在《达利》的旁边，还安静地站着一本《凡·高传》，标价也是五元。它们显然寂寞得太久，一些灰尘，已经钻进了书页之间。

书店空空荡荡。只有一个女人坐在一张小桌子后面，抽烟。是一个有些落寞的女人，二十五六岁的样子，一副大大的金边眼镜，几乎遮住了她的半张脸。地上，是一撮零乱的烟灰和一堆更加零乱的白色的烟蒂。她似乎不爱说话，自始至终，她也没有站起来向我推荐。结账的时候，她也一直低着头，长长的女士烟夹在指间，袅绕着一丝淡淡的香气。在她面前的桌子上，摆着一本祝勇的书:《旧宫殿》。

我指了指《旧宫殿》，问她这里是否有卖。她终于看了我一眼，摇了摇头，嘴角有一丝若有若无的笑意。

这个看《旧宫殿》的女人引起了我的好奇。大约是两个星期之后，我第二次踱进了这家旧书店。正是“五一”长假，旧书店里又只有我一个顾客。一切都还是两个星期前的样子，书架上的书，似乎也没有被大量销售的痕迹。那个喜欢抽烟的女人还是没有主动和我搭话，她只是站了起来，微笑着，指了指书架上的一个位置。正是在“达利”和“凡·高”曾经待过的那个不打眼的角落，摆着一本《凤凰·草鞋下的故乡》，旁边是祝勇的另一本书《西藏，远方的上方》和车前子的《中国后花园》。她对我似乎有了充分的了解，而且，她的微笑也是笃定了，我会满意她的推荐。我不能不在心里暗暗地承认，事实的确如此。我诧异地回头看了看她，她已经折身回了原来的位置。但她并不再看我，而是在抽烟，心事重重的样子。喜欢抽烟的女人并不少见，然而她的烟瘾实在大得离谱，刚扔了一只烟蒂，这会儿又接上了一支。

她的桌子上，这次摆的是《悲悯大地》。

渐渐地我便发现，每一次她看的书，她自己开的书店里都没有卖的，而她推荐给我的，全部盖着科教书店的印章，但价格却非常便宜。最贵的一本书，她只要了我十元，而那本书真正的售价，两倍都不止。这些小小的便宜让我对她心生感激，甚至不止一次地暗示过她，她没必要这么做，该买的书我还是会买的。但下一回，我还是会直奔那个角落，那个角落像埋藏着一个不能说穿的秘密，总能带给我一些意想不到的惊喜。

淡淡地交往着，有书可读的日子总是过得飞快。那些我大多也喜欢的书，她看过了，便摆在那个角落里。我从来没有说破过这一点，我们之间，仿佛也渐渐地形成了一种默契。有三次吧，她推荐的书我其实已经从网上买过，或者并不十分感兴趣，但付钱的时候，我还是显得格外惊喜。

有段日子，因为种种琐事，我一直没空读书，也抽不出时间去书店，直到终于忙完了，已经到了旧历的年底。再次去旧书店的时候，店面已然装饰一新，耀眼的灯光映着一张脂粉堆积的脸。她，已经不在了，一个矮而胖的女人稳如泰山地坐在桌子后面。在“达利”和“凡·高”待过的那个角落，埋藏着秘密的那个角落，站着盗版的“于丹”和“易中天”。

我疑惑地掉转过身子，又探头看了看门面。上面是一张鲜红的喷绘：新知书店。

女人好不容易才站了起来，介绍道，买本看看吧，畅销书，刚进的。我看了看她，好半天才失望地说，我对畅销书没什么兴趣。她看了看书架，又看了看我，仰着一张无辜的莫名其妙的脸。

打那之后，我再也没有进过那家旧书店。但每次路过，我都会探头瞄上一两眼。我是希望能再见她一面，我是希望能亲口向她表示一下谢意。如果有可能，我还想奉劝她，别抽那么多的烟。

那家旧书店，我先后去过数十次，她看过的书，间接“赠送”给我的也已接近百册。案头，依然有一本未及读完的《中国美术史》。但在这一刻，我竟想不起旧书店当初的名字。甚至除了一副金边眼镜和一张时常落寞的脸，我也很难再形容那个抽烟的女人，她的身高，以及她确切的样子。然而就在今晨，我猛然间发现，在《中国美术史》并不特殊的某一页，有一道铅笔的深深的画痕，旁边还写着一行小字：“狗日的张西亮，你怎么还不死？？”最后一个问号，力透纸背，而且，穿透了两页。

这是她的字吗？我想，应该是。披衣下床，从书架上抽出其他的书，在《中国后花园》我终于再次发现了“张西亮”这个名字。我吁出一口长气，像是解开了一道久久未能破译的谜。

在嘹亮的晨光里合上书卷，我仿佛又看见了她，孤单地坐在桌子后面，黯然的神情，以及抽烟时落寞的样子。

棉瓦房

20 世纪 90 年代中期，我曾寄居在城郊的一家工厂。宿舍阴暗、潮湿而低矮，面积只有十五六个平方。两幢陈年的建筑形成一条逼仄的巷弄（像南方的“亲嘴楼”），蛰伏在工厂的深处，连接着十几户人家。前后两排，外观几乎一样——破败的外墙爬满青苔，上面铺着一层薄薄的石棉瓦，隐约可见天光。有很长一段时间，我无法确切地描述它的方位，沉醉的夜晚，我不止一次地在巷弄里迷失了方向。

巷弄的尽头是一间开水房，夏天傍晚的时候，时常会出现排队打水的壮观景象。逼仄的开水房里，常年守着一个胖胖的中年女人，一张宽阔的脸，常年呈现出刚刚走出蒸笼的模样。她的嗓门大得出奇，午休的时候，我时常在她的嗓音中惊醒。侧耳一听，却并不是在和人吵架，更多的时候是在向人推荐她家的二姑娘。她就向我推荐过两次，第一次是一天夜里，她亲自带着二姑娘敲开我的房门，问过我的工作与具体收入，还耐心地询问我的双亲及其健康状况。屋里只有两张凳子，我只好傻傻地站着，在她的盘问里汗如雨下。如果她们带上了纸和笔，那一定和录口供没什么两样。她家的二姑娘成熟得太早，乍一看脸，她们俩像是一对孪生姐妹；仔细看看身材，还是非常相像。姑娘很听话呢，她不无骄傲地说，高中读了一年之后，还是听话地回头上了技校，技校毕业之后，便顺理成章地进了这家工厂。她自己，原来应该是在整装车间，在轰鸣的整装车间里，喜爱说话的人，久了嗓门都会变得非常大。

第二次是她一个人，记不清我们当时到底都说了些什么，但后来，她刚刚走出蒸笼的脸显得非常失望。我已经记不确了，隐约她是不满意我所从事的文字工作，但现在想来，应该是与我事后漠然的态度有关（她曾留过女儿的联系方式，但我一次也没打）。她家的二姑娘，后来终于嫁给了本厂的一名销售员，名牌大学的毕业生呢，又是个独生子，果然比我强。六年之后，我去这家工厂采写报告文学，才听说他们的婚姻并没有维持多久，二姑娘冲破世俗的藩篱，爱上了一个半百年纪的副厂长，一时间传为佳话。

还是说棉瓦房。与开水房毗邻的是职工澡堂，锅炉盛大的热气，阴云一样遮天蔽日，在石棉瓦上四处弥漫，加剧了棉瓦房的潮湿与阴暗。邻居们为此多次提过合理化建议（那几年，几乎所有的企业都在“合理化”），但居住在这里的职工要么人微言轻，要么是已经懂得，有一些建议注定不被采纳。一些拖家带口的职工只好把房子廉价租出去，或者，想方设法地求人，重新争取一套住房。只有那些毫无办法的职工，才长年累月地卧在这里，像一股长途奔袭的暗流，到这里也就想歇息了，再也不想掀起一丝波浪。

比如左邻，住着一个年过花甲的退休老人；右舍，住着一对母女。我在这里住了三年，老人的腰就弯了三年：第一年，老人的腰大约还佝偻成 120 度；第二年，就成了 110 度；第三年，就已经接近于 90 度了。可见人一旦老迈，地球的引力就再也无法抵抗。老人很少抬头看人，也很少主动和人搭话，走路的时候步子总是急急的，像地上躺着什么宝贝等着他去发现。老人的确时常会有些收获，比如一枚硬币，或者一张食堂里的饭票，金额都不大。想再大，也难。

每次捡到什么，老人总要喊我们出来看，看的人一多，老人就拼命地昂起脸，那只泄了气的苍白的皮球，也只有在这时候，才散发出兴奋的红光。渐渐地，老人捡钱的频率简直高得不像话，天上像是在掉钱，让左邻右舍都养成了低头走路的习惯。有一次，老人捡到一枚硬币，“菊花”中间有个小孔；第三天，老人又捡到一枚硬币，“菊花”中间仍有个小孔。大家你看看我我看看你，一面是疑惑，一面是惊讶。在围观的人群里，每次都有那对母女。母亲是个寻常的中年妇女，像个小媳妇，低眉，拢手，言语都是轻的。女儿只在十二三岁，黑而且瘦，胸脯扁平，看上去有些营养不良。一号门里的主妇似乎一直无所事事，又是个“大嘴巴”，最大的爱好就是散布小道消息，且往往言之凿凿，仿佛每件事情她都恰好在场。据她讲，丫头是个私生子，和她私通的那个男人是个车间主任，“能量大得可怕”。我有些疑惑，一个车间主任能有多大的能量？“她自己，原先只不过是个扫地的罢了！后来因为孩子，男人便安排她进了车间。——干吗？她还能干吗？只管拿钱就是了。”“大嘴巴”的神情透出对我的莫大的信任，似乎这个天大的秘密，她只告诉了我一个人。

棉瓦房泥土斑驳的墙壁，一点儿也不隔音。早起的时候，我总是能听见读书的声音、洗碗的声音、做早饭的声音。偶尔，还能听见母亲在大声地诅咒，子弹似的呼啸而出，恶毒而难听。这时候的她，再不是白天里的那个小媳妇，仿佛变了个人。这时候，我时常想起“大嘴巴”说过的那个秘密，心里久久无法平静。

具体的时间已经记不确了。总是在深夜，母亲的抽噎宛如天边隐隐的雷声，压抑而低沉。女儿始终没有出声，也许是睡过去了，也许是她根本就不能够懂得，究竟该如何安慰自己的母亲。在那三年的漫长记忆里，母女俩似乎一直没有好好地沟通过，紧闭的房门后面，她们的夜生活就是一段默片，无法揣测，也无人看见。

周末的黄昏，或难以安眠的深夜，我时常出门散步。穿过一条短促的小街，就是车流如织的二环路，往北是喧嚣的城市，往南是一个名叫南湾的城中村。村庄在城市豪迈的步伐里已经不存在了，成了一座等待铲平的空村。虽然蓊郁的田园早已日渐荒芜，然而黄昏或深夜的田园里，总是徜徉着一对对情侣，徘徊着一个个形迹可疑的南湾的女人。有一年，报上时常有关于南湾的百字新闻，一些无地可种、无业可就的女人只好发掘自己的另一片土地，毕竟对于有些人来说，生活才是第一重要的事情。

离开棉瓦房的那年春天，我照了一张相片。相片上的我坐在田埂边上，四周茅草葳蕤，点缀着夕阳的万道金光——背景真是美啊，只是，我瘦削的脸一片模糊，茫然不知去向。

二十年，或一个头发乱蓬蓬的女人

一开始，我有些难以置信。哦，我是说，我见到了一个头发乱蓬蓬的女人。

她在河里洗菜，很吃力的样子，不时直起臃肿的腰身——是怀孕七八个月的那种臃肿，蹲下或起立，都让人担心。事实上，我差点儿就在她的起立里惊呼起来——她想叉一下腰，却因此失去了平衡。我之所以没有惊呼，是因为她终于稳住了前仰后合的腰身，也或许是因为我瞥见了她的眼镜。眼镜——这种乡下小村极为少见的物件，让我有理由相信，她仅仅只是个短暂停留的女人。这样的女人已经越来越多了，她们情愿或者不情愿地，随着某个男人踏进这个小村。她们已经成为小村最鲜活的风景，每一次在路上徜徉，总会黏住一些人的眼睛。

冬日的暖阳像老人绵长的回忆，在浑浊的河面上粼粼闪烁、波澜不惊。她终于回头看了看我，似乎还笑了笑，乱蓬蓬的头发像一头泡沫，镜片后面的眼神看不清内容。我注意到了她的脸，像满月一样圆——不！像满月一样胖，苍白，一股饱经沧桑的寒凉。她显然也没有经过任何修饰，刚起床的样子，看上去与一个暮年的老妇人相仿，所有的修饰都是一种负担。我们对视了十秒钟，而后，又各自移开自己的眼睛。

她重新蹲了下去，缓慢而小心。一堆湿溻溻的大白菜铺陈在她的脚下，水渍渍的绿光温文而黯淡。有那么一刻，灵光一闪，我感到自己仿佛在哪里见过她。但到底在哪见过呢？我无法猜想。一路上，不时有乡亲和我打招呼，的确有一些人，他们认识我，而我却只能礼节性地笑一笑，不敢过多说话。

再走，雨忽然就落了下来。这个暖冬，已然和春天没什么两样。小街尚远，我只好往回跑，躲避在路旁的一家小店。是家不大的烟酒代销店，前店后房的那种，中间连接着一道长长的走廊。许多人都挤了进来，逼仄的小店里一时间烟雾弥漫。我有一搭没一搭地和邻人交谈，有一搭没一搭地看看店里的陈设以及默不出声的店老板。其时还是新春，该买的都买过了，一屋子的人都只是躲雨，店老板的脸色因此显得非常难看。我是认得他的，他的父亲当年是我的初中数学老师，为了能当副校长，先是写匿名信，后来便公开地告了校长一状。事情闹得沸沸扬扬几乎不可收拾的时候，校长忽然调走了，一场闹剧于是收场。他后来还有没有过类似的作为，我就不清楚了，我只知道，他后来一直干到退休，还是没能干上副校长。现在想来，他的数学一定教得很勉强，至少逻辑没能完全过关。

——这其实是一种言不及物的赘述，我说这些无非是想写写店老板。那时候的店老板比我高一个年级，因为父亲的缘故，他在学校里性情顽劣、气焰嚣张，而且时常和同学们吵架或打架。仅如此尚且罢了，然而他又成熟得太早，在女生们的传言里，他同时和学校里的四五个女同学搞对象。有一次还被门卫抓了个现行，那个倒霉的小女生是我的同班同学，名字叫刘晓兰。刘晓兰能和他搞对象，这让同学们大感意外，让老师们大感惊讶。刘晓兰的成绩虽然乏善可陈，但她的刻苦与努力几乎有目共睹、举校无双。刘晓兰上学或放学都捧着本书，一路走，一路看。看到初二上半年，就不得不率先戴上了眼镜；看到初二下半年，镜片的厚度已经像瓶底一样。可见，镜片的厚度，有时候与学问无关。

被抓了现行之后，刘晓兰只好退了学。退学之后，我再也没有见过她。

刘晓兰的座位就在我的前面，同学两年半，我们似乎也只说过三句话。第一句和第二句都是她骂我，因为我上课的时候在说悄悄话；第三句是我叫她。我还记得那个夏天的放学的黄昏，她的屁股上一片殷红，我好奇地跟在她后面，看着一片殷红在渐渐放大。我知道她一定在流血，可是她怎么会流血啊？于是，我满脸惊讶地叫住了她。

她的脸比血还红，嘴唇还动了动（今天想来，她那蠕动的嘴唇，说出的应该是“流氓”），尔后跑得像逃，追都追不上。那个夏天的黄昏，我忽然就活明白了，忽然就想起箱子里那卷雪白的卫生纸，以及姐姐拿纸时眉头紧锁的模样。我呆呆地望着刘晓兰奔跑的背影，一种莫名的滋味——仿佛是夜雨敲打着铁棚、炒蚕豆一样，在内心嘭嘭嘭地响。

有事没事的，我开始悄悄地注意刘晓兰。她的脖子，像一截精致的瓷器；她的胳膊像新生的莲藕，只不过，上面铺有一层稀疏的绒毛。我甚至破天荒地开始用功读书，那时候的小女生，都对成绩好的男生盲目崇拜。

我的学习成绩终于好起来的时候，刘晓兰已经退学了。每次一看见那个属于刘晓兰的空座位，小小的虚荣心忽然就高兴不起来。

我不知道，这究竟算不算初恋。我想应该是算的，初恋，原本就不是爱，而仅仅是一种感觉而已。但初恋的确是一种情结，就潜伏在时间的深处，像一束透明的火焰，飘忽不定、无可捉摸，甚至连岁月本身也难以泯灭。许多年之后我试着写一个容易受伤的女人，当我准备给她起一个好听的名字时，最先跳进我脑海的，竟是“刘晓兰”这三个字。然而，在我敲出这个名字之后，我忽然想不起刘晓兰当初的样子。

雨，还在下。雨，也不可能终止一个人的回忆。终止回忆的，是她。

她从走廊的尽头出现了，仿佛从天而降。她的头发湿漉漉的，比刚才更像是泡沫，比刚才更像是刚刚起床。她的身后挤着一个小女孩儿，一面走，一面呜咽，鼻涕拖得老长。我听见店老板呵斥了一声，是一句地地道道的粗话。

她小心地站到他的旁边，仿佛一个小媳妇，所有人的笑容都堆上她一个人的脸庞。就在这时候，我终于想起来，她非常像刘晓兰，准确点儿说，是她的笑容与刘晓兰非常相像。

二十年了。她的笑容像一个开启记忆的密码，让我再次记起了刘晓兰。

我愣愣地盯着她的笑容，仿佛是想找回那一段不复再来的旧时光。她大约是有所发现，游移然而却是仔细地掠了我一眼。就在那低头的一瞬，我看见了她镜片后面的眼神——有一丝羞怯，有一丝迟疑，还有一丝慌张。

我居然浅浅地笑了一下，居然。

她的慌张已经接近于害怕。我静静地看着她匆匆离去，臃肿的腰身吃力地穿过了过道，踉跄的脚步踩碎了无数时光。对，时光！我仿佛看见二十年的时光都匍匐在了她的脚下，它们竟然已经浑然一体，像人家欢庆的鞭炮，在她的脚下依次炸响。

雨水下穿了白天，雨水也破碎了我最初的梦想。二十年，也像一场雨，一低头似乎就过去了，一抬头其实还在下。

后窗，或破碎的声响

是一个雨后的清晨。从后窗里望过去，雨后的城市和天空一样干净，和雨水一样澄明。这座名叫合肥的小城还在酣睡，除了远去的铁道，一切都像是一个没有尽头的梦。铁道和后窗之间的距离大约只在半里，我看不见铁道的样子，但我能听见远去的火车制造的轰鸣。

横陈于铁道与后窗之间的，是一家货运场。形形色色的车辆从这里出入，形形色色的民工从这里出入。时常，更多的声响就来自于他们。而在这个安静的清晨，一切都还没来得及复制成白天里的样子，除了一个同样安静的抽烟的男人。他比我起得更早，似乎是第一个从梦里醒过来的人。他靠在椅子上，一直在抽烟，双腿很随意地伸着，显得心事重重。他的身后是一辆满载的大货车，巨大的蓝色的车身仿佛一小片天空，而他则是一朵静止的乌云。我从来没见过他，从来没有。他有着一张迥然不同于其他民工的瘦削的脸，但脸色苍白，长发丛生。那个燠热的夏天，货运场里的民工大多剃着平头光着膀子，难得见上一个穿戴整齐且长发丛生的人。我还注意到他神情上明显的落寞，类似于失恋的那种。作为一个过来人，我有理由做这样的类比，尽管我无法看出他准确的年龄。从他的脸上看，二十、三十、四十，似乎都有可能。

（看不出年龄的青年男子一般说来可以分为两种：一种是天生的娃娃脸，另一种是人为地遮蔽了真实的面容。他显然属于后者，许多人都属于后者。也许，对年龄的混淆和忽视，可以最大限度地蒙蔽自己的内心。）

我默默地注视着这个喜欢抽烟的男人。彼时我的电脑已经打开了，我原来准备记录一个很有意思的梦，但和虚妄的梦境相比，现实显然更容易把我打动。我看见他旋转着一根烟，心无旁骛地接燃了另一根，片刻之后，又如法炮制地接燃了第三根。他抽烟的凶狠和速度让我吃惊——我也是个烟民，最凶狠的时候，一天也能抽上三十多根。但我早上绝少抽烟，我喜欢空腹写作，事实上半饥饿状态也只适合运动和写作，而不适合做别的事情——有点儿类似于刚出牢笼的那种。我几乎没有见他使用过火柴或打火机，似乎他想最大限度地保持一个清晨的安宁。他一直坐在椅子上，没有起过身。我无法揣度他的内心，外表从来就是个蒙蔽，这个毋庸置疑的事实常常令我深感灰心。

他歪头看了看右侧的一排房子。右侧的那排房子是一幢上下两层的低矮建筑，下面的一层被分割成了一座座仓库，上面更为低矮的一层勉强可以住人。从三楼的后窗望过去，那一层逼仄的“盒子”类似于城市里低矮的鸽子笼。某个黄昏，我曾经看见一个高个子的民工像一只虾子，在逼仄的“盒子”里出出进进，脱衣、冲凉，头顶呼啸的电风扇让我一直在为他担心。现在，那排“盒子”一样的建筑仍在时光里沉陷，没有一丝声音。

就在他抽到第四根（也许是第五根）烟的时候，和他一样瘦弱的阳光刚好挣扎出云层。夏日清晨的阳光像一条条冬眠的蛇，有气无力地蔓延与苏醒。两棵意大利杨树安静极了，而货运场开始在阳光下沸腾。

他站了起来，趿拉着的蓝色的拖鞋扬起薄雾一样的轻尘。地上的烟蒂非常凌乱，若是注意看，还能发现地上的它们其实并没有彻底死亡，一缕虚弱的淡蓝色正在地面上相互缠绕、追逐与亲吻。想到这个句子的时候，我忽然无由地想到他的内心。也或许，是我自己的内心。

这时候，清晨过境的第一列火车再次发出兴奋的尖叫，剧烈而持久，一百年都没叫过的那种，仿佛是去赶赴一场旷古之约，急于把自己的幸福传达给更多的人。当然，铁道也会如期发出一阵痉挛似的轰鸣，除了“痉挛”，我想象不出铁道还能为何轰鸣。强悍的火车与匍匐的铁道是个粗俗的暗示，只有在铁道边生活过的人，才能真正听懂铁道痉挛的叫声（这样的痉挛其实类似于我们的夜生活，我一直不愿意说破这一点，正如我不愿意说破那个喜欢抽烟的男人）。

之后的每一个清晨，我几乎都能看到那个喜欢抽烟的男人。记忆里，似乎只有两次我比他起得更早，更多的时候，他已然从容地靠在椅子上，凶狠地抽烟，木然地盯着某个地方出神。直到，火车的轰鸣撕破一个清晨的安宁。直到，货运场开始在阳光下沸腾。

有一个清晨，我意外地发现他正惬意地吐着烟圈，一个、两个、三个、四个，慢慢地然而却是准确地呈螺旋形上升。他的烟圈吐得非常老练，让我恍如穿越了那个螺旋形的隧道，看见了自己年少时的面容。那时候我刚刚学会抽烟，却对吐烟圈有着不可思议的热情。我整天跟在街痞子后面混，还曾经用本来应该购买模拟试卷的钱买过一条“蝴蝶泉”（这是我想学吐烟圈所需付出的代价），但吐烟圈其实是一件很需要想象力的事，然而我一直就缺乏足够的想象力，结果可想而知。这最初的失败几乎影响了我整个的青春期，颓废、萎靡，弥漫着一种不可理喻的挫败感。这种挫败感事实上一直没有从我的内心完全撤离，许多时候我都为自己的想象力感到绝望，进而对自己的观察力产生疑问。比如在那个没有任何吉兆的清晨，我就无法想象，他何以就能那么悠然？他何以就能那么惬意？仿佛就在昨夜，他忽然就受到了神灵的眷顾，听到了神灵的谕旨。因此他完全有理由相信：服从于内心的生活才刚刚开始，刚刚从这个清晨开始。但事实，也许并不是我所想象的样子。我的想象力再次暴露出它的贫乏，但生活从来就需要借助于想象力，没有想象力的支撑，生活的细部往往会出现危机。这真是件令人沮丧的事。

因为想象力的贫乏，我纸上的生活一度营养不良、难以为继。每个醒来的清晨，我都搜肠刮肚，希望能从虚妄的梦境里得到些许暗示。结果往往一无所获，梦境一片荒芜，生活呈现给我们的，还是昨天的那副无精打采的样子。无数个这样的清晨，我总会跌进一个同样的陷阱，深邃、黝黑，没有一丝光明。那个喜欢抽烟的男人仿佛只是一个暗示，他似乎只是想让我看见，生活类似于一个人的脸，潜伏着暗流，从来都波澜不惊。

经年之后的今天，当我终于能够充耳不闻火车的尖叫和铁道的轰鸣，当我业已妥协于最基本的物质生活，我再次对那些远去的清晨产生持久的疑问。我已经记不确，那个喜欢抽烟的男人到底什么时候开始从后窗消失的，除了那双时常趿拉着的蓝色的拖鞋，我也已经回忆不起他的样子了。仿佛，他从来就没有真实的存在过；仿佛，他从来就只是我的一个幻觉。

但，这是真实的后窗。后窗外的货运场依然一片忙碌与繁荣，货车进出的喇叭声、货物与车厢的撞击声、民工们的嬉笑声……繁荣从来都需要声响、见证，或者是表明。我还听见一种破碎了的声响，仿佛是流水远去的声响，又仿佛是一双拖鞋远去的趿拉声……

江少宾：作家。著有《爱着你的苦难》等。

本文刊于《天涯》2008 年第 2 期。

坝上

袁　瑛

一

远处的山，一直在远处，薄蓝薄蓝的。不知道有没有人家，不知道有没有。我在这里，在坝上，和一只很亲近我的小狗——小花——在一起。

我们这里的坝，每一处都有名字的。我出生的坝，叫谢碥，谢姓的一支在这片平坝上开枝散叶了上百户人家。谢碥的东北方是帅林盘，正东方是王林盘。林盘，是我们这里的人命名村落的最小单位，也是常用单位。怎么叫林盘呢？川西坝子最常见、最多的树木便是慈竹，只要有人家，这屋前屋后便少不了有两垄竹子。帅林盘和王林盘，更是竹多如毛。慈竹茂盛起来后，把人家屋顶全都遮挡住了，从外看，看不到人家户，只看见一大片黑蓊蓊的竹林。川内的村子都是大大小小的林盘，往前面加上林盘大姓人家的姓，就成了这个村子的名字，这比用某社某社来划分村庄好记多了。而且，往往走完一个社的地界还没有走出一个林盘，一个大的林盘常常由两到三个社组成。谢碥这一片坝是接着后山的，后山脚下的坝左右无限铺开，朝前延伸到谢碥还算是直系嫡亲，延伸到帅、王二林盘，只能算旁系了。帅林盘和王林盘，也是坝，但是这两个坝却比谢碥矮了半人高。好端端的平坝到了谢碥就截止了，再往下走就息气了，突然矮了半截。谢碥成了帅林盘和王林盘前面的一个台子，帅林盘和王林盘成了谢碥后面的洼地，谢碥的人到帅林盘和王林盘要下一个高坎，帅林盘和王林盘的人到谢碥要爬一截软坡。处高如同居首，从风水上讲，那是上风上水。就冲着这个地理的优势，谢碥的人对周围林盘里的人都带有一种天生的居高临下的风度。帅林盘一个帅姓女子嫁给了谢碥一罗姓人家的老二娃儿，大家这样说，罗老二接（娶）了个林盘里的女的。“林盘里的女的”，好明显的轻视的口气。倒也是，这帅姓女子嫁到谢碥后，也没有伸展过。她自己从来没有把自己收拾伸展过，她的日子也没有伸展过，总被罗二打，打骂声整个中院子，甚至下院子都能听见。设若有个三五日没有听见罗二家传出打骂声，大家碰面的时候都会相互问一句：这两天咋没有听见打了呢？时常见到她，都是一副苦大仇深的模样。她和谢碥的人，谢碥的人和她，相互都不怎么搭话。

谢碥分三个院子，从北到南，依次为上院子、中院子、下院子。中院子和下院子，一谢姓女人招赘了一个罗姓男人，生了十来个小罗；另一谢姓女人招赘了一杨姓男人，生了七八个小杨；其余人家都姓谢。上院子则是谢姓和陈姓平分秋色，各拥半壁江山。这陈姓，便是我爷爷的姓。

以前谢碥的好风水体现在哪里我不知道，现在所谓谢碥的风水好，是从20世纪80年代开始的，陆续有人考上中专、中师、大学。谢碥七八十年代生的娃娃全都跳出了农门，端了铁饭碗。若只是出一两个这样的孩子也不算是值得炫耀的事，但那一批的孩子都考上了学校。谢碥不仅在谢碥人心里，就是在周围学校老师心里都成了风水宝地。读书的孩子去报名，老师问哪里的？答是谢碥的。本来不怎么经意的老师会抬头打量一下这个孩子，然后赞道：谢碥的啊？谢碥的好啊！谢碥的孩子都聪明！读得书！其实只有谢碥的人自己知道，谢碥的孩子“读得书”，是谢碥上院子的孩子为谢碥挣来的。上院子其实就只三家人，谢家的、陈家的、李家的。陈家是陈四和陈五两兄弟，两兄弟的四个孙女像四朵新鲜鲜的栀子花，一朵赶一朵地白，一朵比一朵地香，一个赛一个地能干，先后以高分考上了学校；教书先生李之言的孙女，又白又瘦，声音极细，“蚊子一样的声音”，她母亲经常这样比方她，也考上了学校。谢碥的大姓，谢家的人，却没一个出头的。在村上做会计的谢开章，也是上院子的，对这一事实既感羞愧也感无奈，就只有摇头叹气：没（音 mo）的法的，没法啊，天资就差，后天又不努力，只有揉（音 rua）泥巴的命。说到揉泥巴，下院子和中院子的孩子个个都是好手，好多男孩子放学回家第一家事情就是去窑上揉泥巴。谢碥有两孔砖窑，烧火砖卖，中院子谢家和下院子谢家的人，几乎都靠此维生。陈家是吃公粮的，李家是教书匠，杨家拖着蜜蜂四处赶花，没有人对烧窑有兴趣。中院子和下院子的人家，都把自己的良田用来做砖坯瓦坯了。田里挖出方正的深坑，用来踩泥、和泥，人站在坑里，做砖坯和瓦坯的工具放在坑边，在那坑里一待就是一半天。对于谢碥来讲，上院子的人搞的是阳春白雪这样的事情，中院子和下院子的人做的是下里巴人的事情。对于这点，谢碥的人心中是有数的。陈家和李家的女孩子不会去中院子和下院子耍——一是被父母们禁止，二是女孩子们慢慢养成的一种高傲的自觉；谢家的孩子们，却经常跑到上院子做作业。这些孩子，父母本也是管得紧的，也是希望他们学习好的，只要他们说去陈家、李家做作业，父母都放心得很；但陈李两家的大人却不怎么欢迎，怕自家的乖娃娃跟着学尖了。

即使是这样，谢碥也是谢姓的天下。谢碥的权力在谢家，村长、社长、会计、出纳，都是谢家的人。谢碥的观晚婆（以通阴阳、看风水、算八字等活路的人）是谢家的，招赘了罗姓男人的谢家女人，她叫什么大家都不太清楚了，全谢碥都叫她罗三婆——她男人在罗家排行老三——很阴的一个老娘儿。整天蔫秋秋的，走路慢吞吞的，一句一个咳嗽，咳嗽的时间比说话的时间长。她其实不做家务事，但是任何时候看到她，她都拴了藏青色的围帕，双手藏在围帕后。她一个人住在谢碥漕头的一座小院子里，吃饭的时候就回到和罗三爷共同的家里吃，其余时候她都一个人待在那座小院子里。那座院子，是她供菩萨的地方。谢碥的人请她做事，都去那个院子。

谢碥的媒婆是谢家一个很活泼的小老头儿的女人，姓黄，叫黄花花。黄花花，她年轻时大家这么叫，到现在老了，也没有人改口。“黄花花！”“哎！”随时叫到她，她都答应得脆生生的。没有人觉得不妥，凋谢到皱纹满脸乱爬的女人，还叫黄花花。她抽叶子烟，只要一坐下来说话，就要摸出烟杆儿叼上。不抽没劲，没劲说话，抽上了，话就多，多而且精彩。

谢碥的医生是陈家的大女儿，谢碥的老师是陈家的小女儿，谢碥的恶人是陈家的小女婿，因为这三人的缘故，陈家在谢碥有着特殊的地位。

我是陈家的。我爷爷就是陈家的老五，现在的陈五爷。爷爷和四爷爷因为复杂的婚姻关系从陈家大院子迁到了谢碥。我去过陈家大院子，那边的陈家有个孩子跟我一般大；那边的陈家后院矮墙下有棵史君子树，一刮风一下雨，好多人蹲着在陈家矮墙下捡史君子；那边的陈家有个爷爷和我爷爷一般大，老是眯眯笑着，说话非常谦卑，你和他说话，你不由得也要谦卑起来；那边的陈家爷爷种着好大一园子的茉莉花，爷爷去买他的茉莉花，给他钱，他推辞半天，终于接过去，却眯眯笑着用了谦卑的姿势、谦卑的语气说话，那就小见了哈！爷爷也赶忙用了谦卑的姿势和谦卑的语气说，不小见不小见，应该收的应该收的。

二

刘妈，宽眉、宽额、宽鼻、宽脸，粗手粗脚，长得好似一棵肥厚的青菜。她有活泼的性格，一笑起来，“哈哈”满天飞。酿醪糟、腌咸菜、包皮蛋，是她的拿手活儿。酿醪糟、腌咸菜、包皮蛋，谢碥的女人都会做。会做有什么用？谢碥的人都知道，这酿醪糟、腌咸菜就讲究一样——味道；包皮蛋就看一点——松花好不好，多不多。若是醪糟酿来不出酒，咸菜腌来像抹布，谁还吃！皮蛋老粘壳，一朵松花也看不到，多丢脸！刘妈做的醪糟，还没有出坛就闻见香；她腌的咸菜黄澄澄的，咸香适口，等不到夹到嘴里这口水就咕噜咕噜冒了；她包的皮蛋，每一只皮蛋都能囫囵地剥光壳，从不粘壳——这一点，稍微用心的女人也能做到，但是有一点厉害，刘妈包的皮蛋，每一只剥开都是带着松花的琥珀，透明的、暗黄的琥珀，那些松花如雕刻在水晶上，玲珑剔透。刘妈自从嫁到谢碥，谢碥的女人就都懒了，醪糟不酿了、咸菜不腌了、皮蛋不包了。想吃怎么办？置办一顿伙食，把刘妈请到家，半天的工夫，醪糟酿好了，咸菜腌上了，皮蛋也包好了。你以为这些女人都偷懒呢？才不是哩！她们也有她们的小算盘。明请刘妈教手艺，刘妈可能会推辞，若是请去做，那又不一样了。女人们就趁刘妈完整帮忙做的过程偷师，但是照样学样也还走样，明明每一道程序都按着刘妈的方法来做了，做出的东西还是有区别。女人们就想，这可能是天给的手艺让刘妈以此为活吧。怎么叫以此为活呢？刘妈的男人是收电费的谢天章，他本来是农电工，从电桩上摔下来，伤了腰，干不了力气活，田里重活都是刘妈和她五个儿子干下来的。五个儿子五双手帮了她不少活，但是五张嘴吃饭也厉害，五个人都要读书，钱从哪里来？刘妈包的皮蛋松花多，远近出名，就有人问天问地问到谢碥来买皮蛋。谢碥的女人给刘妈出主意：那么多人喜欢你包的皮蛋，你干脆到场口上摆个摊子，帮人包皮蛋算了，你一个女人，能做好多重活路！刘妈却傲上了，她说：要买就到家里买，不买就算了，我也不求这买卖吃饭。她虽说了这样的硬气话，可天并不弃她，来找她买蛋包蛋的人就没有息过气，连周围场镇上那些做副食和干杂生意的人都来找她定蛋了。每次有三轮车或者火三轮进谢碥，就有人凑上去搭话："买皮蛋啊？"

来人"啊"一声。

"顺沟边那条田坎儿一直走到底就是卖皮蛋的，早点儿喊人，她家黑狗凶。"

来人"哦"一声。

待人家刚打燃火要走，又拦下，问："这刘玉兰（刘妈闺名）的皮蛋硬就比别个的好卖啊？”

来人显得不耐烦了：“不好卖我天天朝这里跑啊？人家买主就盯倒那几朵松花在吃！”

搭话的人蒙了一下，随即对着刘妈家的方向骂道：“狗日的谢天章，硬是大妈生的，接的婆娘包的皮蛋都比别块多几朵松花！”

谢天章的父亲是地主，接了两个老婆，大老婆只生了谢天章一个，小老婆没比谢天章大几岁，生了一群，全是女。

在谢碥，这天给手艺的人还不少。谢家年纪最大的媳妇幺婆婆，做的白菜泥豆腐，是少有的美味。会计谢开章和幺婆婆门对门地住着，一到吃饭，谢开章的两个儿子各人用菜盆舀上一大盆饭，拐拐都不倒一个，直笔笔地就朝黄婆婆的灶门前走去。去干吗？吃泥豆腐。谢开章的婆娘叫帅素冰，大眼睛，短头发，走路没有声音——一年到头她只穿自己做的布鞋，从隔壁帅林盘嫁过来，是个洁净和爽利的人。帅素冰和罗老二的婆娘是一个林盘的，但是谢碥人对这两个帅林盘的女人的评价却一个在天一个在地。谢碥的男人经常当面比较二“帅”，当谁的面？——罗老二。

“罗老二！罗老二！你接的啥子婆娘哦！当不了人家帅素冰一则，帅素冰屋头的茅屎坎（厕所）都比你家的厨房干净！你的屋头跟猪圈一样，脚都下不下去！”

“你那是住人啊，还是喂猪哦？”

“人家是节约地头，又养猪又养人。”

说完男人们就哄哄地笑。罗老二窘得很，啥面子都没有了，回去就把气撒到婆娘身上，给她一顿好打。谢碥的女人这样吓唬自家的女儿：不爱收拾嘛！跟罗二嫂一样嘛！以后只有讨打的！

帅素冰会收拾，菜也做得不撇，可这两个儿子就是不买账，顿顿吃饭都要往幺婆婆家里跑，就喜欢吃这泥豆腐下饭。帅素冰打也打过，骂也骂多，没办法，两个泥鳅一样的儿子，稍不留神，就滑到幺婆婆家了。谢开章很开通，不管，反倒替儿子们说话：这小娃娃是最诚实的，好吃就好吃，不好吃就不好吃，好吃他们肯定就会多吃，不好吃人家肯定就少吃，这有啥子办法呢！意思是哪个喊你这个当妈的菜做得不漂亮呢！一副幸灾乐祸的样子。帅素冰也大气了，干脆给幺婆婆端了一大撮箕豆子过去，让幺婆婆用这些豆子多磨点泥豆腐，大家吃。

其实这帅素冰，也有样绝活儿，做豆花麻辣鸡。这是两样菜，豆花和麻辣鸡。她点的豆花，又白又嫩，又软又绵；她拌的麻辣鸡，好吃。但是推豆花是件麻烦事，平常没有什么特别的事情，谢碥的女人不轻易推豆花。推豆花，豆子要提前泡胀了；磨子要仔细刷两遍，第一遍用刷子或者小扫帚旮旮角角都扫遍，第二遍用清水冲；海椒要新鲜春的才香，干海椒在大锅里炒脆，干炒，不加菜油，炒脆了，放到大树疙瘩做的臼里，拿圆木杵杵，杵细了，大锅里煎开菜油，微微凉一下，往海椒面里一倒，“哧”的一声，喷香的海椒面烫熟了。这些准备的活儿可以交给家里任何一个人做，但是煮豆花不行，那必须得帅素冰亲自守着，因为卤水放多少、火要多大，是全凭帅素冰的个人感觉的。杀鸡在谢碥来讲，是件大事，不年不节，没有老人过生，没有女人坐月子，没有回娘屋的女儿，没有这几件事情，一般不会动杀鸡的念头的。帅素冰的绝活，也就每年在她公公过生那一天，显摆一下。谢碥的人经常说，人家帅素冰是两个菜就摆一桌。两个菜，是指只有豆花和鸡；摆一桌，是指帅素冰用豆花和鸡能做出摆满一桌子的菜。怎么做呢？在谢碥，豆花端上桌是讲究每人一碗的，这桌子上有多少人就要摆多少碗，小孩子也要算上。你瞧瞧，这每人一碗豆花就占了一张桌子很大的面积了，中间再摆上一大盆凉拌的麻辣鸡，然后呢，是用鸡血做的鸡血旺汤、用鸡杂碎做的小炒，还有两碗用煮鸡肉的鸡汤煮出来的蔬菜，一张大八仙桌都堆不下了。如果桌上有人想吃豆腐脑的，帅素冰立马就能给端出两碗热辣辣香鲜鲜的豆腐脑。这帅氏是谢碥奢辣奢醋的女人，每次做了豆花，自己都要留一点儿豆花做豆腐脑，狠狠过一回酸辣瘾。知道的，等她上完菜，扯着她的衣裳角说：帅娘，给碗豆腐脑吃嘛！她定满脸绯红，拉你进灶房给你开个豆腐脑小灶。后来这也不是什么秘密了，有人干脆在上菜之前就直接说：帅娘，豆花嘛我不吃，你给弄两碗豆腐脑就是了。

三

大石匠最绝的一句话是："我把我婆娘借给你都不借我的工具给你。"此话一出，谢碥的人都知趣了，再也没有人往大石匠家借东西了。大石匠这句话是在一次夜饭桌上说的。收电费的谢大章接第二个儿媳妇，按坝上的规矩，头天晚上是花夜，第二天才是正席，花夜办小酒碗，正席是大酒碗。吃花夜酒，比正席还兴奋，等待好事是最起劲的、最容易让人激动的，人们都蓄着一股劲在等待，等来了，劲儿也就耗光了。那时正是在吃过花夜的小酒碗后，谢碥粗壮的汉子们三五一群围在八仙桌上，十五瓦的电灯泡点着，一桌一副纸牌，闹杂杂地干上了。谢碥的人没有熬夜的习惯，但是吃花夜酒不一样，几岁的孩子、几十岁的老汉，都精蹦蹦地要耍个通宵，妇女们也不管，难得谢碥过一回事，就都放纵了去。若是张狂一些的妇女，也要吆喝几个凑一桌牌干上一夜的。主人家就添累了，想睡也没法，从灶门前到地坝屋檐口，堆尖尖地码满了人。况且，灶门前里办酒席的厨子，熬夜在准备第二天正席的食物，主人家还要在旁守着，随时听候厨子吩咐，添补些食物调料。大石匠他们围着一桌人在屋檐口下，没有打牌，也没有喝酒，就海阔天空地胡乱讲些龙门阵，不知道怎么讲到大石匠打石头的那些工具。有人看聊得这么热火，想也没有多想就提出要借借大石匠的工具用用，大石匠突然加大嗓门甩了一句话出来：我就是把我婆娘借给你也不会把我的工具借给你！这话刚一出来，汉子们哄一下全笑开了，笑完却安静了，个个都觉得尴尬，不知道往下接什么话。这安静持续了分把钟，还是一名机灵的妇女打破了这难堪的静寂，喊了声："黑娃儿！你还不去睡了哦！明天还要出早工哦！”这一句仿佛提醒了所有人，大石匠身边闷着的汉子们都拍着脑袋骂着自己说：“哎呀，硬是的，我明天还是要出早工的嘛。”于是纷纷散了。

大石匠之妻，叫玉娇，那是谢碥一朵花呀！三伏的太阳晒不黑，数九的寒风冻不裂，细瓷一样的皮肤，男女见了都想摸一下，可是又舍不得摸，怕自己手脏给摸黑了。都说一白遮百丑，可不是，就冲了这一点，索性把姓也给人家改了，不叫谢玉娇而叫白玉娇了。白玉娇在公社给公社干部煮饭，这个工作是顶了她父亲的班去的。白玉娇上面有哥哥四个，各个都想去顶这个班，争来争去把谢师傅争冒火了，拍了桌子把顶班的事定给了白玉娇。白玉娇去顶了班，谢碥的人都说，这玉娇以后不知道要配个什么样的人哦！言下之意，谢碥以及谢碥周围的全体未婚青年都配她不上了，人长得漂亮，又端了铁饭碗，什么样的好事都凑齐在她身上了，这样好条件的姑娘，那得要多么好的条件的小伙子来配啊！可是到底是什么样子的好小伙子呢？谢碥人形容不上来了，有人说，那起码配个当官的儿（儿子）吧，至少是乡长一级的！有人马上附和说，对对对！乡长的儿！听说我们这个乡长还真有个儿呢！

黄花花听见了这话，把含在嘴里的叶子烟拿开，吐出一大泡口水，慢悠悠地说道：“乡长的儿？乡长的儿配不上我们玉娇！”

众人都转向她，问：“咋个配不上呢？”

黄花花复又把叶子烟含到嘴里，嚼着叶子烟杆说：“乡长的儿又矮又黑又丑！”

众人再问：“你见过乡长的儿？”

黄花花继续含着烟杆说话：“乡长的女（女儿）的人户（亲事）是我给放（撮合）的，你（你们）说我见过他家儿没？”

众人开始七嘴八舌。

“狗日的这乡长肯定贪污过，不是他儿怎么长得弄（那）么丑！”

“贪污屎他的！贪污了有报应，一代不应（应验）二代应。”

“就是！应到了他儿身上了。”

得出这个结论之后，众人平衡了，话题很快捡了回来。“算屎咯！当官的靠不住，还是找个拿工资吃饭的稳当。”

“老汉儿（父亲）是当官的，又不是他自己当官，不管用。”

“哎呀，只有千年的衙门，没有万年的官！官当不了一辈子的。”

“当一辈子又咋子嘛？还不是一样的要死！”

“喔！就是！哈哈哈！”众人应同，并一起大笑，结束了这场闲龙门阵。

没有料到的是，白玉娇却迅速走起了下坡路，境遇一日差过一日。谢碥的老辈子们这样讲，天老爷先把一生的好运气都先给了玉娇，剩下要给她的，就只有霉运气了。人一辈子，好好坏坏各一半，哪个都不可能多吃多占。

有一段时间，好多陌生的人在帅林盘或者王林盘的人的带领下，跑到谢碥来看白玉娇，有的人索性直接跑到公社食堂去看白玉娇。远远地瞅见了，认识白玉娇的人一指一努嘴悄声咪咪地说：那就是了！来看的人惊讶地重复一句，也悄声咪咪地说：那就是的呀？哦！也不走过去，认识白玉娇的人努力地遮蔽自己，生怕白玉娇看见是自己领人来看她的热闹。白玉娇出了什么热闹？据说白玉娇和公社医院的一已婚医生刚脱了衣服睡下，就被人撬开了门，已婚医生逃了，来人追，未果。后半夜白玉娇的门再次被撬开，这次抓了双。原来已婚医生逃走后不知跑到哪里转了一圈又跑进了白玉娇的房间，已婚医生以为绝对没有人想到他会再跑回去，没有料到他和王熙凤一样聪明反被聪明误。来撬门抓人的不是白玉娇的什么人，也不是已婚医生的什么人，是另一已婚男医生，在该男医生的大力宣传下，此事不到三天传遍所有村社男女老幼。每天去公社听故事进展和看白玉娇的人赶场一样络绎不绝，公社迫于影响，叫白玉娇回家休息，换了个又矮又黑的小伙子煮饭。

白玉娇回家后，家里什么动静也不见。她每天早上光光鲜鲜地骑着自行车遛一圈回家，然后换了脏衣服下地下田干活儿，择菜煮饭，洗衣喂猪，一刻也没有消停过。眼睛清亮、皮肤白皙、身姿美妙，一点儿没有变化。一个月、两个月、三个月，或许更长的时间，早过了公社喊白玉娇回家休息的期限，公社方面仍然没有喊她去上班的口信、书面信，连这方面的传闻都没有听到过。谢碥的人替她着急了，都说："咳！这个女娃儿不值哦！名声去了，再丢了工作，可惜哦！狗日的杀千刀的万休奎！"万休奎，就是那个自以为聪明的已婚男医生。

后来，白玉娇一直在家务农，三十出头了才说了大石匠——四邻的人都知道她的事，哪个男人有心胸去娶她！大石匠家在外地，跟着打石头的队伍到了谢碥，黄花花看石匠还实在，遂做了媒。初，大石匠以为接了仙女，后来可能听了些风言风语，经常对白玉娇拳脚相加，喝醉了酒就把全谢碥骂个遍，说全谢碥的人下套整他，哄他来当乌龟王八蛋。头几次骂，白玉娇的哥哥们都没有开腔，后来打骂成了家常便饭，白玉娇的嫂子们看不过去了。嫂嫂们说，再骂就捆了打！你们男人不好出面我们女人动手捆！欺负成这样，人家以为玉娇娘家没人了咧！说实话，当初白玉娇去顶班的时候，各位嫂嫂的意见可大了，很长一段时间和公公婆婆以及白玉娇不往来，现在看到玉娇落到这个地步，以前的气早消了，心里又心疼上了玉娇。跟玉娇一说，玉娇却不同意。玉娇说，他要闹要打要骂就随他便！等他出气！总有他打不动骂不动闹不动的一天。

袁瑛：公务员。已发表散文若干。

本文刊于《天涯》2009年第2期。

旧时

黛　安

月光

窗户很小，窗棂是几排竖着垒的砖，为了挡住冬天的风，爹就在这些砖上糊上了一层粉连纸。纸很薄，化雪的时候，风就像削尖了的竹筷，很容易就把这层纸捅破了。有时是大姐，有时是二姐，有时是我，就再剪块粉连纸，贴在破了的地方。这样，窗户也像我们的衣服，缀满了补丁。

我一觉醒来，看着窗户上开满补丁花的地方都有些白了，就知道天快亮了，我该上学了。我总是第一个到教室，因为我拿着班里的钥匙。家里没表，连个马蹄子闹铃也没有，窗户就是我的时钟。姐姐还没醒，我悄悄起来，把耷拉到地上的被子给姐姐盖了盖，背上书包，掀开麦草秸的门帘，走到院子里。院子里亮堂堂的，一眼就能看清马棚边的槐树、南墙根的枣树。压水机旁的小香椿，和我一般高，一片叶子也没有，它是春天才冒出来的。春天时，我站在石头上一下一下地压着水，它就一寸一寸地长大了。娘曾掐了三寸长的椿芽，裹上稀稀的面糊放在极少的油里炸给我们吃。吃炸香椿成了我的梦，一想起来我的舌头就忍不住绞来绞去。我踩着一地凌乱的树影，像踩着一幅画，走到大门口，拔下门闩，来到街上。街上也亮堂堂的，我站在胡同里朝南一望，就看见了三婶家的屋顶和屋顶上竖着的一节烟囱，我好像还听见三婶拴在核桃树上的羊咩地叫了一声。三婶是村里最美的女人，眼窝里都是水，却总生不出孩子，就抱养了一个，叫旺。那只羊就是三婶给旺买的，我放了学没事就来看三婶攥着那只羊的奶子往外滋滋地捏奶。看旺抱着瓶子吮奶时，我也忍不住束起唇，但我嘬到的都是一股股凉风，它们像一只只陀螺，在我空荡荡的肚子里咕噜噜地打转。学校离家不远，几分钟就到了。操场上也亮堂堂的，四周都是堆成垛的柴火，风掠过焦干的叶片，哗啦啦响。教室大门锁着，一个人也没有。真冷，刀片一样的风贴着脚后跟钻进荡悠悠的裤管里。我边跺脚边搓手边抬头看看天，哦，原来天上还挂着一个白晃晃的大月亮！怪不得一切都那么清，是月光洗的啊。

耳朵疼起来，像有张小嘴啃着，要掉下来了。我捂着耳朵，踩着满地月光绕着操场跑。影子像一只糖稀做的小黑兽，一会儿长，一会儿短，始终软软地黏着我。不知跑了多少圈，也不知踏碎了多少月光，暖从脚心一点点拱上来，到指尖，到眉梢。这时，月光渐渐淡去，天亮了。

繁星

娘生我是在春天，农历四月初四。二婶说，农家的日子春天最难熬，青黄不接。上年的粮食已见了缸底，当年的麦苗还在地里。我生下后，姥姥踮着小脚拎来十个鸡蛋，娘不舍得吃，就让奶奶拿到集上卖了，换了一块肥肉膘，炼了一大勺子油，每天撇一丁丁炒菜。二婶说，虽然没粮食，天天吃地瓜干，但娘的奶争气，听见我的哭声就来水了，还很多，我咕咚咕咚地咽，撑得溢奶，娘的奶水还在冒，娘就把她家小花裹在怀里喂。小花是二婶的三妮，比我大八天，二婶没奶，小花成夜成夜地哭，二婶的眉头就皱成了疙瘩蛋。那些春天的晚上，二婶家的墙头上，好几只野猫在叫春，凄凄厉厉的，也像小孩子在哭，可把二叔烦透了。二叔把旱烟叶捏碎了用粉连纸卷着，一整夜一整夜地抽，手指黄了，眼红了。

这都是二婶告诉我的。二婶还对我和小花说，孩生日，娘苦日哇！

孩生日，娘苦日。我很小就记住了这句话。我从一年多前就开始攒爹用过的牙膏皮。爹是每天都要刷牙的，隔壁二叔、前排房子里的三伯、胡同中间的五爷爷，他们从不刷牙，他们都笑话爹。他们一笑就露出满口金子，爹也笑，爹笑的时候，闪过一溜干净的白光。

我一共攒了十四个，卖了七毛钱。我把钱塞在床的草苫子底下，等着四月初四，等着春天里那个青黄不接的日子。

可是天黑了娘擦火柴要做饭时才一下子想起来。嗐嗐嗐！娘对奶奶说，今天是妞妞的生日！一旁的我愣了愣，转身大步跨过门槛，手伸到草苫子下摸着钱就走。我要割块肉给娘吃，我想让娘知道：孩生日，娘不苦。

胡同真长，路过三婶家，路过五爷爷家，路过冬梅姑姑家门前月牙一样的池塘，还没到。路坑坑洼洼的，而我的脚底仿佛安了轮子，快得像在胡同里穿行的一股风。我就是一股风，不止我，和我一般大的梅、英子、小花，放了学就和我在胡同里疯跑，从这头追到那头，从那头撵到这头，比兔子都快，和风一样快。不知谁家新在墙根垛了堆柴火，我一踏上去就倒了，在我起来之前，我一仰头看见了星星，真多呀，像一朵一朵的荠菜花开满了天空。我一下子想起三婶家的麦地，自从三叔在煤窑上出事后，三婶家麦地里的荠菜一下子就蹿过了麦苗，开出小白花，一大片一大片的在风里摇，可好看了。日头最毒的时候，娘和二婶却把它们都拔了，有几筐喂了给旺买的那头母羊，还喂了我家的小毛驴，其余的都扔在了地头，晒成了草。可是那些荠菜花没干，它们还鲜鲜地活着，此刻，它们像刚刚从清水里捞出来，正淋淋漓漓地开在天上。

空气开始暖稠起来，我一骨碌爬起，循着香味，循着煤油灯菊黄色的光，找到那家肉铺。

我捧着一小坨肉往回走。身后传来咻咻的喘气声，我知道那是一条狗，可我一点儿也不害怕。我的心里只有那坨肉，我想赶紧捧给娘，我想赶紧让娘知道：孩生日，娘不苦。

我又看见了满天的星星。它们一路给我照着，直到家门口。

春野

大门是一扇七八片旧木板钉在一起的柴门，还没有黄土夯的院墙高，白天从不关。我挎着小篮出来，往北一拐就到了我家屋后的大路。麦田就在路的对面，我蹦跳着走过大路，一脚站在了麦地里。再回头看我家，麦草苫的屋顶黑乎乎的，像一只趴着的大麻雀。后窗和我的书包一样大小，封着的灰白油纸上落满了尘土。院子里的槐树蹿过了屋脊，四下里乱伸的枝条干黑干黑的，枝杈上坐着的鸟窝就像树杈结的果，也灰不溜秋的。

可是田野就不一样了。冻了整整一个冬天的麦苗正在返青，绿幽幽的，往东瞭，二姨家的村庄远得根本看不见，只有一大片一大片的麦田，无穷的幽绿仿佛是从天边一路铺过来的。前几天才下过雨，娘、二婶、三婶，趁着地潮都刚刚搂过土，田垄又软又暄，脚陷下去再抬起来，就有一股土香从脚窝里冒出来。我是出来挖荠菜的，顺着麦畦走出去了老远，回头望望我家，呀，真的小成一只麻雀了。青青的麦田还没到头儿，我已挖了小半篮，累了，坐在田埂上。荠菜还不大，但绿叶白根，新鲜得像挂在草尖上的露滴。那些长在麦苗中间的荠菜，拔的时候，不小心把麦叶也揪下来了。肚子在咕噜，我拈起几株干净的小荠菜，连同麦叶，一起填进嘴里嚼起来。村里有几间牲口棚，我和小花、英子没事就爱跑去看牲口吃草。牛嚼得最慢、最细，有时会有绿色的草汁贴着嘴角滴答下来。我嚼啊嚼啊，也嚼得又慢、又细，把荠菜根都磨成水了，我成了春日麦田里的一头小牛了。

挖回家的荠菜，在清水里涮涮，捞出来，晾晾，撒上点儿盐，拌一拌，就能吃了。荠菜有点儿苦，可是咽下去，又觉得有股青幽幽的香一点一点地升上来。

三婶家的旺才歪歪扭扭地学步，还不会干活儿，娘就让我把挖来的荠菜给三婶送去一些。我颠颠地跑去，站在院子里脆生生地喊“三婶！三婶！”三婶的门前有一丛迎春，青柔的乱枝挑满了小黄花，鲜黄鲜黄的，比鸡蛋黄还黄，黄得照眼。三婶应声从屋里出来，经过迎春花丛，三婶比花还好看。

天暖起来，麦苗像有无数条看不见的线提溜着，往上猛蹿，麦田绿得淌油了。放学后再去拔野菜，麦苗没过小腿了，麦苗没过膝盖了，累了坐在田埂上，麦苗齐着眉毛了。小花坐在另一条田埂上，她一偏头就不见了。我拧着脖子望一圈，眼里全是青翠的麦穗。我大声喊，小花，你变成一棵麦子了吗？并随手摸起粒土坷垃蛋掷过去，躺下去的小花咯咯地笑着坐起来，指着我别在耳边的荠菜花，也大声喊，妞妞，你变成一棵荠菜了吗？我也咯咯地笑。整个春天，我和小花除了上学就是蹲在麦地里，剜荠菜，拔荠菜，薅荠菜，顿顿饭吃荠菜。二婶说我们三根筋挑着个头，说我们细细的脖子快成荠菜茎了，可我们还是天天咯咯地笑。小花一笑腮上就凹进去两个深酒窝，我揪下一朵荠菜花安进去，我笑个不停，她看不见，她把荠菜在指上缠来缠去，跟着我傻笑，我们成了田野里两棵会笑的荠菜了。

背着满筐的野菜往回走，抬头看看我们的家，呀，一间间黄土房子不见了，只有一团团、一汪汪的绿树，我们的村庄也成了一块绿色的田野了。

野菜老了，不能吃了，只能喂牲口。我成筐成筐地背回家，小毛驴的黑嘴角就天天衔着五颜六色的野花。吃不了的，就摊在太阳里，晒干，垛起来，给小毛驴留着。

而我，依然穿行在田野里。

槐花

院子里的那棵槐树不是槐树。等想起来抬头看时，绿茸茸的叶子间已挂满了一穗一穗的青米。竹竿上绑个钩，伸着脖子一穗一穗地拧下来，撸下籽，晒干，拿到收购站上就卖成了钱。没卖的，捏一小撮在玻璃杯里，冲上咕嘟咕嘟开的热水，杯子一下子就绿了。水有点儿苦，二婶说，槐米凉，喝了能把在身体里窜来窜去的火打下去。我和小花就笑，都说，那么热的水，烫得嘴直吸溜，还说凉。

槐米会开花，开得还很快，竹竿转得慢了，一树的槐米就都爆米花似的全开了。花轻轻小小的，风还没吹，自己就飘下来了，粘在树下人的头发上、肩膀上。若是再刮阵风，看吧，飘飘洒洒，像下雪。

院墙外的那两株槐树才是真正的槐树。春日将尽时，也没叶子，光秃秃的黑枝丫上全都提溜着一嘟噜一嘟噜的白花。花也不大，花心绿蒙蒙的，揪一把塞嘴里，凉凉的，先是有点儿苦，嚼透了，又满嘴香甜。

那样的香甜，咽下去香味甜味能从脚底板子上钻出来，在没粮食的春天里又治饿，谁家不栽几株呢。院子里、房前屋后、路边、地头、沟畔，到处挂满了银子，白灿灿的。在村子里、田野里转一圈，摸摸头发、领子、裤腿，全都黏黏地让香气洇透了。晚上坐在院子里，每一朵槐花都噗噗地喷着香气，眼睛熏得睁不开，一会儿就困了，不由得关门睡觉，只留一树树月光似的槐花，和一院子槐花似的月光。

槐树长得高，娘得爬上平房才能够到花穗。她拧，我在地上捡。够一小筐了，在清水里涮涮，控干水，拌上玉米面蒸窝窝头吃。娘总说三婶更清苦，总忘不了让我给她和旺送去一些。才出锅的窝头热腾腾的，娘用笼布包了，我揣在怀里跑着就去三婶家。在大门口，正遇上也要去三婶家的柱子叔，他提着一小袋地瓜干。看见我，柱子叔龇牙笑了笑，把袋子递给我，说，妞妞，你拿进去吧。我怔怔地接过来，看柱子叔一瘸一拐地走远。柱子叔和旺的爹在一个煤窑，那次出事，旺的爹死了，柱子叔跑得快，命是保住了，腿砸断了。没有女人愿意跟一个瘸子讨生活，柱子叔就一个人过。柱子叔的棉袄破了，胳膊肘上冒着棉花，我想，我长大了要先学会缝东西，好把柱子叔钻出来的棉花塞进去，然后用密密的针脚缝得严严实实，再也不让它们跑出来。

三婶接过去，叹了口气。那声轻轻的叹息，像月光下，一朵槐花飘下来。

那么多的槐花却仍不能填饱我们的肚子。我们肚子里好像有一台机器，不管吃进什么去一会儿就没了。低处的槐花没了，孬蛋哥就爬到高处的树枝上给我们摘。孬蛋哥是小花的二哥，比我们大两岁。他骑在高高的树枝上，掐下一嘟噜，英雄一样朝下喊，妞妞，接着！我仰着头，看着蓝天上的孬蛋哥，张开双手捧住小白兔一样飞下来的槐花。我不舍得自己吞，就等他下来一起吃，他却总是摇摇头，说自己一点儿也不饿。我就嚼得咯吱咯吱响，跟在后面馋他。我说，这么香，你真不饿？他说，真不饿！

又一次摘槐花时，孬蛋哥从树上像被人打中的鸟一样跌了下来，摔断了腿。别人都说他是给我摘槐花摘的，孬蛋哥却死活不承认。出院后，他说，妞妞，只要你想吃，明年我还给你摘，我知道哪里的最甜、最香！

我的舌头明明在嘴里打转，可我却说，孬蛋哥，我不想吃了。

槐叶很快就长出来了，碧青碧青的。偶有几穗白槐花，藏在叶子间，像一捧春夜的月光。

麦穗

麦穗还是青的，麦芒也是青的，可是麦粒已经鼓鼓的了。站在麦田边，随便拽下一穗，在手心里搓啊搓啊，尖尖的麦芒扎得手心又痒又疼。皮下来了，鼓起腮，骨朵着唇，吹掉，一仰脖，一小汪绿幽幽的麦粒全填在嘴里了！

每个粒里都包着一股嫩嫩的白水，又香又甜，比荠菜和槐花好吃多了。我和小花、英子，边走路边搓麦穗吃，小小的手心不多会儿就红了。没事干，我们就倚着杨树，望望无边的天空，看风怎样把棉花朵一样的白云扯成一条一条的白绸子；再看看无边的麦田，看麻雀怎样在针尖一样的麦芒上跳来跳去。英子说，当一朵云彩真好！当了云彩，就听不见我娘天天唠叨我姐了。我和小花咯咯地笑起来。那时，小花想着当科学家，想发明一种种子，撒在地里，一年四季都结粮食，多得我们怎么吃也吃不完；而我想当医生，先把柱子叔的腿治好，那样他就能讨老婆了。我们从没想过当一朵云彩。我们笑得啄麦粒的麻雀都哄的一声藏到杨树叶子里去了。英子又噘着嘴说，当一只麻雀真好！想飞就飞！我们又咯咯地笑，边笑边挠她胳肢窝，你飞呀，飞呀！英子怕痒，果然和只麻雀似的一蹦一蹦地跑开了，却没飞到杨树上去。

搓的鲜麦粒当然好吃，但没有在火上燎熟了的好。我把麦穗连茎揪下来，英子哧的一声擦亮火柴，点着一把玉米皮，小花两手掐着麦穗凑到火苗上燎。两块麦地中间有一片杨树林，树又多又密，我们在林子中间烤麦子，外边谁也看不到。小花说，行了，熟了！我们就吸溜着嘴吹吹，这手倒到那手，趁热搓着吃。热乎乎的麦粒里，有甜腥腥的泥土的味，有湿津津的雨水的味，有暖烘烘的太阳的味，还有不知从哪儿刮来的干爽爽的风的味：这些味道让我们在火上一燎，就成了真正的麦子的味道、粮食的味道。真香啊，香得我晚上睡觉直翻身掉被子，香得小花做梦都不住地吧唧嘴。手搓黑了，嘴吃黑了，我、小花、英子，我们你看看我，我看看你，觉得我们仨就像飞进杨树林子里的三只黑嘴鸟，禁不住又咯咯地笑起来。

那天，当我们又薅了麦子跑到树林子中间的时候，看见小满姐姐也在那儿。她的旁边，还坐着一个我们不认识的男人。看见我们掐着的几大把麦穗，小满姐姐说，来，妞妞、英子、小花，我给你们燎，我燎得可好吃呢！

实际上小满姐姐只是点着了火，是那个男人给我们烧的。他还搓了一小捧麦粒喂小满姐姐吃。我们边吃边眯着眼看。小满姐姐说，英子，回家别告诉咱爹和咱娘！这是你——红旗哥哥。英子直点头，我和小花也一个劲地点头。

出来林子，我们都很高兴。红旗哥哥真好看，和林子里的一棵杨树似的，比要娶小满姐姐的那个半哑巴好多了。我曾问二婶，小满姐姐比荷花还好看，五娘娘干吗把她许给一个哑巴？二婶说，你以为你五娘娘舍得啊，那是给英子哥哥换媳妇呢。全村都知道英子哥哥小时候发烧烧坏了脑袋，三十好几了也没媳妇。

哦。我好像懂了，又好像不懂。

但小满姐姐要给哥哥换的媳妇我们见过，和小满姐姐一样，走在路上，就像一朵荷花在水里摇。那次，她来五娘娘家看了英子哥哥一眼就哭着走了。我们跟在她后面学她走路，腰都快扭断了。二婶说，她是那个半哑巴的妹妹，叫立春。小满姐姐嫁给她的哥哥，她嫁给小满姐姐的哥哥。她们俩都是给哥哥换媳妇的。

五娘娘忙着用红纸剪喜字。日子都订好了，一收完麦子立春姐姐就娶进来，小满姐姐就嫁过去，在同一天。

麦芒黄了，麦穗黄了，麦叶黄了。晌午，明晃晃的大太阳下，每朵麦穗都在嘎嘣嘎嘣地响。晚上，整个村庄都嚯哧嚯哧地把镰刀磨成了天上亮汪汪的月牙。天蒙蒙亮，也不用五娘娘喊，小满姐姐早就割倒半垄麦子了。那段时间，小满姐姐见了我们也不笑，只是抿着嘴使劲干活儿，像一头小母牛。

麦粒一进缸日子就到了，五娘娘忙得脚不沾地。这边去迎立春姐姐的人已出了村，那边来接小满姐姐的也已到了半道上。去喊小满姐姐赶紧罩上红盖头，却到处找不到她了，连池塘和枯井都瞧过了。

小满姐姐跑了。

五娘娘急得坐在地上拍打着腿号。我和英子、小花眨巴眨巴眼，什么也不说。我们心里藏着一个大秘密，好像埋了一粒不发芽的种子。我们都隐隐地为小满姐姐高兴。

立春姐姐哭着来了。来迎亲的人吸了一袋烟又一袋烟，却怎么也等不到小满姐姐，终于听说跑了，就三下两下把立春姐姐从屋里拽到地排车上拉走了。我们看见立春姐姐连红盖头也没搭，一出我们村就捻着乌溜溜的辫梢偷偷地笑了。

第二年，麦穗能燎着吃时，英子哥哥在屋里点火烧麦穗，连被子也烧了，连他自己也烧了。

我们正在路边揪麦穗准备去杨树林里燎着吃，远远地，看见小满姐姐回来了，她怀里抱着小娃娃，后面跟着杨树一样的红旗哥哥。英子撒丫子朝小满姐姐跑，我们撒丫子朝五娘娘家跑，边跑边喊，小满姐姐回来了！小满姐姐回来了！

五娘娘还没听见，满地的麦穗都先知道了。

荷塘

在胡同里追风追够了，连跟在我们身后乱窜的狗也累得趴在柴堆旁眯起了眼，我们就去了池塘边。池塘的一圈全是柳树，我们脱了鞋，爬上去，骑在树杈上。正是柳条最柔软的时候，柔软得就像柱子叔看三婶的眼神。飘来飘去的柳条蹭着我们的脸，就像我们有时睡在柴火窝里，狗伸着舌头一下一下舔我们的鼻尖一样，又痒又麻，还有点儿酥。我们掰下一大把柳条，细的，编个草帽圈箍在头上；粗的，就拧成一截一截的柳哨鼓着腮帮子吹。小花吹得又尖又细，咪咪咪咪的，像小猫在叫；我吹得又低又粗，哞哞哞哞的，像老牛在吼；英子的不粗也不细，但是吱吱吱吱的，像夏天的知了一样聒噪。还是柱子叔拧的哨最好，吹起来脆生生的。但柱子叔很少自己吹，他拧的柳哨都送给了三婶家的旺。旺快三岁了，把柳哨噙在嘴里，吹出一串串的啁啁啾啾，像一只真正的鸟在树叶里唱歌。

吹哨吹得腮帮子疼，望着满池塘的清水，我们哧溜溜从树下滑下来，随便哪棵树下，捡一粒碎石，比赛打水漂。可无论我们怎么抛，小石子总是咕嘟一声就没进了水里，除了把鹅和鸭子吓一跳，一个水漂也没有。柱子叔领着旺来了，我们都吧嗒吧嗒地眨巴着大眼看柱子叔挑小石头。原来柱子叔挑的不是石子，是瓦片，薄薄的，不大也不小。柱子叔用力把瓦片撇出去，瓦片像长了脚似的贴着水皮噌噌噌地跳。旺高兴地蹦起来，搬起块大砖头，嘭的一声扔进了水里。我们笑起来。再看看鹅和鸭子，它们扑棱着翅膀嘎嘎地叫了几声后，就静静地坐在水波上，一动也不动了，瞪着圆溜溜的眼呆呆地望着我们。鹅的羽毛真白，就像浮在水面上化不开的一堆堆雪。鸭子则是灰的，好像这个时候正在开着的梧桐花。我们围着柱子叔，扯着他的胳膊，拽着他的袖口，央求他教我们打水漂，柱子叔就果真拉开架势教起我们来。我看着柱子叔，满池塘的清水都装在他的眼里，又黑又亮。

我们刚学会了打水漂，青青的藕叶就从水底钻出来了，绿幽幽地遮住了整个池塘，又到了摸鱼的好时候。把吃剩的饼子掰一块放在罐头瓶子里，挽起裤腿，摸索着把瓶子摁到水底的淤泥里。上来时，顺手掐一顶藕叶罩在头上，翻着花绳坐在树下等。我们摸上来的大多是小虾米，偶尔也会有几条鱼，也小小的，和三婶的眉梢一样细。柱子叔则和我们不一样，他逮鱼不用瓶子，而是用尼龙网，纱布里包着饵，再坠上几块石头，用长竿子挑着沉到深一些的水里。我蹲在旁边，问柱子叔，什么时候就好嘞？柱子叔说，一袋烟。说完果真就捏出一小撮旱烟叶，捻碎了，用白色粉连纸卷了含在嘴里。我想问问柱子叔是不是喜欢三婶，可柱子叔不看我，而是盯着池塘出神，好像那些刚开的荷花里有一朵是三婶的脸。烟丝快烧着柱子叔的手了，我牵牵他的衣角。他扔掉湿渍渍的烟屁股，哗地一下撅起了竿子。呀，好多鱼啊，活蹦乱跳的，有的比手指还长，真馋人。更馋人的是，柱子叔把鱼都拎到三婶家去了，旺每天都喝白花花的鲜鱼汤，旺的脸就比鱼汤还白，圆圆的，和葵花盘似的，和一张小荷叶似的。

我问二婶，柱子叔什么事都想着旺，怎么不给旺当爹？二婶叹口气，说，你柱子叔比你三婶小，你三婶怕你柱子叔吃亏哩。小怎么就吃亏了？又不是打架。我又问。二婶就不稀罕理我了，撵着我和小花，去去去！哪好哪玩去！

这么热的天，除了池塘边，还能去哪里呢。荷花已经开得满池都是了，有的在荷叶上面挑着，有的藏在荷叶底下。有的全开了，像二婶、五娘娘她们哈哈大笑时张开的嘴；有的想开还没开，像三婶见了柱子叔，好像笑也好像没笑。晌午，我们爱盖着荷叶跷着二郎腿仰面躺在柳荫里，吱——，吱——，吱——，树上的知了比池塘里的荷花还多，叫个没完，我们听着听着就睡着了。晚上最好，大人们都提溜着马扎来到池塘边的空地上，二婶她们纳鞋底，二叔他们抽着旱烟不是讲张飞就是讲李逵。这个时候，柱子叔就总爱凑近三婶坐，而三婶则扎在五娘娘她们中间，只是偶尔瞟一眼柱子叔。那一眼一定比糖还甜，因为柱子叔乐得直咂巴着嘴嘿嘿。有时候月亮很大，像一盏神灯，明晃晃地悬在高高的树梢上，这时，隐约能望见满池塘的藕叶，黑魆魆的，魅魅地摇摆；有时候没有月亮，只有满天野菊花似的星星，我们就探着身子往水里瞧，繁密的藕叶间，果然也开满了野菊花；更多的时候，天上什么也没有，只有黑，还有在黑里飞游的萤火虫，但从池塘上吹过来的风似乎更香了，香得我们这些小孩子，吸溜着鼻子，抱着大人的腿就迷迷瞪瞪地困着了。柱子叔有没有送三婶和旺回家，我们一次也没看见过。有一次我仰着脸问二婶，二婶正在扫地，狠狠地戳了一下我的眉头，然后把我和小花扫到了大门外。

荷花能泡水喝，可它们那么好看，没人舍得采，都等着结成莲蓬吃。莲蓬也不能想摘就摘，因为五爷爷说，老早地把莲蓬揪下来，透了气，水底的藕就烂了。可我们哪管得了那么多，莲蓬籽一满，我们就又溜去了池塘，水边的莲蓬，很快就被我们撸净了。

旺就是这个时候出事的。那几天柱子叔没在家，旺眼馋我们天天都倚着柳树剥莲蓬，就趁没人时自己也下了水。傍黑天，旺被会踩藕的五爷爷捞上来，搭在了牛背上。老牛沿着荷塘走了一圈又一圈，旺始终没睁开眼喊声娘。三婶痴痴地望着池塘，两只眼像我们剥过的空莲蓬壳，天黑透了也不肯走，还是匆匆赶回来的柱子叔一瘸一拐地把三婶抱回了家。

从那之后，柱子叔再也没有离开过三婶。我们依然去池塘，只是去的少了，有时会远远地望见柱子叔陪着三婶坐在池塘的另一边。我们依然偷偷地掐了莲蓬卧在柳树下吃；只是，慢慢地，我们觉得莲蓬有种说不出来的淡淡的苦，缠在舌尖，久久不散。

黛安：作家。著有《青青子衿》等。

本文刊于《天涯》2013年第2期。

大地公民

张羊羊

麻雀

在小镇破旧的粮管所附近，我驻足停留了很久。我在看一群麻雀，路过的人在打量我这个如此认真看麻雀的人，我眼睛的余光发现了他们脸上的惊奇。我在看一群麻雀，我发觉麻雀也居然如此美丽，造物主给了它们与其他物种不同的独特样貌，而每一种具体的生命形式原本就是美丽的。

它们落叶般从窗边滑落，又猛地翻飞，提醒我更认真地阅读这个不察觉间业已来到的冬日，以及江南四季不再分明的命运的无常。数日前，几百只麻雀集聚在池塘边的几棵柳树上。我听不懂它们在吵些什么，在小雨夹雪的阴郁、湿冷天气，我只能听出一种不安，一丝冰凉与凄苦。像天气放晴后，它们欢聚在那片荒地上，从枯黄的藤藤蔓蔓中找寻杂草和野生禾本科植物的种子。它们吵些什么我依然听不懂，但我听出了一种欢快。

我曾仔细观察过三种常见的鸟在这片土地上与人类相处的生活方式：在我眼里，麻雀就像活泼、好奇的孩子一样，在人们身边跳来跳去；而喜鹊却像有了经验的青年，与人类保持一定的距离，在屋前屋后数十米处的大树上居家过日子，并以其吉祥之鸟的身份被纳入人们的欢迎之列；与喜鹊享受同等待遇的夏候鸟家燕更近了一步，在农家的屋檐下营巢育雏。

我越来越喜欢麻雀这种小动物了，因为在之前的感情基础上我又知道了它另一个名字：家雀。很多时候，我更乐意把耐心细致的李时珍看作一位写实的民间诗人，“栖宿檐瓦之间……故曰瓦雀”，以瓦与雀之间的某种联系而命名远比用外表色彩命名的“麻雀”要来得意蕴悠长。瓦，用泥土烧成，有拱、平或半个圆筒等形状，是江南民居铺屋顶时普遍使用的建筑材料，今时则在某些怀旧味道的仿古建筑中偶尔露面。瓦，数百年来被雨点打磨成寒青的光泽，被江南散落了的一个名词，意味着瓦楞的流畅线条或一株屋檐草的失踪，也意味着一种鸟的别名成为记忆中沉睡的符号。

麻雀作为和人类伴生的中国最庞大的留鸟家族，却因其杂食的生活习性而让人类收敛了该有的慷慨。人们只看见麻雀在夏秋之际偷窃着他们辛勤种植的禾本科植物种子，对它们起伏于田野间捕食鳞翅目害虫的一幕却视而不见。于是，一个大悲剧在五十年前上演，人类与相伴了数万年的麻雀反目成仇，把它们列为与苍蝇、蚊子、老鼠为伍的四害之一。政府动员全国城乡居民，在规定的日期和时间内，掏窝、捕打、敲锣、打鼓、放鞭炮……把它们轰赶得既无处藏身，又无喘息机会，最后活活累死。麻雀的委屈无处倾诉。一年以后，当各地陆续发现园林植物出现虫灾，有些甚至是毁灭性的时候，人们开始为麻雀“平反”。四害之一的麻雀终于先后被臭虫、蟑螂替换。

此刻，许多只褐黄色的麻雀在草坪上小幅度地跳跃、觅食，像风掀动着一枚枚落叶。数十只麻雀在我生活的领地起起落落，那么舒心，感化了我。它们孩子般顽皮，为这步入暮年的世界似乎增添了几分希望和生机。我每看到一只麻雀双爪拘谨地向前伸着、扑棱扑棱地飞起时，就想笑，就想哦呦哦呦地喊几声。它一分神，节奏慢了一拍，就停落了下来。然后天真地责怪我几句，再次飞起。

如果五十只麻雀飞在清代，飞进袁枚的《随园食单》，就成了“煨麻雀”：

“取麻雀五十只，以清酱、甜酒煨之，熟后取爪脚，单取雀胸、头肉，连汤放盘中，甘鲜异常。其他鸟鹊俱可类推。但鲜者一时难得。薛白生常劝人，‘勿食人间豢养之物’。以野禽味鲜，且易消化。”

如果一百只麻雀飞在21世纪，飞过祥和的乡间傍晚，飞进农家乐，就成了一道“五彩雀肫”。一只麻雀的个头实在小得可怜，去头去爪的尚需三五十只凑成一盘，一只麻雀一个肫（胃），按比例想想，可约莫猜出一盘雀肫所用去的麻雀数量了。我每次都要阻止做东者点这道菜，少上一盘，上百只麻雀就可逃脱厄运，糊弄嘴的事，还是少干些张口就灭一个群落的事。

打量着周围微笑的面庞，肌肉的伸缩间正悄悄洗却中国乡村慈母般温和的遗容，我似乎听到了夕阳失去一个个伙伴的孤独叹息——它变得沉默而犹豫。“好吃！好吃！”于是，我看着他们吃掉声音，吃掉形状。顷刻间，一只只青花瓷盘露出原来的面貌，我们以及曾经制造这些瓷器的祖先吞咽下了这片古老土地上最古老的民族音乐。

野兔

它还剩的一只眼睛一定是盯着我的，那条直线里有隐语——“救救我吧，好心人”。我皱着眉头还是转身而去了。清晨菜市的一幕让我揪心了一个上午。两只野兔，一只已经僵硬，另一只偶尔蹬几下腿，它一只眼睛滴血，一只眼睛从人群里发现了我。铁笼子上方，是一张面目可憎的人脸。我回想那一刻毫不虚伪的心——把活着的那只买下来，给它疗伤，等它痊愈后放归乡野。阿勃拉莫夫认为农村应该永存，“因为人性的贮存器之一，就是土地、动物和人同它们的交往”。

我的犹豫与继而转身离去同样证明了在理智面前人的虚伪——一切都是徒劳。你豢养它，它还叫野兔吗？也许一段时间下来，它对人的恋恋不舍让它变成了一个孩子的玩具。或者，你给它养好伤后，给它何处找归属？田间都难找了，何来乡野？这赤裸裸的无处藏身的土地，意味着它将再次受伤——悲惨的命运一次就够了。想起初冬的时候，我在五台山的菩萨顶看到那些一步一叩首、额头都生茧的朝圣者，一路的肃然起敬伴随的是一路的愤怒：一张张农民的脸向我们兜售着一个看似与五台山相关的主题——花钱放生他们捕来的山麻雀。我看见那些毛发凌乱的山麻雀也曾犹豫着买下一笼，结果转身而去与看到野兔的情景是一样的。

我曾经想写一篇有关野兔的小说来表达一种美丽的愿望。大意是一个饥饿的猎人捕获了一只野兔，他拎起兔子的耳朵发觉这只兔子的双眼都瞎了。他抖索着手把箭从这具尚有体温的尸体的一只眼睛中拔出来时，血也像箭般喷射了出来。猎人悲痛欲绝，他觉得这对于他是一种耻辱。——他用这支箭插进了他瞄准时睁着的那只眼。后来我发觉了自己的可笑，世间是没有这样的猎人的。没有这样善良的人会选择如此的忏悔方式，就像菜市的两只野兔，它们非法入侵的“主人”想到的只是几张纸币，实在换不来回家还能吃两顿，但我相信在带“野”字的食物面前，他很快就能换回超过期待值的纸币。

野兔的命运更应该属于食物链的自然平衡，比如塞瑞索的小溪边，“兔子是愚蠢的一族，它们只会与同类厮打，它们的脚爪只会用来行走而不会当成武器使用，为肉食者提供食物似乎是兔子生存的唯一理由……在泉边，短尾猫会从黑色岩石上面扑击下来，而赤狐也会在天黑后回家的路上捎带着抓上几只。白天，鹰隼在兔子们头上盘旋；而郊狼一年到头都是全天候的猎兔手”。尽管在玛丽·奥斯汀笔下那片少雨的土地上，兔子的生活环境可谓四面楚歌。

在皖南丫山宽阔的怀抱里，响彻着喧闹而奔腾的生命，即便是那些石头，我也能从它们惟妙惟肖的表情和眼神里读出一种暖意的爱。当我带着身处陌生之地所持有的好奇慢慢走进一个地质博物馆，我突然觉得以“标本铺”来为其命名似乎更为贴切。除了品种繁多、五彩斑斓的蝴蝶外，我分别看见了野兔、刺猬、野雉、黄鼠狼的标本，如果不是由于时间的腐蚀那些毛色变得黯淡无光的话，我会错以为它们正做着香甜的梦。剥皮、填充、整形、固定，适度粗细的铁丝充当骨架撑起这一副副皮囊，原本与骨肉相连的皮毛此刻多像越冬的棉袄。这清新的山涧突然充斥起酒精、过氧化氢和福尔马林的气味。

这一年，在我苏南的故土平原上其实发生了四件令我愉悦的事情：5 月 16 日晚上，一只刺猬出现在车灯视线里，慌张地穿过分割河滩与树林的乡间公路；8 月 9 日上午，一只野兔在我窗外一片由于房地产开发界众所周知的原因搁置了一年的荒地上啃食青草时，被我推窗的声音惊扰，忽地一蹿隐入并不繁茂的草丛；9 月 18 日下午，一只野雉也是因为这声音而起伏了几下，消失在与其肤色相近的草丛里；11 月 20 日傍晚，一只不慌不忙的黄鼠狼在池塘边闲逛——我佩服它身处城市的勇气……它们的名字在 1988 年的《武进县志》里赫然在列，二十年后我惊喜地发现它们并没有在故土消亡。这样的出现很奇怪地使我长久的孤独感消退了许多，我甚至有种恩谢的冲动。这间隔的二十年，我是否可以借用尼·斯特内斯库的“一只停止的表，一只坏了的表，一只指针死亡的表——每天有两次显示出正确的时间”来理解？在自私、霸道的人性曲线上被视为微不足道的生命，正显示着它们不可磨灭的力量，它们就在“两次显示出正确的时间”。

因为与标本相遇，冬天似乎更加僵硬而悲凉。眨眼间的午餐桌上，野兔又躺进了热气腾腾的火锅，仿佛把衣服留在博物馆，此时正享受这人间的温泉。此刻，在瑞典的斯德哥尔摩，随着欧盟新法案的推动，正开始使用焚烧野兔尸体的方式为市民取暖——原因是野兔数量的剧增抢食了当地其他野生动物赖以生存的自然资源，破坏了当地生态平衡。一开始我很不解，那座城市哪来这么多野兔？原来瑞典人养兔子作宠物，又不负责任地将其丢弃，加之又很少捕杀动物，繁殖快的兔子很快泛滥成灾，结果成了一种——燃料新能源。在中国这个国度，野兔是几乎没有用来作燃料的可能的，在饕餮大嘴的海洋里，人们更愿意从一座座大山里把它们搜寻出来。当然，死总归是野兔殊途同归的命运。

与作为复数的庞大物种人类相比，我察觉到了它们的单薄，这样的单数比人更弥足珍贵。因为珍贵，我忘不了菜市里那两只野兔，它们是夫妻，还是兄妹？我无法构建它们的族谱，但我宁愿相信，活着的那只曾用一只眼睛给我留下遗言，它同样相信我能听懂并转达给我的同类——我们活着也不容易。

鸽子

每看见鸽子绅士般在广场上踱来踱去，就觉得这真是一种奇怪的鸟。因为我没见过第二种鸟，会像鸽子一样从容地融入人群，宛然其中的一分子。能和鸽子相提并论的另一种动物，可能就得数狗了。它们走在大街上的架势像社会上流的人士一样，比一些人还要不亢不卑和理直气壮。也确实有那么些人，对待鸽子和狗的态度比对乞丐和民工要好多了。

我觉得京城人挺能玩的，比如遛鸟和遛狗。遛，牵着牲畜或带着鸟慢慢走。原则上，有足也好有翅也好，还是得把对象遛在身边。我并不觉得这有多闲情雅致，游手好闲仿佛是八旗子弟的一种日常劳动方式。这些人，把鸟和狗都给宠坏了。

读老舍的《鸽》，长了不少见识，鸽子居然有那么多类别，值得人们研究众多的专业术语给它们命名；读完了，又发觉其实鸽子是非常悲哀的，因为羽色细微的差异和搭配，它们就有了天壤之别的名字和身价。就像给几个人起名字，叫张羊羊的是个上班的普通人，叫张学友的就成了海报上的名人，叫张骞的已然是历史记载的伟人。其实他们长得差不多，只是一个写诗、一个唱歌、一个经商，比农民优秀不了什么，靠一些手艺换点儿农民的粮食吃吃而已。吃完了也一样要排泄，不过是鸽子在广场上排泄，他们在厕所里排泄罢了。

也许，我和大多数人一样，对鸽子的认识过于局限，觉得它们正温顺地生活在我们身边。当我读到利奥波德写的“书中的鸽子不可能用明尼苏达的新麦做早餐，然后又到加拿大去大吃蓝草莓”，我才改变了以前对鸽子的印象，原来还有概念里截然不同的鸽子存在——野鸽子，数百种野鸽子！它们在我们的视线之外过着虽说艰苦却又极其浪漫的生活。利奥波德说的只是其中的一种：旅鸽。他继而这样描写旅鸽的现状：“还记得他们青年时代的旅鸽的人仍然活着，那些在它们年轻时曾被鸽群呼啸着的有力的风摇撼过的树木也还活着。然而，十年后，就将只有最老的橡树还记得，时间再长一些，就将只有那些山冈还记得。”这样的转折让我感到悲伤，仿佛听说了一个美丽的湖泊，刚开始想象它居然干涸了，一种未曾谋面却再也不能谋面的鸽种，已在数十年前因为捕鸽人和拓荒者从这颗星球上完全消失了，只留下威斯康星的怀路森州立公园的一座旅鸽纪念碑。纪念碑我见过很多，沉重而冷硬的石雕，并独属人类这个物种所能制造。那座旅鸽纪念碑没见过，所以并不知道碑文的内容，是否还能提供给我对于一个消失的物种的想象空间。当人类为另一个物种树碑哀悼时，是因为心灵的不安，还是真正明白了“人们仅仅是在进化旅行中的其他生物的同路者，我们该具有一种和同行的生物有近亲关系的观念”的救赎呢？

其他野鸽子也许我也没见过，即便真见过也未必能从家鸽的容貌中辨认出来。作为低级文明，象征蛮荒，却最接近生命本性的“野”，原本是被人抵触、藐视的，而今却成了千万人追求的吃喝玩乐的情趣。我想，人类文明也经过了相互豢养的漫长历史，但残存着原始的野性记忆，终究听得见野性的呼唤。这种野性之火重新燃烧起来，未来会变得怎样？

画家毕加索和诗人聂鲁达共同促成了“和平鸽的诞生”，于是鸽子寓意着和平精神。最早驯养鸽子的是美索不达米亚的苏美尔人，考古学家发现的第一幅鸽子图像来自公元前 3000 年的美索不达米亚。如果牵强些，美索不达米亚该是“和平精神”的发祥地，颇有意味的是，美索不达米亚有个现代名：伊拉克。想起了旅鸽，一个物种的消失。

白鹭

我想，有鸟愿意留下来生活的地方肯定是个好地方。

去江南小镇嘉泽寻访闵浩焕老人的庄园，我几乎是怀着朝圣者的虔诚。走进由高大雪松、水杉等三百多种树木组成的小小“森林”，世界的浮华与嘈杂一下子被关在了外面，这里只剩下鸟的声音，此刻连天空也显得次要。

我做梦也想不到，这辈子能够见到这么多的鸟巢，并且还是在我的故乡。笔直的水杉上，鸟巢沿树主干而建，一层层地直抵云霄；宽大的雪松上，整个铺满了沉甸甸的鸟巢，我真是数不过来，一棵雪松会有四五十个，不，七八十个鸟巢吧。这里是一个被幸福陶醉得差点儿让人眩晕的世界，我连呼吸都控制到最细微的程度，生怕惊动了它们。

那幢三层的江南民居，有闵老搭建的简易观鸟台。站在通透的观鸟台上，我更是惊诧了。你见过六月的雪吗？我第一次见，略有登高放眼望去的五十多亩园圃，所有的树种似乎变成了同一种树：玉兰树——无以数计的白鹭点染其间，就像盛开的玉兰花。

你近一点儿仔细观望，毛茸茸的幼鸟的羽翼慢慢变得丰满；你再近一点儿仔细观望，还有幼鸟正破壳而出——你会为另一个物种生命的温暖感动得落泪，母亲，在哪儿都是一个伟大的称谓。是的，进这幢小楼时，我就看到了一张让人敬畏的照片：闵老正细心地给一只受伤的小猫头鹰喂食。

我扭头看了一眼这位善良的老人，他正投入地教我辨认哪种是大白鹭、哪种是小白鹭，他手指的方向里，还有夜鹭、池鹭、黄嘴鹭、牛背鹭、黑鹳……暴风雨刚过，有许多鸟蛋掉落了，许多幼鸟摔死了，看着他如白鹭父母般同样心碎的神情，我把他的姓看作“悯”。

闵老还养了四十八条狗，这样一个具体的数字，其实涉及另一组数字——每年来这里生活的鹭鸟已有两三万只。这些狗和闵老以及他的爱人，守护着这片小小的树林，以防打鸟的人和偷鸟蛋的人。说到这里，我记得有年在太仓吃饭，同行者赞叹这鸽子汤做得极美。主人立马纠正，这是白鹭。我不吃鸟，所以弄不清鸽子与白鹭之间肉质的区别。我只是觉得，看鸟张开翅膀飞起来比吃它要幸福得多。我吃过白鹭蛋，原以为白鹭蛋是湖边捡来的，如此才明白捡与偷之间，还有那只伸出的手的道德标尺。

说起闵老的爱人，我必须诚实地记录一个故事：闵老曾沿着小树林挖了一条护林河，机械作业惊动了那些鸟儿，原本想给它们一个更安全的生活环境，没想到一夜间鹭鸟飞得只影全无。老两口急得茶饭不思，于是往金坛、溧阳、宜兴一带找寻它们，闵老的爱人用吴侬方言一路叫喊着“白鹭，回家”。你相信世间有神奇的事情吗？两三天工夫，那些鸟儿陆续飞了回来。我相信的。因为整个嘉泽处处园林苗圃，这数万只鹭鸟每年从海南、菲律宾、新加坡等地越冬飞回来，只栖息在闵老的五十亩树林里，哪怕一河之隔的其他树林，也没有停留一只。而且，数万只鸟儿在树林里飞来飞去，鸟粪洗白了那些树叶，但这幢居住人的小楼屋顶，鸟粪片瓦不沾。

没有财富可以买来鸟儿的信任和尊重。

快二十年了，闵老已经谙熟鸟儿的习性。这五十亩所谓的树林原本是用来做绿化生意的苗圃基地。这么多年，闵老没卖过一棵树。白鹭和人一样，有家族性。比如其他树种筑巢大概需要二百根树枝，雪松因为枝干平整只需要五十根左右，于是白鹭最爱在雪松上安家。一棵雪松上一般筑巢六十八至七十个，差不多就要把雪松压塌了。白鹭在大风里能够稳稳地随树枝摇摆而不吹散，可以想象它爪子的锋利和力量。一棵雪松七十个鸟窝，就有一百四十只白鹭，二百八十只脚。它们生蛋少的有三只，多的有九只，平均六只的话，又有四百二十只出生的小白鹭，八百四十只脚的停留。那么一棵雪松就有一千多只鸟爪的负担，松针几乎被抓得掉光了。

闵老不再卖一棵树，卖掉一棵树，一个白鹭家族就会飞走再也不会回来。他想的是留住它们。一对鸟夫妇每日来往于附近的长荡湖、西太湖、天目湖捕捉鱼虾喂养幼鸟是那么辛苦，而且一对成鸟的抚养能力基本上是两只幼鸟，如果有五六个鸟宝宝的话，就必定会有因食物供给不足夭折的……老人每天早晨四点起来，做好四十八条狗的早餐，然后去菜场收购上百斤小鱼小虾，放进护林河里，鸟夫妇们艰辛之余稍微缓了口气。

老人留住了那么多的鸟儿，鸟儿们仿佛也和他有个约定。过了冬至才飞去南方，而清明刚过就重新飞回来。它们还捕食着方圆百里的害虫，嘉泽的草木日益葱郁……“对我们这些少数人来说，能够有机会看到大雁要比看电视更为重要，能有机会看到一朵白头翁花就如同言论自由一样，是一种不可剥夺的权利。”我想起生态伦理之父奥尔多·利奥波德跨越国界和地域的思考。你，或者我，是不是还属于那种“少数人”呢？年逾古稀的老人只想和鸟共度余生，他担忧的是越来越多的白鹭在这个悲伤的时代，怎么生活下去。

唯有田园，方可重温《诗经》里的“振鹭于飞，于彼西雝”！

张羊羊：作家。著有《从前》《庭院》等。

本文刊于《天涯》2013 年第 2 期。

低处的光阴

王　选

女人花

有人出巷子，去看花。顺手牵着孩子，孩子牵着风筝，风筝牵着一溜风。

河边上的花一场一场地开。迎春、蜡梅、桃花、玉兰，带着寒意，静静开，多是素净的颜色，不喧不闹。接着是丁香、海棠、樱花、连翘，紫的、白的、粉的、黄的，一股脑全开了，嘟噜着嘴，像赌气。

花是年年会开的，节气一到，不催，也就开了。坐巷子口的那个人，不去河边，依然也看清了花开花谢。她守着小烟摊，挣点儿零花钱。有好多年了，她都在那里坐着，满脸灰尘，那么旧。生意寡淡，她倚在小木柜上，一抬眼皮，目光过马路，就是河堤，杂花生树，草长得蓬勃，莺却没有，叽叽喳喳的麻雀倒是不少。再抬眼，过湖面，就是刷过新漆的楼，挤成一堆，玻璃明亮，反射着太阳光。楼是看的，买不起。

守摊的女人，有时不出门，丈夫替她一阵，或者城管赶，她就不去摆了。女人端着碗，蹲在台阶上吃饭，碗里泼了辣椒油，一汪鲜红。女人吸溜着面条，看着台阶上的两盆花。一盆仙人掌、一盆令箭，都齐膝高了。也不知这花养了多久，看着也有些年头了。

南城很冷，没冻死，也算命牢。冬天花是藏屋里的，清明前后，气温稳了，她才抱出来。

抱出来放什么地方，女人为难了很久。放窗台，晒不上太阳，放地上，怕院子的狗一尾巴扫断。最后还是放在了靠紧护栏的台阶上。

女人爱花，名贵的养不起，就养了些便宜的，后来大多都陆续死了，就剩两盆，她也再懒得重新做务了。房子狭小，何况是租的，养多了也是占地方。但活着的两盆她是怜惜的。儿子常年在外打工，很多年没回来了，丈夫话少，只会蒙头干活儿。无聊时，她便看会花，解解闷。

女人端着碗，朝背后的房东说，等六月里我把令箭给你分几枝，你养。

房东用鸡毛掸子，掸老梨木桌上的灰，听到话，把头伸出窗户，说，狗前几天把几个花盆撞到院子，全打碎了。

门口蹲着房东的外孙女，三岁左右，圆圆的，像气球。孩子把门帘卷在身上，不停地打转，手里捏一束塑料花。房东不到五十岁，但看着有些老了，眼角的鱼尾纹堆了几层，头发灰白。她还在低声咒骂着该死的狗，瞎了眼打碎了花盆，她发誓要找个时间把狗宰了炖一锅狗肉。其实她经常发誓，但从没给狗提过一次刀子，甚至连狗毛也没碰过一指头。她嘴里骂狗，其实在骂人。养个你能干啥，除了害人，这二十年你干过啥好事，养个狗还有个狗样子，还知道叫几声，你呢？房东骂着骂着，眼眶红了，眼角的鱼尾纹，开始摆动。

房东是有心事的。三年前，正上高中的独生女儿，跟一个混社会的年轻人好上了。女儿长得苗条、秀气，自小听话懂事，学习也好，原本可以考个大学。高三后半学期，不知哪根筋乱了，偷偷跟一个二十多岁的年轻人钻一起，开始逃学、上网、喝酒、约会，当初的清纯一扫而光，完全变成一个风尘女子了。那时，她十九岁。

后来，巷子里有人看见她女儿跟那个男人在一片蔷薇花下抱着亲嘴。看见的人，把话传到她耳朵。可那时，已经迟了。女儿怀孕了。去医院检查，都四个多月了，不能流，只好生下来。那个年轻人刚开始还口口声声说一切他负责，恼怒之下的房东照嘴一巴掌，骂了句，你负责个屁。也就那一巴掌，把他扇跑了，从此再没有出现过。

后来孩子生下了，留给了她，女儿到外地打工去了，一年回来一两次。巷子的人，多多少少都知道这事，虽不明着提，但背后还是议论。从那以后，房东的头上压了一块砖，也就很少出门了。

鸡毛掸子刚放床上，门口的外孙女把门帘扯断了，摔倒在地上，塑料花戳在腮上，疼得哭了起来。

房东跑出去，抱起孩子哄，孩子依旧哭。住隔壁的姑娘走过来，蹲下去，给孩子喂了一颗糖，哭声才止了。

隔壁的姑娘是租房的，二十多岁的模样。给孩子喂完糖，替她擦了眼泪，领到她房子玩去了。房东说，跟这个姑姑玩去，我洗衣裳。孩子乖乖走了，浓密的眼睫毛上挑着泪珠。孩子进屋，姑娘塞给她一只毛绒玩具，让她抱着。姑娘蹲在地上，移栽着一盆吊兰，吊兰是新买的，叶子泛着细微的绿光。

姑娘栽着，孩子看着。没有人说话。

姑娘是去年腊月租进来的，没有人知道她是干什么的。她从租进房子的那一天开始，就把自己关进了屋子，不上班，不玩耍，不说话，除了买吃的，她整天不出门。整个冬天，满院的人，几乎忘了三楼还住着一个女人。过年，她也没有回家，依旧睡在那间常拉着窗帘的黑屋子里。她把自己藏着，严严实实藏着，像害怕自己被自己发现一样。

当人们怀疑她发霉时，偶尔天晴，她洗过头，会推开窗户，站在窗口，让风吹湿漉漉的头发。她的脸白得像河边的梨花，失血，疲惫，似乎风一吹，就掉下来了。偶尔下雨天，屋子会发出湿湿的哭声，轻轻地，像从雨珠里抽出的一根丝。

她是那么神秘，没有人知道她的前世今生。

直到最近，她突然出现在了院子里，她买菜做饭，她洗衣晒被，她偶尔还会哼几句歌，跟院子的人微笑点头，打个招呼。她还跑到花鸟市场买了几盆花，摆在了屋子，还把屋里也精心收拾了一番，贴了壁纸，换了窗帘。

河边的花，依旧一场一场开着，海棠谢了，樱花落了，马莲、梧桐和紫薇次第开了。有人出巷子，去看花。三楼的姑娘，吐着酒气，两腮微红，脚步有些乱。她借着下午的阳光，牵着孩子，孩子牵着风筝，风筝牵着一溜风。她们一起去看花了。

那时月光

大寒，没有雪，整个冬天都没有几场雪。不比以前，大雪下几昼夜，天地苍茫，冰冻三尺。或许世道变了，天也变了。

过了大寒，就该打春了。那个南城根的老人终究没有活过这个冬天，悄悄然，死了。

很多老人都熬不过一个冬天，像迈不过一道坎，死了。

我是在一个夜色四合的傍晚回到南城根的。南城根依旧，小巷幽深，天光昏暗，破损的路面，飘浮着黑掉的人。当我钻进巷子时，看到了巷口，一个花圈背着水泥墙，定定站着。没有风，一动不动。一个人死了，用五颜六色的纸片，似乎跟人们打着最后的招呼，告诉那些人，他走了，不要惦记了。

岔巷里，站着更多的花圈，两根瘦腿吃力地立着，举着花花绿绿的脑袋，两溜子。岔口正对的大门开着，门口一个铁盆，插着一炉香，香断断续续燃着，青烟似有似无。铁盆边奠着一杯冷茶水，落着几张冥票的灰烬，像黑蝴蝶，铺开翅膀，静静睡着了。院子里人来来往往，显得杂乱，红漆铁门半敞，遮住了半边院子。有人挂灯，有人铺纸，有人忙着借桌椅麻将，好像人们在准备一场晚会——其实，是一个人死了。白纸黑字对联贴上了，子女亲戚告知了，海蓝色绸缎老衣上身了。一切妥帖，没有累赘。似乎人们早已为一个人的死亡做好了准备，只等他咽气，就像冬天南城根的小院，都扫过了，只等着，来盛接一场雪的尸体。

没有哭声。夜深了，腊月的寒气，流浪汉一样，四处游走。满月，冷冷的，但月色灿烂，照在南城根的房顶，照在一方塞满悲伤的院落，照在一个人停止走动的脉搏上，照在去另外一个世界的草木路上，路冷冷的，月色冷冷的。

还是没有哭声，或许哭泣已不时兴，或许人们已泣不成声。月亮也不知道哭了没?

只有偶尔传来的麻将声，噼里啪啦，拍打着干硬的夜空。坐夜的人，围火取暖。有人添煤，有人抿一口白酒，有人烧香，有人眯着眼摸起了一张白板，和了。今夜，他们不回家去，他们坐着，陪这个不再说话、摸牌的人坐坐，一辈子，就陪这最后一次。下来，就是天道轮回，就是来生了，何况有没有来生，谁知道。就安下心陪这一夜，一个人，终究要陪着别人一个个离开，去很远的地方，然后，再让另外的人陪着自己离开。像灵堂的蜡烛，照亮那人生远去的最后一截路。

南城根静悄悄的，跟所有冬天的夜晚一样，寂静得可以听见白月光照在事物上的细微声。一个人离开南城根了，很多人都离开了南城根。他们合上翅膀，闭上眼睛，把卑微的一生收敛回来，让活着的人，独自活着。

我去找老贾，老贾坐在黑屋子，六十岁的老贾，说起了那个人的生和死。老贾说那个死了的人今年五十八，老贾说他们自小在南城根长大，老贾说他后来去了靖远煤矿，退休了回来了，老贾说他就一个姑娘，他一死一院房全是姑娘的了……老贾摸出了旱烟，捏一撮，摁进烟嘴，点火，皱着一张脸，吸了起来，那么拼命地吸，吸得老脸皱成一疙瘩。老贾说，五十八，死得早了，前几年身体还硬朗，今年过来，垮了，害的怪病，前两天我门口看见，脸上阴了，我觉着活不下去了，结果……老贾还在抽烟，眼睛定定的，是想起了那些年少时南城根的光景，还是有一天他也会孤零零独自走了？或许都有。月亮照进窗户，一片水迹。没有人知道，今夜，有人说起了一个人的生老病死，像摊开了一生的手掌，给另一个人看看，如此的生、如此的死，是多么匆忙、多么惨淡。

第二天的早晨，我还是路过那个门口。一切如旧，花圈、凉茶水、香、纸灰，只是多燃了两支蜡烛，烛泪斜流，火焰虚弱。院子里还是散乱的人，满脸寒气，端着碗，啃着蒸馍，就粉汤菜吸溜吸溜吃。正对门口的院子，停着一具棺材，松木的，棺盖打开，斜一边，棕黄的油漆，刷了一遍，没有画，没有雕，只有小档处刻着一个碗口大的福字。人已死了，此生再无福可享，就等下一辈子了。

住南城根的人，主要是房东，多为老天水人，北山、南山都有坟，人去世了不进公墓，就直接埋到山上。山上好，北山阳，暖和，一抬眼皮，就能看见城，也能发现尘埃深处的南城根。想了，就下来，偷偷来看看，看儿孙们的生活，看自己磨旧的院落。

两天后的一个半夜，那个死了的人被送走了。下弦月，露着微微的缺口，隐没在西边。月色依旧冷清，多少年了，似乎从未温过。还好，多少年了，月色还似当初，没有陈旧的痕迹。丑时已过，鸡打鸣的声音隐隐传来，像给一个即将起身的人，提着醒。寅时到，该上路了。鞭炮声响成一串，在老城墙下激荡着，吵断了残梦，吵醒了余生。似乎白昼的铁皮门早早给南城根的人打开了。院子里人声鼎沸，提香蜡的、收花圈的、细细哭泣的、抬棺材的，在月色隐没后的夜色里，蠕动着、忙乱着。棺木拥拥挤挤抬出了巷子，上车，拉走了。

在这红尘人世里活了五十八年，终究抵不住一场疾病。然后抽身离去，干干净净走了。南城根，从此少了一个干咳不止的、面色蜡黄的、黑衣蓝帽的人。除了两天的白事，过了，就没有人想起这档子事了，人们陷于生活的泥淖，无法自拔。除了屈指可数的几个，没有人知道有人死了，最后趁着夜色走了，再也不来了。南城根知道不？这片养育过那个老人的土地，是否还会常常想起四十年前的少年，多么精干；是否还会常常想起四十年后从他乡归来的老人，多么孱弱。南城根或许知道，因为它再也听不见那咳嗽了，再也感受不到那双颤巍巍的脚底了。

旧时的月光，铺了一地，像南城根的眼泪。

我在一个夜色收拢的早晨，走出巷子。岔巷里，没有了花圈，香火收了，冷茶倒了，纸灰扫了，依旧清静。似乎什么事情都没有发生过，似乎那个人没有死，或者说那个人根本就没有从世上来过。

我出巷子，一个佝偻着腰的女人，晃动着出了门，端着一瓷盆粉汤菜。她的腰佝偻成一座山，满头白霜，还沾着昨夜的月色。她应该是那个刚刚死去的男人的老伴儿。她很老了，老得像一纸灰烬，风一吹，就化了。

一个人的南城根

海棠败了，丁香落了，蔷薇谢了，还有樱花、月季、玫瑰，一样样开到花事荼蘼。就像有人，把她珍爱的精致瓷器，擦干净，摆了摆，又一件件收掉了。

接着，六月，芒种。石榴花，不紧不慢地开，像挑起的一团火焰。

南城根，看不到花，只有时间静静地流淌，如一架老钟表，指针上沾着灰，一步步迟钝地走着。向南，出南城根，藉河边，倒是栽满了名目繁多的花草，开了，败了，更替着，来来往往。住在南城根，看花，是没有意思的。不如找个午后，坐在 77 号院的二楼楼道上，看看风，看看辽远的日光，还有远处晾晒的衣裳。这样，多好。

泡一杯茶吧，就花茶，价钱便宜，味浓，放点儿枣和冰糖。搬个椅子，坐下。有本书也好，随便翻几页。迎面吹来淡蓝色的风，让人想起六月的乡下，开蓝色花朵的胡麻，闪烁着，卷起了波纹。风是温的，从四周的房顶挤过来。

抬起头，看天，天被切割成一口井，云是软的，阳光浓密，明亮的光线，从西边铺排过来，泼在对面的楼顶上，泛着微微的光芒。你不知道还有多久，光线会退干净，把黑夜交到你手里。天空还有鸽子，大约五六只，团在一起，飞着圈，一遍又一遍，不知道累不累，没有绑哨子，鸽子飞着是安静的，只有掠过头顶时，才会听到呼啸而过的声音。

南城根的天，像乡下，是蓝的，但又是狭窄拥挤的，没有让人要飞的错觉。

正对面，是一户人家的民房顶子。铁丝绑成的晾衣绳，拴在焊于楼顶的钢管上。有长满碎花的米黄色被子，搭着，晾晒，沾满了阳光的味道。还有一条玫瑰红裤衩，女式的，挂了两天了，没人取，风吹过，摆了摆，又摆了摆。是忘了，还是人不在？会是一个什么样的租房的女子，这么粗心。想不来。

晾衣绳的钢管上，蹲了只麻雀，什么时候来的没看清楚，它歪头，用嘴梳了梳羽毛，又开始发呆，在想些什么呢？或许小小的麻雀也有小小的心事，小小的心事里盛着一座小小的城，小小的城池里会有什么样的爱恨情仇？或许什么也没有，它只是歇歇，就歇歇脚罢了。

喝杯茶吧，看着看着就眼睛酸了，眼泪沾在睫毛上，哭了吗？怎么会呢。

左边，就是南城根的老城墙遗址，约五米高的地基，形成斜坡。有些地方，砖头从下到上砌了，防止裂开塌了。没有夯砖的地方，裸露着酥松的黄土，还有掺杂的石头。这些曾证明，一墙之隔，就是城里、乡下，像一道标签，紧紧地贴出了不同的生活、不一样的流年。地基边，长着一溜稀稀拉拉的蒿草，可能是光照充足、雨水充盈，单株都长得郁郁葱葱。

南城根上面，就是真正的楼房了，一排、两排、三排，七八层。虽然有点儿旧，漆都开始剥落了；但是像一个巨人，本来站得就高，俯视着拥挤、低矮、陈旧的南城根。这样一比，倒觉得南城根可怜兮兮，像个没娘的长不大的孩子。不知道住在楼上的人，趴在阳台，低下头，看南城根灰扑扑的民房和院子里熙熙攘攘的人，会做何感想？

有时候，楼房上会有说话的声音，从窗户里渗出来，落在南城根头顶上。也有时候，会有人从窗户扔下一个啤酒罐，哐当一声，砸在民房顶子上，或者房背后。水泥与罐子相撞的声音，异常清脆，南城根酝酿了半个下午的寂静，瞬间打碎了。院子里，闲卧的看门狗受到惊吓，就势一蹿，狂吠着，满院乱跑，像苍蝇把头掐了。房东钻出屋，仰着头，朝对面的楼上咒骂几句，你怎么不把你们家先人牌牌扔下来？你住得高就越不要脸了？狗看着主人骂，就交权了，又卧下，打起了盹。楼上没动静，也不知谁扔的，骂几句，啐口唾沫，歪着脖子又进屋了。

阳光慢慢收敛，巨大的阴影开始一寸寸摊开。风吹过，摇晃着挂在防盗栏上的干辣椒。

突然又听见细细的哭声，从右边的民房窗口里，细细地飘过来，在干燥的空气里，哭声很快就干了、化了。怎么回事？也没听见吵架声，莫名其妙，那哭声变成了哽咽，一抬头，一个长头发的女子，穿着碎花裙，捂着红红的脸，倚在窗台上。倚着倚着，就不见了。

茶凉了。太阳合拢了翅膀，黑夜渐渐包围了南城根。椅子搬进屋，风替你揭起了门帘。一个人，就这样把整个下午的光阴打发了。

剩下的凉茶水，就倒进花盆吧。

去他乡

我去安海的房子溜达。安海在扫地，满屋子烟味，像麻将馆。

我坐在他干木板搭成的单人床上。他给我倒水，完了打开窗户，用干毛巾往外扇烟味，一颠一颠，像赶苍蝇。

开始抽烟了？

我爸前一阵吸的，我连烟的味道也闻不惯。

我还以为你改正归邪，吃喝嫖赌都来了。

安海笑笑，露出了两颗虎牙。安海我什么时候认识的，记不清了。他住南城根，我也住南城根；他是乡下进城来上班的，我也是；他父母是农民，我父母也是农民；他在狭小的屋子里过着一个人的严寒酷暑，我也如此。我们真像，我像他的翻版，或者，他是我的复制品。我们唯一的区别，安海是公务员，在政府部门当秘书，我是事业单位的一般人员。还好，这样细小的区别不足以让我们产生多少距离，倒是相同的出身和现状让我们有种患难兄弟的感觉。我们经常打开天窗说亮话，没有忌讳。

安海有点儿胖，一张弥勒佛一样的圆脸，似笑非笑。进城之前，他在学校，经常西裤搭运动鞋，邋遢，不讲究。进城后，突然换了行头，皮鞋锃亮，夹克笔挺，嘴上的胡子刮得寸草不生——安海变得人模人样了。他说，要重新做人。我说，好好表现，还要善于接受潜规则。安海话多，或许是学校几年说惯了，不说，憋得慌。

屋子的烟淡了。安海打开灯，屋里亮堂了许多。铺着方格油布的桌子，床头的几本闲书、地上的红塑料盆，还有挂在墙上的一株吊兰，都披上了柔弱的亮光。这屋子真暗，白天也要开灯。

安海跪在床前，从床底下摸出了几瓶啤酒。他打开，倒了两杯，酒沫子溢出来，沾到手上，有泡沫破碎的声音。我们开始喝酒。

你爸逛城来了？

没那福气，到北京去。

干啥？

打工。

快五十的人了还打工去？

有啥办法，申请了一套经济适用房，砸锅卖铁，又借又贷，先付了十万，剩下的二十万还没音讯呢。家里没一分钱渣渣了，我的一点儿死工资就够养活我。安海抿了一口酒，酒沫子糊在下巴上，他揩了。安海今天话也多，可能是喝了酒吧。不出去弄不成，一套房逼死人。

北京干啥？

一个工地上做饭的，一月两千多，他光擀面，一天早晚两顿。他腰不行，去年腊月刚做过手术，我让他在天水随便找个活儿，出远门不方便，他嫌挣不下钱。

地上蹲着四个空酒瓶，一个躺着，瓶口流出了酒水，地上湿了一坨。真像一具尸体，嘴里流着血。院子里有人咳嗽，咳嗽声在低矮的楼房间回荡，回荡。南城根多安静，这是周末的午后，阳光如漆，均匀地涂抹在这块地方。有人上街，有人做梦，有人抱着别人的女人睡觉。空空的南城根，没有人知道我和安海的谈话，像湿漉漉的羊鞭，抽打着午后的空气。

安海和我碰杯。他酒量差，白酒二两，啤酒两瓶，多了就吐。我们不划拳、不挖坑，有一搭没一搭喝。我常说安海你酒量真㞞，不像男人。安海说男不男人，实践是检验真理的唯一标准。我说我不好那一口。

今天，安海喝了两瓶半，竟然没醉。安海爸前一阵刚走，晚上六点多的火车，他要送到车站，他爸说去一趟北道来回要六块钱，你省下吃一碗饭。然后自己背着他上初中时背过的那个烂书包，佝偻着腰，走了。安海说看着灰扑扑的老人从南城根消失的那一刻，他心上像钉子扎，难过得流血啊。

家里的地呢？

全撂了，啥也不种了，牲口也卖了，大门锁了，人走光了。安海用牙齿吃力地撬开了一瓶啤酒，给我们添上。他捏着瓶盖在手背上摁，使劲地摁，直到他长满酒窝的厚手背落满了红色的锯齿形的印痕。安海的表情有点儿木。

安海妈常年在天津打工，有时当保姆，有时在食堂洗碗。有时候没活儿，一连十天在人力市场啃着干饼等活儿干，一瓶一块钱的矿泉水也舍不得买。一年给家里寄来一万多，已经有四五年了，年年如此，有时过年也不回来，家里留着他爸看家、务农。到年三十，她才急急忙忙打个电话，报个平安，就挂了。安海给祖先烧香，听到电话，眼泪打湿了刚点着的火柴。

我妈又两年没回来了，一想，连人的模样都模模糊糊。安海呆呆地坐着，忘了喝酒。王选，你说父母养我们有啥用？打小拉扯大，受尽了罪，到老了，还要出门打工、伺候别人，我觉得我在作孽。

我刚要说话。房东在窗口喊，安海，电费，九十二块五。安海应了一声，从衣兜里翻出了一堆皱巴巴的钱，数了半天——九十一。还不够，给一块五。我找了一块五，给了他。

安海出去给钱，脚步有点儿乱。房东问，你爸走哪了？北京打工去了。房东拉得很长地噢了一声，上楼了。

地上放着七个空酒瓶，瓶口张着，像死不瞑目的人。安海忘了碰杯，一抬头，独自把一杯啤酒灌了，纸杯子捏成了一团。

安海醉了。醉了的安海像倒地的酒瓶子，嘴角挂着白沫子。此刻，南城根多安静，静得可以听见安海的心跳。跳着，跳着，像泡沫一样，就破碎了。

豆豆是条狗

豆豆，77 号院一条苏格兰牧羊犬的名字。我不爱狗，也不知品种是否纯正。

这狗应该很老了，我刚搬到 77 号院住，它就老得蔫不拉唧，现在，更是蔫不拉唧了。给一条老掉牙的狗取一个很嫩的名字，多少让人感觉好笑。但满院人，都这么叫，也就习以为常了。

狗是什么时候养的？没问过。买的，还是讨的？也不知道。不过房东老汉的儿子，倒是爱养一些猫狗之类，闲来无事，他便脱了上衣，穿条花裤衩，打着口哨，惹惹猫，逗逗狗。如果天气晴好，他把豆豆领到院子，打盆凉水，会洗个澡。洗完了，狗屁股上一脚，说楼上晒太阳去。狗披着湿漉漉的黄毛，浑身一抖，水点四溅，唰一下，蹿上了台阶。看来再老的狗，也能挤一点儿劲，显一显当年的身手，要不，就只有等剥皮熬骨的份儿了。

豆豆爱虚张声势，我不知道这是苏格兰牧羊犬的特性，还是南城根狗的个性。有生人进门，它总是跟上战场一样，呐喊着，冲下楼，扎出拼个你死我活的架势，呼啦一声，扑到了你面前。你要是心虚胆小，逃之夭夭，那也就罢了。狗骂几声，无聊了，窃喜着，也就恹恹而去，继续做白日梦了。你要迎上去，假装对着干，它立马就蔫了，晃着尾巴，满脸媚笑和歉意，躬身而让。

当然，作为一条有了年岁的狗，比起南城根其他年少轻狂的狗，豆豆就显得颇有风度，至少有一种成熟的稳重，那种轻薄的虚张声势，也不轻易示人了。不像24号院那只拳头大小的黑狗，每天站门前，只要有人经过，就撕破嗓子叫骂，貌似路是它家的一般，像流氓、小混混，欠揍。更不像那巷子里流浪的野狗，嗅到肉香，就蹭过来，闻到火药味，就夹着尾巴逃跑了。

很多时候，其实豆豆是把那种故作的虚张声势，收敛成了一个午后或者半个黄昏的沉睡。那些装腔作势，只是偶尔拿出来，练练腿脚罢了。它都一把年纪了，看家护院的担子，留给那只不知天高地厚的肥猫吧。再说，没几个贼愿意跑到77号院来偷个床单锅碗之类，这里是死胡同，好进难出。这些，一条把南城根生活旧了的狗，比谁都清楚。

于是，多数时间，它趴着，像一团烂布，闭上眼，打着盹，或者思考着什么，谁知道呢。一个人，到知天命之年，就喜欢把松散的骨头摊开，让阳光烤烤，烤出松木的味道，也喜欢闭上昏花的双眼，提前适应那即将铺天盖地而来的黑暗。一条狗，又何尝不是如此？

我刚搬进 77 号院的时候，豆豆就老了，把苏格兰牧羊犬的那种老相全盘托出来：修长、消瘦的面孔，下垂的尾巴，散乱、繁杂的狗毛，像一位在领导岗位退下来的老干部。我住一楼时，它便每天晚上卧在我门口，再也不回狗窝了。我很纳闷，我不爱狗，也不施舍，更不亲近，它为何老待在我门口。有段时间，总有“笃笃笃”的敲门声，我以为有人，喊，谁啊？没声息，又是“笃笃笃”。我只好咒骂着起床，开门，两边一瞅，没人，郁闷。如此一段时间，才知道是狗在用尾巴敲门。它想进来喝茶、叙旧，还是仅仅玩玩恶作剧？狗从来没有告诉我。

后来，我搬到二楼，本想着狗晚上就不来了。可它还是不离不弃，卧到了二楼门口，只是敲门的次数少了。但有时，当门虚掩着，它就揭起门帘，探进头，朝屋里瞅一眼，好像在看我干啥，我骂一句，你有偷窥癖吗？它脖子一缩，嘴角一撇，走了，似有委屈，似是无辜。我也纳闷，院子住着七八户人家，为何偏偏跑到我门口，难不成我命中有狗缘。于是，有段时间，我会莫名想起——大雨瓢泼，茅草屋下，烛光摇曳，书生和狐狸的昏暗故事。

除了敲门、窥探，豆豆还有一个让人迷惑的习惯。或许，作为一个狗，没有几个怪癖，是不足以在狗界混出点儿名堂的，这和人一样。每当有飞机从头顶飞过，或者放鞭炮，豆豆就会失常，总是昂头朝天，奔上蹿下，狂叫不止，如打了鸡血一般。我听过“狂犬吠日”这一词，但是狂犬吠机，倒是罕见。试想，炎炎夏日，午睡正浓，飞机滑过小院，狗便声嘶力竭，嚎叫不休，这是多么让人咬牙切齿的事，真想翻身而起，给它当头一棒。

不知其他狗有没有看见飞机、听见炮声，就会有抽筋一般的举动。于是，我常联想，这狗，或许上辈子是被鬼子的飞机用炮弹炸死的，所以这辈子，一看见飞机、听见炮声，就充满了无端的恐惧和不共戴天的仇恨。这么一想，我倒心宽了。

在南城根，一条狗比一个人更了解这里的细节。正如豆豆，它知道什么时候把自己装得更像一条狗，吓唬吓唬陌生人。当人们在时间的灰尘里，步履匆匆时，一条狗用缓慢的步子，在巷道里溜达一圈，它比我们熟悉巷子里菜色的面庞，也比我们更熟悉城墙下那生活的本色。我们呢，在这里漂泊上两三年，甚至更短，就流落别处了。而狗呢，尤其是豆豆，它用一辈子把一个地方活得泛白、发旧，它把心贴下来，最后也就成了南城根的一部分。在夜晚，大地之上，星辰之下，南城根的人，都包裹在梦里了，只有那条狗，还醒着，它掀开大门，披着满身苍老，蹒跚而行，它想看看南城根，这再熟悉不过的地方，是否还有什么落下的往事。

而此刻，漆黑的巷道，飘过了一个比黑更黑的影子。

王选：作家。著有《南城根：一个中国城中村的背影》等。

本文刊于《天涯》2015 年第 2 期。

檐上的月亮

阿微木依萝

发

奶奶在老房子下面种了一片魔芋，高的高，矮的矮，秆子像蛇。我爷爷端着烟杆在黄果树下说，你奶奶和魔芋是一天生的，一天中的任何时候看见她，她都在魔芋地里。

确实和爷爷说的一样，奶奶每天都在魔芋地忙活。魔芋活着的时候给魔芋施肥除草，魔芋死了给它们收拾残根烂叶。奶奶从来不准我们去她的魔芋地。

麻脸婶子说，我奶奶年轻的时候有一头黑亮的头发，可是后来再也没看见她的头发了。

奶奶的头发都裹在一条青色的帕子里。帕子旧扑扑的，在脑袋上缠成一个不太好看的像魔芋一样的疙瘩。我有一次和麻脸婶子吵嘴，她骂我是老尼姑的孙子。过了好长时间我才搞清楚她为什么这样说，原来是因为我奶奶的头发。我又找麻脸婶子干了一架，追在她屁股后面大骂。

麻脸婶子放下挑水的担子转身就吼，滚。

其实我也很想看奶奶的头发，但是没有机会。她从来不当着我们的面摘帕子。

有一天我在奶奶的耳根下看见几丝灰白的头发，是从帕子里漏出来的，被一阵小风吹得飘飘扬扬，像白色的雨。“你的头发还在吗？”我忍不住问。

奶奶怔了一下说：“哪个喊你这样问的？”

我低下脑袋不敢回话。

我们家背后有几棵花椒树，还有一棵叫不出名字的树，那棵无名树上缠着许多可以喂猪的藤子，春天叶子透绿，夏天开着大朵大朵的白色碎花。奶奶把那棵树当成她自己的，谁也不准动那棵树上的猪草。她在树下插一圈小竹竿，将这棵树围了起来。

我有时爬到无名树上藏起来，躲在蓬松的藤子里。只要奶奶在树下坐着缝衣服，我就会看见她包着的帕子顶上冒出的几根白头发，是从单层的青布帕子里钻出来的，比耳根前后冒出的头发多，在青色帕子的映衬下，那白发十分显眼。

她一定没有想到有人会爬到树上看她的头发，所以她看四下无人，就取下她的青布帕子整理起来。她一摘帕子，我看见那稀少的白发薄薄地盖在发红的头皮上，她肯定感到有些冷，快快地解下围腰裹在头上。

“头发是白的。”我在树上自言自语。

“嗯？”她惊慌地四处看了一下，最后发现我在树上，抄起一根竹竿把我刷了下来。她把青布帕子整理了重新包上去，钻出来的白头发又被压下去，看不见了。

“为什么是白的？”我仰着脑袋。

“和你妈一样，话箩箩。”奶奶揪了一下我的鼻子。

我感觉魔芋才是奶奶的孙子。她即使吃饭也要端着碗走到魔芋地边，要是看见哪一棵魔芋倒在地上，她立刻丢了碗就去把它扶起来。我要是摔了一跟头，她只会懒懒散散地说：“摔得好。”

那天我看见奶奶坐在蜂桶边扎扫把，她和舅婆坐在一起。她们都很老了，眼神不太好，扫把扎得弯弯扭扭的。

“人老了头发就金贵了。”舅婆取下她的帕子，她不怕被人看见。她小心翼翼将头发梳理一遍，用一根黑毛线扎成两股辫子绕在头上，毛线比头发长，绕了很多圈。

“你还好，白头发不多。我的全都白了。都不敢摘帕子让天看啦。想想这日子过得多快，这些娃娃（指着我），昨天还在吃奶，今天就满地乱跑了。”

“日子快哟……”舅婆没再往下说。她看我一直在用眼睛瞄着她的头发，赶紧将帕子包了上去。

奶奶的魔芋地只允许舅婆去，她们忙完了就坐在魔芋地边，看地里飞出飞进的雀子，看对面山上的羊群。她们嗑着瓜子，我像一只小狗蹲在她们背后，等着她二人可能回头看见我时扔给我一把瓜子。有时狗也跑去坐在她们身边，她们一声不响，狗也一声不响。

舅婆后来也不在我们面前摘帕子了。

眼

大伯母长得非常胖，她的眼睛却很小。她家门口有一块大石板，她的空闲时间都打发在那里：蹲在石板上，看天，看山，看经过她门前的人。

王叔叔说，老婆就是看门狗，讨老婆就要讨我大伯母这样的。

我大伯说，他下辈子再也不讨这样的懒婆娘，门口那块石板是她坐平的。

有一天，我爸和大伯打了一架，把爸爸的帽子打落在一条山沟里，我和姑姑找了两天才找到。帽子被泥巴盖得只露一个边角，很多丝茅草倒在地上，路边的一些庄稼也打倒了，像老熊从这里滚了一遍。姑姑说，看吧，你爹和你大伯这两个不成器的，为了你的懒伯母干架了。我说为什么要干架？姑姑说，你爹说你伯母像王母娘娘，管得你大伯屁也不敢放一个，你大伯说他没有被王母娘娘管，他想放多少屁就放多少屁，就这样你说我说，说到最后打了起来。

我爸和大伯打完架各自回家睡了三天，他们都受了伤。我把帽子交给爸，他有点儿伤心地靠在床头说，你遇到你大伯，他要是跟你说话，你就跟他说，我不要和你说话，他问你为什么不和他说话，你就说，你把我爸的脖子抓出血了。

我妈在门口偷听，笑得要背气的样子。

从那天开始我就决定不和大伯说话了，但我必须把我的想法跟他说。那天我看见大伯从对面小路上经过，我赶紧跑去跟在他后面。他果然扭头和我说话，我心里高兴得要死，但又怕他揍我，终于我还是说话了。想到我爸出血的脖子，我来了勇气抬高脑袋说，我不想和你说话，你把我爸的脖子抓出血了。大伯愣了一下，脸红筋胀回我一句，他把我脑门都打扁了，怎么不说！

大伯母有半个月看我不顺眼，她的小眼睛睁得很大，比平常大多了。可我不怕她，我照样去找堂姐玩。

有一天我又去找堂姐，堂姐不在家。大伯母坐在石板上吹风，屁股上挂着一大串钥匙，她眼睛眯得很小。

我姐呢？我问她。

上街了。她说。

我默默地坐在她旁边，想不出接下来该找点儿什么事情干。她居然跟我讲起故事来了，真稀奇。可惜这故事讲得真够烂，后来干脆不讲了，唠唠叨叨说了很多她自己的事情。她说到奶奶，然后小眼睛睁得更大，比看我不顺眼时还大。她说："你奶奶说我偷了她的鸡崽儿，这个老巫——太婆，我偷她的鸡崽儿干什么？上个月说米少了，起先说是你妈偷的，后来是你婶子，再后来就是我。不过我倒是真的摘了她一个南瓜，长得怪嫩的，可那是当着她面摘的，不算偷。都说我懒，我这粮食自己跑来的？我这些儿女都是不吃饭长大的？你流汗水的时候她们看不见，你坐在这石板上休息她们就看见了。一天到晚要像牛一样，身上套着缰绳才算是好牛，身上光秃秃的就是懒牛。我就是要坐平这块石板！我还要坐烂它！”

我在石板上跳了两下，石板硬邦邦的。

那天我在大伯母家吃饭，她家厨房有点儿小，大伯母又太胖，好像是卡在厨房里。我把着门框看她洗锅，她身前的肉挤在灶台上。

堂姐从街上买了几张红纸回来，红纸上写着字，看不懂，堂姐还买了一身红衣裳。大伯母很开心，她白天坐在石板上唠叨时睁得溜圆的眼睛这时笑成一条缝。她说：“以后要好好地管住自己的男人，管得住男人的女人才是女人，整天放着男人四处喝酒打架闹事的女人是窝囊废。我这辈子背着‘王母娘娘’的骂名，我也不怕。”大伯母还看了我一眼说：“脑门打扁了怕什么，脑壳还在，这么大的房子还在，起码喝橘子水不用省一口给这个，省一口给那个。”

橘子水？我想起来了。有一次我爸从外面买了一小瓶橘子水，我忍不住喝了很多，我爸说我没良心，我应该省几口给我弟弟和妹妹。这事情我跟伯母说过。她记性真好。

过了几天，堂姐就把那身红衣裳穿上了。一直来大伯母家帮忙干活儿的哥哥也穿了很好看的衣裳。大伯母说，以后我就不能喊他哥哥了，要喊姐夫。

我有了姐夫以后，大伯母在石板上休息的时间就更多了。

王叔叔跟我大伯母说，你在养膘吗？我大伯母半眯着眼睛回答，是的。

我爸跟我大伯又打了一架，这回我爸没有戴帽子，大伯没有拿电筒。

王叔叔跟我说，你大伯母的眼睛越来越大了，好像一对圆滚滚的铜钱眼。你姐夫给她家挣了不少钱吧？上门女婿就是骡子命。

我姐夫后来带着堂姐走了。王叔叔好像很开心地跟别人讲，看，走了，终于拍屁股走了。

我大伯母又和从前一样忙碌，这之后她坐在石板上休息的时间越来越少，她眼角上的细纹比从前更多，脸色也被太阳晒得黑乎乎的。有天我看见她背着好大一捆草从对面的山路上摔了下去，半天才从草堆里爬出来。摔了那一跟头没过几天，她又被一只狗咬伤了脚。大伯让三叔的儿子朝伤口撒了一泡尿，他说小孩子的尿是药。那之后，大伯母走路一瘸一拐，她又和从前一样坐在石板上休息。不过她的手没有闲着，她坐在石板上缝衣服、剥玉米、挑拣豆子里的小石头。

王叔叔说，看，你大伯母又要养膘了。

我把王叔叔的话说给大伯母听，她正在穿线，抬着眼睛，举着一根绣花针和一条黑线，半天才说，你王叔叔家今晚吃的什么?

她猜到我刚从王叔叔家里蹭饭回来。

酸菜汤煮老四季豆。我说。

我家今晚吃鸡肉。她笑眯眯地放下针线，进去拿了一只鸡腿给我。

养膘要有养膘的东西才是。她指着我手里的鸡腿说。她把针线重新拾起，眼睛睁一只闭一只，斜斜地对着快要落坡的太阳，将那条黑色的线子穿过针眼。

鼻

三婶一早一晚都端着铜镜照她那矮趴趴的鼻子。从前这铜镜是不用的，现在天天摆在她手中。早些天她从麦地里回来，鼻尖上粘着几粒麦子。三叔说，你的鼻子长庄稼啦！她没有搭理，现在她话多了起来。“我的鼻子瞎了。”她说。

这天中午，她又端了铜镜坐在门口，精神不太好，头发披散着。她用拇指和食指，顺着两眼之间往下揉，这动作就像她在麦地里扶那些已经结籽的麦秆：它们倒下去，她用两根手指将它们挑起来，搭在其他麦子身上。可是这脸上的鼻子就只有一只，没有另一只鼻子可以依靠。她将鼻子揉得有些发红，鼻梁上的黑斑也红了。

我把黄果皮递到她的鼻子前，问，闻得到吗？她摇一摇头。我又将果皮卷起来挤了一下，果皮里的水像下雨一样扑到她脸上。她打了个重重的喷嚏，使劲掐了一下鼻子。

我说，鼻子瞎了，还会再长一只鼻子。我正在上小学，读到那篇关于壁虎尾巴的课文。

三婶听完大笑。

比土阿妈用她不太通顺的汉话说，你三婶是你三叔和你爸爸从外面偷回来给你三叔当媳妇的。看看看，和她的鼻子一样不值钱啦！

比土阿妈这话把我绕晕了，听着好像我有两个三叔似的。但我还是将它绕给三婶听，她听完只说了三个字：死彝教。

三婶，我们也是彝教。我怕兮兮地提醒她。

三婶确实是和三叔偷跑来的。在她结婚的当天从半路上逃跑了，和三叔藏在山林里，当然还有我爸，还有另外几个人。我爸是被三叔喊去负责打架的，另外几个也是负责打架——如果当时需要打架的话。对方人多势众，他们也人多势众，并且藏于暗处。他们很顺利地把三婶带了回来。三婶很多年没有回娘家，直到她的大儿子出生才敢回去。

这个“不值钱”的媳妇有人喜欢，也有人不喜欢。喜欢的人说她胆子大，敢从结婚途中逃出来嫁给自己喜欢的人；不喜欢的人说她丢本分，从结婚路上跑出来活得脸不红筋不胀，太臊皮。她们说，这样的媳妇是“养不家”的，早晚还会跑路。

可是三婶没有跑。

这些旧事都是奶奶告诉我的，她把那些人的样子和说话的口气都模仿得很到位。那些人在遇到我的时候，问起关于三婶的事情，也是那样的动作和语气。

现在，三婶端着铜镜认真修理她的鼻子。她的动作像在修理那些坏掉的家具，也像在麦地里捡麦穗。

鼻子瞎了就瞎了，管它呢。三婶自言自语。太阳落山时，她将那面铜镜放到高高的窗台上去了。

奶奶说："你三婶最值钱的就是鼻子。我的辣椒都是她舂的，我很多别个不愿意做的事情都是她帮的忙。鼻子瞎了生什么关系？正好什么味道也冲不着，什么味道想冲也冲不着。眼睛不瞎就好。大好。"

嘴

陈奶奶吃了一条虫子，我看见的。

你说我为什么不喊住她的嘴？我喊啦！我说，陈奶奶，那酸菜吃不得啦，发霉啦！她说吃得，没有什么是吃不得的。

我当时就想，要不要跟她说她吃了一条虫子呢？真恶心。但我真的这样说了。她听完只吐了两泡口水。就这样。

我还记得当天的情景。是个傍晚，下好大的雨，她坐在堂屋中间，将那碗有虫的酸菜端到桌子上。她的眼睛已看不清东西，那碗酸菜是摸着放到桌上的。然后她又摸来了凳子，最后又给我摸来一只饭碗和一双筷子。我跟你们说，陈奶奶虽然眼睛不好使，但她的手就跟长了眼睛一样。她地里的杂草都是这手上的眼睛看见的，当然有时她会意外地触着荨麻和刺。所以这手粗糙难看，有着许多至今没有愈合的伤口。

陈奶奶一个人吃饭从来不炒菜，嫌麻烦。她说，要是知道我那天去吃饭，就给我杀一只鸡（这后来我去了好几次她也这样说）。

我们在饭桌上说了很多话，她说得最多。

她说，当年——她喜欢以“当年”开头——我们刚搬来这里，这里的草只有耗子毛那么深，现在这草长得比人还高。这里水源好，土地好，苞谷结得大个。你是不看见我老家的苞谷，哟喂，虫子都比苞谷大！我小时候，就爱捉苞谷秆上的虫子炒吃，有股苞谷的味道呢！刚才这虫子，味道淡，不如苞谷虫好吃。——什么？脏？小短命的，饿你三天板凳脚也会咬一口，不知好歹！

我望了一眼酸菜盆里的另一条虫子，它个儿小、瘦，米粒那么长，肚皮上有细细的小脚。我要尝一尝它的味道吗？我在心里这样问自己。我正在犹豫，陈奶奶又把它喝下去了。这回她是端着盆喝的。

我后来又去陈奶奶家吃饭，她的手像是生了重病，一直抖啊抖，碗里的汤都洒出来了。还有她的嘴巴，因为牙齿掉得只剩三颗，一嘴饭转来转去地嚼。

我说，陈奶奶，你生病了吗？

她说，生病了。生大病了。吃五谷杂粮的都要生病。

陈奶奶的手虽然抖个不停，但她手上的眼睛灵得很，她每天还坚持去地里除草。她也除不了几根草，可她像着了迷一样喜欢往地里跑。她的手一触到泥土，我就看见她皱巴巴的嘴角露出一丝笑意。她用颤抖的、急喘又缓慢的声音说，一摸着这泥巴，心里就踏实。

陈奶奶像年轻人一样忙活，她的眼睛看不见太阳了，所以她用手在地上找太阳——她把手放在泥巴上，去感觉阳光的温度。只要她说，温暾暾的，还早。那她就会留在庄稼地。她又说，凉悠悠的，可以收工了。她就会缓慢地，像爬虫一样回家。

她每天出工前都把手放在墙壁上找太阳。只要感觉太阳暖烘烘地在墙壁上，她就可以放心出工——下雨天她是不出工的。

以前她没有想到在墙壁上找太阳的办法，以前她只打听太阳。她问我，今天有太阳吗？我说有。她就会拿着已经锈了的镰刀和一只撮箕出门。

又一天，我去看陈奶奶，她已经很久很久没去庄稼地了。她躺在火塘边，眼睛半睁半闭，手比从前更抖。我有点儿看不清她，火塘里的火就要熄灭。我喊她，她没有理我，只像老猫一样动一动身子。

我跟你们说，陈奶奶只有嘴巴还有动的力气。她再也不能起来给我摸一只碗和一双筷子了。

耳

我妈靠在墙脚生闷气。昨天晚上，我爸的小脚趾被耗子咬了。他说流了起码有半碗血，然后他埋怨这屋里来了这么多耗子是因为我妈没有本事，她连只耗子都毒不死。她就因为这埋怨，坐在那里生了一上午气。不吃饭。

你不饿吗？我凑上去问她。

她瞪着我说，爬开些！然后她又说，根不好种不好萝卜开花籽不好，和你爹一样，都他妈没有良心。她说早知道这样，就不该把我生下来。这话她经常挂在嘴边。和平常一样，说到这儿她甩起了眼泪。

要不是为了你，我早就回你外婆家去了，还守着这个烂心肝的！她往墙壁上擦了一把鼻涕。

我像往常一样坐下来听她说话。因为这个时候走开会被抓回来打。

就在我不知道该怎么办的时候，我大伯母来串门了。她总会在我爹妈干架之后来串门。

我记得王婶子说，你爹妈之所以干架，就是因为你大伯母，她总是在你爹和大伯一桌喝酒的时候说，哟，老二怎么才喝这么点儿，是不是耳根子也变软了，二嫂也当上王母娘娘啦？你爹就是为了证明他的耳根，才故意找你妈吵打。就这么回事。——怎么？你不相信！小短命的，我是看你可怜，你爹打你妈，你妈干不过就拿你出气，我这全是为了你好。以后他们吵打，你躲着点儿吧。

我后来也觉得王婶子确实对我好，如果我是她生的就好了。

大伯母走到我们面前，拍了两下裤脚的灰尘，也靠着墙坐了下来。

怎么的，又干架了？大伯母抓了一把泥沙在手里搓，她半眯着眼。她的狗也跟来了。

可不是。耗子咬了他的脚趾。我妈愤怒点头，语气很重。

大伯母哈哈大笑，说这老二的脾气怎么和他的帽子一样讨人嫌了。耗子咬了他的脚一定是他脚臭，耗子以为是臭袜子，要拖去做窝，错咬的。大伯母说得非常肯定，好像她就是那只耗了似的。这之后她还告诉我妈一个新闻，说我爸和山上那个长得像白骨精一样的女人有什么问题。“绝对的！”说到那个白骨精，她也相当嫌恶的样子，往地上吐口水，嘴巴有力地呸了一声。

我知道大伯母为什么也这么厌恶那个女人，虽然我没有见过，也许见过，但我从王婶子那里得知，她年轻时候长得实在好看，我大伯对她有心思，她大概也有。他们这点儿心思后来让王母娘——我大伯母知道了，更要命的是，她还知道我奶奶曾经夸赞那个白骨精，说看那大屁股，就是可以生一窝儿子的料。从此我大伯母看那个女人的时候眼睛就睁得特别大。

有一次那个女人来大伯母家找水喝，王婶子这样形容：她从山上下来，背着一只大口袋，汗衫都湿透了。她问大伯母有没有水，给她喝一口。我大伯母头一天正为了她和大伯闹架，气还没消，于是呸地往地上吐了一记口水，说，喝去。那女人气得冒烟，但实在没有力气干架，摇头晃脑指天指地，什么也说不出来，走了。

白骨精是大伯的。由于想到王婶子的话，我肯定地朝她们点头说。

我妈和大伯母听到这句插话突然停了下来，吃惊地望着我。她们互相看了一眼，大伯母脸红了一下，但很快就收住——她正在教我妈怎样找机会教训白骨精。她敢保证，我爸和白骨精绝对干净不了。

爬开些！我妈撵我走。

大伯母吞了一下口水，好像她还要说点儿什么但没有说得出来，吞下去了。

她们再没什么可说的时候，决定散伙。大伯母起身拍拍屁股跟我说，你跟我来吧？我送你些白糖冲水喝。

我惊恐地望着她。我想到奶奶讲的故事，说从前有个小孩儿，因为乱讲话被毒死了……

来挑拨了一上午，我的耳朵也该喝点儿糖水补一补（她用小手指掏了一下耳朵）。你跟着去呗，多拿点儿。不要白不要。我妈看大伯母走远，对我说。她现在已经不生气了。

既然我妈这么说，我只好跟去。

我跟在大伯母背后，走到红椿树沟，遇见王婶子了。她长笑着和大伯母招呼，完全没看见我的样子。狗也很高兴地在脚前跳来跳去。然后她们坐在泥坎上说话，说关于我妈的事情。

“……不是打着火把自己来的吗？大半夜的偷跑出来。她娘家人都不同意，她自己溜了。听说那天下着飞雨，周身浇得透湿，你婆婆开门一看，呀，惊了一跳，以为见着鬼了。现在可好！那男人可不是她想管就管得了的。一看她就没有那个本事。总的说来，这自己来的，就是不值钱！”

“该背时！”大伯母拍着她之前被狗咬伤的左腿说。由于下力重，她赶紧揉揉。

她们边说边笑。最后王婶子说，这女人家，就数我大伯母最有本事，看我大伯如今是越来越像个男人，出门穿得像样，回家吃得像样，就是从前那瘦巴巴的脸，也因为今天这光亮的脑门给撑得很有门面了。原来男人脑门上脱掉几根头发，不但不显得老气，反而显得洋气，看上去像个教书的。……还有我大伯的耳朵，一看就是有福气的人，耳垂那么厚，贵气。

可是王婶子之前跟比土阿妈说，我大伯那耳朵，软趴趴就要掉下来，一看就是被揪成那个样子。贵屁。

可是我大伯母现在听得实在高兴，她跟王婶子说，哎呀，砍脑壳的，我去赶场买了几斤白糖和鸡蛋，正想喊你一起，我煮的荷包蛋可不是一般的好。来来……她起身拉着王婶子走了，狗也不要了，把我也忘记了。

她们走去十步的样子，听到狗叫，扭头看狗才看见我。

伯母说，小短命的，躲在那儿一声不吭。还玩！还不回去，等下你妈打不死你！

阿微木依萝：作家。已发表散文若干。

本文刊于《天涯》2015年第2期。

无人看见的生活

无人看见的城市生活

傅　菲

自行车过早地在我的生活中退休了，算起来已有十年。我用过两辆自行车，一辆是乡下教书时骑的飞鱼牌二八车，车子是我大哥在镇里赊的，一百二十元的车钱，我花了三个月还清。过了一年，我进了城。尤少兵把他的“坐骑”送给了我。那是一辆二六车，用了两年，但车架还是闪闪发亮的。尤少兵说，二八车笨重，骑起来像个贩卖猪崽儿的人，二六车载女孩子比较优雅。真是可惜，我骑了五年，一个女孩子也没载过，很是对不住好朋友的一番心意。在县城待了三年，我又到了市里。在市里上班，但还是借租在县城，每天骑自行车往返。直到 1995 年夏，我搬到一个叫邱宁的朋友家居住，才结束了这种鸵鸟一样的生活。二六车也结束了它的里程——我一直走路上下班。邱宁是搞摄影的，他也是借租的。

那是一栋三层民房，紧靠铁路。我们住在二楼。一楼是一个搞运输的租户，三楼是房东一家。很长的时间里，我无法正常入睡——火车声滚滚而来，洪水一样肆意。但这并不妨碍我对它的热爱。——穿过铁路，大片大片的灌木翻卷，茅草连连，牵牛花一直铺到火车消失的视野里。尤其在秋天，墨绿和橘黄的色彩，堆叠在郊区这块画板上。薄暮余晖，融化在缓缓奔流的信江，天穹下坠。灰烬的，充满回声的，凹进胸腔的。秋天，乍看上去，显得有点儿板滞。它美得如此简单，一如人的本原。我经常吃过晚饭，到那片丛林里散步。天空弧形，与不远处低矮的荒丘相衔。火车经过，我看见一对对情侣，在晃荡的气流中，紧紧拥抱在一起。

暗房设在邱宁的卧室。它更像一个单身汉的展览室，或者说，是一张布满灰尘的静物速写：被褥还是下床时掀开的样子，床架上搭着一件芝麻花的睡衣，几双旧皮鞋不规则地躺在床底下，寂寞而无辜；靠床的桌子上有扑克牌、洗发水、摩丝、写不出字的钢笔、掉了牙齿的头梳；窗下是两个纸箱，里面是衣服、裤子，还有一些我不知道的东西；进门的右墙下也是一张桌子，有一个水盘、压手裁纸刀、十五瓦的台灯——邱宁就在这盏灯下冲洗照片。我从他冲洗照片的张数，可以计算出他一天的收入——5 寸的五块钱一张，6 寸的八块钱一张，7 寸的十块钱一张，底片四块钱一张。他在一座商贸城的三楼，租了一个小店面和一个摄影间，以照黑白照为生。他照片的张数每个月都在减少，有时连续几天一张也没有，这有可能是生意越来越冷清，也可能是他根本没上班，而是躲到某个人家里打麻将。邱宁洗照片的时候，我就站在边上看，他边洗边教我。真是丢脸，我一点儿也记不住——我对许多东西是极其笨拙的，怎么教也不会，比如换保险丝，每次断了，我都打电话叫电工来修。在暗房里，我看着人在水中的相纸上慢慢显现——这个过程，和回忆没有差别，甚至可以说，那是回忆的本质——驻足停留的瞬间，姿态是那样打动人心，在我们孤立无援时浮现。

其实，我没有打算在市里居住，我的朋友大部分在十里外的县城。假如我没有回县城，晚上基本上是在电影院里度过前半夜，脚搁在椅子上，呼呼酣睡。和我一起酣睡的，还有邱宁。散场了，我跑到他家搭床。搭了几次，邱宁说，我隔壁还有一个房间，你一起搬过来住吧。我说，也没有什么可搬的，我只有几件衣服和一捆书。我一直觉得县城是我生活的一种补充，但我也说不清，到底补充了什么。它只有一条五里长的街道，两个丁字路口，被我的脚步翻阅了几千次。而很多人是在县城上班，居住在市里，我是为数不多的“反向”生活的人。

和邱宁一起生活的，还有他年迈的母亲。他母亲是个基督信徒，饭前会祷告，筷子摆得整整齐齐，低头，微微闭上眼睛，左手按住胸口，右手抚桌，嘴唇激烈地磕碰。我叫她伯母。伯母的卧室兼餐厅用，有一个外阳台，站在阳台上，可以看见乌黑发亮的铁轨。泥浆一样的阳光，通过这个甬道，喷射到我们脸上。有时候我午睡晚了，也不去上班，端一把竹椅，坐在阳台上发呆。伯母会靠在门框上，对我说：“你是邱宁的好朋友，你要多劝劝他，三十多岁的人了，怎么还不讨老婆呢？”她个子矮小，头发斑白，脚小，走路很快，脸上爬着一层层的皱纹。我说，我已经劝过多次了，我也不知道他心里想什么。伯母穿一件黑褐色的对襟衣，一边喝茶，一边用茶水抹头发。她又说，邱宁从小丧父，吃了很多苦，你多帮帮他。伯母的生活是很有规律的，吃了早餐，去买菜，回家唱耶稣歌，下午小睡，唱耶稣歌，星期天去和姐妹们聚会祷告。伯母不识字，但能够背大段的经文。她经常一个人站在阳台上，眯起眼睛，看来来往往的火车。我不知道伯母的心里，除了上帝，还有什么。她说，上帝看着我们生活，上帝就站在我们身边，但我们看不见他。阳台的十里之外，就是她的家。那个地方叫灵溪，饶北河从那儿汇入信江。她已经有很多年没有回过那个十里之外的小镇。她的房子在她还没有离开的时候，就倒塌了。她很多次向我说起邱宁父亲死的情景。她说，孩子的父亲把头靠在床沿，张开嘴巴，眼睛看着她，一直看了三天。她的脸上有着别样的平静和慈祥，她的脸被她的背影所吞没。

我隔三岔五在伯母那儿混饭吃，她喜欢烧鸡排和排骨煮冬瓜片。厨房在一楼的柴火房，她烧好了，叫一声：“邱宁，端一下菜。”她声音很脆，不像个老人。烧好了菜，她一手扶栏杆，一手支着大腿，上楼。她的身子一晃一晃，像一个搬移的草垛。邱宁在家里，也会去烧饭。他能烧一手的好菜，但我不喜欢。他的菜多为爆炒，而我偏爱煮汤。吃过晚饭，我和邱宁翻过一个镰刀状的斜坡，走一段黑白片般的街道，才会看见城市遮掩的面容——我们透过门缝（虚掩的）看见厅堂里各色人等（假如城市是一所房子的话）。然而，我们似乎没有什么地方可以去，没有哪个人家的门可以让我们敲。我们晚间徒步的路线，在一年多的时间里，没有什么改变：水果批发市场—五三大道—广场—中山路—体育中心—水果批发市场。我们的房子比邻水果批发市场，腐烂的霉味和果酒发酵的气息，被风一阵阵地赶过来。我被这种气息迷住了——颓废，伤感，像一个可爱的妓女。

路线是一个“回”字形，我们不觉得单调，也不觉得有多少乐趣。我们边走边说，时不时哈哈大笑。街上的行人和我们没有关系。夏天，我们打个赤膊，把汗衫搭在肩上，油油的，身子发亮，拖一双没有跟的破皮鞋。这个城市，和我的打扮差不多。我们在影剧院的窗口会停留几分钟，那里每天有不同的海报。窗口里的脸，有淡淡的粉妆，粗糙，有疙瘩凸出来，轮廓像个冷花卷。回到出租屋，伯母会说：“回来了。”声音有点儿从自来水管里冒出来的味道。我们坐下来看电视。电视是 14 寸的，黑白，声音亮的时候，会呼呼地冒雪花。邱宁把天线斜斜地扭来扭去，在后背拍一下，屏幕又清晰起来。

现在想想，很后悔那时没有把精力放在追求女孩子上。上班是呆板的，很多时间在床上度过，蒙着头，眼睛却是睁开的，要不就坐在窗前，对一张白纸发呆。我们都想寻找一些别的什么乐趣，但又找不到。我们没有理由，但也只好如此生活。城市就像一个迷宫，我们走来走去，找不到进口，也找不到出口。直到一年后，我才完全摆脱了这样的困兽式的笼子。我搬到了单位家属区居住，工作也发生了很大的变化——机器一样高速运转，很少有时间找邱宁玩，这让我怀念起那个“回”字形。

邱宁打电话给我说，他开了家小菜馆，“有空来吃吃”。我去过好多次。小店开在市立医院对面，广场斜边上。菜馆有一个大厅、一个包间，厨房也很大，掌勺的师傅是他弟弟邱银。邱银比邱宁小两岁，一直在福建做厨师，脸黑，额宽，有密密的胡茬，不爱说话。邱宁把心思都放在小店的经营上，摄影店几乎处于关门的状态。有一天，我到他店里吃饭，约好了去看电影，出门的时候被一个女子堵住了。那女的劈头盖脸地把话泼出来，说："你给我说清楚，我已经找你几天了，你个骗子。"我不认识她，我还以为她认错了人呢。我们往广场走，那女的跟了上来，又说："你去哪里？不要脸的东西，就想这么溜吗？"邱宁停了下来，说，你干什么，你个烂货。我也停了下来。女的个头很高，穿一件红的东方呢长裙，颧骨凸出来，像两个鹅卵石；女的很瘦，那种干枯的瘦。她铁青着脸，嘴唇不断地抖动。她突然撕扯邱宁的头发，说，你个骗子，你不说清楚，我死到你店里去。我把她扯开，说，明天再说吧，我是他外地的朋友，约好了看电影，在街上这样不好。女的蹲了下去，抱住自己的头，双肩剧烈地起伏。我和邱宁打了个弯，回到了店里，电影也没看。这是我看过的第一个和邱宁有关系的女人。邱宁说，她做水果批发生意，来往有半年多了。后来我再也没见过她。

小店并没有维持多长时间，客人还没有自己吃饭的人多。邱宁把包间租了出去，给别人放录像用，以减少高额房租的压力。我对邱宁说过几次，包给别人可以，但不能作录像厅，风险太大。录像厅完全靠毛片赢利，录像一放，整条街都听到女人啊啊啊的声音。邱宁说，不会的，是他放，又不是我放。隔了半个月，一天深夜，邱宁打电话给我，说，录像厅被查封了，要罚他两万块钱，"快找找人吧"。我赶到店里，巡警走了。邱银坐在空空的录像厅里，双手紧紧地捂住脸，还有几个民工扑在凳子的靠背上哭。邱宁说，录像散场了，守店的邱银睡不着，一个人放带子看，五个在广场挖土方的民工，听到啊啊啊的叫声，也跑来看。邱银收了三个人的钱，一人一块，另外两个拿不出钱，也一起看了。民工的屁股没坐热，巡警就来了。钱没罚，但店再也开不了门。

后来我陆陆续续听到几个朋友说，邱宁借了许多债，也有人说他去了广州，也有人说他去了上海。我偶尔会接到他的电话，说一些近况。我知道他还在上饶。大概是1997年，快过年了，他跑到我办公室，说，想在市区的街面上开一个摄影店，还差一些钱。他说，差两万，你借两千就可以了，其他的也说好了。我打开皮夹子，说，拿去吧，做事是好的，以后再说还的事吧。我再没有像那天那样，仔细地看他：他个头矮矮的，一根接一根地抽烟，烟在他脸上卷来卷去。我突然说，我们晚上去玩牌吧，我们已经有两年没玩牌了。他玩牌，赢了，会小孩儿一样哈哈大笑，一边拍桌子一边说该死该死。

不知道是哪年的哪一天，在南门口做祷告的地方，我遇到了邱宁的母亲。她没怎么变，只是走路更慢了，视力也没以前好，快入夏了还穿厚厚的棉袄。伯母说，你遇见邱宁，劝劝他，快四十的人了，应该有一个家。我说好的，好的。伯母的胸前挂着一个金属的十字架，手上提个包袱，包袱里是她给别人看的基督歌谱。也是那个秋天的一个星期天，我到铁路边的出租屋里找邱宁。我站在楼下，就听到他房间里妇女号叫的声音。我咚咚咚跑上去，一看，是一个中年妇女和一个年轻的女子。中年妇女穿一件呢子的秋装，手上戴着戒指，头发遮了半边脸。她坐在门口的凳子上，一边用手拍大腿，一边说，你个游手好闲的穷鬼，你会害了我女儿，你靠什么养她？她抹了一下嘴唇，又说，小学都没有毕业，我女儿可是读了高中的！年轻的女子双手插在衣兜里，右眼皮有一块疤，脸上都是泪水干枯的痕迹，像一张晒干的腌菜叶。疤眼皮说，穷也是我选的。邱宁的裤子上有脚印状的灰尘，衬衫斜斜地拉开，露出手指甲的抓痕。他靠在卧室的门框，用手摸着嘴角的血丝，一言不发。中年妇女说，那好，拿两万块钱来，拿不出了吧，两万块都没有，还讨什么老婆？她站起来，一把扯住邱宁的头，往门框撞。我一把拽住她，说，你是卖女儿，让你女儿做妓女好了。中年妇女呜呜地滚到地上，打起滚来。疤眼皮用灵溪话说，你不走我走呢。

我结婚前几天，疤眼皮和邱宁还来过我家里。我们在玩牌，她在边上看。她在一个企业上班，上夜班的时候，邱宁就骑一辆破自行车接她。那辆车除了三脚架，其他的部件都换了，骑起来咯吱咯吱地响。我认识那辆车，它驮着我走遍了这个城市的每一个角落。其实疤眼皮还算是看起来舒服的，皮肤洁白，身材丰满高挑，说话温文尔雅。

这么多年，邱宁也没把照相馆开起来。他到别人的照相馆了，当了摄影师，照数码彩照。他自己的照相机都挂在了家里。我小孩儿的每个阶段成长的照片，都是他照的。他塑封好，或嵌好镜框，送到我家里。我家的水管、灯泡、电路、锁等等，出了问题，都由他解决，面对这些，我相当于弱智，而他一根烟的工夫就完事了。他只读了三年的小学，他学过石匠，做过木工，修过锁。有一次，我们谈论过年这个话题时，说到小时候没东西吃，全靠过年有肉吃。我们几个从乡下来的城里人，一副忆苦思甜的样子。他一直看着我们笑，嘴巴瘪起来。他说他十三岁那年，在武夷山，做窑工，伐木，过年的时候，用脸盆架在石头上烧肉吃，住在茅棚里，天下着雨，雨水哗哗哗地落在肉里，成了肉汤。

他每次来我家，我老婆都劝他，要生个小孩儿，没钱，家还是一样的。他说，他的结婚证还没领，没房子，女的不让领。去年秋，邱宁跑到我家里吃饭，一脸哀哀的。他喝了几口汤，就放下筷子了，我说怎么了。他说，那个女的，把他这几年的存款卷跑了。那个女的说，一起生活了这么多年，还是看不到想看到的东西。我也一时无语，我不知道怎么安慰他。

在市里，我已经生活了十二年，但我始终没有融入这个身披铁甲的怪物。我不是一个清高的人，有时甚至很世俗，但我找不到通往城市的道路。它在哪里呢？也许这就是城市生活：没有门，也没有路，到处是墙。我和邱宁一样，除了职业和长相，没有区别。我们苦苦挣扎，又要获取什么呢？我这几年，很少出门了，上班，回家陪妻小，偶尔写点儿豆腐块。有好几次，我想外出挣钱，但最终还是放弃了。我像老人一样，过着简单的生活，不为人知，也不为己知。我知道，这样的生活也是暂时的，是行军路上的休整。生活虽然让人很容易疲倦，容易撕裂人，但我们都必须好好生活，因为生活从来就没有退路，没有可以躲藏之处。

傅菲：作家。著有《屋顶上的河流》《星空肖像》等。

本文刊于《天涯》2006 年第 2 期。

100%

阿贝尔

自我纪实是一种船夫的苦役。

——〔匈牙利〕凯尔泰斯·伊姆莱

昨天收假上班，我没有去办公室。单位通知下午两点开会，在五楼会议室。我答应了。是H的声音。H是我现在的垂直领导，也是我多年的朋友。没有一声问候。他。我。H离婚大半年了，为了找“性”福。H的老婆是个小学教师，严重性冷淡，H无法满足。每当H提出要求，H的老婆总是说，“女儿都那么大了，还做那事，我不干”。夏天的午后，H给我讲起他婚姻生活的细节，眼镜背后总是蒙着泪。因为麻将（也许是别的），H认识了离婚不久的W，并很快燃烧起来。差十分钟两点，我关了火，换了鞋，上到五楼。大楼口立有一小黑板，通知开会的内容。我刚洗过的长发蓬松，遮住了眼睑。我戴了围巾，我不知道以这样的形象去到政府机关、去到县长面前是否可以。我没有想过，也没有办法。在楼道碰见很多人，都是上五楼的，都是熟人。我一个也不曾招呼，也没有人招呼我。没有遇见H。H的办公室关着。我开了我的办公室，桌上空荡荡的，没有邮件。五楼会议室里估计挤满了人，陆陆续续还有人去。玻璃门开关翕合，像半透明的嘴。楼道里是阴暗的，人影绰绰。我站在办公室，不愿往会议室走。我问自己，可以不去吗？我站在桌边，犹豫不决。电话闲在清理过的一大叠文件旁，我没有要拨打的欲望。我的作家朋友遍及全国，我用网络或短消息跟他们联系。唯一靠电话联系的老母亲年前已经回到平武，前天才在我家吃了饭，叫我姑父用纪委的小车送回乡下老屋。至于本来就联系很少的妹妹妹夫，也是前天，在吃过一顿嘈杂的火锅之后，才坐着专门司机开的小车回射洪去。妹夫是少数先富起来的人，问我 2004 年挣了多少钱。我无言。他说他挣了一百三十万。妹妹是一个县的城市建设局副局长，挣得的只是她自己的零花钱。犹豫不决，并不是为了去还是不去，是为了出门下楼。楼梯口就在会议室的玻璃门前，我不晓得该怎样面对那么多双眼睛，怎样逃脱那么多双眼睛。犹豫了片刻，我就决断了。勇敢地面对，无畏地面对。会议已经开始，我掩了门，大步走向会议室，再折转到楼梯。我拿了本《巴蜀史志》，随便翻了一页，遮遮掩掩，一点儿不从容。

去医院拔牙。右上腭。大牙。本来是预约在一年前拔的，怕疼，怕麻药，便拖到了今天。我的牙是我一身最不争气的部件。1991 年在金华山看道士，道士就说过我齿弱。1977 年摔龅的门牙，1989 年已被篮球打掉。从小就生了虫的大牙，也在 2002 年破裂。我受够了牙齿的罪——精神的和肉体的。龅牙修改了我的面貌，让我丑陋，且一丑多年——从 1977 年到 1989 年。薛福全，我至今还记得，绰号毛袭袭。提着三角带在春雨中追赶我，我摔倒了，牙齿磕在了石头上。我依然记得实习女老师李华润带我洗牙血的情景：花脸盆、新毛巾。真温馨。龅牙给我制造的自卑是不言而喻的，咀嚼的不便和时有的疼痛也是不言而喻的。高潮是直接的疼痛。火烧，或者刀锋的穿刺。我不知道是什么食物的抵抗让我的大牙破裂的，但我知道蛀虫是罪魁祸首。2002 年夏天，我几天无法进食，到 2003 年夏天才拔掉一颗。拔掉，左边可以勉强咀嚼。没有安牙，也没有再拔掉右边的那颗。医生检查说右上腭的大牙也破裂了，要我一个月后去拔。

左边可以咀嚼了，我就忘了右边，再说打麻药动铁钳的阵仗着实吓人。一个月一个月，然后就一年了。我挤进人缝，朝窗口扔进一个硬币挂了号。我坐在口腔科肮脏的专用椅上。我张开嘴，勺子一般的铁杆伸了进来。我努力张开嘴，探照灯的白光射了进来。妻一直站在门外，她说她不敢看，一看就会晕倒。我想象得到妻在门外徘徊的样子。我闭上嘴，再张开，粗大的针管伸了进来。随着牙医浑浊愚钝的目光在我粉红的牙床探寻，麻醉枪重重地扎进了我牙龈的肉床。两次，两个地方。我闭上嘴，局部失去感觉。我往后仰，倚着靠背。我又一次张开嘴，镊子，铁钳，然后是牙医零状态的态度。探寻，合围，摇动，摇动，再撼动。牙掉了，被扔在清污盘。丑陋。无比的丑陋。我的大牙。发黑。带着出血的肉。恶心。“你看，拿手一捻就分开了。”医生只是说，并没有拿手去捻。我看出了他的破绽。我闭上嘴。血，血，血。我咬着酒精棉。

午夜从梦中惊醒，血已经在口腔凝成块，有的流了出来，糊在了被子和枕头上。我坐起来，开始把出血当成一个问题来想。妻睡得正熟，我不忍叫醒她。我跳下床，去到卫生间，吐出豆腐一样的血块。客厅石英钟的时针指在二与三之间。我回到床上，口腔里又满了，咸咸的。我只有下咽。我怎么也不能睡了。看着妻，摸了摸。妻睡得特香，我缩回手。我计算着挨到天亮剩余的时间和在这些时间里可能流淌的鲜血，我开始琢磨这样长时间的流血会不会导致休克或更严重的后果。我不知道，我害怕起来。夜深深。妻动了一下，说着梦话。我把手放在了她身上，叫醒了她。

走在政府大院里，妻抱怨说上次她胃疼我如何如何睡得扯噗打鼾不管她。妻子说得在理。街上没有一盏灯。夜正浓。整个小城如倾倒的一瓶墨汁。走在政府街的黑暗里，我感觉嘴里的血出得似乎好些了。前面人影晃动，叽叽喳喳说着。妻说是打麻将的回家了，我说也可能是刚喝了酒。麻将和酒是我们这里的人的最爱，只有麻将和酒才可能让人夜归，连做贼和偷情也没有那么大的诱惑力。东风路口还有的士。我们上了的士。一个弯，一分钟，到了医院。急诊。妻敲门叫醒了值班医生，简短地叙述。值班医生打电话叫来了昨天为我拔牙的医生。深夜打扰，实在不好意思。不是客气，是真的感觉。昏暗的光线，幽暗的回廊，在凌晨无声的氛围里跟牙医来到口腔科，坐上十七个小时前坐过的肮脏的专用椅。棉团，棉团，至少十几个棉团，被塞进我的牙床。压迫止血法。难言的疼痛。一次，两次，三次。效果不佳。牙医不惊不躁，开始动用褐色瓶里的棉帖。实质依旧是压迫法。我唯一的感觉依旧是疼痛。黑夜在医院沾染了死，好在没有任何的钟表秒针走动的声音。妻在我背后，没出一点儿声音，我担心她睡着了。我知道她为什么不再回避我的出血，因为门外有比我的出血更大的恐怖。

我可怜我自己。午夜躺在床上，回想自己作为一个人活着的现状，眼泪溢出了眼眶。我很早就在反抗神，反抗父权，反抗集权，反抗凌驾于头顶的乌云雷霆。而今父权消亡了，集权分崩离析了，乌云雷霆化成了春雨春雪，然而新的神又诞生了。就像寺庙里的佛，本来只是别人的神，却硬被拉去追认。妻睡梦中醒来，替我擦去眼泪，说着安慰的话。我闭着眼，什么都看不见，什么都不愿看见，怂恿着从心底渗出的积蓄了一年的泪。女儿在隔壁睡着，再过一月就满十一岁了。两个月前，她已经来了初潮。吃、花钱、玩、看电视，是她的四大喜好。她粗喉咙大嗓门，野蛮，时不时动手打我和她妈，时不时在大街上号哭。我在书房写作，她放学回来总是在窗外“老汉儿老汉儿”地叫。她带了钥匙。有时她故意装怪，把“老汉儿”喊成“脑花儿”。我悲伤，多是为了女儿。我不知道她会有一个怎样的将来。我们的教育、我们的社会，认可的依然是分数。一个孩子要接受更好更高的教育，除了父母得有钱外，还得有个好分数。而好分数恰恰是我女儿所欠缺的。枣，我的女儿，小学六年级，语文91，数学79，英语71。早上醒来，隐约看见政府大院车棚上有层厚厚的白，才知道是下雪了。听说雪，一贯爱睡懒觉的枣也麻利地起床了，没洗漱就兴奋地跑进了雪地。我找到相机，买了胶卷，打算为孩子们照雪景。南方罕见的大雪。树枝都压断了，小车穿了厚厚的白棉袄，街道上也满是积雪。我们去爬北山。我叫齐所有的人。枣已经跟她的表姐在楼顶打了一场雪仗，衣领头发里全是雪。我首先拍了三幅照片。从阿贝尔家客厅看出去的雪景，从阿贝尔书房看出去的积雪的花椒树，从阿贝尔家后窗看出去的雪地。然后登山。雪的世界。压雪的松树，透雪的青杠林，积雪的明代城墙。摇雪树、滚雪球，是所有登山赏雪的人最拿手的。远山迷蒙，天地一统，细雪纷飞。有人在吃雪。雪很洁净，被雪覆盖的世界也显得洁净。我在攀登，奔跑，叫喊。我在忘却。昨天跟妻散步，还看见世界的肮脏。堂而皇之的机关大门口，一泡屎，明晃晃的，小孩或狗拉的；还有孙家巷拐角处的垃圾、桥洞旁乞丐脸上的污垢、小学枯干的葡萄架上的血汪汪的卫生巾。我在河堤上口头批判贪官，批判我们社会生活的质变。妻和同路的人都骂我是个偏执狂，说别人能贪也是本事。妻们的话一竿子把我撑到了河对岸。我可怜我自己，更可怜我们的百姓。深受腐败贪官之苦的百姓居然都这样认为，我为他们血液里的奴性感到彻骨的悲凉，就是这样深厚广大的奴性喂养了贪官。剩余的路上，我缄默，缄默，再缄默。为我们的山河初春的萧瑟，为萧瑟里看不见的可能的绿。

突然想到在遥远的西伯利亚，或者古巴有一座监狱，里面关押了一些罪犯。可以是政治犯，也可以是恐怖分子。先是政府在统治、管理着这座监狱。政府的命令时不时传达到监狱，变换着监狱的颜色和风气。监狱就像是政府控制下的霓虹灯。然而，不知从什么时候起，监狱与政府失去了联系，成了一座孤岛。监狱慢慢地抛弃了政府的东西，有了自己的颜色与风格。也许政府早已不存在了，而新政府接手的清单上又没有这座监狱的名字。也许新政府顾及不到这么遥远、这么渺小的一座监狱。也许前政府垮掉之后，就再也没有什么政府了。就是在这样的背景下面，监狱的罪犯怎么了？监狱的管理人员怎么了？敌对关系会很快结束吗？新的制度会取代前政府的制度吗？犯人可以当家做主吗？有一点可以肯定，阶级斗争会很快结束，生存会成为他们的头等大事。

这是一个不错的幻想。做小说比做散文更合适。时间满满的，绿的，滚落着露珠。我为什么不写作？逃避。害怕什么？写作？写作是我的个人热情。整个的春，整个的阳光，一年里最适宜的气候，我为什么不写作？时间满满的。从早到晚，从初春到仲春，从午夜到黎明。足够的自由。我为什么不写作？写作只是在意想中，一个、一个，胸有成竹，却不见文字。时间满满的，绿的，滚落着阳光。我为什么不写作？我总以为时间是断裂的，总怕跌落进那些刀锋一般的裂缝，而写作就是跌落进时间的裂缝。是热情不足吗？是灵感不够吗？还是有更为舒适的东西在诱惑我？时间满满的，绿的。我宁愿把满满的绿的时间花在阅读上，花在琐屑的家务上。我拖地，洗衣裳，在厨房兴趣盎然地择菜。我时常在想，当我老了的时候，会不会为此后悔。

时间满满的，绿的。我的眼睛也是绿的。我的眼睛在刘小枫的《沉重的肉身》上忽闪，在卡吉娅、阿蕾特、萨宾娜、薇娥丽卡的身体上忽闪。我不只好色，我还好“神”，好灵魂。她们是美女，又不仅仅是美女。她们还是些哲学符号，是些定律，是些谜，是些永远没有答案的疑难。我在哲学的监狱里，在美学的监狱里。哲学和美学已经被流放。在被这些美女指点获取智慧的同时，也被她们撕扯。在被安眠的同时，也被她们制造的噩梦弄得恐惧和躁动。时间满满的，从我的窗外流淌进我的房子，首先被染色的是我的脚，既而是我的肚子，我的眼睛。我的心思在天花板上飘忽，依旧保持着黑色的本质。时间天天都想支配我的心思，她不知道我的心思是她永远都奈何不得的。我的身体在时间的渲染中被改变，被改变得年轻和富有魅力。写作，我为什么不写作？像杜拉斯那样，或者像海明威那样。害怕眩晕，但总是逃避不了眩晕。在刘小枫的《沉重的肉身》里，在卡吉娅们性感但绝对抽象的身体和身体的影子里。

现在很少碰见H了。H摆脱了他死亡的婚姻，在另一个女人的怀抱发着稀疏的芽。H在新装的办公室，靠在互联网上斗地主下围棋消磨时间，不再像过去要提前下班去菜市、肉市，或者回家给老婆做手擀面。我偶尔也去办公室，拿邮件或打个长途。我知道H就在隔壁，却并不叩他的门。他生命里性情的东西差不多已被两个女人榨干，我害怕他的麻木与陌生。偶尔推开他虚掩的门，实在是出于对往日残存的友情的悼念，对一个可能突变的生命的普遍的关照——在两个女人的磨盘间，在比女人的苛刻更尖锐的生存的磨盘间，再坚强达观的人也可能选择放弃。H的眼睛在屏幕的棋子上，声音低沉而细碎。过时的报纸在偌大的老板桌上，烟、打火机、明信片、文件在过时的报纸上。我点燃一支，为H整理桌面。我无话找话，问他最近过得怎么样。他无语，或者叹息呻吟。我把握不了他，H，我现在的领导、往日的朋友，一个比我更早爱上诗歌的人，一个比谁都懂得放弃的人。看着H并未见憔悴的侧影，感觉他真的只是一个陌生的同志了。他看似已经没有了内心的风暴，也没有了内心。一个婚姻的终结如果不能拯救一个人，那么这个婚姻的终结便是两重悲剧。我罗曼蒂克，好女色，又是所谓文人骚客，理应制造点儿桃色新闻。然而制造桃色的却不是我，而是一向老实忠厚、早已跟文学绝缘的H。这让很多人费解。H点燃一支烟，依旧摸着鼠标说，都没有想到，你竟然这么理智。我不是理智，我是懦弱。我吹了一口气，桌面上烟灰四起。家庭、感情、文学，你懂得如何割舍。H终于把脸转了过来。我摁灭了烟头说，婚姻比爱情长久，艺术比婚姻长久。我告辞了。五楼、四楼、三楼、二楼……我走在楼廊里，感觉自己很轻，轻如一粒飘浮的尘埃。女县长在二楼。我不怕遇见县长。据说县长也刚离婚，正跟一个亿万款爷热乎。我不找县长，我不拿报告请批出版一部书稿的款项。我们是吃饭财政，吃喝以外的索批都是不正当的。在明亮的楼廊，我怀疑起自己的婚姻。没有不忠，没有变节，没有养“小蜜”或傍大款。我怀疑自己婚姻的现实性。我和妻不是一见钟情，但也不是父母之命媒妁之言。我们有感情基础，更有身体基础。我们的婚姻从结婚那天开始就磕磕绊绊，没有安宁。竹林，土路，冬天惨白的太阳。妻在我的旧书中找到了一页我昔日写给别的女孩儿的情书。哭泣，闭门，绝食，离走。我们在故乡的土路上推搡，纠缠，两败俱伤。妻喜欢打麻将，从周五晚上到星期天晚上，五场，深夜方归，甚至彻夜不归，暑假变本加厉。很多时候，都是我守着女儿和书度日。妻时常不带钥匙，半夜喊门，弄得我不得安睡。我们的婚姻出了两大故障，两大故障都是在我身上。一是我挣不到大钱，需要她的工资养家糊口，不像我妹夫能挣大钱，出手就给我母亲两千。二是我初恋过，给初恋的女子写过诗并发表过。我的罪孽深重，不该在认识她之前初恋，写诗，发表诗。1992年我外出进修，还是女朋友的妻偷看了我的全部日记并痛哭三日。婚前我按照她的指示烧毁所有日记。我们是中国式家庭，却不是中国式管理；我们各自支配各自的收入，但绝对不是AA制。我想过离婚。我放心不下我的女儿，她是个自由散漫的女孩儿，我怕她不自由。我更放心不下妻，她也是个孩子，倔，不知道如何爱和接受爱，她喜欢物质享乐，我怕她上当受骗。没有足够的经济，支撑我们在离婚之后开始独立自主的新生活。彼此身体的眷恋、彼此身体的默契也是挽救我们婚姻的灵丹妙药。

我陷在噩梦一般的存在的泥淖里，怎么挣扎都无济于事。我一小时一小时地挨着。我知道，那不是什么新状态，而是已经伴我多年的狼群。我没有一个人存在的信心，生怕倒在大街上，倒在江河边。一点点不适和疼痛，都会在神经上被放大，成为绝症。本来是葡萄，是栗子、李子，是樱桃，挂在树上就成了菠萝、杧果；本来是蚂蚁，却被我当成了狮子、老虎。那该是一种怎样的风雨飘摇的生？

在午后的太阳雨中，我一次次散步，来打发白昼。我偏爱夜晚吗？不，但我害怕白昼。没有人知道我，没有人知道我的危险与痛苦。存在是那样的无奈，我欲哭无泪。我瘪嘴皱眉，做出哭的姿势，可是哭不出来。心不哭，眼睛、嘴巴、鼻子都不哭。我真想痛痛快快哭一场，用四川话说，叫“嚎嚎呆呆地哭”。妻去绵阳了，雨没完没了地下，在窗外形成了瀑布，奏成了乐章，我坐在电脑前却一个字也写不出来，神经上像是有一只老虎在咆哮，分裂出的全是背叛的意识。它们结成集团，制成炸弹，让我战栗。我喜爱雨，喜爱雨季，爱听雨声，这个午后，我却忽略了雨，忽略了雨水，觉得它们的形态、声音、气味都是那样的多余。

“给妈妈提前过生日，一起吃一顿饭。”有人三番五次在电话里对我说。谁是妈妈？我不知道。饭桌上的气氛一点儿都不像是在给妈妈过生日，他们边吃边说着荤段子，说着亵渎妈妈的话，肆无忌惮地狂笑狂饮。他们可都是妈妈最亲最爱的儿子！我沉默着，不喝，不言，勉强吃着。我望着他们，没有表情。他们都有表情。我是故意要望他们的。我的望是一种蔑视。敬酒的人穿梭在席间，他们都是未来的科长、局长、处长，但现在不是。不是才敬酒。我晕了，不为酒，为妈妈，而妈妈是谁？妈妈在哪里？我不知道。我感觉要崩溃了。是我，不是他们，不是他们胃里燃烧着的酒精，也不是妈妈。随我而去的女儿枣不习惯这样的场合，没怎么吃就逃跑了。我为什么不随女儿走掉？我想当场崩溃吗？我想为他们作崩溃秀吗？就是妈妈生日的那天下午，我一直都处在崩溃的边缘。我满大街找枣。东方英语，东风路口，电影院，报恩寺。我行色匆匆。

雨田在电话里要县长的电话。一个诗人要一个官员的电话，不是勾结，不是攀附，而是求助。县长在雅安。“在雅安不要紧，就是在延安也不要紧，电话，打一个电话便可以搞定！”果然搞定。县长让旅游局长搞定。旅游局长让我的上司H搞定。

水深火热中，雨田来了，还有见过面的北京的S、没见过面的绵阳的C。不是“我在大堂等你”，而是“你们在大堂等我”。暂时脱离了崩溃感，与S握手，与C握手。S说：“早就知道阿贝尔，只是不知道阿贝尔在这样一个平武。”C说：“见到你，是我这次出游的亮点。”C是绵阳一个区的区委副书记，实权不亚于一个县长。我说什么了吗？我差不多什么也没有说，我对他们的话和笑都持谨慎态度。有很多所谓著名作家在场的时候，S为什么不这样提说我。我倒不怀疑C的话。

从海拔八百米上到海拔二千米，不适应的只有发烧的枣。天真蓝啊，空气真洁净啊，风吹着真舒服啊，雪山的水真凉快啊……这便是北京人到了白马山寨所说的话。生活在白马山寨边缘的我能说什么？北京人、绵阳人在照相，枣一个劲地喊冷。我知道枣在发烧。绵阳人陪着北京人在逛山寨，我只听见我十岁的女儿在召唤。摸着女儿的额头，感觉火一般地烫。是大病欲至，还是白马的什么神仙显灵？我依旧没有崩溃感。吃饭的时候，旁边有火炉，女儿很高兴。女儿吃土豆，吃莲花白，吃盘羊肉，吃老腊肉，吃腊排骨，吃韭菜……我很放松。我们喝青稞酒，说崇敬的话。S、C、雨田、阿贝尔，还有我的上司H。锅庄跳起来的时候，夜色已浓，枣也加入了，北京的女生们也加入了，诗人雨田也加入了。冷冷清清，没有氛围。锅庄之后，开始吃烤全羊。县长安排的，旅游局长搞定的，我们谁也不出钱。雨田为牙痛所折磨，完全失去了斗志。S初显诗人的豪气。青稞酒，青稞酒，一盅又一盅，一茶壶喝光了，再来一茶壶。没有醉倒的人，只有胀大了的肚皮。酒意上来的时候，枣一个人上楼睡了。枣那么乖，我多么感动。跟S谈到了文学，仅仅是谈到。“平凹的小说是走民俗这一块的，但他赶不上张贤亮。平凹的小说太慢了，内在速度跟不上外在速度。”S说的是什么呀？我说了大陆，说了意识形态，说了文学的无限制。最后是烤余火。烤余火的时候我想起了枣。我跑上楼。枣睡得好好的。

凌晨，枣发高烧，出现惊悸，看见幻象。我陪着枣，继续着前些日的失眠。崩溃的感觉来了，脚脚爪爪都看清了，像一只硕大的毒蜘蛛，吐着毒液。水痘，水痘，丑陋的水痘从枣的脸上跑了出来。

以前的新闻。萨达姆·侯赛因——伊拉克共和国前总统——在他的老家提克里特的一个地窖里被美军俘获。坦白地说，我的感觉是愉快的。我的愉快与美国无关，与布什无关。我的愉快基于我对一个专制、残暴政权和几个丧失人性的人物的认识——希特勒、斯大林、萨达姆及其两个儿子乌代和库赛。看见胡子拉碴、神情麻木、苍老憔悴的萨达姆，我想到了命运对人的捉弄。萨达姆算是完蛋了。政治完蛋了，权柄完蛋了，国家完蛋了，连儿孙、家族和自己那条老命也完蛋了。也许有人会说，萨达姆辉煌过。我要说，辉煌不是人生。打电话给诗人雪峰。雪峰正伤心。他是萨达姆的fans。雪峰说，狗日的美国鬼子，连一个老头儿都不放过。雪峰的声音低沉、悲哀、真实，像是要哭出来。我笑了，笑出了声。“老子算是看清你娃娃了，舔美国人的肥勾子。”雪峰骂我，我没有还击。我又笑了，咯咯咯。雪峰在沉默，半晌才说，这个世道，这个世道……我说，萨达姆是咎由自取。我对雪峰说了萨达姆和他的两个儿子的兽行。雪峰是诗人，早年为阿拉法特写过诗。

现在，我要说的是另一个人。100%怎么绕也绕不过的人。我向很多人推荐过他。青岛的Y和H，上海的Z，南京的T，北京的L、S与J。这个人与我幻想的西伯利亚或古巴的监狱有关，与纳粹有关，与集中营有关，与他胸前佩戴过的黄色六角星有关，与奥斯维辛有关。前政府完蛋了，集中营还在，在遥远的圣赫勒拿岛，在对暴政屠杀的记忆中，在《英国旗》上，在《另一个人》里，在《船夫日记》中。这个人叫凯尔泰斯·伊姆莱，匈牙利籍的犹太作家。两个小说、两个随笔，“不但揭示了人类恐怖的堕落与沉沦，而且通过文学作品，以一个脆弱易伤的个体与历史进程中的野蛮暴政相抗争”。在我个人的感觉中，凯尔泰斯比卡夫卡要亲切。《英国旗》，一个中篇，对“一种”肉体与精神存在的天才的触摸。大胆，真切。更多的不是叙述，而是表述。这种表述有刀锋的理性，更有芳草和落叶的质感。没有我们时下号召的“好看”，甚至没有传统小说的要素，有的只是个性的絮叨。但这样的絮叨是内心的铺张，包含了人类的良知与道德，包含了人类超乎存在的诗性生活或者人类对诗性生活的渴望，同时也包含了诸多大自然纯洁纯粹的元素。《另一个人》，让我感觉到了灵魂的质量和语言的质量绝佳的共融。“我们不能在自己当过奴役的地方品尝自由”。“我们要尽可能地深远地接受我们的生存”。“我是独裁者无可救药的孩子，打在我身上的烙印就是我与众不同的地方”。“我喜欢自己身体日趋衰弱的厄运”。“这个世界的渺小，是由日趋严重的脑血管硬化和对自己葬礼的预感造成的”。“我们之所以还能够承受生活，是因为我们的生活竟然如此不真实”……纳道什·彼特说，世界上有一种痛楚和一种彻底的屈服，只有通过凯尔泰斯的眼睛才能看到。我理解彼特的意思。凯尔泰斯经历了太多的黑暗。

太阳出来了，山坡的积雪正在融化。“我生存的每个侧面都是令人恐怖的，只有写作的那一部分除外。写作，写作，只不过是为了能忍受自己的生存，还有就是为自己的生存作证。”对于春天的来临，我从来都只有漠然。凯尔泰斯依然活着，在布达佩斯。一生仅仅毫厘，在时间的弯曲里，我们看见的不是世界的倒影，而是世界的遗像。“这个世界是从很深很深的地方开始毁灭的，无论借助思想还是科学，历史对它都鞭长莫及”，而我个人“带着特别的苦涩和特别的满足”，写下了这些文字，深深感受到自己存在形式的脆弱易伤、徒劳无益和不合时宜。

母亲又回乡下老屋了。乡下有青菜、樱桃、竹林和自由。我们偷吃樱桃从院墙上跳下来踩断魔芋的时候，父亲母亲都还很年轻。而今父亲已经入土，母亲孤苦伶仃。正月初五，父亲三周年，母亲在老屋亲手操办。妹妹要回来。我在市中心打了车，挤出喜气的人海，进入荒凉的郊区。空寂的河谷，白雪包裹的山峰，奢侈的加油站。车出九寨环线，一直开到老屋背后。錾子崖，锅砣漩，青皮树底下，保管室，筋竹林。下车，亲戚都围拥上来。河对岸的幺爸一家，本村的金德哥一家，大嫂的娘家一家。厨房里挤满了人，案板上挤满了肉。我本能地忽视了这一切，冲破新年和团聚的喜气，在人堆里搜寻着我的母亲。在我的感觉中，他人都不重要，重要的唯有我的母亲，我的孤独的母亲。母亲不在，我下到二哥大哥家的院子，下到樱桃树前面的菜地，下到挑水路，下到破烂的江边，母亲还是不在。热闹只在老屋，院子、田野、河岸的空旷寂寥是盘旋煽动的。我回到老屋，在人堆里看见了母亲。我想给她点儿什么，可是我什么都没有买——水果，糖，衣裳……她不缺钱，妹妹妹夫几千几千地给，她不缺糖果，不缺衣裳。我知道她需要什么，我不知道我是否能给她。妹妹回来了，夹道欢迎。黑亮的小车、奢侈的花篮，亲戚们前呼后拥。妹妹是衣锦还乡。二哥也回来了，一言不发跟在妹夫身后，提着香蜡纸钱。二哥更瘦了，像老屋后开花的竹子。刀头、酒、烟、纸钱、香蜡、花篮、鞭炮、遗像。我们去到父亲墓地烧三周年。程序已经混乱，纸钱刚刚燃起，酒水哗哗流淌。我点了香蜡，三支为炷，分插祭坛。父亲的兄弟晚辈总动员，烟火四起，喧哗一片。二哥焚烧了父亲的遗像。“老汉儿，我给你倒杯酒！”大哥拧开酒瓶泼洒。“老汉儿，我给你敬杆烟！”金德哥点燃支烟，放在墓碑前。妹妹扯开整包极品玉溪，投入火海说：“老汉儿，我梦见你到处要烟吃，今天我给你送烟来了！”没有悲伤，嘻嘻哈哈，鞭炮响起，火星四溅。父亲墓后的青杠林落光了叶子，显露出稀疏的枝丫，单调、干燥，没有色彩。炮终人散，仪式结束，意味着父亲将彻底被遗忘。酒席早已铺设，欲望开始张扬，活人开始享受，是非开始滋生。我坐在河岸上，眺望对岸。道角、沙渠、青玉、石人、三岔子、陶家山……对岸已经被我收编，入选《21世纪年度散文选·2004散文》。山没有变，沟壑没有变，积雪过后，三岔子依旧像匹奔马。变了的只是河床，只是河水，只是人家，只是樱桃的味道，只是我们每个人生命的向度和质地。母亲说她不去城里了，她就住这乡下老屋，她一个儿女也不跟。“随便你，只要你自己高兴。”妹妹又给了母亲一些钱。大哥二哥站在一旁，表情木然。我无言。

阿贝尔：作家。著有《隐秘的乡村》等。

本文刊于《天涯》2006年第2期。

紧，再握紧一点儿

朱子青

再紧一点儿，紧，紧！六岁的小女儿一遍遍地提醒我的手，要我将她的小手握得紧一些。那样子好像我会抛弃她，或者是我松一下手，就会有大风将她吹走一样。我仰头看看天，晴朗得很，秋高气爽，一点儿风也没有。我不太理解她竟然这样胆小，也不知道她到底恐惧什么。我一直用语言安慰给她壮胆，但均没有好的效果，我想是不是我的胆也特小的缘故，无法让她感到安全。

一次，我被她的一些无理要求惹急了，竟说了不想要她的话，并将她锁在了门外。她在门外惊恐地喊叫并央求，说以后要听话，我藏在门后，心里发抖，但最终还是开了门将她抱在了怀里。我想她是不是一直有一种恐惧，怕我突然不要她了，一想到这我就后悔。上次回家，上火车前，我对她说她个子长得太快了，可能要买票了。她听了有些兴奋地跑到站台口一个画有刻度的墙前一量，我看了一眼，一米二过了。接着她半蹲着对我说，看看，没有到买票的身高吧。说完做着鬼脸企鹅样地摇了过来，我们就笑着上车了。当时我是怀着侥幸的心理没有给她买票，当时因为要回家我们太快乐了，就将不买票下车时的后果给忘了。出站时果然就被拦住了，她见状突然就不吭声了，似乎还受到了惊吓，有些不知所措和慌乱，一直扯着我的衣服看我的脸，有亲戚朋友在站台外往里望，我的脸也因尴尬而发烫。补了票出站时，她跟在我身后，仍然扯着我的衣服。我走得太快，一时她没抓好，且被出站口的小铁门挡了一下，与我的距离就拉开了一尺，她眼泪一下子就出来了，似乎我不想要她了一样。我见状急急地就抱起了她，出了出站口，她收回了眼泪，但没有说一句话。那样子似乎自己做错了什么事，似乎是自己长得太快给我添了麻烦而内疚，那一刻我就担心她因为恐惧长高要买票突然停止了生长。

紧，紧，再紧一点儿！她又一次提醒我了。我说够紧了，我已经很用力了，但她似乎还觉得不够紧，还是不停地提醒。她的小手已被握疼了，但还是忍着，其实我知道越紧她越是感到安全。

我们刚从学校出来。记得开学第一天，我还是这样拉着她的手去报到的，我一直觉得她的手就粘在我的手上。路上我对她说，你这样一直抓着爸爸的手，长大以后就不会自己走路了。她不相信，就放开我的手走了两步，证明我的话是错的，证明完后又迅速地拉住我的手，要我握紧。到学校后，所有新入学的孩子都按老师的要求排成队手拉手，准备去认他们的教室。所有的孩子都显得开心而兴奋，只有她不愿加入这个陌生的队伍，虽然队伍里还有一个她幼儿园时的同班小朋友，但她无论如何都不愿放开我的手到队伍里去。正当我为难的时候，一个老太太教我对小女儿说，自己站在这棵树下，哪儿也不去，等她从教室里出来！这个办法果然奏效。看她边走边回头看我的样子，我才明白，校园里太乱了，她怕丢失，怕找不到我。其实我一遍遍地对她说，她是爸爸最爱的人，天天想跟她在一起。但她好像不太相信一样，大约是我还是忍不住会跟她发脾气，会离开她去上班。

学校离家很近，经过一条马路我们就到家了，但她一个人不敢过马路。我小时候听过一句话，说隔山不算远，隔河就远了。长大我才明白其中的道理，我想这条马路正如一条河，来回穿梭的车辆川流不息，有着很大的不安全因素。我一次次地教她如何过马路，红绿灯是什么意思，她都明白，但还是不敢自己过马路。其实我也不放心，一是现在的司机眼睛盯着红绿灯争分夺秒，很少注意过往的行人。再者我们这条马路上出现过两次车祸，都让她看到了。一次是一辆红色的桑塔纳飞一样地撞倒一个小学生，并碾过了他的腿，车过去后，那孩子还往前爬了一下，就倒下去了。马路边的我惊叫了一声，身边的小女儿没有惊叫，只是两只手紧紧地抓住我。还有一次是我们回家的时候，在马路中央看到了一只旧布鞋，扭扭歪歪地趴着，向前五六米是一摊血。我断定又是一个民工，我想是不是刚进城不懂交通规则的农民。我没有成功地引开她的注意力，她也看到了血和那一双旧布鞋，就在刹那间她就要我将她的小手握紧，再紧一点儿，直到我用力握疼她。

想想我小时候也是有恐惧的。我在村口的一条路上曾碰到过一条蛇，好多年我都不再敢走那条路。我一直觉得那条蛇昂着头在等我，它的眼睛绿森森的，蛇芯子火苗一样地闪，头高高地昂着。还有村子里有一个孤老头儿，每次我经过他家门口时他总会对我笑，有时还要摸摸我的头，捏一下我的手。可有一天他去世了，我就再也不敢经过他家门口了，我怕他突然望着我笑，并伸出手来摸我的后脑勺。我想小女儿不敢一个人过马路是不是与那个没有挣扎爬起的孩子和那一只布鞋、一摊血有关呢？一定是这样的，想想总不能强迫她忘掉这些东西吧，她的记忆不是黑板上的字，说擦就能擦掉的。

过了马路，我说我们就在这家餐厅吃了饭再回去，叫妈妈也出来，一块吃。她坚决不同意，并再次要求我握紧她的手。这是一家档次较高的餐厅，包厢里装修考究，生意很是兴旺。那次我们就是在靠马路的一间包厢里吃饭，还有几位亲戚，通过大落地窗可以看到外面美丽的夜景。当时我们边吃边聊，兴致真好，包厢外餐厅里所有来往的客人都面带笑容，似乎一吃饭大家都忘记了烦恼。一切都在美好的气氛中进行着，菜也十分可口，可就在兴头上，外面就喧闹了起来，我的第一反应是有人打架。还没有看到餐厅外打架的人，但我明显地感到了餐厅里就餐的人放下筷子离开了座位向外涌，有人倾斜了身子踮着脚脸贴着玻璃挤扁鼻子往外看，似乎整个餐厅像一条船因为大家的移动而倾斜了一侧，再多可口的菜突然就没有味道，这时就餐就很难再进行下去了。当时小女儿又一次紧紧抓住我，似乎我会离开她跑出去，或者会有歹徒冲进来。通过窗玻璃，我看到一个喝了酒的瘦子被一个屠夫模样的人像打木牛一样，一巴掌、一巴掌地打得晕头转向，瘦子满脸是血还是要挣扎着扑上去还手。纷乱中，又有一个人扑上去，对那个满脸是血的瘦子一顿拳脚，那样子十分过瘾、解气，这一幕不小心让她看见了……

我想这大约就是小女儿不想在外吃饭的原因了，这时她又提醒我，紧，再紧一点儿！

上楼的时候，我让她跟在后面，但她不敢，我让她走在前面她不愿意，非要与我并排走。我说楼梯太窄，再说我手里提着东西，可她还是不敢一个人走，似乎她的前后有什么可怕的东西一样。我问她怕什么，她摇摇头不说话，我说是不是怕故事里讲的大灰狼，怕魔鬼，她点头说是。我说那是故事，不是真的，但她不相信，看她的样子是真的有魔鬼与大灰狼的，就是故事书上画的那种。我有些后悔给她讲这些可怕的故事了，后悔自己的绘声绘色。我发现很长时间了，她一个人不敢上卫生间，不敢一个人待在自己的房间里，不敢一个人睡觉。就是在最吵闹的时候，她也能听到房子里一些莫名其妙的响声，似乎房子里有我们看不见但存在着的东西。我曾经试着锻炼她的胆量，做了很长时间的工作，将妻子的电话留给她，让她一个人待在房子里，我与妻子下楼买点儿东西。等我们上楼时，她反锁了门，而且电视声音放得老大……

我想到自己小时候也是这样的，我老觉得身后跟着一个人，一转身却什么也看不到。我记不清，身后的那个看不见的人在我多大的时候才跟丢我的。那时候，比如当自己做了错事，做了羞耻的事，当自己一个人独处的时候，天黑下来的时候，刮大风的时候，就明显地可以感觉到那个叫恐惧的东西在心里头翻腾着。也许每个人的成长都会经历这样的过程，都会从雾一样莫名其妙的恐惧中走出来，最终变得无畏了起来。想想自己现在仍然有很多恐惧，也没有变得无畏，而且是焦虑了起来，是不是我还没有长大，不够成熟呢？

想到这，我只好将她的柔弱的小手重新放在我的手心，轻轻地握紧，再握紧，尽我所能地握紧她。

朱子青：作家。著有《我深爱的这片土地》等。

本文刊于《天涯》2008年第2期。

合租手记

塞 壬

在广东六年，合租，是一件很有意思的事情。我喜欢在安静的屋子里扒个缝儿看隔壁的人和事，可以参与也可以不参与。跟一个人交往就是打开了一个世界，一个人就是一个宝藏，他会在不经意间张开蚌壳，露出人世间最宝贵的珠子。很细的一个缝儿，就算没有歌声，哪怕漏下的只是阳光和自由的风也是好的。

——是为记

小米

人事经理跟我说，那间没腾出来，你就跟隔壁的出纳小米睡一晚先。因为找了个不错的工作，晚上跟朋友在外面吃饭，午夜时分才摸回宿舍。小米睡了，她块头大，占了大半个床，我使劲地扳她的身体，可哪里扳得动。我只好缩手缩脚地睡在她旁边，她身上一股浓烈的女人气味一阵阵向我熏过来，有点儿蒸熟的馍那微酸的气味，腥，强烈的生殖力。两个女人睡一张床，那叫一个难受。

小米说，下了班，我跟你去超市买日用品吧，东西多，我帮你拎。在超市，两个人就走散了，我买了牛奶、茶叶、烧水的壶、人字拖、小风扇以及各类日用小件。在外面碰头，小米居然为我买了几包熏香。好看的塑料袋装着，阴干的花，被香料浸泡后散发出自然的香味，搁在屋子里，挺女人味的，有了个香闺的样子。我们经过一个花市，小米买了把姜花，说，这花很朴实，香味淡淡的，我喜欢。说这话时，她就像个小姑娘。

两房一厅，共洗手间，我们俩都不在宿舍开伙做饭。晚餐，她总是约我去楼下的湘菜馆吃饭，AA 制。我是不喜欢跟她吃饭的，嫌她话多，但是拒绝的次数不能太多。我总在想，换成一个略略聪明些的女孩子，大概可以感觉到我不喜欢跟她一起吃饭。在公司，她和前台文员只要在茶水间碰上，两个人都会八卦半天，让人生厌。小米属于那种有块头，有点儿壮实的女孩子，圆圆脸，还算端正，但是她老是认为自己非常美貌，常跟我说公司谁谁想性骚扰她。这回她说起工程部的某个技术员，我有些吃惊，问她到底是哪个。“我怎么知道他叫什么！”她理直气壮地说。我更惊奇了，你连人家都不认识，怎么断定人家想性骚扰你呢？“看他的眼神我就知道了！”她狠狠地瞪了我一眼。我连连点头，低头下去喝面前的汤。AA 制，小米要算得丝毫不差，她不能让我感觉到，她占了我的便宜。

公司的数码相机由我保管，周末，小米总是向我借相机跟朋友去外面玩。晚上，她总是当着我的面，逼着我看她那几十张矫情、搔首弄姿的照片，还要听她讲解照片上都是谁谁。这是一件非常痛苦的事情。有一回，我实在无法跟她分享这种快乐，感觉她严重地打扰了我，就黑着脸说了难听的话，那话确实有点儿难听：喜欢照相的都是些自恋狂，真让人恶心！小米听了，一言不发地回到她的屋子，关着门，一连几天没有跟我说话。我心里很后悔，同时惊讶自己怎么这么冲动，我实在太粗暴了。

后来我因为决定去深圳就辞了职。当晚，我请小米去下面的湘菜馆吃饭，小米没有感觉到这是告别的晚餐，她还跟过去一样，依然讲着她的八卦，我还是一言不发地听着。这样的告别谈不上伤感，这只是职场中的一件很平常的事。来来往往的人，认识了，交往了，告别了，不断地循环。点菜，小米说，不要点这么贵的，随便吃吃就行了。我说明天就走，小米说，水电费的单子没打出来，不晓得我要出多少水电费。我把深圳新地址和电话写了个条子交给她，叫她到时找我要水电费。小米收下了条子，想了一会儿说，这样吧，你先按平常一个月的水电费金额交给我吧，等单子打出来，我多退少补。我明白了，小米是信不过我给的地址，她担心到时根本找不到人。我看着这个比我小六岁的女孩子，很惊讶她处世的老练。是的，我有什么资格能让别人相信我是可靠的呢？我笑着对她说，行。同时微笑着，叫她吃饱。

我到深圳半个多月后，收到一张汇款单，是小米寄过来的，她退还给我半个月的水电费：三十八元。那汇款单上干巴巴地写着三十八元这个金额，我其实多么想看到她在留言那一栏写上几句问候的话。她原本是一个多爱说话的人啊，但这个时候，她却沉默着。

秦海和他的女朋友

秦海不爱说话，很腼腆。碰到他赞同的话，他就微笑，抿着嘴，眼睛热切地望着你，仿佛是你那话说到他心里去了。江苏男孩儿，一身书卷子气，还有点儿甜糯的气质，一不好意思起来脸就红了，声音就像是蚊子哼哼，仿佛是他那样不好意思，是因为自己的样子那样不好意思似的。向大家介绍自己的女朋友，这事就让他这样受罪。但终究秦海是可爱的。房间是三房一厅，秦海睡里间，我睡中间，齐宏睡外间。

他女朋友是个才二十岁的小女孩儿，东莞本地人，很漂亮，是那种城市女孩子漫不经心、无聊、具有某种破坏性但又不失娇柔的漂亮。她说，跟一个女同事打了架，用指甲把人家脸抓了，这下不得了啦，她妈的她成了天底下最委屈的人，也不想想，那个贱人一样把我的手咬了！说着，撸开袖子让我看手臂上被咬的牙印。我看着她依然气呼呼的样子，很想笑。她辞了职，回家怕被老爸老妈骂，只好先在男朋友这里待几天。

一整天，我在宿舍等稿，泡了茶，歪在沙发上看过期的《南方都市报》。齐宏在电脑前写方案。秦海的女朋友，抽着烟，无所事事，书她是早就不念的，也一直讨厌上班，十几岁就在外面混。美丽的、傍着帅哥的、脾气不好的、爱花钱的、不讲理的，在常人眼里一点儿也不可爱的女孩子。但我很喜欢她，我时常盯着她看，暗想，她多简单啊，简单到干净。她不停地在房间走来走去，不停地拿电视遥控器换着频道。无聊啊，她说，你的洗面奶是什么牌子的？是三星手机好，还是诺基亚手机好？上回我们从折扣店拿回来的卡在你这儿吗？……这些，所有这些，我统统回答她说不知道。是的，我不知道。接着，她问我要不要到四楼去打会儿球，或者去天虹商场买水果……我告诉她，我不想去任何地方。她拿起她的水杯，很讶异地看着我，然后把水喝进嘴里。

秦海拜访客户回来，她马上迎上去，轻轻地踢了他一脚，大声地责怪秦海不陪她，秦海跟我们打完招呼，他们俩就进了房。齐宏诡秘地问我，说，你睡他们隔壁，晚上就没有听到他们搞出什么响动？我当然听到了，听到的是，秦海在劝女朋友赶快找工作，不要这样无理取闹。那么腼腆的人，在女朋友面前说话有一种成熟的坚定，口气透着爱。当然，我听出来的是一股男人味。我想，这样无法无天的小美女，一定迷的是秦海身上这股男人味。果然，秦海这样说，就没有听到她应了。

秦海就带女朋友去跑业务，说是让她学学，这样也免得她在家无聊。她果真上手了，并且表现出对这种工作的热爱，但是，她经常被客户请去吃饭，或者出去玩。很晚了，秦海看着墙上的挂钟，幽幽地说，怎么电话没人接呢？怎么这么晚也不回来呢？我们听着他在客厅叹气，长长地叹气，不安地来回走动：真不该带她出去跑业务的。她这么单纯……唉，真不该的。我和齐宏就劝他，没事的，她这么大的人了，没事的。秦海睡不着，我们也跟着陪着，大概一点半的样子，她回电话了，秦海赶忙下楼去接，她回来，一身酒气。秦海扶她进了房，一夜无话。

第二天中午，她起床后，突然跑到我房里，哭着说，红姐，我再也不跑这个业务了，昨晚客户请我吃饭，给灌了酒，后来去了舞厅，那个家伙就拉着我跳，他把我引到暗处，抵在柱子上，用他下面那里顶着我……我把他的脸、脖子全抓了，骂了他……她说，她不敢把这事告诉秦海。她说，要是她看中人家的钱，就不会跟定秦海。她说，她相信秦海会赚到很多钱，她不稀罕别人的钱，她就要秦海就够了……呜呜呜地，她哭个不住。这是爱情的吐露，竟那样贞洁，我先前以为像她这个年龄、这种成长背景的女孩子是不懂爱情的，我先前一直以为……以为……原来我骨子里一直是瞧不起她的，一直替秦海不值，我一直觉得秦海应该找一个知书达理、温婉静好的女孩子，那样才跟他很配的。

秦海果真不让她去跑业务了，只是那件事，我不知道秦海是否知道，可这有什么关系呢？我相信秦海是真切地感受到爱情了，他爱着，为了她，他努力地工作，踌躇满志地，要买房、要买车、要给她一个家。不久，她找到工作了，搬了出去。好一阵子，只觉得屋子一下子安静了许多，很不习惯，我和齐宏就开始谈论起她来。

潮州男孩儿

杂志社给我们租了一个大套间，四房一厅。在顺德容奇商务中心区，繁华地段。除了我是单间外，其他六个人就安排在那三个单间里，每两人一间，是单独的席梦思床，家电、家具都还齐备，吃饭在厨房开伙。两个女孩儿，四个男孩儿，都是二十出头的年纪，我年长些，“黄姐”，他们都这么叫。

那时，我时常用镜子照自己的脸，生怕在他们面前露出稚嫩的气息，我要在必要的时候板着脸，把声音压低，那样也许会有些许的威严吧。二十八岁，年轻的顺德区域经理，啊，跟任何一段快乐的时光一样。是2002年，当我再一次去回顾时，萦在心头的只能是时光寥落的忧伤，是一个人走在长长的巷子里，起风了，突如其来的寒冷，竖起衣领，把长长的孤单扔了一地。

每天早上八点半，我开始挨个敲门，年轻人总是贪睡的。我敲得很温柔，轻轻地喊，起床啦，都起床啦。听到这样的呼喊，不起床是粗暴的。有一回，那个潮州男孩儿在睡意中把门打开了，他只穿着内裤，那里勃起得很厉害，把内裤撑得很醒目，晨光洒在他的裸背上。他的身体高大修伟，一个男人，一个完美、有力的男人体呈现在我面前，我顿时感到很不自在。在一瞬间，我意识到自己是一个女子，不是经理，也不是“黄姐”。我记得那天的早会，我觉得我说的所有的话都很幼稚、可笑，如同一个小姑娘置身于一群男子中间，我有点儿惊慌失措了。

业务水平一直让我维持着“黄姐”的尊严，当我逐个带他们去客户那里做采访，最终拿下一笔单时，我才能这样一直“黄姐”着。我想，保证顺德区域的业务量当然是至关重要的，但是跟这样的一群年轻人生活在一起，并且由我来管理，这种体验才是我醉心的。

我喜欢为他们做晚餐，除了那个潮州男孩儿，我们这几个都是来自湖南、湖北、四川、贵州，吃菜，我们要很辣。他通常辣得满头大汗，前额亮晶晶的，嘴里咝咝地吸气，起身，找杯子倒凉水冲淡口中的辣，那个时候，我们是非常快乐的。我们在饭后讲了自己的家乡、童年，或者初恋。我至今记得他说的，潮汕的女子是天底下最温柔贤淑的，她们维护男人的尊严，即便男人在外面有二奶和情人，她对待她们可以情同姐妹，无怨无悔地照顾那些女人跟丈夫生的孩子，视为己出。我当时听了真是暗暗称奇。

有一段时间，宿舍里出了小偷，几个男孩儿都反映说丢了钱。实际上，我早就察觉了，但是丢的数目不大，几十块几十块地消失，而整数的百元钞安然未动。这真是个有意思的小偷，不贪大，下手不狠，有点儿怯怯的，却又忍不住常犯……如果查出来，应该是可以教化的。我就这样想着，一直未声张，但还是焦急，我怎么不动声色地把小偷查出来呢？就六个人，这小小的范围，我怀疑任何一个，都会产生罪恶感，他们都是多么可爱的年轻人啊。

有一天，潮州男孩儿告诉我说，小偷是一个女孩子。我惊奇地问他是否亲眼所见。他告诉我说，据他观察，我们这几个人都有锁门的习惯，但女生那间是从来不锁的；这就表明小偷知道只有自己偷东西，其他人都是可靠的，所以她不锁门。我觉得这个说法太没有说服力了，叫他不要声张，小心冤枉好人。但是，我还是很惊讶他的观察力。他说，黄姐，我一定会亲手捉住那个小偷的。我笑了笑。不久，我的香奈尔香水不见了，我也断定，小偷是女孩儿。两个女孩子，一个湖南妹很标致，另一个贵州女孩儿，她黑而糙。

潮州男孩儿是个靓仔，中山大学毕业，家境不错，是很讨女孩子喜欢的类型。他追求那个漂亮的湖南女孩儿，湖南妹家境寒微，冰雪聪明的一个人，做业务我只略略一点，她就通了，小小年纪，遇事沉稳，言谈里藏着大的志向，这是一个对赚钱有着很大热情的女孩子。潮州男孩儿的追求，她不为所动，但她赴他的约，吃他请的饭，拿他送的礼物。她的冷，让他真的消沉下去了。

有一个晚上，他请我在外面喝酒，伤心地跟我说，他爱上了一个小偷，问我怎么办？我一下子就蒙了，他说，他早就知道她是那个小偷，但就是爱上她了，劝了她很多次，叫她改，可是她……她的心气可高了，眼睛就盯着那些有钱的老板。可怜的潮州男孩儿，他跟我说，黄姐，你不要炒她……你就跟大家说，我是那个小偷……

这样悲情的故事，我不知所措。我如何能跟大家去这样说呢？事情就这样拖着，慢慢地，不再有人丢钱了；慢慢地，湖南女孩儿跟他走在了一起。半年后，他俩一起辞职，湖南女孩儿临走时跟我说，感谢黄姐，感谢那个他，说完泪如雨下。

黄玲

报社主编领进一个女孩子，说这是新来的记者黄玲。一问，还是湖北老乡，刚毕业的。她看上去瘦弱，有一双很明亮的大眼睛，额头亮晶晶的，但还算文文静静，背着沉重的双肩包，一看就是在城市里长大，是妈妈的宝贝疙瘩那种有些娇气的女孩子。她冲我笑，用手捋了捋耳后的头发，然后点头对我说，你好。这画面一下子切到了黄石，那个我们亲爱的城市，该有多少这样的女孩子啊。她这么瘦，离开了妈妈，一个人在外面打工，怜惜的情感一下子涌上来。

果然是年轻，在我看来，黄玲身上新鲜的东西真多。我喜欢年轻人带给我的这种气息。这样的打量和参照，让我看到自己处在时代的位置。晚餐是我做的，她揭开砂锅盖子，看到我们湖北的排骨藕汤，她发出了欣喜的喊叫，舀了汤尝，自语道：很像是我妈妈做的。

跟她去专卖店买衣服，付了钱，店子里放着卡朋特的《*yesterday once more*》，很舒缓的旋律，我拿起包说，走吧。但她站着未动，闭着眼做陶醉状：听完这首歌吧，很快的。我一下子就理解了她所认为的“美”，陪她把歌听完。啊，两分钟吧。经过士多店，我们买了饮料、零食、冰棒，这是为晚上看碟准备的。回宿舍，要经过楼下房东的士多店，她突然站住，说，黄姐（我和她在吃着冰棒），我们拿着这些东西在房东太太的眼皮底下经过——

是，这太不好，怎么办呢，她有士多店，可咱竟不在她店买，毕竟房东太太是一个很热情的人，这确实是不太好，那——“我们绕着从后门回宿舍吧，”她说，“只是多走几十米而已。”

南方的初夏，周日，天气晴好，把被套、床单拆下拿去洗。得收起来了，把它们折好平整地放在满是樟脑味的木柜里。实在喜欢把阳光都藏在木柜的感觉。这些东西浸湿后，像魔鬼一样重，黄玲根本玩不转，就浸在桶里。我已换上竹垫和芦席了，竹垫铺床上，芦席铺地上。采访回来，要是热，我就打开后门，让风自己吹进来，我坐在席上折衣服、缝扣子，或者看一回《浮生六记》。黄玲敲门，她浸在桶里的被套有半天工夫了，一汪浑浊的水，棉的，有点儿褪色。她怎么也拽不动它们，要想汰干净那些洗衣粉，只怕要哭了。看她那两条可怜的胳膊，我很是心疼。于是两个人，一人拽一头，才把浊水拧干净。

拿到外面的绳子上晾，她翻来覆去地找，我问她找什么，她说，被套上有两处鸡蛋大的经血斑，这次没用手搓，只怕没有洗干净啊，要是没有把那两块洗干净，就是白忙活了。我笑得蹲下来捂着肚子，她脸都红了。我想起她昨儿跟主编争论一篇稿子算不算新闻，也是这般红着脸。她年少得一根筋，较真，执着，认理不认人。黄玲她不知道，在东莞一个镇级的报纸，很多时候发稿子并不是看它是否具备新闻性。看她那样，我隐隐地担心，她身上的角依然锋利，我似乎看到了很多年前自己的影子。黄玲，她将来也会像我这样，对生活、对命运妥协吗？会像我一样成为一个沉默而无趣的人吗？就像我们俩刚刚看的那个碟《海上钢琴师》，我就像主角 1900 那样，对未来无法预知的生活感到畏惧。黄玲跟我热烈地讨论，是的，我们看了很多碟，讨论过很多东西，未知的东西对她来说太有诱惑力了，她喜欢失控，喜欢无法把握那种状态。这是危险的，同时我还是相信她，会收拾好自己的残局，重新刷新另一种生活。昨晚听她咳嗽了，她每咳一下，我的心就抽紧一下，我想，要是她妈妈听见了，一定会很心疼的。我想着她有时就赖在我床上不肯走，她就那样喜欢黏着我，分明是一个孩子啊！

黄玲终于为了一个新闻的发稿问题跟主编大吵了一架，吵完，她愤然提出辞职。我在外面采访赶回，事情已经无法挽回了，我不再说什么。走的那天，她哭了。我像一个母亲那样说了很多唠叨的话，我很难受，因为我很担心，她那样的性格、她行事的方式一定会再次受挫的。如果我在她身边，如果我能一直在她身边，如果……

江西男孩儿

那间房空了一个月没租出去，隔壁间的小越噘着嘴埋怨房租摊高了，她催我叫房东打广告，赶紧把那间空的租出去。房东在小区附近贴了很多“牛皮癣”，但没有效果。我只好在网上发了个信息。很快，有一个男孩儿打电话来说想看房子。他看了后很满意——他结实地看了我和小越几眼，我和小越还算中看吧。我感觉到，他的满意应该包含了这个成分。

房子租出去了，小越很高兴，说是要迎接新来的邻居，大家一起吃个饭。楼下的毛家饭馆，三个人，淡淡的交情，吃饭，介绍着自己的籍贯、从哪里来、从事什么职业……啊，这样的光景，在我六年的流浪生涯中，出现过太多次了。更多的时候，我们来不及温暖对方，就匆匆离去，石沉大海。漂泊的人，聚散讲的是一个随缘。

他是一家大公司人力资源部经理的助手，二十七岁，江西人，黑黑的，样子挺时尚，发胶把头发弄得像刺猬似的竖在头上，小山眉很浓，微微的肿眼泡，未开口说话，嘴角先就有了笑意，挺友好的，但同时也看出这个人藏着狡黠的一面。江西男孩儿似乎很饿，他先是快速吃完了一碗饭，然后又盛了一大碗，把那盘腌萝卜角炒腊肉吃个精光，最后还喝尽了土鸡炖板栗的罐汤。“他把汤料吃得连渣子都没剩……”小越趁他上洗手间，对我挤了个鬼脸。看一个胃口极好的人吃饭真是一种享受，什么叫大快朵颐，什么叫饕餮，那真叫一个痛快，这样的痛快，还是让人窥见了某种兽性的东西，我隐隐地感觉到了。单是他抢着买的，还说了一大堆以后在生活上要我们多关照之类的客套话。

谁见过如此壮观的场面呢？楼顶长长的晾衣竿上同时晾着七条内裤和七双棉袜。江西男孩儿每周洗一次内裤和臭袜子，他先是把它们混在一起扔进桶里用洗衣粉浸一夜，然后用手一搅，再用清水漂两次就捏起来晾。总是阳光很好的中午，我们几个在楼顶碰头，风吹着晾着的衣服，一摆一摆的，仿佛在说话。江西男孩儿对我们的胸罩十分感兴趣，他凑过脸来看，啊，你们全都穿海绵的，你们全都做假……

一个成年男子的生活是丰富的。江西男孩儿在周末总会带几个朋友来宿舍玩，男的女的都有，开着音乐，大声喧哗。我有些反感，但还是没说什么。小越回来得晚，她回来时，他们也慢慢平息了。有一回，他敲我的门，问我打不打麻将，说是差一个人，让我陪一下。我正想拒绝，想说很累了。但他却抢着说，他的朋友很想打，还是陪一下吧，拜托了。

是他的两个同事，一男一女。女的我认出来了，她常来这里过夜，应该是江西男孩儿的女朋友中的一个，我记得还有另一个女孩子也来过这里过夜。她的眼睛毫不客气地打量着我，又看了看江西男孩儿，半开玩笑地，却又不乏酸酸地说，你可真有艳福啊，跟两个美女住一起。江西男孩儿向我介绍他的同事，业务部经理。我这才转过脸来看清那一个男子，他生得俊朗，却有一股傲慢的表情，理着很短的板寸，目光犀利，右手拇指和食指掐着烟蒂，手肘支在桌上，他的鼻孔翕合着，有淡淡的烟冒出，眼睛有些放肆地看着我。我向他点头问好，他礼貌地回应。低头下去打牌，我依然能感到他灼人的目光。我赢得一塌糊涂，十二点半，我提出不打了，要回房睡觉。江西男孩儿突然跟了进来，他问，我能否考虑今晚陪陪他的业务经理。我正视着他的眼睛，平静地，一字一句、狠狠地跟他说：我不愿意。关了门，反锁上，我不害怕什么，可是因为厌恶，我使劲地把门推紧，仿佛这样能使自己跟他们隔得更远一些。我想起那个男人，打牌的时候，有意无意地把烟吹到我脸上，他邪邪的眼角余光……我还看见那个女孩子脱了鞋，把脚板伸到他大腿上，脚趾还弯曲着在那上面拱来拱去……

江西男孩儿跟我们一起也有好几个月了吧。他眼里，小越是一个有着隐秘生活的女孩子，她的生活想必是丰富的，符合这个城市青年男女的健康标准：每天回来得很晚，有时是满身酒气地回来，尽管她从不带男人回来，但她的生活是让人产生联想的。另一个呢，几乎是一个死寂的人。她从不在晚上外出，也从不唱歌，一回来就关上房门，谁也不知道她在干什么。好像没男人来找过她吧，是的，没有男人来找过她。她是内向的、怯弱的，穿着打扮土里土气的。唉，她的生活太贫乏了。她真可怜。

他也是出于同情和怜悯，这样一个可怜的、没有男人垂青的女人居然拒绝了这件事，他想不出是出于什么理由。他怎么也不可能了解，这个可怜的女人有着多么强大的内心和强悍的意志。她无视当下城市男女生活的所谓“健康标准”。

塞壬：作家。著有《下落不明的生活》《匿名者》等。

本文刊于《天涯》2009年第2期。

史三原

第广龙

20世纪80年代初，我还是个单身汉，有空闲爱四处跑动，史三原的住处去得最多。那时我俩都在陇东矿区，但不在同一个单位，不过马岭川上的两个单位之间相隔不远，走路也就十多分钟，我经常去。史三原虽然成了家，老婆娃娃却还在老家农村，和我一样也是个吃食堂饭的。我去了，到吃饭时间，史三原端回来两碗素菜，上面架着馒头。我俩蹲到地上，一口馒头一口菜，吃完了，给碗里倒进去些开水，端着倾斜几下，碗也洗了，喝的汤也有了。

我和史三原认识，是在矿区的一次文学创作学习班上。开始一两天，相互说话少。慢慢熟悉了，问史三原哪里人？史三原说我说个谜语：一个和尚抱两个西瓜。我猜不出来。史三原就启发我：和尚是不是光头？我说是。西瓜是不是圆的？我说是圆的。史三原说这下知道谜底了吧？我说不知道。史三原就笑，边说边笑：多明白的，不用脑子。就是三原啊！你想，一个圆加上两个圆，不就是三圆——三原，陕西三原县嘛。

史三原是个热闹人，我虽然性格内向，但我喜欢和热闹人在一起。哪里有史三原，哪里的热度就起来了。我听别人说，在70年代初，史三原在矿区的报纸上发表过不少诗歌，是有名的文化骨干，登上万人大会的台子念过诗呢。但不论是过去还是现在，我都没有记住他的哪怕一句诗。史三原的诗，似乎过于平淡了，似乎和起伏的生活不相称。印象中开始还在一起交流，学习班办了一个月，结束后心里还热着，再过上一段日子，我们的话语中便很少涉及文学了。最多就是交换杂志看一看，再就是互相通报信息，掏钱参加诗歌大奖赛。那时候这类大赛特别多，只要参加，最差也能得个纪念奖的证书，章子比茶杯盖还大、比猪血还红。文学在我们的交往中还是留下了印记。我1981年在一个叫《崆峒》的刊物上发表了一首诗歌，得到了十四元稿费，这在当时算是很高的回报了。我用这笔钱买了一条的确良的裤子，穿了有半年，送给史三原穿，在其后的三年多，我总是看见史三原穿着它。

史三原给我带来的喜悦更长久。一天下午，我去找史三原，他说你照相吗，彩色的，俱乐部门口正照着呢。这之前，我只知道有黑白照片，见过彩色的，是照相馆的人拿颜色描下的。我就挺好奇，就跟上去了。印象中花了八块钱，但我拥有了自己的第一张彩色照片。前几天，我翻看影集，还把这张照片看了看，照片上的我穿一件劳动布上衣，站在一株苹果树前，脸上带着生硬的微笑。我不由心生感慨：那时候，自己多年轻啊。

在矿区上班的人，日月都过活得艰难。出多少力，流多少汗，能把嘴糊住，钱挣不下。大概在1983年夏天，史三原跟我说，他和另外三个人，把单位上的农场承包了，工资不少，种下的粮食，还给折价提成。看史三原兴奋的样子，我也不好说啥。那些年，矿区有农场，下属单位也有各自的农场，办工业的办农业，走的是“自力更生，丰衣足食”的路子。

史三原他们承包的农场，说起来也不算远。秋天，我约了两个都熟知的，挡了一辆班车，坐了半个多小时，在一个叫曲子的镇子下车步行。镇子南边的塬上，就是史三原他们承包的农场。

我们从一条土路往塬顶上走。正是半早上，太阳在模糊的天际挣扎，空气潮湿阴冷。走山路，心不能急。当地人都是背着手，慢慢悠悠，跨出一步，落稳当了，再跨出一步。这样走，人不累。我仗着年轻，几乎是跑着攀爬，把一股股尘土都惊起来了。可这样小跑了不到五分钟，气喘得厉害，嘴干，喉咙眼咽一下，也干。就弯着腰，两手扶着膝盖走不动了。歇了一阵子，我吸取教训，也背着手走。这样走走停停，眼前不再是土崖遮挡，一个巨大的平展展的土塬呈现在面前。走进去，风刮得猛烈，乡路两边的白杨树叶子已经枯黄，哗里哗啦像泼水一样响。一路看到的，全是平整过的田地，农家的院子在远处，像结了冰给冻住了一样。塬顶上的风，直往脖项里钻，我收缩身子，拿手臂交织着把自己抱紧，吃力地迎风走路。

在一处土房前的空地上，停了一台农用机器，可能是播种机吧，冬小麦通常在这个季节播种。有两个人蹲在地上，猫着头拾翻着。农家院里不会有这么大的铁家伙。看其中一个，估摸就是史三原。我喊了一声，果然抬起一个头，“哎”了一声，身子半站起来了，两只手还吊着，手上沾满了油污。真是史三原，当年在农村把地还没种够，把工人皮剥了，把农民皮又贴上了。

史三原一边拿一团棉纱擦手，一边把我们让进房。一进去，立时热腾腾的。地中间生着铁炉子，这也是农家不会有的。农家是土炕，农家的热气都在炕上呢。史三原的房子里，也有炕，能睡一个人的土炕。靠窗还摆了一张旧桌子，带两个抽屉的那种。上面乱放着一只红塑料壳的暖瓶，一大一小两只碗，两个似乎包着中药的纸包，因为我闻见了一股甘草、苦杏仁的味道。有桌子，却不见个凳子，史三原就说，看乱的，这些天忙着种麦子了，看乱的。我们就坐到了炕沿上。三个人坐上去，把炕沿都占满了。史三原就站在地上跟我们说话，我硬拉他，几个人都挤着坐下了，身子和身子紧挨着。史三原说，把炕压塌了，晚上我就得睡地上了。看他手粗脸糙，头发乱着，手指甲黑的，脸小了。我觉得，史三原人变了，人又没变，还是一个心大的人。在史三原的眉目间，我就没看见个苦。

中午，史三原留我们吃饭。先把凉馒头放到炉盘上烤热，又拿一个碗，朝里头撕进去了几片麻布一般的黑颜色的薄片，倒上开水，泡胀了，就是汤。

我们捏着馒头，谁要喝汤了，端起碗喝上一口。我喝时，看着泡胀的一团，到嘴里好像没啥味道，就问是啥？史三原说，紫菜嘛，你连紫菜都不认得。这样，我在史三原他们的承包农场第一次见识了紫菜，喝了紫菜汤。

史三原他们的承包农场，我就去了这一回。再想去的时候，史三原又回单位上班了，还当钳工，和机床，和铁疙瘩打交道，不和土疙瘩打交道了。当时订的是三年的承包期，但第二年有了变化，主要是矿区把一些农场移交给了当地，承包不下去了。史三原说，这一年多也没白辛苦。我问落下了啥，他说落下了两麻袋麦子，吃一年都吃不完呢。

这中间我随野外队搬迁，一次次深入大山，和史三原见面也就是矿区组织的文学活动。这样的活动，通常每两年会有一次。平时，见面就减少了。我所在的野外队在元城时，一天，突然说有人找我，一看，竟然是史三原。这让我十分吃惊，就像当年我去农场让史三原吃惊一样。因为，从他所在的马岭川过来，得走整整一天。那天，我陪着史三原到元城乡赶集，一边说话，一边在街上走来回。一百米长的街道，挤满了人，路边全是卖货的、卖吃食的。饿了，吃清汤羊肉。好像还吃了一种小吃，叫油糕，是黏黄米做的，心心裹进去了红糖，用油炸了，搁在油锅上的架子上。五毛钱一个，捏在麻纸里咬着吃，边吃边吹气，要不烫嘴。

史三原是专门来看我的，我没有啥好招待，觉得过意不去，史三原也不介意。条件就这样，改善不了啊。晚上，野外队找不下空铺，就错着身子，我头这边，他头那边，在一张单人床上睡。天亮了，史三原就回单位了。

又过了近两年，我换了个单位，又回到了马岭川。就听说，史三原的老婆从农村来了。而且，要长期在矿区住下去了。史三原这种情况叫“半边户”，意思就是一方吃商品粮，一方是农村户口，这种家庭在矿区特别多。家里人来到矿区，享受不上福利，分房、看病、吃饭，都沾不上公家的光。但人是活的，办法是想出来的，是逼出来的。这类人家，就在单位外围，或者一片洼地，或者半山坡，用破砖烂瓦盖起临时房子，一栋一栋的，一排一排的，形成一个又一个半边户村落。日子长了，这些人也找单位诉苦，单位也觉得可怜，就给补助些烧的煤炭，也把房子给维修维修。史三原的临时房，就在他单位后面的半山坡上，两间，一间大，住人，外头一间小，做伙房。记得我第一回去是春节，特意买了鞭炮，在门口炸了一阵子。史三原两个娃，大的是女子，小的是儿子。都还小，我一人给了一个红包。

史三原的老婆人高马大，说话有动静，性子刚直。对不满的人和事，哪怕是自己的娃，也用“瞎种”“死鬼”“狗日的”来指责。我尊称史三原的老婆嫂子，我觉得，嫂子是个好人。吃了嫂子做的麻食、手擀面，我更觉得嫂子是个好人。嫂子骂人的时候，史三原只是嘿嘿笑，是一种习惯，接受、认可，乃至喜爱的嘿嘿笑。史三原常年在外，老婆一个人拉扯娃娃，如今在一起生活，史三原是幸福的。这幸福，也包括老婆的唠叨和暴躁。

但也遇到了新难怅。原来史三原一个人生活，省吃俭用，每月给家里寄一回钱，加上地里打下的，两头都凑合。现在老婆娃娃来了，农村老家的地撂下了，要吃要喝，开支加大，靠一份死工资，就补不齐日子的长短了。一个星期天，我到单位的门口买烟，看到史三原推个自行车，后座固定了一口白色的木箱子，正吆喝着卖冰棍。见了我，热情招呼，硬给我塞了一根。还说好吃着呢，吃吧，豆沙的！史三原说，你们单位人多，娃娃也多，星期天过来卖冰棍，一阵子就卖完了。卖一根冰棍挣一分钱，一天挣好几块呢。夏天天热，卖冰棍，天凉了，史三原又摆开了地摊，卖袜子、帽子、娃娃衣裳，都是从县城批发来的，属于廉价的消费品。一块塑料布铺地上，把这些东西摆满，剩下的留到蛇皮袋里，被人挑选走一些，就掏出补上一些。马岭川一线有五六个乡镇，逢集的日子不同，这些乡镇旁又都有一个矿区单位，增加了人口和购买力，集日还是很热闹的。史三原就骑着自行车，或者坐班车赶集。看神情，看模样，他也就是个快乐的商贩。一次在我们单位门口集市上，我陪着史三原坐了半下午。五点以后，人渐渐散去，我俩抽着烟，闲扯着说了就过的话。史三原说，干这营生，对日子是个修补，翻不了身，但有一个总比没一个强。冷清的街面上，史三原和我蹲在路牙子上，身影一点一点黯淡下去。

断断续续，我和史三原交往了快十年光阴。其间我成了家，有了孩子。史三原也来过几次，见我老婆，叠音叫名字最后一个字，叫得亲切。1990 年，我又一次更换了单位，到了庆阳县城，住上了四十多平方米的楼房。这之前，我住在一间土房子里，春秋两季，房梁上下落一种黑色尖尾虫，咬一口，起五分硬币大的肿块，痛痒钻心，使劲抓挠，破了皮，逾月不愈。住房对面，有一间自己修的伙房，里头老鼠泛滥，连菜刀把都给咬烂了。于是我把毒鼠强抹到切成片的土豆上，置于案板下，一夜杀鼠二十八只。如今睡到砖房里，连着几天，我半夜醒来，心里高兴，不由哼唱流行歌曲，这在以前是从未有过的。我是多么容易满足啊。史三原也说，你这下把人活成了。

我到庆阳城工作半年后，一天下午，我想写一首表现落叶的诗，还想写出新意，但不知如何下手，便抱着头发呆。突然有人拿脚踢门，思路打断了，我气呼呼开开门，却是史三原。比以前瘦了，脸膛黑红黑红的，进来就嚷，快给我倒水，渴坏了。咕噜咕噜灌了两杯子，抹抹嘴，出一口长气，这才和我说话。我才知道，他也换了个地方，到新疆塔里木去了。是矿区组织劳务输出，他报名参加了。三年时间，一年有两个假期，一个月工资能多出三百块。史三原说，去好着呢，不是啥力气活儿，主要是看护料场，比那一年种麦子强多了，也比卖冰棍、摆小摊强多了。我听了，为他感到高兴。毕竟是顾家顾生活，只要老婆娃娃别饿着冻着，出去闯荡一番，身上缺不了啥。这天，史三原跟我扯了半下午，我留他吃饭，他说还要去一个老乡家去，说吃老乡家的长面去，就急急走了。走时，给我留下一瓶子酒，是新疆伊犁出的白酒。我平时不喝酒，也没有酒瘾，有一天烧鱼，需要些料酒压一压腥，就拿出这瓶子酒倒了些。我随意尝了一口，感到一种绵软的醇香。这以后，晚上看电视，无聊了，就倒一杯，慢慢品着喝。一个来月后，我竟然干喝着把这瓶子酒喝光了。

人这一辈子，苦难的日子一秒钟一秒钟过，别的日子大都平常，吹一阵子风，十年、二十年就没有了，就过去了。人这一辈子，总会交结一些人，对胃口的，有相同爱好的，来往得长久，但能维持二十年关系的，不会太多。这是磨出来的，也是等出来的。史三原就是这样一个朋友。有忍受，有不甘，有挣扎，和我一样，一步步熬着日月，朋友的温暖，冬天的热炕一样伴随着。

在我的印象中，史三原最大的一个举动，便是给两个娃娃买了户口。半边户要想翻身，得有个户口，这就跟重新选人家出生了一次一样。史三原的老婆娃娃这些年一直在矿区生活，娃娃在矿区学校上学，但把书念出来靠啥谋生看不见路。转机出现在 1995 年前后。当时，矿区所在地的两个县，为了增加财政收入，便以给矿区半边户办实事好事的名义，有针对性地卖户口，一个户口一万块。许多人都去排队，银行的存款都被提空了。史三原听到消息，也来找我商量。我说，机会难得，赶快行动，连老婆娃娃的户口，一起给买下，把心口子上的疤给剜了。史三原存了些钱，跟性命在一起放着，自然不敢全拿出来。他找我商量，是想确定买一个户口还是买两个，首先考虑的是儿子，根本就没有考虑老婆。我听了就说他，怎么能把嫂子落下呢，别让嫂子认为你有二心。史三原说，是你嫂子自己说不管她，说只要娃娃好了，大人没有户口，无非就是不给分配正式住房，这么多年都过来了，临时房还不是照样住人。当时，社会上企业停产的、倒闭的不少，有工作也常常保不住，保住了工资还拿不全。而原来农民都摇头的矿区工作，倒热门起来。主要是稳定，而且还在往前头发展。但是，矿区年年招工，半边户子女轮不上，顶替政策出来了，半边户子女不让顶替。所以这一开始卖户口，史三原首先想的是自己年龄大了，办个早退手续，让初中毕业的儿子有户口，就可以把他的班一接，也算了一个心思。至于女儿，就再去农村，找个人家出嫁了，也算个交代。听到这，我记得我发了火，把史三原收拾了一阵子。我的理由是，女儿、儿子都是你史三原的骨肉，不给嫂子买户口，你两口子商量着定，但要给儿子买，就必须给女儿买，不然以后后悔不说，女儿一辈子埋怨父母，你史三原背着罪啊。

后来，史三原买了两个户口。后来，女儿上矿区技校，学了两年分配了工作。后来，儿子顶替，在史三原站了半辈子的车床旁当上了学徒。

史三原成了闲人，我倒很少见到他了。再后来，我沉浮于人世，又一次换了单位，到矿区最远的一个工区谋生。距离远了，见一次面不易，挺想的。前些日子，听说史三原在城里买了房子，钱还是女儿和儿子拿的。我就惦记着抽时间去看他，看嫂子。史三原的女儿和儿子，差不多也快到婚嫁的年龄了。

附记：2007年12月10日，我在渭河边一个布局奇大的小区见人就打听，还按压居民楼的门铃询问，终于在6区16栋1单元502号找到了史三原。我和他已经快十年没见过了。但是我还是一眼就认出了他，他也一眼认出了我。史三原的相貌几乎没有明显变化，都六十一岁的人了，腰挺直着，走路稳当。我吃惊的是，史三原于2003年开始信仰基督教，并说这是他目前生活的主要内容。而且，他没有中断写诗，拿出一个本子，手抄的，整整齐齐三十多首，全是赞美上帝和耶稣的。嫂子依然说话大声，心里不存事，受史三原影响，也一起读《圣经》。史三原劝我也进教堂，说死后可以复生，可以到天堂待着。我顺着史三原的话，说了一阵子一知半解的宗教。一个四岁多的小女孩儿一会儿在房子里跑，一会儿安静地在桌子边看图画书。一问，是史三原儿子的孩子。这我也没想到，我还以为史三原的女儿、儿子还小着呢，原来两个娃娃都结婚成家了。儿子在陕北野外巡线，没回来。儿媳妇在咸阳工作，下了班，坐一个钟头班车才能回来。女儿把家安在银川了，回来少。不论咋说，史三原人精神，心情平静，娃娃有出息，总算过上了冬天有暖和、夏天有凉快的平常日子，我由衷高兴。在史三原家里坐了一会儿，嫂子要擀面，我没让擀，我说，我要请老哥在外面吃一回饭，面条留到下一回！嫂子要看孙女，没一起出去。我们出去，在外头吃了一顿火锅。出门时，史三原给头上戴了一顶黑呢子的礼帽，我就想起原先在冬天，他喜欢戴鸭舌帽，怕把头让风吹了。馆子里热气弥漫，人声嘈杂，吃着喝着，我在想：这以后，我和史三原又能来往了，这真好。

第广龙：作家。著有《低处的时光》《多声部》等。

本文刊于《天涯》2009年第2期。

从毡房到出租屋

丁　燕

一

从西北来到岭南，我住进出租屋。

最初几日，我只蜷缩在屋内，煮饭、看书、睡觉，一点儿都不想出门。我像个匆忙中跳伞的战士，慌不择路地在海边登陆。第一次出门，在小区外驻足，左瞧右看，选择了牌匾多的那边。进入超市，货物陈旧落伍，但我还是买了电饭煲、薄棉被、大米、蔬菜和水果。

我住的是一楼，玻璃推拉门内，又加了层钢筋折叠门。外出时，要将折叠门锁上，否则，坏人极容易从阳台上翻进来。阳台是敞开的，不像北方，加固着玻璃或铁栅栏。站在阳台，可一眼望见对面草坪上的大王椰、棕榈树、勒杜鹃，然而，当折叠门拉紧时，整个房间像全封闭的监狱。

房间不大，客厅、卧室、极小的厨房和四方形卫生间。

我努力，再努力，试图让身体和这间出租屋的结构协调起来，然而，我和它，到底还是脱节的：我无法以主人之姿享用它，而它对我，一直倨傲、僵硬、冰冷。先于我存在于这个空间的物体，以种种古怪方式让我受到排斥：卧室衣柜涂着棕黑色，是老年人的色彩谱系，我无法猜测出屋主人的年龄；拉开柜门，木板嘎嘎，如打开密室，散发潮湿霉味。

我不愿将任何东西放进抽屉（潜意识里，我一直在做离开的准备）。虽然它们和衣柜一样空荡，可总有一张折叠的报纸、几颗螺丝钉、一个灯泡、一堆曲别针，突然冒出来，提醒着我：这个空间，曾被他人占用（类同二婚）。

有只褐色翅膀的蛾子，从台灯处飞快滑入墙角，须臾，不见踪迹。清晨跑步，与一只老鼠劈面相逢，我们皆愣怔。它太肥硕，是北方同族的三倍，并不灵活，踟着大肚腩，呆立。然而，它不怕我，片刻后，晃晃悠悠，它朝草地奔去，其熟练背影，比我更像此地的主人。

我无法在卧室安睡：一只黑蜘蛛，李子般大小，用均匀的触角轻缀蚊帐。

它那么大……我无法想象，当电蚊拍触到它，会发出怎样的焦味？我轻摇蚊帐，希望震颤能告诉它：这里，并不像表面那么安全。第三天，它不见了。之后，我在蚊帐上发现了一颗小黑点。仔细一看，是一只比指甲盖还小的蜘蛛。和它的母亲一样，它也有着均匀分布的触角，正牢牢缀着纱网，扑簌簌颤抖。

敲门声响起在前半夜：砰！砰！砰！

那声音像在砸隔壁的门，又像在砸我的门：那不是简单的敲门，声音里没有请求，只有愤怒、愤怒、愤怒！那只拳头在手臂、肩膀、脊椎骨的紧凑配合下，蹦出迅疾的炸弹，将膨胀的重量，猛然掷出，无所顾忌中，直愣愣插入耳膜。我坐直身子，打开灯，却犹豫起来。

我真的无法即刻做出判断：那声音到底砸向哪个门？

敲门声漫长、疲惫、狼奔豕突，我看到茶几的形状被拉长，变得弯曲，而窗帘像河流，电视瞪大那只单眼……它们都在听：砰、砰、砰！空气上下起伏，时间分秒流逝，那个可恶的敲门人。

我终于从震颤中辨析，那声音里没有树木的瓷实，只有钢铁的僵硬，并伴有纱网的窸窣。我的心落回原处：我的门是实木的。五分钟后，敲门声停歇，接下来的整个夜晚，我彻底失眠。

这间出租屋，常令我想起早年离开家乡哈密，到乌鲁木齐时住的那间宿舍：同样小，同样处于茫然不知所措，同样被一片陌生包围。而我曾在乌鲁木齐的家，家里的书籍和衣服、亲戚和朋友，皆变得疏远陌生，像从来不曾存在，我的生活又回到了最初的原点。

难道这就是我的命运——1993 年 8 月和 2010 年 8 月——如此相似！

我将灵魂保留在北方，而提着肉身的残骸来到南方？

1993 年的我，如一簇刚点燃的火苗；而现在，我的面庞蒙上了层淡淡的土灰。事情再清楚不过：我必须丢下一些看似很要紧的东西，随后以不那么拘谨的身段开始新的生活，一如蜕壳的龙虾，虽然变得柔软脆弱，但也不免兴奋起来。

我在那张摇摇晃晃的餐桌上开始写作，试图敲打下我的故事、我的感想，却发现脑子里缺词少句，指头凝滞，完全不听使唤。闷热的日子一天天过去，而每一天都被折合成租金，提前支付出去。一想到下个月的账单，突然间，人又高度紧张，脑袋开了窍，敲打键盘的速度快了起来。然而，不消几日，那轻松又兀自而飞，再次枯坐窗前，手指僵硬。

我拨快了在体内运行多年的时刻表，试图消解两小时的时差：我在晚饭时睡觉，正午后去吃晚饭，凌晨酣眠时起床。无数次，我在心里默默计算：北方的十点，等于南方的八点。所有的时间，皆以此类推；所有的时间，都不是安稳地驻扎在自己的营帐里，而是被火种点燃，吱吱冒烟，从最宁静的战士转成最傲慢的暴徒。

我的大脑在努力控制、调配自己适应新时间，而我的身体则在抵抗、惊骇中延续着老时间。我的生活翻了个底朝天，从此不再拥有那种彻底的安全感。我不知道这种生物钟的调整，于别人会怎样，对我，不啻为某种道德标准，乃至精神标准的大调整。

我是在银行办理业务时，被柜台前的女职员尖叫着——她看不懂那些汉字旁边的文字——才知道自己的身份证和别人不同；而此前，我从未注意到那里还有维吾尔文。我坦率地承认，当我不得不靠“广东省居住证”将自己维系在南方时，我从未觉得我是完全属于自己的。居住证和身份证的最大不同，是居住证上有两个地址——户籍所在地和现居住地址；此外，身份证的有效期限是二十年，而居住证是一年。

我仔细观看两个证件上的自己，发现虽然五官相仿，发型略有差异，但眼神却完全不同。这张面孔是破碎后，重新拼贴在一起的。

原来的我——那个真正的我——被永远破坏了。

我变得比原来的我胆怯谨慎多了：我要感激我看到的每一片绿叶，呼吸到的每一口空气，以及每一个微笑的邻居。我收敛起放纵激越的笑声，害怕过分张扬引来的侧目：毕竟，我不是在自己的出生地，我无法挺直腰板、言之凿凿，而变得敏感脆弱。

一个暂时的居住者，在各种官方机构中，首先要公开自己的履历，不是出于信任将自己的履历交付出去，而是——公开。这种公开，已经意味着质疑。我拿着那些表格，从一扇门到另一扇门去办手续，而那些先后顺序，是早已规定好的。

每一次取表和交表，都让我感受到另一个可怕的词：逃跑。

如果打工者来到南方，是为了躲避贫困，那我又将亮出怎样的理由？当我不得不公开我的履历时，似乎我并未达到缺吃少穿的地步，那我的这种“逃跑”行为，将归类到何处？那位民警、那个诗人，或那个邻居，他们惊诧地盯视我：你——何以从风景区来到工业园？

在填写了无数张带着编号的表格并盖章后，我还要经历最严苛的考验——在“选择何种避孕措施”中，找到一项打钩后，再到卫生所做B超：“查环查孕”！

——脱鞋，躺在那张铺着白床单的窄床上，淡蓝色塑料帘子象征性地半掩着，自己褪下衣衫，袒露肚腹，被涂上团黏液后，因陡然到来的冰凉而浑身紧缩。随后，圆润的传感器开始转动，携带着湖面晃动涟漪的波浪感，转啊转，貌似永远转不完，其实不过转了一分钟。

同样的检查，在乌鲁木齐，我也曾做过。那时的肚腩里，有个小小的胎儿，我要知道他（她）的心脏是否正常跃动，他（她）是否比上一周更茁壮完整。那时的我，天真地以为，未来的生活将伴随着这个孩子的诞生，更甜蜜幸福。

“起来吧！”她不是在催促我，而是在斥责我。

擦掉黏液，起身穿鞋，整理衣衫，等待最后结果。

这个过程不能算是耻辱，也谈不上刁难，但却总让我感觉受到了侮辱。这是些小事情，始终都是些小事情；然而，在这样的小事情中，我感觉尊严的跌落，比股票的曲线更迅疾。我要怎样袒露、坦白、坦率，才能表明我身体健康、来路正派、神志清醒、懂得避孕，不会携带来更多的麻烦和危险？然而，我不能慢待任何一张表格、任何一句问询、任何一个机关工作人员……否则，我便会在迁徙的途中，丢失我自己。

我不愿谈及新疆，也不再说起乌鲁木齐，更不愿当别人说起新疆旅游时，加入到赞美新疆风光如何“大美”的讨论中。不，我无法更深入地谈论那些话题——谈了，又能怎样？当我坐上火车，穿越河西走廊，眼前逐渐展开的不是焦黄，而是新绿、翠绿、浓绿时，我知道我身后的那片西北偏北的土地，已渐渐凝缩成地图中的公鸡尾巴。它在那里，永远在它该在的地方，它无法移动自己，而我可以。

在决定离开新疆时，我在北疆托里县的萨孜湖边小住了些时日。

看到毡房、牛羊、夕阳、空荡无人的公路、公路边漫步的骆驼时，我的内心怀着隐秘而强烈的感情：“永别了。”我对那片我第一眼看上去就无比热爱，此后三番四次抵达的草原，不断地重复着：“永别了，永别了。”我该怎样解释，我如此想离开新疆——我的出生地——的复杂过程？我只能这样说：在新疆的最后日子，我被不安侵扰，甚至无法正常生活。

在南方，令我惊诧的事情比比皆是。他们说：你不像新疆人啊？

我解释：我是新疆的汉族人。

我的绝望感，随着这种不断重复的解释而日渐深入。我的亲人、朋友、同学还留在新疆，他们都是在新疆的汉族人，他们能到哪里去呢？他们在那里出生，在那里工作，还准备把自己埋葬在天山脚下。在我决定南下之前，我也是这样规划我的人生的。现在，我如此迅速地离开新疆，如此迅速地放弃了我似乎已经赚得的那些人生红利，而走上迁徙之路，为什么？

过去了——2009 年 7 月 5 日傍晚八点半，突然冲出的暴戾之徒，拿石块砸路人脑袋，掀翻小汽车，洗劫便利店，闯入民宅放火，砸毁汽车销售点，让公交车成为火龙，让街道铺满碎玻璃碴；无人认领的尸体，有毒的针管，沾满血渍的高跟鞋……

我不知道我将如何厘清这些场景，同时，我也无法说清这场事件，从何时酝酿，何以到那时，要如此爆发。我无知懵懂，又愤懑绝望。更可怕的是，在这场暴乱后，新疆断网近一年。那片地图上占据六分之一国土的地区，一下子，像灭了灯，变得不存在。

世界的良知在忘却和原谅那些暴行之前，就已经选择了沉默。

或者，只是嘀咕了几句。

到达南方后，我惊诧地发现，大多数人对此事一无所知，或一知半解。当我试图说明那场事件对我个人生活带来的变化时，我的语言苍白无力、无以附着，像晃动在半空中的一缕轻烟。

不是都过去了吗？现在，一切又都像纪录片所描述的那样：长辫子、手鼓、歌声和烤羊肉串……是的。我想说，那种感受，只有自己亲历，才会明白。

在“7·5”事件之前，我曾听说过那么多悲惨的事情：地震、泥石流、火山、海啸、地铁出轨、飞机失事……然而，我总是心不在焉地“哦”一声。但是，等我不得不目击发生在乌鲁木齐的鲜血和死亡时，我才多么清楚地理解到那些当事人的感受！我不得不痛心地看到，世界不再只是一个大家庭，而正在被暴力的铁丝网围起来；对异族人、陌生人的仇恨，与日俱增。

我是被迫走上迁徙之路的；但表面上，我是被自我放逐。一个人生存的愿望如此强大，像那些从楼房的水泥缝隙里冒出的野草。我的目光，总在牵引着我，走向更适合生存的地方。于是，某种现实的界限被打破，我来到南方，开始填表，做检查，办理居住证，住进这间出租屋。

仿佛一切照旧，在这间不大的屋子里，我开始写作。这屋子有几本我随身携带来的书、有笔记本电脑、有网线……有一个脑力劳动者所需要的一切。只要我能找回内心的安宁，我便能不受干扰地继续将我的手艺活儿做下去。

在这间出租屋，我可以不代表任何人：无论是新疆人，还是新疆的汉族人，或者广东的暂住者，而只代表我自己，来书写我想要写的那些文字。我不情愿，也没有理由，让自己成为身份证或居住证下的棋子，让自己用他人的标准来解释自己的选择、自己的生活。

二

到达南方之前，我从未将如此之多的目光，投向摩天大楼。它们像巨人，穿着发金光、银光、蓝光的衣服。这些高大之物在城市，不是客人，而是主人：人类如此依赖于它，且臣服于它；人类走在自己建造的水泥丛林时，喘息粗大，两股战栗。

我曾目击一幢银粉色大楼，不觉大惊：如此吊诡之颜色，似素面人群里出现个浓妆艳抹者。本地人说，这楼内有鬼。如此说来，每个地方，都不像看起来那么简单；任何一句话，都能泄露出个体与群体的关系。在萨孜湖草原，看到油饼而不知它叫“包尔萨克”的，肯定是外地人；而在南方，不知一幢楼为何涂抹得如此风骚者，也是外地人。

各种各样的阳台，从楼体中横生出来，携带着最重要的南方特质：裸露。

像看到女人露出肩膀般，我痴迷于那些阳台。北方的阳台是内敛的、收缩的、封闭的，雪的降临将人封锁在密闭的空间，屋内不能有任何空隙，否则，暖气便会消散殆尽；而南方，无须暖气，只有阳光。十二月的岭南，杧果树、细叶榕、勒杜鹃，并没有比夏天更凋零，那层层叠叠的绿和紫，依旧如风景画般，装饰在阳台外。

那一天，我正站在阳台上收衣服，看到骑电动车的男人按门铃，喊：“快递！”门铃内女声道：“你送上来。”他盯着四方机器，冷酷重复：“你下来取！”

他从车后座取下纸箱时，手脚凶狠。

等待的当儿，他的手机响了，他接听。突然，他的嘴变成枪管，喷射出成串的词汇火焰：杂种、狗娘养的、傻 ×、我靠、剁死他、不想活了……短语爆发的间隙，夹杂着完整的句了，像一群疯狗扑过来，将每一个角落都填塞进狂吠：薪水买到的菜，连做汤都不够！那傻货凭什么那么屌？找几个兄弟做了他（她）！

我和他只隔着半堵墙——那低矮而敞开的阳台。

他根本无暇环顾四周，完全沉浸于仇恨的诅咒中。暴力词汇凝成股麻绳，越来越紧地勒住颈项，让空气稀薄，乃至无法呼吸。这个男人内心丛林的最深处，豁然洞开，那里的炼狱之景，和他身处的这幽静秀美的环境，形成多么痛苦的对比！

他是我的陌生人，是我无法揣测的未知疆域。

他能干得出任何事情——从他那闪爆烈焰的词语中，我确定。

我的心阵阵紧缩。他的宽松裤、帽檐、铁青面容及浓重南方口音，都让我感到害怕。好像只需一根火柴，他便能爆炸：暴戾的种子，已深刻地扎入他的体内。他已受损，成为濒临崩溃的人。此时此刻，他正处于精神状态的正常和失常的分界线上。

此前，我听说暴戾之人在盛怒下，能干出种种乖戾之事，甚至包括残害无辜。现在，这个送快递的男人，不是低声下气、噤若寒蝉的那个类型，他不聋不瞎，情感强烈，因地址有误，三番四次投递未果，遭顾客谩骂后，已接近疯狂。他的内心充斥着愤怒与怨恨，肉身的疲惫、金钱的欠缺、尊严的贬损，揉成一团痛苦的渔网——他不但无法摆脱，反而越陷越深。

我想起在乌鲁木齐的大街，亲眼看到的那一幕：血从那个女人的额头汩汩冒出，凝结成块后，沾在白衣服上，变成黑斑。久久地，久久地，那具尸体，无人认领，无人移动——就那么，当街横陈。

更让我震惊的是，躺在地上的，不是一个人、十个人、一百个人，而是更多、更多……

警察终于抵达现场，先拍照，然后，把尸体搬走。

有的死者身份很快得到确认；有的，永远成为谜。

他们被杀害时，完全处于懵懂状态——他们和凶手之间，是陌生人。他们和凶手之间，没有任何世俗意义上的冲突、矛盾和过节。他们根本不明白，自己是从什么时候开始，成为被陌生人“不喜欢的人”！

杀死他们的，不仅仅是凶手，还有两个字：暴力。

部落的领袖因为暴力可成为领袖：他可以徒手打败一只老虎或狮子，其过程是血淋淋的，就在这种血淋淋的画面中，传来部族对成功者的崇拜与欢呼。于是，那内在的原始的暴力欲望，就爆发成一股征服力，在空旷山野以体能保护族群。而现在，暴力转换了角色，被鼓动成一股能量，用来对付陌生的异族人。于是乎，乌鲁木齐，在 2009 年 7 月 5 日的傍晚，变成一座废墟，一切文明都已结束，狼犬乘着夜色恢复其凶残本性。

那天傍晚，在超市买完食品，我们的车无法开回家，各个路口皆被戒严。——没有一条路，是通往我家的。这是多么可怕的事！如果我们继续滞留在夜色渐浓的大街上，我们就有可能变成暴徒的模样；而暴徒行凶后，冲完凉，换上干净衣衫，完全可以指着我们说：是他们干的。

必须要回家，无论如何，都要回家。将车头拐入小巷，心惊胆战地穿过各种逼仄路径，从曲里拐弯中钻出后，终于看到那幢楼房——我们的家。我伸手推车门，推了几次，才推开；手里的塑料袋，不过是些牛奶面包，却感觉气力消散殆尽，重得无法拎动。

我们的孩子，已不再去幼儿园。那一天，正在午睡的孩子们被吵醒，小鸽子般扑打着翅膀，从门口飞出。我的孩子，四岁半，左手捏着衬衫，右手正在提鞋，嘴里喊叫着："妈妈妈妈，坏人来了，我保护你。"我蹲下，一把搂住他。他的身子那么小，但却异常滚烫。他将胳膊环绕在我的脖颈，将脑袋靠在我的耳边，摩擦着，喃喃道："不害怕的，我保护你。"

我浑身发抖，却不能流泪。在便利店里买了矿泉水和方便面后，回到家，反锁上门，让孩子躺在床上，闭上眼睛，继续午睡。孩子睁开眼睛说，睡不着，但又闭上。五分钟后，微小的鼾声响起。

午后的阳光灿烂如银，我拉上窗帘。此时此刻，整个中亚正进入收获季节，空气中弥漫着水果成熟的香味。但是，不，不仅仅是这些味道，同时还能嗅到的，是血腥味和焦煳味。

2010 年 8 月，岭南，在这堵敞开的阳台之外，我嗅到了那股并未从我鼻孔里消失的——暴力味。我想方设法，迁徙南国，就是为了躲避这血腥之味，然而它却通过这个骑电动自行车的男人，追踪而来，在离我一米的地方，重复上演。

夕阳西下，余晖照亮他的整张脸，他的胸脯宽阔，颈项堆砌着红肉褶子，沿着纽扣，上上下下；他的衬衫上全是油渍、烟污、黄点，离胸口越远，污渍越多。他的个子如此之高，他的眼睛又大又圆，脸庞窄小，棱角分明，这让他看上去比实际年龄还大。他的胳膊那么长、粗、有力，他离我那么近，一伸手，便能攀附着光滑栏杆，跃入阳台。

突然，他看见了我——上半身被衣服遮挡，但头颅却冒了出来，眨动着眼睛。

我们对视……

他的目光像岩石，又重，又冷。

他即刻闭嘴。

像被电波击中，就那么傻愣愣地站着，我无法挪动双腿。我想起那一天，在乌鲁木齐，我没有力气推开车门——而现在，我没有力气让自己从阳台上消失。

就在这个瞬间，我惊骇地发现：当我害怕他时，他同样，也在害怕我。

——我同时，是他的陌生人！

我租住的这个屋子，一直以来都是空屋，所以，他才那么肆无忌惮地讲电话。他完全没有设防，因此也没有羞耻的风险，他可以在一定程度上暴露内心的幽暗，因为他认为没有人会看到或听到。所以，在这个空间里，这个男人面对的是真实的自己：越来越兽性，越来越绝望。

我从天而降，住了进来，他根本没有防备。那么我，又给他，带来怎样的气息？那么他从我的面孔、我的举止中，又获得了怎样的感想？也许，我对自己体内潜在的暴力倾向还没有梳理，没有触碰，一旦那堆燃料被点燃，我的表现也许会比他对着电话聒噪、更令人瞠目结舌？或者，此时此刻，我已经以暴力的方式，侵害了他——我如此之强势，就这么住进了这间屋子，以主人之姿站立阳台，如一把剑刺穿了他毫无防备的身躯？！

某些时候，当我们强势到一定程度时，是不会意识到自己正在施与暴力的。

无论我，还是某个阶级、国家、族群，其本身都会构成暴力——而在文明的社会，暴力看起来不太像暴力，但确确实实，有人因此而受伤。

那个男人很快变得畏缩，身体全面收紧，像被一根强有力的手指按下停止键。待楼上邻居取走包裹后，他即刻转身，骑上电动车，风驰电掣般消失。

返回客厅，坐在沙发上，我不住打战。

也许，在未来的许多个世纪，人们会通过各种方式，寻找到一种压制住暴力本能的方式，然而在这间岭南的出租屋内，我深刻地感受到，那可怕的本能，依旧存在于人最内在的本性中。

三

坐在公交车上，不断听到报站：×× 村到了……×× 新村到了……×× 二村到了……一个又一个村，并不是一片又一片农田，而是一幢又一幢楼房。这些“村”，不过是些商住小区，没有田埂老牛、牧歌炊烟，村人混杂一片、互不相识。

我住的这个村，并非是农民自建房，而是一个有三四万人的小区，规模足够大，然而一个细节让我顿悟，说到底，这里还是村。如此之多的人会聚于此，却只有一个邮政代办点，窄小房间不足十平米，只能投递信件包裹，无法取汇款。我只能坐上公交车，过五个站，抵达另一个村，才能办理。

在出租屋居住的日子，我只是占据了一个空间，而整个灵魂并没有黏附在这里。有个念头，无时无刻不在侵扰我：我要有一间属于自己的屋子。

恰恰是对定居的渴望，以及由此滋生的痛苦，时刻压迫着我的神经，促使我在面对陌生街景时，怀着半是生人半是主人的心态。

我不知道我能在南方住多久，我如何才能摆脱这间出租屋，我的生活不再只是临时性的，而能做长远规划。

某日文学聚会后，送一位男诗人回家。

车从市中心的会场开出来后，已是深夜，街道边幢幢高楼挺立，像只只放大的狼影，黑魆魆，又闪着光。簇拥着庞大躯体的灯泡，密密麻麻，一会儿红，一会儿绿，最顶端举起自己的猩红名号：××集团。突然，迎面看到五幢连体楼宇，像个扇面被打开，黝黑身躯上，镂空着四方洞穴，每个洞穴里都蹲伏着一只亮晶晶的小兽。某个瞬间，我感觉那片楼宇突然向后躺倒，那些灯光晶体，并不是竖立着，而是平平地摊放在水平面。

另一种血肉相连的关系正在建立，而这种关系的纽结，比起人类在游牧或农耕时代，更为复杂。与人在树林、在田地、在牧场时仰望天空完全不同，人在工业时代的楼房间抬头，并非敬畏造物主的威严，而是更臣服于人自身的霸道。篱笆不见了，围栏不见了，马齿苋草不见了，梨树和小鸡不见了，只有楼房，一幢幢钉牢在地里又插入天空的楼房。

诗人住的房子，在那片摩天大厦的夹缝中。

同样是出租屋，我住的是小区里的房子（楼房的模样统一，有大门、保安、各类植物）；而他住的是农民房（本地人自建，高低错落，见缝插针，管理混乱，难得看到一棵树）。在车上，他调侃道：“我们那里，楼挨着楼，间距不到一米。”他又说：“这边楼房的水龙头开得猛些，对面人的脸会溅上水。”

街道逐渐弯曲、逼仄。有个小吃店，懒洋洋地开着门，玻璃柜台内的铁盘中，放着切好的猪肝、鱼片、粉肠、肉丸。小店里木桌木椅，墙上挂着风扇，但内里依旧是挥之不去的闷热。再向前，小路斜插进一群低矮楼房中，彻底不见了踪迹。

他住在最后一幢，六层高，无大门，只敞开个门洞。进入后，左边是保安室，有人轮班，照管整楼的安全；右首是楼梯，大理石地面，倒也干净宽敞，但稍显昏暗。拾阶而上，楼道内左右展开两排屋，铁皮门紧闭，门外散乱着各类鞋子。

他掏出钥匙，窸窸窣窣，打开门：一股铁锈味扑面而来，像野兽归洞。

这就是传说中的农民房：长条形小客厅，靠墙放着古旧的三座木沙发，正对着同色同质、嵌玻璃的小茶几，侧面是台饮水机，角落处是个黑色拉杆箱；顺墙向里走，小卧室内有张双人床、床头柜、镜面蒙尘的梳妆台、一米宽小衣柜；再向前，是阳台，没有玻璃窗或铁栅栏，就那么裸着——是个洞，能直愣愣看到对面。阳台对面，是两间并列的小屋：一个是厨房（简易锅灶，仅够一人操作），一个是卫生间（淋浴器喷头挂在墙的半腰，下面是塑料桶，粗管道上架起块玻璃板，放着洗发液、沐浴露、卷筒纸）。

这样的居所，其实并不简陋，该有的都有了；但是，它匮乏整洁与温情，亦缺少必要的点缀和细节的装饰。人是这里临时的客居者，而灰尘，才是真正的主人，充斥着整个空间，无处不在。一切都恍恍惚惚：吊挂而下的窗帘，是块随意的花布，漫不经心；关闭的衣柜，居然从底部伸出条长裤的腿；地上摊放着的包，拉链半开，像随时要装上东西，即刻离开。

这种近距离观察别人的居所，是骇人的。当目光掠过种种摆设时，这个人的生活仿佛一具被解剖的尸体，连最秘密的角落也露在外面，尽外人上上下下饱看。

这屋里的人和物，都处于不安状态。

漂泊、流浪、迁徙，从一个地方到另一个，从一间工厂到另一个，不知前方有什么，只提着胸腔里的一口气，朝前走，朝前走……

我偷眼看他——脸上的皱纹活像一张诉状。

他的日子并不好过：在杂志社干个小编辑，被有编制的正式工呼来喝去，杂活儿累活儿全都丢给他，发薪水时，不及人家的零头。顶让他生气的是，他因写诗而备受折磨。在他看来，当别人称呼他为“诗人”时，简直就是在使用侮辱性的词汇。

诗人——不合时宜，可怜巴巴，穷困潦倒……

在这个逐利的年代，他的行为，多么陈旧、古老或过时！

似乎诗人是他一切灾难的缘由，就像身上皮带的尖插头一样，把他扣得牢牢的，气也喘不上一口。似乎置身于如此穷苦景象，只能屈就，如果让头颅高仰，就显得不伦不类。

突然传来婴儿的啼哭，如玻璃互相刮擦，令耳膜疼痛。

这屋子的墙壁像张半透明的黄纸，哭声一把推开，毫无障碍地砸过来，将一种难言的辛酸扩散开。这个充满啼哭的空间，貌似一个住所，却无法遮掩漂泊味。我心里一紧：如果我把孩子生在这里，他一样会长大，但是他会视凌乱为正常，会将某种古怪的坚硬吞进体内，他一定和在自己家里长大的孩子，不一样。

出租屋里的生活，并非仅指物质上的匮乏，而是当人们处于精神上的动荡状态时，对周遭的各类物体，都会显现出一种因绝望而衍生的随意性——镜子，就让它落满灰尘吧；窗帘，就让它含混地飘荡吧；卫生间，就让它沾满污渍吧；提包上的拉链，就让它休克在中间吧……太多了，这些漫不经心的细节，像被绝望攻克下的城堡，一个又一个，赤裸在那里，形成荒凉的坟场，慢慢地侵蚀、伤害、改变着这屋里的人，让他们的尊严被击落，逼他们匍匐下来，蚯蚓般苟活。

故而诗人要开始抵抗。

他献身于自己的工作，默默地、锲而不舍地、远离一切喧嚣地耕耘，把自己的岁月变成作品，坚信一个新的时代，就在前方。

四

“新疆小孩儿都是小偷……”这句话被轻易说出，在南方的公交车上。

本来昏昏欲睡，可耳膜像被针扎了一下，我惊醒。

对面是两个女性：一个戴眼镜，另一个扎马尾；一个坐着，一个站着。

站着的扎马尾的说，她所在的工厂宿舍，三楼被偷了，小偷之前是去踩过点的。坐着的戴眼镜的说，有一次我下车，后面有个人跟着，一直跟到拐角，猛扑过来，是个年轻人，我便掏出手机递给他，又翻开包，说才剩十块钱，你还是拿手机吧。戴眼镜的补充说，那手机款式好老，我早都不想要了。

她们聊了一路，车上的人大多都听得到。

没有人会追问她们：新疆小孩儿都是小偷吗？或者，小偷全是新疆小孩儿吗？没有！……当她们使用“新疆小孩儿”这个词时，像出门购物的妇女顺手拽个袋子，无论是黄是绿，能装东西就行。这样的人，在南方，比比皆是，她们长着一张共同的嘴。

这天夜晚，躺在床上睡不着，我想起了吉也尔。

在托里草原萨孜湖的那个下午，我朝一辆摩托车走去。车旁是个男孩儿——黑鸭舌帽、黑T恤、长袖白衬衣、黑裤、白运动鞋。黑和白在他身上形成起伏跌宕的落差美。我向他打招呼，听到回复后，我们用汉语交谈起来。我获悉，他叫吉也尔，十八岁，刚高中毕业。在他即将成为家中主劳力时，父亲送给他一辆坐骑：价值五千元的雅马哈。

吉也尔说，他不喜欢骑马，也不喜欢听冬不拉。在拥有摩托车的第一天，他在托里县城花了一百元，装了个音响（像以前的骑手迷恋雕花马鞍），用来听摇滚。那音响就绑在摩托车左侧，他为我打开，强劲的鼓点砰然奏响，令周围空气翻滚发烫，音符涟漪般扩散开，音响表面像一颗裸露在外的心脏，一上一下，突突弹跳。

吉也尔早已习惯这种猛暴节奏，甚至还觉不过瘾，俯身从草丛中捉来蚂蚱，将它丢在音响上。那个小东西，四肢惶然，躯体随音响的鼓凸而蹦跳。打击乐随之变得残忍，像是对这只小蚂蚱进行的一场行刑。

我陷入自责：男孩儿因看到我，向我炫耀，将音响打开，将蚂蚱丢进音乐旋涡。他在展示他的游戏，他用以在草原上打发漫长时光的游戏；可那打击乐像钢爪，摄住我的脉搏，令我喉头发紧，太阳穴生疼。我赶忙摆摆手，让他将音乐关闭，再看那只蚂蚱，正连连抽搐。男孩儿看我脸色大变，便捏起它，丢进草丛，像完成一种仪式。

吉也尔掀开门帘，邀我进入。门实在太小，我只能躬身进入。

毡房里正在进行晚餐：爷爷铁廖汗，奶奶热奥仙，叔叔努尔木拉，穿开裆裤的小孩儿是姐姐热扎提的儿子。奶奶正在倒奶茶，看到我，笑着指指靠门的地方，而爷爷和叔叔则挪了挪身子，靠得更紧些，腾出块地方。我脱鞋后走过去，盘腿而坐。

这顶毡房与我平日所见的不同——这户人家是我在路上随意“捡”来的。这里没有旅游区待客毡房的整洁和华丽，这是哈萨克牧人最真实、最日常的状态。

毡房不是从草地上架起撑杆，而是先围起个大石堆，再在石缝里插入十几根短小撑杆，裹在外面的毡子捉襟见肘，风从破洞和石缝里吹来，令屋里屋外温度相同。在我的身下，是块窄小旧毡，从缝隙间冒出的青草，因被人体长久摩擦而倒伏在地。我将后背倚靠在石墙上，有几只蝉在耳边叫得刺刺啦啦。

奶奶转身提起茶壶，将红黄砖茶倒入白瓷碗，又用汤匙舀起两勺奶皮子。茶碗由叔叔传递而来，黑红液体上，晃悠着两团白色悬浮物。我喝得很投入，咂咂有声。奶奶朝我微笑。我想喝得慢一些，让时间变得长一些，可那奶皮子的醇香，实在诱人。奶奶一直守在壶旁，一碗碗倒茶，双手青筋暴露。她穿着件看不出颜色的毛衣，头巾是花的，牙齿缺了几颗，脸上的皮肤糙如核桃皮，但眼神却如婴孩般充满好奇。突然，我想起去世很久的外婆。

对我来说，眼前的这一切都显得太过沉重——这个空间里，弥漫着一种始料不及的、怪异的温暖；一切困惑于人类的矛盾，在这里，似乎都得到了寓言式的化解。

我从包里拿出把牛奶糖，递给那小孩儿；他实在太小，心又太急，总是剥不开糖纸。叔叔来帮忙，粗大指节像炭条，小心翼翼地搓着，像侍弄一只早产的羔羊。终于，奶糖裸出。而孩子并不是一口吞下，先用舌尖将糯米皮舔净，再将糖竖起，从顶部一点点细嚼下去。而叔叔，不客气地给自己也剥开一个，甩出弧线，丢进大嘴，颊上瞬间鼓起个大包。

挪动身子时我一仰头，突然愣怔：一条彩带穿过头顶，令昏暗空间发生异变。

那条穿梭在十几根木棍间的长条彩带，两边镶着黑边，内里是宝蓝、姜黄、靛紫、葱绿条纹，前后环绕，将棍子牢牢捆缚，如勒紧襁褓中的婴孩。原来美，是这样降临人间的——我的心头一热。

再次环顾四周，我用目光抚摸这个空间的所有器物：木架上挂着的水瓢、马鞭、帽子、相框、电话、冬不拉；地上堆着的锅碗桶盆，米、面、奶疙瘩；木桌上堆着针头线脑、筷子勺子、小孩儿玩耍的羊骨头……所有的物件都袒露着，仅仅因为需要，而无法负担更多的奢侈。

牧人一年要转场几次？吉也尔回答：大大小小十几次。

从夏牧场转到冬牧场，再返回春牧场：接羔、剪羊毛，等冰雪解冻后，用骆驼载上毡房，骑上马，赶着牛羊，再转场到夏牧场，度过一年中最美好的季节。秋天启程，到冬牧场，开始又一次大循环。

我忍不住问：如此频繁地搬家，会不会把家里的什么东西落下？

吉也尔笑着摇头：连根针，都不会落下。

在南方，房子几乎占据了人们的全部时间。“买房了吗？……几居室？……首付几折？……月供多少？……”可对牧人来说，草比房子更重要——若住在一间不能移动的房子里，生活的链条将被焊死，无法流动，那可是件恐怖的事。在一个地方住久了，草会被牲畜吃掉，草场会退化，因而牧人要不断搬迁，追逐新绿的青草，并由此发明了特殊的居所：毡房。

毡房的材料不是水泥、木头、砖块，而是毡子。搭建一座毡房需要十八条大毡，即便是小毡房，也需要十条大毡。每条大毡重三十公斤，约需五百多公斤羊毛。做毡不分季节，只要赶在天气晴好时即可。一家做毡，四邻帮忙。邻居们听到消息后，骑着马，踩着自行车，或者步行，会聚到这户人家。女人们先在草地上架起两口大锅，用来烧开水，然后大家开始分工：谁抽毛，谁卷帘，谁牵驮……

毡房外围着彩色帘子，让毡房变得像宫殿般华美。

我问吉也尔：草帘是用什么做的？他随手一指芨芨草：就是那东西。

五

工业时代的迁徙，和游牧时代的转场大相径庭。

从一个出租屋搬到另一个出租屋，意味着从一个工作转换为另一个工作，每一个工作都不稳定，都可以随时丧失；而牧民转场，无论一年中搬家的次数多么频繁，因路线固定、家庭成员固定、使用的家具和器物固定，家的内涵并没有被消解，家庭成员反而越发相濡以沫。

从毡房到出租屋，我们丧失掉的不仅仅是天性里的狂野基因，更因匮乏和树木、青草、天空、骆驼的亲密接触，而变得冷酷而僵硬。当出租屋变成牢笼，试图埋葬掉自由和文明时，人也许应恢复其野蛮人的本性，砸碎这牢笼，重新建立起另一种理想居所。

既然我们能找到树洞、岩洞和毡子，那么，另一种神奇的物质，一定在等着我们。

丁燕：作家。著有《午夜葡萄园》《木兰》等。

本文刊于《天涯》2013年第2期。

老努尔旦

小　七

一盘子差劲的肉汤面片

老努尔旦盘腿坐在地毡上，手放在双腿上，他在等老伴儿玛依拉往面前的桌子上端肉汤面片。

清晨，一起床，老努尔旦就开始抱怨两天没有吃上软软的肉汤面片：“哎！老婆子，你整天都在忙啥呢？我什么也吃不上。”他皱着眉头，看着玛依拉。

“别这样看着我，我每天挖空心思伺候你，你却每天都能挑出刺来！”玛依拉边清扫地毡上的尘土边说。说完，玛依拉走到毡房外的架子边，取下一块肉。接着，她到门后面的柜子里取出一个白瓷盆子，把肉放到里面，倒了一些清水，洗了洗。

老努尔旦坐到桌子前喝奶茶，掰一块馕：“这是什么馕，啧啧，太硬了，简直是——这日子，唉，简直是没办法。”他拿起一块馕在奶茶里蘸一下，再用勺子挖一小块酥油抹到馕上面，瘪着嘴嚼：“啧啧，吧唧——啧啧，吧唧——吧唧——”

玛依拉往茶碗里舀了一勺奶皮子、一勺熟牛奶，提着壶兑了半碗清茶，斜眼看了老努尔旦一眼：“哼！老神经！老东西！”这两年，孩子们大学毕业，都在乡里上班，没有什么负担了，老努尔旦反而整天没完没了地找事，可能是年龄大了，真是越老越糊涂。“等着吧，就算晚上好好给他做一顿库卡代，他也会找出事来。走着瞧，没有他找不出的麻烦。”玛依拉边喝茶边想。

中午，玛依拉炖了一盘子库尔达克，老努尔旦嘴里吃着炖得烂烂的羊肉块，还有洋芋，“这个洋芋嘛……嗯……简直不是土豆。”他哼哼唧唧撂下这么一句话——他是实在找不出别的事啦。对于他的话，已经没有一句能让玛依拉吃惊的了。对啦，她早就习以为常。

中午到晚上这段时间，肉在毡房门前土炉上的铁锅里，只要侧耳仔细听，锅里咕嘟咕嘟的声响让人心生温暖。

玛依拉手里绣着花毡，眼睛还要关注肉汤——她担心溢出来。而老努尔旦整天除了吃喝以外，就是斜靠在不远处山坡上守着家里那几十只羊。“四条腿的狼好防，两条腿的狼防不了……”他念叨着这句话，盯着羊，“看看，这简直不是人干的活儿，我整天都困在这里，啧啧！简直无法忍受！”他的嘴巴叼着一根草叶，斜靠在草地上，发着牢骚。

肉在铁锅里咕嘟，这对于玛依拉来说是一件大事。

一会儿，她放下手中的针线，走到炉子边听听，不时地掀起锅盖看看，蒸汽扑到她脸上，半天她才能看清锅里的情况。对于她来说，煮肉的过程似乎有些漫长，因为她关心锅里的肉汤——这些肉汤决定着老努尔旦接下来要说的话。

快要接近傍晚的时候，玛依拉想起该和一些面了，做肉汤面片和面是一个重要环节。她把白瓷盆子涮了涮，取下架子上的半袋面粉，抖开袋口，伸进双手捧了两捧——一人一捧就够了，这是她多年的经验。她用一个生锈了的铁碗盛了一碗水，倒到面粉里，用手拌了拌，然后把沾上水的面粉用劲揉到一起。她反复揉面，直到出了一身汗，这才拧了一个湿毛巾盖在面团上，醒着。

毡房被玛依拉收拾得舒适、温馨，房间里的物品摆放得整整齐齐，墙上挂毯黑红色的底子上浮雕般绣着清晰明朗的红、绿、蓝、黄的花和叶子图案，桌子、柜子上铺着四周挑着粉色花边的白色桌布，角落里的被子叠得方方正正，还有钴蓝色底子上绣有红色线条流畅羊角图案的金丝绒靠垫——这些都显示出玛依拉是个对生活有品位且负责任的妇女。

这确实是一个可以抵挡风雨的家，它使得老努尔旦在这个家为所欲为。

“噼啪——”炉子那边传来火星爆裂的声音，一些柴火灰从炉口飘了下来，玛依拉搓搓手上的干面，走到锅边侧着耳朵听锅里的动静，咕嘟声小了些。此时，她感到自己身负重任，她敏捷地蹲下，往炉洞里塞进两根木柴，红色的火花从干柴里蹿出来，映照得她红光满面。

现在，只有等待，等待浓浓的肉汤和醒透的面。

从玛依拉的干活儿方式看，她是一个时间观念非常强，并且对待生活十分严谨的妇女，过着忙碌却有序的生活。

时间走啊走，老努尔旦回来了，他在棚圈边吆喝着，赶羊群。浓浓的肉汤像鲜活的生命出锅了，毡房前飘荡着白色的雾气，玛依拉把醒好的面切成两块，用擀面杖擀开，用刀了划成一块块面片，放进肉汤里。煮了一小会儿，肉汤面片出锅了。

老努尔旦把羊群赶进棚圈，蹲在毡房边用洗手壶洗洗手，盘腿坐在地毡上等饭吃，玛依拉把肉和面片盛到盘子里，上面撒了一些切碎的洋葱，端到老努尔旦面前的桌子上。

“吸溜——吸溜——”老努尔旦用手抓着软软的面片猛吃了几口——他有些饿了，“嗯……简直，”他用手在嘴上抹了一下，“……嗯……这简直不像话，嗯……这肉汤面片简直……太难吃啦……真是……差劲……”他又抓起一些，把头伸过去，用嘴接着，“吸溜——吸溜——”继续吃，头也不抬，嘴里却还在唠叨。

玛依拉抓了一些面片，放进嘴里，完全没有理会他。

真是一个多事的老头儿！

“怪事！”老努尔旦从棚圈那边走来，站到玛依拉身后，抱怨道：“就在刚才，扎特里拜骑马从棚圈那边路过，我喊他，招呼他，他不理会，只是瞧我一眼就走了，那眼神……啧啧……”

玛依拉忙着炸包尔萨克，她正往热油锅里放切好的面片，没说话。

“昨天，还和那老家伙一起喝马奶酒聊天呢，今天就这样对待我，真是……一个有问题的老头儿！”

玛依拉用手中的筷子把鼓起的包尔萨克翻个，没理他。

“喂，老婆子，你说说，那个老家伙是不是做得不对？”老努尔旦拽玛依拉的袖子，“说啊！嗯……我看是这样，我早看出他不是什么好东西！这个老东西……”

“去把棚圈里的羊粪清理出来，我这儿忙！”玛依拉朝后甩胳膊，甩掉老努尔旦的手。接着，用手背擦额头上的汗。

“不是……老婆子，我在说一件非常重要的事，我希望你好好听，这件事和你有关，你必须听！”老努尔旦表情很严肃，“我是个事情少的人，不是非说不可的事，我才不会说……你是知道的，我始终是一个保持沉默——沉稳的老人，哦——你还有一大堆活儿要干吗？”

“我这里忙，能不能忙完再说？”

“我只是说几句话……就几句——刚才我说了，是扎特里拜轻视我，就是这样，他轻视我！我是一个见到邻居主动打招呼的好人，但是他轻视我，你知道我对待任何一个人都做到了谦虚、真心。”

“他轻视你？”

“对！他轻视我。他从我眼前走过，我主动、热情地招呼他，他只是瞧我一眼就走开了，而且眼神极其恶毒。对，是那种轻蔑。你应该知道他轻视我，轻视我就是轻视你和我们这个家，这难道不让你气愤吗？”

“不会！他不会！”

“不！”老努尔旦说，“不是你想象的那样，他的眼神你没有看到，是那种轻蔑的眼神。我这么老了，什么事没经历过，这样的眼神只要我一眼看去，完全分辨得清清楚楚。很简单，以我的经验，甚至可以说出他当时的心里话。”

“嗯？”

“你应该知道，塔吾兰考上大学后……对，一定是咱们的小儿子塔吾兰考上北京的大学这件事让那个老家伙感到极不舒服。我知道，我很清楚他轻视我们的原因。”老努尔旦撇着嘴，“自从塔吾兰考上重点大学，我看扎特里拜心里就出了问题，这个问题是由他的自卑和忌妒引发的，这个连三岁的小孩儿都看得出来。”

“啊……嗯。”

“其实，忌妒和自卑有什么用呢？以前他怎么不有点儿水平、下点儿功夫好好教育自己的孩子，让他们也考上北京的重点大学，这样不是很好吗？是他自己没做到……真是……一个多事的老东西！”

“拿着！”玛依拉把盛包尔萨克的盆子塞进老努尔旦手里。

“对我的蔑视，其实是对他自己的蔑视，这样的人心理很容易出问题，唉！真是一个可怜人。”老努尔旦翻翻眼睛，好像很了解扎特里拜，“对，千真万确，你知道的，大家总是说他憨厚老实，我看他是坏在心里，可怜到心里，是的，就是这样，没错，我看人一点儿不会出错。”

“胡说！”

“胡说？对，对，那个老家伙看着老实，其实他不是一个诚实的家伙，他这辈子说的话基本都是胡说。我看是这样，没错，你说得比我准确得多，而且这两个字已经说进他的心里，看来你比我还了解那个老家伙，哼！”

“我是说你！”

“啊？我？我怎么啦，我没有说错一句话。他轻视我，而我主动打招呼，我是多么真心地对待他，而他却不珍惜我对他的关心。我都在佩服自己对待别人时的诚恳和真心，你和我在一起生活几十年，了解我是一个多么善良、真诚的人。是的，你心里知道，我非常尊重别人，任何人。”

玛依拉把剩下几个面片下到锅里，没再说什么。

“你说！你刚才在说什么？我怎么了？我一点儿事没有做错，只是在别人蔑视我的情况下，说说我的道理，我没有错，嗯……这么小的一点儿错都没有。”老努尔旦伸出小指，比画了一下。

“一个多事的老头儿！”

“啊，对，对，你说得太对啦！那个老家伙的确是个多事的老头儿，没有人比他更能无中生有。你看，我友善地对待他，他却找出那么多事，让我一个早晨感到不舒服，真是一个多事的老头儿！你说得太对啦，哈哈！”老努尔旦长舒一口气，高兴起来，拍拍玛依拉的肩膀，“还是我的老婆子了解我。你是最了解我的，你也了解那个老家伙，所以你说出了真心话。对，那真是一个多事的老头儿，这是我要说的，哈哈……”

“我是说你！”玛依拉把锅里炸好的包尔萨克夹到盆子里。

“什么？什么？”

“多事！你才多事！刚才扎特里拜匆忙从这里路过，问我见没见他家那匹白马，那匹他最喜欢的白马走失两天，他急得快要发疯啦！现在，他去到山那边找他家的那匹马了。”

“什么？……”

“还有，我刚才是在说你才是一个多事的老头儿，千真万确！没错！”

“……”

我可怜的马，它没法走路了

星期天的午后，一场阵雨，秋高气爽。

布鲁尔没有午休，他在店铺忙活。自从开了这家铁匠铺以来，他每天做的事就是打制铁马掌和为周围牧民的马钉马掌。现在，他从蓝色油漆斑驳的架子上取下前几天打制好的几十只U型马蹄铁，摆放在面前的长条桌上，像展览似的一个挨着一个，摆成一条线。他穿着一件灰色带暗绿色条纹的棉布衬衣，因为店铺里有些沉闷，他的衬衣上面两个扣子敞开着，袖子挽到胳膊关节处。下面穿一条棕色细条绒裤子，因为常常弯腰下蹲钉马掌，膝盖处鼓鼓的。他肩膀宽厚，露出的小手臂上肌肉一道道的。他用大拇指在马蹄铁接触马蹄方向的面上一点点划过，遇到刮手的地方，他就拿起手边的钳子扳一扳，举起锉子“咯吱——咯吱——”锉一锉，嘴里向外吹气，吹去锉下来的铁屑。他做事时很认真，好像周围一切不存在似的。

他把所有的马蹄铁整理一遍，然后一个一个排成一排，摆在柜子上，自己坐在一个破旧的木头椅子上，眯着眼，欣赏那些马蹄铁。钉马掌是一门技术活儿，更是一门艺术，不是任何人随随便便就能从事的行业。布鲁尔能够轻松做好这件事，是因为他不但掌握着打铁的手艺，而且还很懂马的身体结构及马的生理变化等很多相关知识。这些都和他多年牧场放牧的生活分不开。

三点过了，他停下手中的动作，搓着手，在房间来回走。他走到架子前停下来，看着架子上摆着的东西。他看着那些工具，感到头脑发胀，身体有些困乏，他想该去架子后的小床上躺一会儿了。他这样想着，走到里面躺下，双手枕在脑袋后面，闭着眼睛。

“布鲁尔！”也许是刚迷糊，他的妻子古丽娜尔在店铺外喊了一声。

“嗯？”布鲁尔惊得身上的肉跳了一下。

“努尔旦大叔和他的马在外面——马——马掌坏了——”

“不在！我不在！”布鲁尔翻了一个身，对着墙，侧着躺在床上。

“努尔旦老人，他来一次不容易。”

“不在！告诉他待会儿再来。”

“他在旁边，他说听到你说话了。”

“嗯——唉——”布鲁尔扯过身边一个垫子盖在自己头上，捂住自己耳朵，缩在墙边。

“布鲁尔——布鲁尔——”妻子走进店铺，站在床边用食指在他后背戳了几下。

“干什么？”布鲁尔拿开垫子，翻着眼睛问。

“努尔旦——是努尔旦大叔，你知道的，如果你不起来干活儿，他会让你一年不好过——他唠唠叨叨的毛病，你知道多么让人头疼。”古丽娜尔在布鲁尔身边轻声说。

“唉！”布鲁尔把手臂从头下抽出来，抱着头，叹口气。

“起来，干活儿！”古丽娜尔又用食指在他胳膊上戳了戳。

“他想在这里啰唆，似乎不可能。”停了一会儿，布鲁尔慢吞吞坐起来，伸了下发麻的手臂，用手在眼睛上揉了揉，走到桌子前的椅子旁坐下，回头看了看柜子上摆放的排成一条线的马蹄铁，然后看着阳光强烈的门外。

老努尔旦出现在门口，他伸着脖子往里张望，比起外面的光线，里面黑暗一片。他的身后站着他的老马，那是一匹和他一样苍老的枣红色的马。

布鲁尔看了一眼老努尔旦和他的老马，声调低了下来，说：“努尔旦大叔，快进来吧。”

“啊，我没听错！”老努尔旦听到声音，摸索着朝里面走，“我早就听到你的声音，别想骗我，我耳朵绝不比你差。”

“怎么了？需要我做些什么？”布鲁尔看到老努尔旦进来，站起身问。

“我的马，”老努尔旦走到桌子边，转身指着门外的老马，“我可怜的马，它没法走路，也许是马掌出了问题——”布鲁尔从老努尔旦侧着的脸上看到他眼里亮闪闪的东西。

“哦，让我看看。”布鲁尔拿起手边一个不长的小铁棍往外走。老努尔旦快步跟出去，俯下身子，轻轻抬起老马的前腿。布鲁尔蹲在那里，用小铁棍轻轻敲击磨斜了的铁掌。随着敲击，老马的腿抽抖了几下，老努尔旦嘴里也“嘶——嘶——嘶——”了几下。

布鲁尔低头仔细观察马蹄，发现一根钉马蹄铁的铁钉不知怎么透过马掌的角质层，斜插到肉里了。他用轧扁了的铁棍一端撬了撬那个钉子，他闻到一股腐肉的臭味。

“哦，看，”布鲁尔指着铁钉让老努尔旦看，“都插到肉里了，一定很疼，已经化脓了。”

老努尔旦看看铁钉，看看布鲁尔的眼睛：“哦，是，是，一定很疼。”边说他边轻轻抚摸老马的前腿，眼睛里的亮光更多了。

“这是很简单的事情。”布鲁尔转身走进店铺，取出一把大号铁钳，活动了一下胳膊，一下一下捏了捏铁钳，动作不慌不忙。接着，他在马掌前晃了一下，钳子上就多了一个黑黑的生锈了的铁钉。

这个过程老努尔旦一直没有说话，他紧张地扶着老马的腿，眼睛红红的。直到知道铁钉拔出来就没事了时，他才舒了口气。他俯下身子，盯着被布鲁尔随手扔在草地上的黑色铁钉看了看。他觉得那个小小的铁钉怎么会那么可恶，是它让自己的老马一跳一跳走不成路，每挪动一步老马身上都会渗出一层汗水。他把手放在老马的脸上摸了摸，拍了拍，脸挨着老马的脸蹭了蹭。

“回去每天用淡盐水清洗化脓的伤口，一个星期后就会好。”布鲁尔把手中的工具撂到草地上，站起身子看着老努尔旦眼睛说，“再过一段时间，就可以来钉一只新的马掌了。我给它好好钉一下，一点儿问题没有。”

“嗯，嗯！谢谢，谢谢！”老努尔旦点点头，拍拍马背。老马侧身看看他，跟在他身后一歪一斜往回走。

“今天怎么没有啰唆？从来没有这样……”古丽娜尔看着老努尔旦的背影，疑惑地说。

“没什么，今天他不想说而已。”布鲁尔摊开双手，耸一耸肩，眯着眼，看着慢慢走远的老努尔旦和他的老马说。

我的玛依拉，藏到草丛里啦

老努尔旦和他的妻子玛依拉十分相爱，这是长期生活在一起的人们之间的那种爱。他们是朴素的哈萨克族牧民，他们的世界除了草原、蓝天，就是牛羊。他们活在自己的世界里，很少接触外界，他们就是彼此的整个世界。

老努尔旦老了，却越老越像个小孩儿，而玛依拉也把他当小孩儿看待。

“我的老婆子，今天能不能吃小麦粥，不要再吃包尔萨克了。告诉你，我不是这么好打发的。”老努尔旦吃饭时总会找些事，引起玛依拉对他的关注。

“得啦，昨天才吃的小麦饭。为了给你换口味，我今天很早起来给你熬奶茶、炸包尔萨克，你还嚷嚷！”他的妻子玛依拉会这样说，“如果你总是在吃饭的时候挑刺，我可要离家出走了，你信不信？”她威胁老努尔旦。老努尔旦才不怕这一招，他还会继续找出一些话题，边吃饭边和妻子拌嘴。他知道玛依拉不会离开他。但他担忧他们其中一位离开这个世界后，那么剩下的一人该如何生活。

白天，老努尔旦在山坡上看着家里的羊群，时不时会回家看看玛依拉在不在；晚上，睡着觉，他会突然醒来，摸摸身边那个人。他知道玛依拉就在身边陪伴他时，心里就暖融融的。

当他们在草地上扫地毯时，他会歪着头，咧着嘴呆呆地看他的玛依拉。

“嘿，老家伙，你怎么这样没有礼貌地盯着草原上最美丽的女人呢？”玛依拉看到他那个傻样的时候，总会这样打趣。

“只有我有资格看草原上最美丽的女人，因为我是草原上最帅的男人嘛。”老努尔旦马上回话，让玛依拉没话可说。他们就这样相互依恋地生活在自己的世界里。

一天清晨，玛依拉没有醒来，那是突发心脏病，因为她已经很老了。老努尔旦瘫坐在土堆旁，看着人们将她埋进土里。他担心的事终于发生了——他的玛依拉真的永远离开了他。“怎么办？怎么办？我该怎么度过余下的日子？”孩子们要接他去一起住，老努尔旦固执地摇头，说离不开那个家。

老努尔旦回到家，从房前走到房后，然后走进毡房，到处冷冰冰的，空寂一片。到吃饭的时间了，他不觉得饿。他习惯性地翻起盆子，看到盆子下面扣着的一盘手抓饭，旁边的篮子里还有几块玛依拉在的时候烤的馕饼。

他坐在那里，眼睛盯着那些有些发馊的饭菜和干巴巴的饼子，一动不动。他在想玛依拉做饭时的样子——头上包着一个旧头巾，边忙活边大声命令自己提水、拿柴火、倒垃圾。“天哪！吃你一顿饭还要忍受这些，我受够了！”老努尔旦嘴里发着牢骚，手里的活儿一样不少干。

晚上，他躺在床上，翻来覆去，难以入睡。他走到外面，看月亮。他想起玛依拉在身边的时候总会说：“喂，你简直就是羊圈里的小羊羔，连晚上也上蹿下跳的。”“我睡不着，出去走走。”老努尔旦说。“好吧，既然睡不着，那么就去羊圈看看那些小羊羔吧，看看它们是不是和你一样不听我的话！”玛依拉缩在被子里指挥老努尔旦干活儿。“你就是不能看着我闲一会儿，简直不像话！”老努尔旦气呼呼地说，却挪动脚步朝羊圈走去，认真查看小羊羔。

第二天，昏昏沉沉度过一夜的老努尔旦试着爬起来，出门把羊圈打开，牛羊急着冲到草地上晒太阳，吃草，追逐着玩。玛依拉像过去许多次那样站在绿色的草地上，拿着随手折下的小树枝，嘴里发出“啾——啾——”的声音，赶着牛羊。“噢，我的玛依拉！”老努尔旦扶着额头，慢慢向她走去，“我知道你会回来，你说过的。”走近时，他看到草地什么也没有。他低下头揉揉干涩的眼睛，不知道是老了，还是两天吃不下东西的缘故，他想哭可是没有眼泪。

晚上，孩子们送来饭菜，他挥手赶走他们，他想自己待着。和前些天一样，他依然吃不下东西，睡不好觉。天快亮的时候，老努尔旦站在毡房门口望远处。远处的山里吹过一阵风，他看到玛依拉在月光下的空地上擀毡子。“老家伙，有了这块毡子，你绝对不会再喊冷了。”她看到老努尔旦从毡房里出来，停下手中的活儿，抬起头看他。“喂，我的玛依拉，我知道你会回来……”他惊喜地快步走向前，去抓妻子的手，可是抓到的是一把青草。

他在草地上转悠了几圈，月光和摇动的树枝形成了玛依拉的身影，她就站在那里朝老努尔旦挥手。他高兴地跑过来，伤心地走过去，接着又充满希望，继而又失望悲伤。直到太阳从山边升起。

“努尔旦爷爷，您起得可真早啊！”乌兰骑马过来，招呼老努尔旦。“哦，别走！”他跑过去严肃地拦在马前，“我的玛依拉，藏到草丛里啦，怎么也找不到，你能不能帮帮忙呢？”他认真地说。“您这是？”大家都知道他妻子去世的消息。“我的玛依拉，她就藏在这里，让我找了一夜。”老努尔旦指指不远处的草丛，大声说。“嗯？她？”乌兰不知道接下来该说些什么，他拽拽马缰，跑开了。“可怜的努尔旦爷爷，我得赶紧叫来他的孩子。”乌兰想。

老努尔旦看到乌兰不肯帮忙，摇摇头，嘴里唠叨着，继续在草丛里搜寻。“我看到你在这里啦！”他突然跳起来扑向一处草丛，边扒拉着边喊，“快出来！快出来！”他就这样边找边走，来到山脚下。

这时，远处有人呼喊他的名字——是他的孩子们找来了。

“没有人能帮我找到你，我必须自己来做这件事。”老努尔旦拍拍胸脯，仿佛年轻时一样，满怀信心地朝山上爬去。“你应该在这里，”他自言自语，“我想起来了，你经常在这里。”一阵风吹来，他抬起头，果然看到玛依拉坐在不远处的岩石上，歪着头微笑着看他，好像在问：“老家伙，以后还敢惹我生气吗？”“噢，我的玛依拉，以后我再也不挑刺了，我不能没有你。”他抬起苍老的脸，睁大浑浊的眼睛看着玛依拉，用带着哭腔的声音说，“不要走啊！”他努力迈开两条有气无力的腿，尽可能快地朝玛依拉跑去。

又是一阵风吹来，老努尔旦的两条腿开始颤抖着打哆嗦。他有些走不动了，头开始发晕，眼前闪着金色的小星星。恍惚中，他看到玛依拉站起身，他激动地喊道：“等一等，不能留下我一个人在这里——”

玛依拉微笑着朝他点头，走过来，牵着他的手。“嘿！老家伙，还是让你找到我了。”她温柔地看着他，“走吧，我们回家吧！”她轻声地说。老努尔旦看着自己心爱的妻子幸福地笑了。

中午时分，老努尔旦的孩子们在山坡上找到了他。他的全身已经僵硬，唯有脸上挂着满足的笑容。

他们带走了什么

老努尔旦牵着妻子玛依拉的手，推开毡房的木门。他们握紧对方的手，往里走，脚步轻得几乎没有声音。他们在门边的碗柜前站了一会儿，看着一摞用来喝茶的花碗，相互凝视，笑了一下。

他们走到桌子前，盘腿坐下，头慢慢转动，从左到右看桌子上已经干硬的馓子、包尔萨克、白色甜奶疙瘩……他们看着，想起亲戚朋友们围在桌边，喝奶茶说笑时的场景，想着，笑容从他们脸上溢出，流淌在周围的空气中。

他们松开对方的手，翻看花毡下压着的东西——那里有别人打下的欠条、两张存折、一些证件，还有家里剩下的一些钱。他们翻看这些东西时，摇着头。

“是这些东西吗？”老努尔旦问妻子。

“不，”玛依拉继续在旁边的地毡下翻看，“嗯？不在这里，怎么回事？”

“哦，在这里。”老努尔旦握住妻子的手，轻轻拉她，“瞧，在这里。”他带她来到墙角土块垒砌的炉子边，提起被烟熏黑、白漆斑驳脱落的壶，他和她默默看着，沉思一会儿。这个壶是结婚前老努尔旦从城里买来的，陪伴着他们走过了五十多个年头。曾经，壶把手断过两次，底漏了三次，老努尔旦充分发挥自己的聪明才智，用灵巧的双手轻易解决了这些问题。

“啊——你真是一个好男人。”玛依拉想起丈夫修补茶壶时的认真劲儿，幸福地笑了。“嘿嘿——”老努尔旦完全明白妻子想些什么，他有些不好意思。

他们相互搀扶，掀开这里，打开那里，小心翻看，仔细寻找。

他们走到毡房最里面，被套上绣有红色、蓝色、鲜绿色的花和叶子精美图案的被子叠放得整整齐齐，堆放在地毯上。“我们睡觉的地方。”老努尔旦握着妻子的手稍稍用劲儿，捏了捏妻子因为常年劳作而粗糙干枯的手。“每次，你都会说——冷。对，你总是说冷。”他挤挤眼，看妻子。“是吗？可我很少真正冷过。”玛依拉脸上挂着胜利者的笑容，抬头看丈夫的眼里竟然有着一丝狡黠。“哈，厉害，还是我的玛依拉厉害，耍了我一辈子。”老努尔旦说着，脸上是甜蜜的笑容，“每次都是我先钻进冰冷的被子，给你暖被窝。”说着，老努尔旦一只手臂搂起妻子的肩膀，“在这里，我们亲热，你在我怀里，我……”老努尔旦继续念叨。玛依拉红了脸，抽出被丈夫搂在手臂的肩膀，在还想继续说下去的老努尔旦胳膊上掐了一把。老努尔旦就势抓紧玛依拉的手：“瞧，我的玛依拉是个多么害羞的姑娘啊。”

挨着被子的是一个放置衣服的木箱，那是老努尔旦年轻时砍下山上的白桦树，亲手打制的。玛依拉走过去，抚摸箱盖上清晰的纹理。她打开箱盖，翻看着。她看到一些崭新的，没有穿过的，或者说总是舍不得穿的衣服。她只是看一眼那些衣服，是的，她的目光仅仅从上面滑过，立即就被旁边的旧衣服吸引住了。她把那些衣服提起来，翻看着，欣赏着。其中一件袖口起了毛边的棉毛衫让她记忆深刻——老努尔旦总是说这件衣服穿在身上宽松、吸汗、舒适。她想起在阳光充足的秋季，丈夫脱下外面的羊皮外套，卷起袖子，把晾好的干草堆放成草垛。她清楚地记得，老努尔旦穿着这件颜色掉得发白的衣服时，脸上露出放松舒适的表情——至少她认为自己记得很清楚。她用食指和拇指捏着衣服袖口，轻轻搓了搓，一些糟了的线头掉到她手心，她把它们放到鼻子下闻了闻——上面还有丈夫身上的气味。她回头寻找老努尔旦，看到他蹲在墙角翻看他的宝贝——工具箱。

“在这里？”玛依拉走到丈夫身边，“找到了吗？是这里吗？”

“嗯……”老努尔旦手里掂着一把钳子，站起来，侧耳听听外面的风声——风大的夜晚他总是这样。清晨来到时，他早早起来，穿好衣服，提起工具箱，走出毡房，在棚圈周围仔细打量——看看有没有被大风刮坏的需要修理的地方。他围着棚圈转圈，手里上下掂着工具，嘴里念叨道：“等着瞧吧，看看是你厉害，还是我厉害，还想和我作对？嗯哼，我总会拿出对付你们的办法，哈哈，走着瞧——”

“也许是在这里。”老努尔旦一只手拿着钳子，另一只手握住妻子的手，带她走出毡房，“是的，很可能在这里，让我们来看看。”他们停在棚圈前，呼吸着青草的味道。“哈，快看那些！”玛依拉斜靠在栅栏上，指着棚圈里地面上一些卷了边的干牛粪，还有黑亮的羊粪蛋，这让她的脑海里立即浮现牛羊在棚圈里时的场景。

远处的草原没有一个人，两只不知名的小黑鸟落在他们身边的白桦树上轻歌曼舞，白色的云朵缓缓掠过大地上空，一条从毡房前路过的水流不时闪动蓝色和白色的光。他们默默感受这些，深情对视，会心一笑。

“会找到的，慢慢来，一定会的。”老努尔旦安慰妻子。

玛依拉看看晾晒奶疙瘩的架子，架子边的树杈上挂着制作酥油的羊皮袋子。“噢——”她拍拍额头，想起什么，“去那里看看，也许在那里，来，过来看看。”他们在架子边转圈，抚摸羊皮袋子，踩着木桩，扶着架子看上面，就像从前晾晒奶疙瘩一样。

“找到了吗，你们的东西？”不知哪里传来声音。

“不着急，很快，很快……”他们不慌不忙，这边摸摸，那边瞅瞅，弯下腰，站起来，蹲下去，翻开这里，打开那边——他们到处寻找，小心翼翼。

“嗯，记得，这里放过。”老努尔旦举起挑杆，颤颤巍巍挑起毡房顶部盖着天窗的毛毡。

“那么，或许在这里。”玛依拉看到毡房旁一个盛水的牛皮桶，她走过去，提起桶子，翻过来倒了倒，什么也没有。

“这里，这里，对，我找到了，在这里。”老努尔旦看到一捆随意挂在树杈上的粗羊毛绳。他们坐在一起，把羊毛均匀撕开，搓成细条，挂在“乌尔楚克”上，不停转动……转动……直到捻出一截截羊毛线的温馨场景立即浮现在他眼前。

“啊，看看，瞧我这脑子坏了，一定在这里，一定。”玛依拉转身看着围起毡房的厚羊毛毡墙，她和邻居的妇女们付出很多劳动才能擀出这么一张毛毡。她们将羊毛铺在芨芨草编的草帘上，往上面洒水，使劲卷帘子、捆绑、挤压羊毛……劳作中传来阵阵说笑声……“一定在这里。”她轻轻抚摸，嘴里呢喃，嘴角扬起，露出笑容。

“哦，很可能会在这里，最不起眼的地方，最有可能。”老努尔旦突然看到草地上一双变了形的旧皮靴，他走过去。“噢，我的旧靴子。”他脚上的大拇指动了动，穿着那双皮靴，赶着闹哄哄的羊群，走在草地上的感觉重又回到脚上。

“对，找到了，在这里……”

“嗯，很好，就在这里……”

他们说着，笑容始终挂在脸上。

“找到了？找到了，就随我走吧。”不知哪里又传来声音，像是一个人捏着鼻子说话。

“好吧，找到了，我们走吧。”老努尔旦牵起妻子的手。

“为什么你们两手空空？”声音又问，“你们匆匆忙忙赶回来寻找，不需要带走什么？”

“哦，找到了，都找到了，我们已经带走——就在我们心中。”他俩摸着胸口，同时这样说。

“好吧，走吧……”那声音始终没搞明白，什么宝贝儿让这两个相继离世的老人不辞劳苦地赶回来……

小七：作家。著有《遇见阿勒泰：惟愿莲心不染尘》《从前啊，有一只猫小宝》等。

本文刊于《天涯》2015 年第 2 期。

迷恋午后的光

停顿

格　致

原来放床的地方，有比其他地方更多的垃圾。我记得每次打扫，床的下边，我并未漏下。鲜艳的儿童食品袋，还有一个黑色的条状物。这黑色的东西形迹可疑。这个房间会有老鼠吗？这么多年，我一直躺在一只老鼠干瘪的尸体上吗？那么那些腐烂气味是不是如慢性毒药弥漫了我的肉体，并且没有引起我的注意，甚至全然不知？这个问题需要搞清楚，不然它给我的打击太大了。那个疑似死老鼠的黑色条状物，在我向前迈了一步的逼视下，迅速现了原形，不过是一只风干、发黑了的香蕉皮。原来世界并未走到绝境，它只是吓了我一跳。

一块接近正方形的耀眼白墙，站在东面的墙上，那里放衣柜来着。衣柜挡住了阳光，白色在阴影里得到保鲜，而其他的地方，白色已经泛黄了。这块白色，在大面积泛黄的墙上呈现亭亭玉立的姿态。它像个保养得好、丰韵犹存的中年女人。她的皱纹很细小，又小心地化了妆，肤色白，质地细腻。举止是慢，接近于优雅。一脸闲适无聊。我的衣柜很大，里边干鱼似吊着的衣服，让我喜欢的不多。我有三套丝绸衣裙。那条黑色长裙是FINTY，译成汉语是菲妮迪，它是我三十岁时买的。那年的夏天，天气不是很热。白天最高气温在三十度以下，由于北方昼夜温差大，热没有时间织成厚厚的帷幕。热在中午拉开一张薄薄的网，透过网，可以看到凉爽的透明体已滚下了对面的山坡。所以，即使是在正午，我不害怕也不惊慌，买一条裙子的想法不是热浪推动下的产物。我早已对我衣柜中价格在三百元以下的夏装生出强烈的不满，厌恶之情无法克服。我决定买一条贵重的裙子，并以此篡改我的衣柜的平民血统。国贸金色的大楼，我空着手走出来的时候多。我发现我的收入跟那些衣服的身价存在一段令我绝望的差距。其实，这段落差完全可以由丈夫来弥补，但他的价值观与我的出入甚大。他反对高档服装的理由是，也看不出那么贵的衣服好在哪，女人太愚蠢，那些衣服就是为女人设下的陷阱。他是不会援手帮助我往下跳的。他要拯救我踏上百货大楼那正确而安全的大道。在二楼的男装，我没有停一停脚步。丈夫的衣服都是国家发的，便装有一套就够了。刚结婚时，我爱给他买衣服，但这示爱行为，遭到了他的严厉批评。他说我的衣服已经够了，再买绝对是浪费，并教导我要仔细过日子。买衣服的激情遭到打击后，我一度比较收敛，但那年的冬天，我没忍住又给人家买了一件毛衣。我把那件毛衣放在办公室里，好多天不敢拿回家。眼看着冬天要过去了，春节都临近了，单位发了一些过年的东西。我突然有了主意，找到了走出困境的道路。我把毛衣和过年的酒肉一齐拿回家，说这都是我们单位发的。丈夫有点儿怀疑，但我的单位有过发毛衣的历史。过年的时候，那件花里胡哨的毛衣，总算穿到了丈夫的身上。自那后，我就不给他买衣服了，因为我发现那是难度越来越大的智力冒险，我也就不在二楼的男装停留了。一到三楼，一下子明亮了许多。那些衣服，在四周的角落里闪闪发光。在闪烁的衣服的环拥里，我突然涌起热爱生命、好好活着的激情，就为那些美丽而高贵的衣服活着。我迈着突然增强了生活信念的步子走进了菲妮迪服装店，我看上了一条丝绸长裙。看了一眼塑料模特脚上的价格，我发现我带的钱不够，服装的昂贵已超出了我的经验。如果衣服的价格贵到足以惊吓我的程度，我一般就绝尘而去，然后迅速斩断所有与那件衣服牵绕的情思。再过些天，我就能成功地从那件华服的情网里挣脱出来。

这条裙子的价格确实需要努力才能企及，我没有生出对它的仇恨，而是想慢慢地把它抓住。于是我试穿了它。我声明今天肯定不买，但我要试穿。店员很有经验，她知道这条裙子的摄人魅力。她周到地为我服务，一边俯身帮我整理裙角，一边说哪天来买都行，但她又不动声色地说，只剩这一条了。如果不试穿，几天后我也许能把它忘掉，要命的是我试穿了它，并瞬间与它血肉相连。再有一个月，就该发半年奖了，那就够了。当我再次来到那件衣服的身边，已经差不多两个月了，连秋风都吹起来了。我一直担心的事情没有发生，它还站在那里，闪着丝绸的含蓄的光芒。店员竟认出了我，她说你运气真好，昨天刚接到打六折的通知。果然，四位数的价格已经变成了三位数。我不认为它贬值了，它是被新产品压的。新的不就是好的，旧式样更称我的心意。我有我的尺度。很长一段时间，丈夫并不知道这条裙子的存在。他不懂服装，无法用肉眼看出衣服的贵重。我把它混在我的那些长长短短的衣服的行列里，黑色又使它容易保持不张扬、低调的姿态。这漂亮又贵重的裙子为什么要提防我的丈夫？因为它也知道，他反对我买高档服装，希望我能在朴素的衣着道路上一直坚定地走下去。

放沙发的地方，只剩下了一只黄格子棉布坐垫。它是我的小狗虞美人的睡床，那上面残留着虞美人脱落的毛和睡梦。它不应该在这里，它应该随虞美人同行。虞美人被迫离开了我，不应该再与它的睡床分离。我的小狗虞美人在哪里？它那大眼睛里的忧伤什么时候才能退去？我的虞美人和我的丝绸衣服一样，是我的丈夫坚决排斥的。他与它们从无过节，却有天然的仇恨。我实在无力在丈夫的眼皮底下藏匿一只喘气眨眼的小狗，虽然它也是黑色的，皮毛也如丝绸一般光亮、滑软。它脱落的毛粘到了丈夫庄严的军装上。他无法忍受几根黑色的狗毛对马裤呢军装的亵渎。他终于愤怒了，小狗必须在他的家里消失，如果它不消失，那么他将消失。虞美人原来不叫虞美人，虞美人原来叫豆豆，豆豆原来不是我的小狗，是我娘家邻居常家的。它的悲惨处境和那丝绸裙子一样触动了我。买衣服的钱我总有办法凑够，而拯救一只小狗的力量我也不缺乏。娘家有红砖青瓦的房子、碧绿的菜畦，有屋后的果树、门前的葡萄架；且不管弟弟如何为粮价大跌而发愁，菜田、果树、葡萄掌形的叶子都很好地遮住了那些忧愁。田园表面的生气和温馨也让我愉快。虽然娘家已经没有了娘，但每年都要回去住两天。它就是在我坐着吃饭的时候从半掩着的房门悄悄地走进来的。我背对着门，丝毫没有察觉。我正努力地啃着一只瘦瘦的鸡翅膀，这个翅膀来自弟媳妇为我杀的一只小公鸡。弟弟说，一到吃饭你就来，好像认识表。我觉得这话不像是对我说的，就顺着弟弟厌恶的目光找到了它。原来是一只小狗已蹲在了我的脚边，正仰望着我的不停咀嚼的嘴。我在它大而圆的眼睛里看到了两团黑影，我认出那是狰狞的饥饿。它身上的毛灰突突的，辨不出颜色。眼睛红肿充血，似有眼疾。我从盘子中拿了一块肉，说，就当我吃了吧。它立刻用后腿站立起来，用两只前爪向我拼命地揖了无数下。那种急切的可怜样子实难描述。它几乎没有咀嚼就吞下了那块很大的肉，并目不转睛地盯住我，目光中的渴盼让我无法再下咽任何食物。它只是盯住我，而不向其他人要。它一定是遭到过无数次的拒绝，甚至是呵斥。我是它唯一的希望。我觉得在这种幼小的可怜的目光注视下，再吃下任何食物，都会对它造成伤害。我觉得我吃的东西是它的。怎么把它饿到这样？现在食物、粮食很多，多得吃不完、卖不掉，好好喂养它，也是一样的生命！我说。弟媳说，它不是咱家的，是邻居常家的。他们家也不喂，一饿就往我这儿跑，有时候吃剩的饭菜就喂它点儿。晚上也不走，就睡在门口那个稻草堆里。我左手拎着那袋碧绿的青菜，右手抱着有些惊悸的小狗，慢慢向家里走去。青菜是弟弟种在院子里的，菠菜、油菜、香菜、小葱，多得吃不完。我每次去都被那些绿色的菜逼成一只不停咀嚼的羊。而它则是我同弟弟经过周密策划，才由常家到了我的怀里的。那计划说来并不复杂，先由弟弟将它捉住放到一只布袋里，然后骑上摩托车到一公里外的汽车站。在这个环节上，不能遇到常家的人。人家虽然不管也不喂，但它却是人家的。就像一个受气的小媳妇，虽然天天打天天骂，可你要把这小媳妇拐走，可就不行了。到车站后坐汽车到城里，在我约好的地方下车。在这一环节遇到常家人的概率不高。还好，一切顺利。在该遇到我的地方遇到了我，没有遇到不想遇到的人。事就这样成了。也许我与它有缘，我没能做到对它的处境无动于衷。人间需援助的也太多，但这一件是我力所能及的。我似乎是没费什么力气就使它离开了饥饿，离开了那个冷漠的环境。事后，我没忘了打探常家丢失小狗后的情况。反馈回来的消息说，四五天后他家才发觉狗丢了，也没怎么找。我的心平静许多。虽然这样的结局是我预料的，但还是证实了之后才安心，这怎么也叫偷啊。回家的路上，我抱不动了，让它跟着我走。开始还担心它会不跟我而乱跑，放到地上后，它却十分小心地紧紧地跟着我，生怕落下一步。也许它还牢牢地记着由我递给它的肉的味道，也许它从未吃过肉，它看见了我，就想起了那肉的香味。它紧紧地跟着我，我的整个身体都散发着那小鸡炖蘑菇的香味。我不由回头看了它一眼。它从未见过这样多的车、这样多的人。它害怕地紧缩着尾巴，不敢摇晃；头低低的，哪也不敢看，只盯着我的脚后跟。它的样子很可怜，不过，我会给它勇气和信心。不久，它就会在街上大胆地走路，在每一棵小树下留下点儿自己的气味，然后摇动它如菊花一样的尾巴，欢跳在我的身前身后。思索了两天后，我决定留下丈夫，舍弃虞美人。我无力独自养活一只狗和一个孩子。丈夫是我生存的底线，虞美人的生活得建立在我存活的基础之上。丈夫知道自己的优势，因此他在说要么它消失、要么他消失时，心里是充满必胜的信念的。当我站在洗手间门口，冲着他正开动剃须刀的脊背说了我的妥协之词后，我看见镜子里他的脸，一丝胜利的表情都没有。他也知道跟虞美人的较量不在一个等量级上，胜利也就不值得庆祝。他继续着他的劳动，在那轰鸣声里，坚韧不拔地长出的胡须，又一次被拦腰斩断了。

厨房里被遗弃的物品最多，那个木质碗柜是其中最大的。不知道是哪个年代的，我搬来时，就被上任主人遗弃了。我又用了七年。虽然在边边角角上有破损，但我看出它是个做工十分讲究的柜子。正面还有雕花，虽然是喜鹊登枝那种我不太喜欢的图案。我看出这个柜子在用料、制作等环节的思维，至少在艰苦朴素、因陋就简的思维之前。它同我的小狗一样被我丈夫定罪并不得进入新房子。

仁和搬家公司的汽车，停在楼下。它已如一个饥民，将我的家具及日常用品迅速狼吞虎咽了下去。我的那些东西，有圆有方，有长有短，它们使汽车的肚子凸起老高。四个装卸工，在那些动荡的物品上找到了相对平稳的平面，坐了下来。他们穿着上个世纪的衣服，旧军装、中山装。他们在城市这个背景里，成为一些惊悸不安的颗粒，没有哪条街路合适他们停留，没有哪面墙适合他们停靠。司机是这个搬家小组的领导，是这四个人的统治者。我的依据是在整个搬运的过程中，他一直没有伸手干活儿，而工钱却是由他出面和我交涉的。他坐在方向盘的后面，点上了一支国宾牌烟。副驾驶的位子空着，那是留给我的。虽然要走的路平坦，没有一个坎坷，但他们不知道方向，不知道何去何从。我指明方向，在那条由城市喧闹的大街上开辟出来的迁徙之路上，我是一双长在头两侧的眼睛，而他们则是由车轮演变成的翅膀。我们是眼睛与翅膀的组合。他们在等待我，在等待眼睛。

我滞留在楼上，脚步在我的旧房子里流连。搬空了的房子突然在我的面前呈现出陌生的面孔。我强烈地感到了这些熟悉的空间的陌生氛围。我在这里生活了七年并哺育了一个孩子吗？我是什么时候在墙上钉了那么多钉子？那些钉子多用来垂挂什么来着？画幅、钟表、一件小玩意。当这些东西都被摘下来搬走了后，我发现了那些钉子对墙的破坏。窗子上的油漆已经剥落，一张白色纱网一直罩在上面，使我的生活笼罩在纱织网扣的温馨里。我的窗帘很高档，它从容地遮住了一面泛黄的墙。我的沙发和餐桌椅都是木质的，木头花纹在透明漆的下面无声地流动。它们照亮了我的客厅和卧室。墙在它们的光芒里远退、模糊。当所有家具都搬走了，当华丽的窗帘包了起来，当墙上的字画、饰物都拿走了，这个我生活了七年的空间的本来面目，吓到了我。这么多年，我用家具、饰物、华丽的窗帘，遮掩和粉饰了它，它原来如此破旧、千疮百孔。实际上，我一直生活在我的家具里！

楼下传来两短一长的汽笛声，它在温和地催我。我知道我没有超过十分钟，没有跨越它的耐心的边界。不过我的时间也不多了。我快速拿起一只被我遗弃的碗，盛满了水。我的目光被书房窗台上的一株爬藤植物纠缠上了。我共有四盆植物，这一盆是经过了我的理智分析后决定留下的。它的年龄是一岁，但枝蔓已顺着给它的细线爬到了天棚，继而舍弃了那条固定轨道，那只是它童年的滑梯。它长到六个月，就已现出历尽沧桑的面容。它突然长出无数盘卷的须状触手，抓住了能抓住的一切，包括窗边的暖气管、窗子的扶手，它爬上去，又爬回来。已经几个来回。它的生命轨迹在我的眼里已经重叠、回转、交错、盘扣，几生几世了。它的触须长到墙缝里，它的生命已不可清理。我确定无疑它已同我的旧房子长到了一块，我已经无法把它单独搬走。它比衣柜的表达更明了，它大声地告诉我，它热爱这里，坚决不打算移动。我决定留下它。它在我的一面墙上铺展开的生命画卷已经有了永恒的意义，那是不可更改的时间的杰作。我给它浇了一大碗水，然后又浇了一大碗，最后水从盆里溢了出来。这些水够它维持两周或四周的生命，然后它将枯萎、死去。我认为我临行前为它浇最后一次水的行为必要而且有意义。一株草本植物多活一周和少活一周是不同的。任何生命多活一天和少活一天也是不同的。生命的形状由分秒来累积和堆砌，少一分钟，生命最后的姿态也会有所差异。

我眼前的玻璃上存留着上次下雨的水印，但这并不妨碍我看清前方的道路。几乎每个路口，都遇上了红灯。车子的前进被截断了很多次。我并不着急，心平气和地带领着我的家具和衣服向着一个新的房门行进。从甲地到乙地，我是在前进吗？又前进到了哪里？旧房子是五楼，新房子是七楼，我完成的实际上是空中的迁徙。我在新房子这个虚拟的平面安下身来，一层木地板托住我的脚和我的全部日常生活，而渐渐忘了我的脚下实际上是空气。我离大地至少二十米。我被日夜悬垂在大地与天空的中间，恐慌与惊悸已渗入了我的睡梦。那来自大地的安全与力量，我无法吸入，我与大地的脐带早已被切断了。

所有的家具都站立在它该站立的地方，又补充了一些新东西。但我知道我的新居所缺的是无法弥补的。我的虞美人，它现在好吗？虽然它被我送给了一户知根知底的人家，在此前我详细了解了该户的经济收入，又考察了那女主人爱狗的程度。当我的虞美人满脚都是泥的时候，那个女人毫不犹豫地抱起了它，我在那一瞬间决定把虞美人送给她。这里的窗台又大又空，我缺那株生机勃勃的与房子紧密相抱的植物。我还忘不掉那只雕花旧碗柜，它的花纹在我的梦里铺上了天空。两天后，我趁丈夫不在家，雇了一辆人力三轮车，把它运了回来。当我把它放到厨房里时，发现那些化学的柜板，是那么排斥它，它们大块的蓝色、黄色、白色，把它逼得面目不清、黯淡无光。而它身上的破损，也突然触目惊心了。它像一个小灰麻雀，在一群高大华丽的孔雀的逼视下，缩成一团，不敢抬头。我又把它移到卧室，但卧室大片新鲜木头的颜色，使它更像个病弱又衰老的人。我意识到它在这个新家里已经找不到一块立足之地，它与这里的一切都格格不入。我坚信它有存在的必要，但为什么它的处境那么尴尬。我的视觉被那些妖媚的化学染料迷惑了。最后，我把它放到了储藏室里。

我坐在新房子里，坐在那些鲜亮的颜色里，没有再向墙上钉一颗钉子。画和钟表都立在墙角，我看时间的时候，就呈一种弯腰俯身，向时针虔诚致敬的姿态。

我在每个房间里游荡，试图同它建立起一些情感。可我的床下还没积攒下一片纸屑，衣柜的影子也没有拓印到墙上。我刚移栽的一株爬藤植物的幼苗，刚刚从两片叶子的中间，伸出一只胆怯的抓握的小手。在这巨大的空间里，它的手，像婴儿的手，颤动着，什么也没有抓住。

格致：作家。著有《转身》等。

本文刊于《天涯》2006年第2期。

与你相望

杨　沐

今夜我喝了酒，为的是，在半癫的状态把一些债偿清。我把它说成是债，是的，是对女人的债，我欠了许多债，想以一漏十地偿还一些。“你”，我的姐妹，我与之相望的是你们。他们，在今夜，被我的手臂划开，在我的手臂之外，成为“他们”。在我长久地与你们相伴之后，我愿意怀着宗教般的虔诚，把我芳香四溢的文字在星辉中奉献。

肉体

我首先向你眺望的是你的肉体。我在澡堂看到你之前，对你们整体，当然也对他们那个整体浑然不觉。我只关注自己的身体，关注自己身体和思想上的疼痛，这大概与自己多病羸弱的体质有关，也可能与敏感脆弱的神经有关。在此之前，我不知道你们是什么；你们是一个整体，一个拥挤在一起的整体；我仅仅能区分你们的面容，对你们的个体无法区分，也无法进入；直到那年初夏在学院的澡堂遇到了你。

那个夏天，一辈子不进公共澡堂的母亲，突然对我放心起来，十分粗率地对待我纤弱的身体和敏感的内心。当然我并不十分清楚她是否知道我是个敏感的孩子，她是个浪漫的、大而化之的母亲，有一套率真的对待孩子的办法。在我忧心忡忡的成长过程中，我总怀疑她知不知道我是怎样的孩子，因为在我能跟她交流时感觉她更像个小女孩儿，而我更像个老成的大女孩儿。当然那都是误解，是我对自己看得太重，生怕时常晕头转向的母亲把我搁置一边。那个夏天，母亲突然粗放地饲养我们，行动之一就是把我“放”到学院的公共浴室。于是，在十一岁的时候，我在那里目睹了你。

你赤裸着从外面进来，穿过从天窗上斜射进来的阳光和澡堂白色的水蒸气，毫不在意自己的身体，坦荡而来。我相信你的身体不是最好的，却是我最早见到的胴体。它是赤红的，肤质粗糙，抻拉得很长，似乎有善于奔跑的筋条和肌肉。我看着你进来，皮肤上带着汗水留下的花纹，脖子上还是搓下来没有弹去的泥垢，距你七八米的距离，我似乎都能闻到你身上的汗酸味。澡堂里三四十条女人对你议论纷纷，说你不像个女孩儿，我也觉得你不像个女孩儿。像什么？我的词汇给不出答案。我觉得你的脸像向日葵，身体像风正在吹动的树枝；你身上是燥热的，在冬天里可以用来暖被窝的；我还觉得这副身体可以应付各种地面游戏，在那些我一样都不擅长的游戏中成为女孩子们的王。是的，我觉得你是太阳下的王、马路上的王，你不像这些脸上挂着局促和不屑的大学子弟，浑然不觉地把青春的肉体交给了户外。你那时大概十五六岁吧，我对女子的肉体还没概念，不知道那样一副身体，应该对应多大年龄的女孩儿，但这不耽误我对你的胴体目瞪口呆。

我充满想象的目光，从远处，像喷射在你身上的温水一样，抚摸着你。我觉得，我的目光扫过你身上的地方，就像春雨扫过的大地，我经过的地方会有花儿开放出来；而那些花儿，欣欣向荣的花儿是开在我身上。就有这么神奇。那个夏天，那天下午，我用混沌初开的目光经过你的身体，我感觉到了我的皮肤，或者说我意识到了我的皮肤。我开始低下头，有意识地打量自己。我看到我是女孩儿，我把自己从“你们”这个整体剥离出来，我把你也从“你们”那个整体剥离出来；你是单个儿的大女孩儿，我是单个儿的小女孩儿；我在打量你时意识到自己，我在打量自己时，发现了“我们”——整个的女性存在；我们区别于他们，我们可以跟他们接吻、做爱、睡在一起、生出孩子，但我们永远区别于他们，也永远融入不了他们；如果仅仅是我一个人，面对他们我是孤独的，我没有一个阵线，没有真正的战友；而有了你们，我就有了“次核心”的后盾。

我的身体就这么裂了开来，在那天下午，在随后的几个下午，它像兰草抽出花茎，像麦苗抽出穗子，只用几天工夫就长大了，再用几天工夫，就长成了。

这是一个神奇的、令人惊惧的变化，是一个一去不回头的前进，它的不可逆性让人欣喜，也令人心碎——我就这么脱离混沌有了性别，就这么脱离“我们”成为个体，就这么起步从女孩儿走向女人，一去不回头。

应该说，相助成长的，不仅仅是我目睹了你疯狂向上的肉体，还在于那个暑假突然冒出的、毛茸茸的关于女孩子身体成长的传言。传言应该年年都有吧，而在我成长的那年，有关身体的谣言集中来自那对跳芭蕾舞的双胞胎姗姗、娜娜。那也是十六七岁的女娇娥吧，在舞台上、在家属院里，光着两条长腿走来走去。她们成了家属院几乎所有女孩儿艳羡的对象，关于她们身体的传说和谣言，在那个夏天，像风一样，带着语言和想象的色彩，荡来荡去。女孩子们以看到她们的舞姿和身体为荣，以掌握一两条小道消息为傲；神乎其神的传说到处飞扬，她们并不确定的姿影，成了我成长的楷模。有些女孩儿是靠蓦然撞到某个身影和语言演变的想象开始成长的，我就是这么成长的。母亲给我吃的食物似乎根本不重要，我的身体在目睹大女孩儿的身体后开始迅速生长，在飞来飞去的女孩儿身体的谣言和传说中，丰盈和摇曳起来。这样说吧，在那个夏天我与你相望，准确地说，是我向你眺望。我在你身上发现什么是女性，也发现什么是自己。于是我对自己的身体充满了期待，也对未来充满了期待。

那自小伴随的疼痛感一下子烟消云散，我开始了无疾病地成长。这在之前是不曾有过的。我突然像一丛最好养的太阳花，一下子欣欣向荣起来。

以后的许多年，我忘掉了大部分看到的胴体，记住了最初的你。这许多年里，我向往的关于你的、你们的、我的肉体就是那样的：像向日葵一样粗糙地、蒸蒸日上地站在太阳下，以一种不管不顾的自在，奋勇地怒放着。

十一岁的夏天之后，有七年，我不再在意你们的肢体。你们在春天的熟睡中成长，我和你们一起成长。我再次回到自己的身体，关注它的变化和一切喜怒哀乐；我的目光也开始出走，投向他们，对他们的关注似乎更迫切，也更有趣些。如你所知，我到了一叶障目的年龄，以为关注了自己，就是关注了整个女性；我是单个儿的，也是你们的全体；我唯我独尊地放大了关乎自己的细节，从不担心可能以一概全。我走在“自我”的巨大旗帜下，走在它的阴影中。事实上，那个年龄，有比肉体更重要的成长，那就是心智，我像我自己希望的那样，把更多的精力用在心智的成长上。

我再次关注你们的肉体，是在大学寝室，青春期的幻想正让我整个身体发疼，这就蓦然看到你十九岁的身体。那是暑假刚返校吧，你高高兴兴、浑然不觉地包着两条不规则的布，在寝室和楼道里跑来跑去。有人在走道里拉小提琴，有人在窗口练声，而你呢，兜着两条布，披着天然卷曲的头发，在各寝室之间串门。那网状的小兜布啊，把你十九岁的青春镌绣出来！我在蚊帐后漫不经心地看着你，膝盖上放着卢梭的《忏悔录》，有时候放着勃朗宁夫人的十四行诗集。二三百年前男人女人的文字养育着我，养育我的还有那所名校的某个男生柏拉图式的爱情。是的，我必须承认，在那个年龄，我对男孩儿的了解比女孩儿深透；跟男生对话，比跟女生更游刃有余。我了解那个踌躇满志的名校男生，通过他，我以为了解了男孩儿。

隔着素净的学生蚊帐，我想着一些漫无边际的事。比如你坦然地兜着两块布不担心男生上来看见吗？你男朋友知道你是怎样的吗？你能在男朋友面前也这么坦荡吗？那个男孩儿看到你的锦绣年华会怎样？他目睹了你的肉体会怎样爱你——佛陀，今夜让我把最隐秘的事实告诉你，就在我漫不经心想这些问题时，我的身体内部发出深沉的号叫般的疼痛——我仿佛看到了某个并不顺眼的男生气急败坏地跟你寻欢作乐，而你毫不在意地挥霍了自己保存了十九年的纯洁。那是被母亲看守、被父亲呵护的，坚守了十九年的纯洁，你那充满幻想的、有多种可能性的、不确定的一生，却草率地确定在你粗枝大叶的支付上，简单地把一生固定在了某个人身上。当我想到，你会毫不知觉地在哈哈大笑中完成这些，我自己也会无可挽回地完成这些，心像被摘了似的尖锐地疼痛了……那莫名的痛啊，那追悔莫及的成长啊，那不得不把自己交出去的痛心啊，这种疼痛，在那个雨季到来的初秋，有几个下午，让我起不来床。后来，虽然岁月厚赠，但小女儿的冰清玉洁又有什么能补偿？！

然而，人是能适应的，即便是疼痛。这小女儿的疼痛最终会隐去，一切形而上的疼痛最终都会隐去，人们在忘却疼痛中向前爬行，竟是也能爬出快乐。在终将凋谢、终将长成女人的疼痛之后，通过你繁花似锦的十九岁的灿烂肉体，我开始对另一半充满好奇，开始对未来满怀憧憬，现实生活又柔软和曼妙起来。

直白一点儿说吧，在此之前，我关注自己的身体是我终将长成女人，我的视野里只有女性，这个女性也就是我自己；我打量那个踌躇满志的名校男生，仅仅因为他是男生，他在那时候之于我，是没有肉体、没有性器的；他是形而上的男性、文字的男性、画片般的男性；他跟父亲和小时候一起睡幼儿园栏杆床的小男孩儿差别不大。一个女孩儿会天然地跟父亲和小男孩儿在一起，长到一定时候，也会天然地跟大男孩儿在一起。而当那一天，我想象一个男人会怎样爱你时，一切都发生了质变。一些并非来自大脑，似乎来自身体深处的甜蜜，袅袅上升，像一团团云霓，就此荡漾了，再也挥之不去。这也许是个案，但就我来说，我在你招展的身体上发现了世界上另一半的肉体；在对你的目睹和想象中，开始了对另外一个群体的想象。就此，我茫然的、不确定的、关于肉体和性的想象，像散云归于山谷，流水汇入一渠，一下子明确起来，一下子简单、扎实了，成了近在眼前的、笃定的存在。那种感受，我告诉你，对于一个女人是扎实的幸福，而对于一个少女，是无可挽回的令人难过的隐伤，从此以后，你再也不是处女——即便肉体上还是，那种伤痛会永铭于心，它比事实的非处女更伤害了冰清玉洁的少女，而这些，又将是不可阻挡……

精神

我在校园第一次见到你就感觉一定会跟你发生关系。你一定会搅进我的生活，影响我、渗透我，在我身上打上你的烙印；而我，尽管是学生，一文不名，也会在你身上打上烙印。我们终将闹出点儿事，不是好事，就是坏事。

但是，我应该不怎么喜欢你。你不好看，轻浮、粗浅、疯疯癫癫；一会儿穿得十分规整，一会儿弄得跟家庭妇女似的，随便穿个针织汗衫就能出来。这还不是主要的，主要的是你整个神态上，总有那么一抹丧失过一切的卑微和桀骜，那是隐藏的、不经意才会流露的一抹。这一抹事实是，你有过彻底匍匐在地的时刻，有过跪倒在地的时刻。所以，现在你睁着眼睛的时候，都在向那个时刻抗争，都在用你的现在推翻过去。你一时为那个过去谦卑，一时又傲然，似乎为把它踩在脚下，你可以把一切都踩在脚下。这是我今天回想你时才想到的，当时无力想到这些，我只预感到你将和我发生关系，而这种关系不一定是我想要的。我不愿被你带进阴沟，我有自己幻想的生活，我的白纱裙还一尘不染。

一年后你走进我的教室，给我们上哲学课。

你在第一周的课堂上只看我两眼，你的眼睛主要看男生，那个可怜的班主要是男生，女生被淹没在男生的荷尔蒙和汗臭里了。你有力而挑战性地和男生们迅速交流目光，这让你后来和在校男生闹出绯闻不足为奇。但你还是发现了我——我绝不靠近你，绝不向你献媚。你有一天居高临下地打量我，当时我正跟男生讨论什么思想解放，你好像突然发现班上还有这么个女生，故作惊讶地说，是咱们班的吧？咋一直没注意到你？这句话奠定了我们以后交往的基础。我知道你注意过我，你在课堂上会冷不丁乜斜我，那戳来的目光带着挑战，也来自我对你多少存在的小觑：你在课堂上吹嘘的萨特、存在主义一干人的著作，马克思的《1844年经济学哲学手稿》，关于“异化”“思想解放”的讨论，地下刊物《今天》和罗曼·罗兰的《约翰·克利斯朵夫》，以及被重新拾起的《钢铁是怎样炼成的》，都是老皇历了，是五年前或更早的时尚，我在中学时就被那位名校男生灌输过。我要看看你有没有新玩意儿。

是的，我在看你到底知道多少，有没有我不知道的玩意儿。知道多少是那时候青年人划群的标准，不知道很多的不被我们划入圈内。事实上，我知道的那些西洋玩意儿不能形成完整的思想体系，留在脑子里的都是东听一条、西看一条的观念和主张，而不知天高地厚的我就拿这些当标杆，测着谁的水深、谁的水浅。同时，我感觉，你也是边试我的深浅，边跟我交往，也就是：如果你自己是一尺，你想看看我有几寸。我很快发觉你已经老了，散发着旧皮袄的讨厌气味；而你则发现我是你的尤物，你要把一些肥沃的东西灌输给我。那年，你二十七岁，我二十岁。

从开始我就是泰然的。我不在意是你的几寸，或者一寸也没有，我是学生，我有无知的天然权利，有技不如你的安然。可能因为你对我的态度吧，你总带着年长女子对少女的悲怜和忍让，带着对骄傲惯了的女孩儿的迁就。在与你的相处中，我始终免不了对你小觑，用少女的傲慢对待你，即便走近你，也怀着嘲笑的心情。后来我才知道，你从我身上看到了自己，我紧绷着的桀骜的小脸，让你看到七年前的自己；这就是后话了。事实上，我也有我的机灵和乖顺，我等着你接近，怀着学生对老师的屈从，一个弱势者对智慧者的屈从；我需要来自年长者（年长五到十岁的朋友）的智慧、见识和忠告；我还无力把握自己虚空的精神世界，需要书本以外的支撑，也就无法拒绝你；你也不是不可交，毕竟在我就读的那个学院，能讲讲思想的我还没发现。

你揣摸着跟我谈点儿什么——那时候流行“谈”，所有的思想和情感都在“谈”中迸发出来——你可能看出我对你梳理的柏拉图、亚里士多德、笛卡尔、莱布尼兹、黑格尔、康德到海德格尔这一脉西方哲学不感兴趣，对你讲《1844年经济学哲学手稿》也做不到专心致志，你在考虑能跟我谈点儿什么，怎么能让我感兴趣，并与你对话。有一天，你拿回一本“内部参考资料”，上面集中介绍了萨特的两部小说和一个戏剧。你原准备自己看的，当你在我眼里看到亮光，便让给我先看。我根本不看你的表情，径直看着书两眼放光。如果我看到你的眼神就不能任性，但我怎能放弃你给我的“最惠国待遇”？我也想试试自己是否真正有“最惠国待遇”。不过我也真不是特别骄傲的女孩儿，这种骄纵仅仅针对你。我建议把书拆成两半，你看一半我看一半，看完后交换。我假装对书毫不吝惜，你虽然不舍得还是依从了我，当我看着你把书拆成两半，一种快感油然而生。我心满意足地拿着前半部分走了，作为回报，我把书看得极认真，并为讨论做了笔记。之后很多夜晚，我们就萨特的《恶心》《墙》《苍蝇》，没完没了地讨论。先在你的教研室，有时候在宿舍楼的山墙边，最后是你的家。我背下原句，你也背下原句；我带表情朗诵，你也带表情朗诵；我们进入相处的最愉快时期。

每个周六我都去你家。你下午就把衣服洗好，地拖好，剁好菜，和好面，剥好蒜瓣，等着我来。我五点钟准时去你家，两个人一起包饺子。所谓两个人一起包，是你擀皮，你包饺子，你煮到锅里，你端上桌子。我干啥呢？我负责在你擀皮的时候，捏点面扑在皮上，拿着勺子搅搅锅，拿筷子，把蒜醋汁舀到碟子里。你喜欢我这大小姐样子，说将来要是生个女儿，一定照我这样子养。我适时而乖巧地冲你龇牙咧嘴笑。我们最高纪录一次包过156个饺子，我们最大的能耐是把它一气吃完，吃完后不得不去树林散步，那天的文学或哲学讨论，变得上气不接下气。我们每周都包饺子，每周吃完饺子都要进行文学或哲学讨论。你坐在一把椅子上，我坐在另一把椅子上。那是从深秋开始的，身上的衣服一件一件加厚，最后烧起了煤气取暖炉。通红的炉子烧着，火光照着我们的脸。我们谈到夜里三点、四点，甚至天亮，把吃下的饺子全部消化完，之后，你让我睡在床上，你睡在两个椅子和一个板凳拼的板上，有时候我睡板上；我们不会同睡一张床，我不愿意，你应该也不愿意。我一般是第二天上午离开，你从不让我在你那里洗漱，你做的早餐也从不考虑我。我觉得这样很好，我不想在文学与哲学氛围之外跟你过多亲密，我们始终都没磨去最初的假装无视和挑衅，我们不像一般女孩儿，从不谈自己的过去和情感生活。后来，午夜以后，我们没什么好说的了，你要把我留住，或者我也想待下去需要理由，你就教我下围棋。我记得，你的手碰到我的手会若有所思，我的手碰到你的手时，会不由自主地躲藏。虽然这种情形双方仅仅有一次。

我们亲密相处了四个月，读了有二十多本书吧。应该这样说，在此之前，我听到的谈话都是说“事儿”，而你论及的是“思想”，也就是说，你是向我输出思想。我第一次长期地高密度地听着高于生活的言论，这些言论像强心剂，一支一支注入我需要营养的心田。接着寒假来了，又结束了。寒假后，我被另外的东西吸引了，或者说，我对这种周六包饺子、无休止地谈文学与哲学、守着炉子发呆、下围棋不满足了。同时，我把你摸透了，我那么急于摸透一个人，又那么容易对这个人失望。我又注意到你是那么不好看，激动、偏激、执拗以及你对我的“奴颜婢膝”；我看出你孤单，没有朋友，生活中似乎没有男人，不上课的时间似乎都用在读书和与我交谈上，以及死死抓住我，要我做你唯一的朋友。

我开始从你身边走开，刚开始是一周少去几次，后来则把周六安排去排练地下戏剧。我们一周只能讨论一次，你显出不安和忌恨。你开始想办法吸引我，跟我说一些文学圈的名人逸事。我是那样浅薄和轻浮，听着轻浮的故事，眼睛重新放出光，坐在方凳上笑得浑身乱颤。你便以为我喜欢这个，看见我眼睛分神就给我讲这个。你又抛出你自己的经历，我以为像你这么神秘的人死也不会说出自己的过去，可能就是要把我留在周末的饺子宴上，你开始向我痛说家事。于是，我知道你眼中那一抹匍匐在地的屈辱来自何处，你睁着眼睛就想证明的倔强来自哪里。我向你洒了一掬泪，但残酷地转过头去，因为我发现你还是在讨好我。于是，一周一次的交谈也难以为继。你上课我根本不看你的眼睛，对你意味深长的话头报以讪笑。周六，你叫我去你家时，我热烈地看着男生，没心没肺地说：我要去剧社排戏。我不看你尴尬的眼神，也不正视你对于我背叛的恼怒，我实际上是不忍心的，但我不愿把青春都耗在一个穿得乱七八糟的、不结婚的老姑娘身上，我得跟同龄人玩，跟他们海阔天空。“骂罢帝王骂春秋”——这是冠冕堂皇的理由，还有个深层理由是，我不愿接受你对我的屈从，这种屈从让我厌恶和不安。

“年轻人就是这么善变”，不需要多长时间，我就把跟你一起读书讨论的瘾头“戒”了。但心里是笃定的，知道只要我想回去，你还会接受我，给我包饺子，再让我睡床上，而你自己睡木板。与此同时，你给我解读的那些书成为我在同龄人面前骄傲的资本，我滔滔不绝向他们卖弄的也许都是你的话，尽管我会越说越明晰、越说越深，有的时候，话题深得会找不到回来的路。这时候我就想到你，我预留着这些问题，想来日问问明白。

不过我再也没因为求知回到你的小屋，我们又交谈过，一次是在你的教研室，突然别的老师都走了，就剩我们两个，我们像两个分手后又见面的情人，不无尴尬难受。你说你看过我们排的戏，认为我们应该排最深刻的戏，至少要排《苍蝇》那样的。我不服气地说，爱情是我们这个年龄的主题，排爱情戏，理所当然！你说，那也应该排深刻一点儿的爱情戏，说我们是最好的人才，不是社会青年。我不满地看着你，听出你对我的失望。我说，在你看来，我们应该排哪出戏？你说，《莎乐美》。你又说，去我家，我给你拿。而我这时就怔在那里，就是不愿去你家，不愿让你阴沉、忧郁的性情影响我，不愿看到你越露越多的沉重和曾经打倒在地的卑贱。我不能忍受卑贱，那东西像虫子一样噬咬着我。我说下次上课你带过来吧。你抬起眼睛深入地看了我一会儿，说，做学生的这样跟老师说话？我猛地一惊，我骄纵地跟你相处了四个月，你这是第一次回击我。你又说，我不会一味纵容你的，我可以明确告诉你，你把自己定错位了，你没有可能跟我平起平坐，你再读二百本书才有资格向我讨平等。我像被人敲了脊梁骨，人都瑟缩了。我睁大眼睛看着你，使劲咬着牙不让自己哆嗦，之后走出教研室。我心头涌上了恨与不屑。你让我放肆了四个月，又把特权收走了，我从半空掉下来。我的喉头堵了三天。三天里，你把《莎乐美》给了剧社的男生；三天后你来给我们上课，课间走到我座位前，对低下头的我说，剧本看了吧，你可以演莎乐美，那个疯狂忌妒和骄傲的人，你能演好。我低着头听着，在你说完后不置一词，站起来走到楼廊的同学圈里。同学问怎么了，我撑着没哭，调侃道：传道授业解惑也。

我的心也离开了你的小屋，但没停止过对你的张望：你有男朋友了，你结婚了，你从那个小屋搬到某个简易楼的顶楼，你怀孕了，你堕胎了，你穿得乱七八糟在校园里走，毫不在意地跟男生说说笑笑，讨论哲学或文学，直到把某个男生领回家……你的新婚丈夫在外地工作，这让你还像未婚时那样满不在乎。你把那个男生带到家还是包饺子，谈文学或哲学？你为什么非要找个人听你谈、跟你谈，你的世界就这么大或者就这么小？据说那个男生也和我当初一样，第二天上午才离开你家。最后那场绯闻弄得沸沸扬扬，直到那位新婚不到一年的丈夫回来要求离婚，而这时，那位火气很旺的男生要求跟你结婚，以表明自己的真心和纯洁；你的罗曼蒂克的书斋世界就这么乱了套。

几乎每个人把这当成笑料，接着是你离婚，接着为了保留男生的学籍你要求调离学校。在这个时候，你找到我，让我去你家，让我坐在一把椅子上，你坐在另一把椅子上。你眼里慢慢涌出泪，我眼里也涌出泪。你说，男生到你家跟我当初的待遇一样，你睡床上，男生睡木板上。我说，我相信。你说，你就是喜欢我，在我身上看到不能实现的自己。你实际上是想找个女孩儿来交谈的，却找错了对象，男孩儿是不能那样交谈的，你没想到，也没去多想。你说，你信吗。我说，我信。你说，你原来担心将来我有可能像你一样糊涂，日子过得颠三倒四，现在不怎么担心了。你说，你看到了，我不会像你一样糊涂……我的眼泪夺眶而出。我把手伸过去，隔着一张桌子，你抓住我的手，用力地绞着、哭着。我悲戚地望着你，突然觉得就像望着自己的亲姐姐，就像望着自己，望着一种命运，一种来自女性共通的东西，液体一样，流遍我的全身……

惜

我去年冬天遇到她，而此时，我读她的诗不少于十五年。我跟她在一个桌子上吃饭，桌上还有别人。她对我一无所知，我则因为她而心不在焉。我不看她，三十分钟后她开始向我侧目，问我一些话，我简单地回答。经过一段答非所问之后我对她说，我和她的谈话不能是寒暄式的，这让我无法处置多年积累的情绪，如果饭后她有时间，我愿意带她去吹吹海风。她的大眼睛别样地眯着，想了一会儿说可以。

在大家离开餐桌前我出去买了两听啤酒，边付账边拉开一罐喝下。卖酒的女人看着我，我撩起眼睛色情地睃她一眼，她惊得在板凳上顿了一下。这一耸，把我心里那个疯狂的孩子拽了出来。我把车子开得划出一个弧线停在她脚边，她惊异地注意到我的车技。这车开得像男人。她提着裙子上车后说。我说，他们都这么说。

她不看我，故意的。我让人紧张，我也是故意的。现在，就我和她两个人了，她与这个城市的关系就是我，还有一部可以向外拨通的手机。就像大海上的一艘船，她没什么可依靠，只有依靠我了。想到自己蜷在被子里读她诗的那些漫长下午，我竟有劫持了她的快感。大名鼎鼎的她和我，就我们两个人，坐在飘摇的车里。我侧过脸，温柔地冲她笑。我没让这个节奏停下，不能回到她的诗里，那样，我可能无法跟她交流了。我说上车前我喝了酒你发现没有，她美目一轮说，怎么不让我喝？我怔了一下，哈哈大笑，边笑边把车子猛地刹住，跳下车，跑到路边杂货店，让卖酒的小伙子搬一箱到车上，然后从车后厢找出藏着的香烟，爬到车上对她说，喜欢吗？她说，所有醉生梦死的都喜欢。我们夸张地弯下腰，拼着命哈哈大笑，谁也不愿先停下来，好像谁先停下就对不住对方，就会把这美妙的夜晚破坏。只是笑过之后她依然茫然，她不知道我是谁，将会干什么。

我说，十五年前我在北京一个破旧礼堂见过她，她坐在主席台后面，对自己坐在这个位子感到茫然。我则挤在一堆文艺青年里，一直盯着那张脸看，想从中看出，那些文字是怎样流淌出来的。她问看出来了吗？我说看出一点儿。是什么呢？我说，涡旋。我说，当时我特别想跟她谈谈，但是不敢。她说，如果我当时跟她谈，很有可能是，她也不敢。我说，我不是自卑。她说，她也不是自卑。我说，就是看见一类人，突然觉得无从说话。她说，那个时候，好像必须以书写的方式才能把要说的话理清，而书写不允许的话，竟然一个词语也聚拢不到嘴边来。我说，这时候更愿意盯着对方，沉默。她说，感受，有时比语言更准确、更有力量。我突然有点哆嗦，好像在跟自己说话，思路是一样的，感受也是一样的。她比我年长十岁。

我不知道该怎么进行下去，拿起香烟，她帮我点着，我不敢看她；她自己也点着，眼睛移到窗外。我说，我可能读过你所有发表的诗，但是没有一本你的诗集，你的那些诗都是刊物上撕下来或抄在纸上的，它们夹在一本 1981 年出版的学生字典里。她说，我听过很多人这样说。我说，手抄或报刊剪贴保存下的诗，带着许多故事和记忆，我更愿意用夹杂着故事和记忆的方式留下你的诗。她说，我也是更愿意看诗人朋友抄给我的诗，它们比印刷品更像诗人本人。我说，我认识的一个男子读她的诗已经二十年，他在做梦的年龄还去她住的城市找过她，想跟她谈诗，并把她的诗朗诵给她听。我说，这个男子说，这是一种形式的反哺。说到这里我的声音哆嗦了，一股怎么也讨不清的委屈，让我的整个内腔都酸了。我说，这次吃饭前我去网上搜索她的诗，重读了那些诗歌，现在我最想做的是，让我朗诵你的诗句给你听，或者叫反哺；让我对你诉说，用你的诗歌，用你的句子。之后，我开始朗诵。黑夜里，我的声音，她自己的诗句，让她的脖颈不由自主地伸长。

我们来到海边，下车，我将一个薄毛毯给你，你说不冷，我说到海边你就知道了，我披上另一个毯子。海口西边十五公里的地方，百万年前地壳深处的能量喷发过一次，留下一座火山岩山丘和一具盔甲般的火山岩地表。这股灼热的洪流最后消失于大海，我们就坐在消失于大海前的最后岩石上。你笑着说真的需要毛毯，我说我们的骨头已经抵御不了潮湿。你说就像我们的眼睛已经抵御不了眼泪，我说就像我们的内心已经不能停止回忆。你惨烈地笑起来，声音像鸟一样，在黑暗中看着我说，你是谁，有什么作品。我说，不用费神了解我是谁，我默默无闻，即便二十岁时雄心万丈，现在依然默默无闻。你又像鸟一样笑起来。

你说你也是，默默无闻。我说不对，你曾经名扬全国，而不知什么时候起，就边缘化了。而你，似乎也再没写出更好的诗歌，你最好的诗歌还是十五年前的。这到底是怎么了？怎么着你就从中心滑入边缘？这十五年，那深入骨髓的诗歌怎么就离你而去了？你的生活、你的思想到底遇到了什么，那种直抵本质的语言为什么开不出纯粹之花？

你被我逼得难堪，可能没有人这样逼你，尤其没有一个女子这么逼你，女子之间是讲究和气的；但是，我看到越来越多的坠落，我自己也在坠落，我想知道到底是怎么了。你踌躇着，你在思忖该不该向我这个陌生人检讨，在作品之外你可能不向别人诉说，可能你愿意把为数不多的人生检讨向一个男性说。我们绕不开男性。最后你还是说话了，你说，你对我了解到什么程度。我说我眺望你至少十五年，我说你是我海域里的一个浮标，我游一段就会看看自己离你还有多远，我看到你的时候，就仿佛有了呼应。

可是，你说，我自己找不到呼应了；突然间，诗歌是你自己的事了，没有读者，甚至你要对他倾诉的那个人也没有了，诗歌变成你自己的呻吟。这还不是主要的，你说，主要的是，支撑诗歌的内心的东西塌陷了，你开始怀疑自己一直坚持的，自己的价值观；诗歌的价值观、文学的价值观、人生的价值观；继而错愕得怀疑自己的诗歌，怀疑自己的诗是不是真的写得很糟；继而检讨自己的生命状态。我说，我自己也是，检讨自己的生活，检讨自己一直坚持的。我因为怎样挣扎也默默无闻，可你怎么也会怀疑自己的诗歌，你是最好的女诗人。你说，不怀疑已经写出的，怀疑正在写的，经常怀疑。这种怀疑导致内心虚弱，文字不成问题，但最有力量的那些东西呈现不出来，也就写不出超过十五年前的诗歌。我说，仅仅因为没有受众。你说，还因为没有主心骨。接着你一字一句狠狠地说，最信任、最依赖你的人都离你、你的诗歌而去，你不得不错愕地反问，你到底对不对，你坚持的到底对不对。我说，你是个谦卑的女人，总是在任何变故中，检讨自己的错误？你说，是。我说，我也是。

我说，你放低了对自己的要求。你说，你看到了？能看出吗？我说，我对你眺望了十五年，曾经我必须躺在棉被里才能读你的诗；棉被筒有种怀抱的感觉，我感觉就像被人抱着，被人摇晃着，读你的诗；我被你的诗歌摇晃着，哄着。你怆然一笑说，你被我的诗歌哄着，我被谁哄？我说，所以今天，我给你朗诵你的诗歌，用你自己的句子和我的声音把你抱住。这时我感到你包裹在毛毯里的身子在摇晃。

实际上，这时我很想抱住你，我不仅想抱住你，还想轻触你的嘴唇或者动脉血管集中的地方，这与同性恋无关。我知道这些地方波动和流泻着你最深沉隐秘的情绪，我想去感知它，以便感知你细碎幽深的心理。但是我顾忌，我不知道你对皮肤接触是否拒绝。我用力抱紧自己的双腿，身体向里压紧。

我说，我也是的，忘了最初的理想，忘了要坚持的是什么，在世俗和浅薄里，寻找解救自己的方法。你说，我不承认自己忘了，但可能真的忘了。

我说，我是还没登上舞台世界就突然拐弯了，如我这般的小知识分子，突然被晾在一个被弃用的情景演哑剧，任何表演都变成自说自话；而岁月从身边呼啸而过。

你说，连那位最后的听众都转向青春的表演，青春表演像一台清晨醒来的老虎机，吃掉我们投进去的任何赌注。

我说，连个纪念品也不给我们剩！

这次，我们两个一起发出鸟一样的笑声，两个人都抱住自己的膝头，压住身体的瑟瑟颤抖。

可能你实在受不了两人各自的颤抖，你站起来，风吹着裙子，你好像一只迎风起飞的黑色大鸟。我想起你是会跳舞的，据见过你舞姿的人说，那就像黑巫婆的招魂术。我建议说，愿不愿意到草地上跳舞，我也能跳两下，我们可以相互激发一下。没想到你爽快地答应了，我们爬回堤上。我把车上的音箱打开，开到最大，车上有自己刻录的光盘，班德瑞乐队的曲子，像风携带着黄沙，犹如一堵墙，推了过来。

你能比我更快进入情境，我看着你，揣摩你的舞姿来自哪条路数。它无疑是条野路子，就是小时候听着收音机瞎蹦瞎跳那种，糅合了各种元素，想怎么跳就怎么跳，情绪大于舞姿。但这并不是说不好看，因为有极大的想象力和强烈的情绪在里面，是疯狂、妖冶、随心所欲的。我去把车掉个头，打开车灯，车灯照着你，你便像黑色的剪影，漂在海上飘来的乳白色的幕布上了。

我甩掉毛毯，甩掉鞋子，笑着走近你，走到你跟前开始舞蹈。不要停，不要停，我跟着你，我说。你也就没停。我揣摩着你舞蹈的走向，跟着你的舞姿，当我们配合得很好的时候，我们会看着对方的眼睛，交换着眼神。当我们跳到大笑时，我们的舞姿活起来，也能自如地跟对方呼应。你说，你跳跳你的舞蹈，我配合你。我先跑回车上换一盘歌碟，顺便喝了一听啤酒，你跑过来也喝一听，我们光着脚、疯笑着跑回草地。我跳的是西南少数民族舞蹈，这是我这几年游走西南的收获之一。你掐着腰，看着我，看了一会儿就跟我跳起来。我跳的是原生态的舞蹈，所有舞姿都是重复的，可以重复多次，但每一次都可以跳出不同的小动作。我的光脚踩住了你的光脚；我的手掌触摸到你的手掌，我的手掌还触摸到你的脸；我的肩头摩擦着你的肩头；臀部摩擦你的臀部，左边擦擦，右边擦擦；我的肚皮摩擦你的肚皮时，你先笑着不看我，之后哗地一下笑爆了，说，你真情色，居然能撑得住。我说，还有个更性感的舞姿你恐怕不敢跳。你歪着头看着我，你在揣摸这舞跳下来会怎么样。我在光柱中跳自己的，不理你，你跳也罢不跳也罢，刚才的舞蹈我已经感受了你，从肉体开始的感受，这些已经偿还了我从青年时期开始的、有些依恋的对你的想象和眺望。不过，你最后还是忍不住好奇，想看看“更性感”的舞蹈是什么，于是我就教你跳。我先问你翻滚的动作还能做不，你说能；我告诉你，必须绝对相信对方能支撑住自己，在支撑对方时，必须相信你有绝对的意志和力气撑住对方；你说你应该能。于是，我们像两只交叠的蟾蜍，在草地上翻滚……

我说，王尔德说，三十岁的女人谈政治，四十岁的女人谈爱情；因为恐惧衰老，女人们中年之后又开始疯狂寻找爱情？你说，还有比衰老更本质的恐惧，那就是死亡。我说，追求爱情成了抵御死亡的钝剑？你说，女人就是这么无力和局限。我说，难道我们就无力超越？你说，除非我们超越死亡，相信有来世。我说，我看到这种恐惧让女人晕头转向，女人们为了有人爱让自己浅薄、庸俗，迎合男人，放弃自己，整体品格都在下降。你蓦然回头，犀利地看着我，仿佛恨我一般，说，我就是的。我也狠狠地看着你，说，我也是的。

我们两个人站住，身体微微往前倾，勾着头，抬着眼睛，一高一低提着拳头。我们像两个仇敌一般地站着，我们中必须有一个哭，我们才能和解。我很自卑，我没哭。两个女人之间，哭的那位永远握有撒娇任性倾诉的权力。她长我十岁，这个权力我竟没夺到；或者，她比我更软弱，我不能去夺这个权力。

她抱住了我，我反抱住她。从她的长发下进去，我的虎口触到她脖子上的动脉血管，那里的鲜血像小鹿一样、无比感性地突突直跳。我看到她分缝处的白发，它们已经斑白了；我还看到她扭动脖子时的皱纹，那里的岁月辛酸，岂是一掬泪能捧得住的？！我把手整个握住她的脖颈。

你说：失败啊！

我说：我已经不记得胜利是什么了。人生也许是一个节节败退的过程，但是我们不能轻易放弃任何一个山头。

你说：你也将是我水域里的一个浮标，我会不时张望你在我的哪里。

我说：就像两条鱼，相望于江湖。

杨沐：作家。著有《飘逸的海岛》等。

本文刊于《天涯》2008年第2期。

执镜者

南　子

我们注视的越多，看见的越少。

——题记

博物馆里人不多。开阔、光滑的大理石地面曲折地延伸，宁静反衬着一切细小的声音。数盏暖光灯，将并不明亮的光射向每一个角落，使人的脸、陈列的器物现出明暗的分界。

馆内空气幽凉，暗合着一件件先祖的器皿所带来的隐喻，使逶迤而来的历史随着隐形的音阶起伏、停顿，而其中的波澜已经干涸。

我注视着橱窗内展示的一面保存尚好的铜面小镜。这块铜镜呈青绿色，遍布锈色，笨拙而不光滑。难以想象它的主人，一位持镜者在面对它时的顾盼。作为镜子的雏形，它历经岁月的侵蚀和流逝，再难以映照日影的飘移，洞悉虚构的影像。

从史前开始，人类就对自身的形象感兴趣，而且采用了各种办法，如光亮的黑石，或是满盆的水，来映照自己的影子。据说，青铜镜是希腊火神和锻冶之神赫菲斯托斯的发明，它在中国的古代就已被广泛使用。它是圆状的碟形，打成薄片以减少氧化，镜面几乎都保持有一定的弧形，凸面使实物的影子缩小，凹面则使之放大。这些镜子的尺寸都很小，这样就可以用较小的镜面，将人的形象容纳其中。

“任何事物在平静下来的时候都能照得见影子。”

大光先生温和的声音在我的身后响起。

我微微俯下身子，想要更清楚地看清它，但是，却看见时间如何吸收光线，从最高处的地方俯视着我，反射出变形的影子。

镜子真是一种奇妙的东西，它通过反射被神秘酝酿，使人通过自己的外貌进入内心——像是一次深刻的自我发现。它与人类的故事息息相关，多少张面孔被镜子照耀——作为普遍矛盾中最准确的隐喻。

人第一次照镜子，面对酷似自己的双重暗影时，受到了怎样的一种震撼？一篇18世纪的朝鲜哲学家的寓言向我们呈现了离奇的情节：

一位姓朴的卖锅小贩，他的妻子唯一的梦想就是拥有一面铜镜。当她终于得到自己渴望已久的镜子时，却惊诧地发现镜盒里有一张陌生人的脸。丈夫回来时似乎是一个人，可是她看到镜中有一个女人站在他身边。那个婆娘是谁？妻子第一次看到自己的影子，所以不知丈夫身边的那个女人就是她自己；丈夫看见里面有一个男人，以为是妻子的情人。于是两个人争吵、咒骂、叫嚷，他们找长官裁决，又引起了一场混乱。这下又轮到长官发狂了：他从那神秘的镜子里瞧见了一名穿着袍服的官员，会不会是新任命的长官刚刚抵达，那么自己是被罢免了？

镜子是一种活物，负责收集光，收集欲望和秘密，能吸纳世间一切冰凉的影子。

镜子还带来了性别。

对于女人来讲，镜子的作用模棱两可。时间的流逝，来自于光洁之镜与破碎之镜前的顾盼和迷惘。因为镜子永远是“女性的特权和弱点”。当女人认识到自己的形象时，她才初次感受人生。

譬如我，神经质地迷恋着镜子。并喜欢这样的修辞：镜像、镜城春秋、镜恋……在一次次的窥破之后，我开始尝试只认幻象，破镜而出：照镜子的时候，我与镜中人有一种爱情的感觉，因为肉体不能接触而产生了距离，它融化我，并不修改我自身。

镜中人有时是我。有时不是。

“你在那破裂的镜子中寻找什么秘密？”法国作家 G. 佩荣克笔下的主人公自问道，目光黯淡，倚在镜旁。

“你说，奥斯卡三岁时找到了他一生的鼓，而你找到了镜子。那一年你有多大？”三岁，还是更小？在此之前，所有的镜子都是你视而不见的一部分，有如单向世界的剪影。

我爱浴室。没有比这个地方更适合我的了。我曾经把内心和肉体裸露在肮脏的外部世界太久。在我的这间很大的浴室里，红铜色的仿旧瓷砖墙散发出古旧的光泽。在它的对面，是偌大的一面镜子。它才是我的源泉、我的偏爱之物，相比异性而言，我更贪恋镜子的赞美。我照镜子并认出自己，观察自己的形影。

我的身体有许多块碎片，都有自己的简洁的名称。有时，我觉得我的身体是不可分割的整体，像实实在在的承载者，每一个部分都在区分我的欢乐和痛苦。手、眼睛、嘴、耳朵，又像一件结构完好的乐器，每根弦都在发出自己的声音，绝不重复……并把每一次的欢乐、悲伤直接送往我的每一个感觉区域，又像是一个充满和谐的花园。当然，这还得取决于我被拉在什么样的乐器上，什么样的琴手把我握在手中。

照镜子是一种莫名其妙的自我审察，时常让我萌生不健康的自虐。如果有一天，它突然变得不协调，一定是一个不幸。而且是一个非常突然的不幸，比如我现在，还谈不上老，只是偶尔从过去的照片上看见一张现在已经变化很大的面庞时，有点儿发愣：怎么变成这样了。

我不喜欢在白天照镜子，因为过于明亮的光线，让我的脸、身体看起来和晚上有些不一样。我有时会厌恶镜子中自己那张乏味的脸。白天的时候，充沛的阳光径直穿过偌大的窗玻璃，又穿过浴室的玻璃墙，将强悍的光打在光滑的镜面上，苍白粗糙的皮肤、不够挺拔的鼻子，还有下唇一道显而易见的坑迹……在过于明晰的光线下，这个在镜子跟前占据其中阴影的人看起来有些僵硬。

但越不好看，我越发地爱照镜子。

有时我洗过澡，热气在镜子的光面上抹了一层水雾，映照出一个模糊的影子，像是一张压扁了的纸片，我认不出她但又同时让我产生了好奇。

在镜子里，我看见我的脸和身体充满了质感。我在镜子跟前，微眯着眼睛，像是镜中人对她有了些许迷恋似的，用几乎是耳语的声音说：

“你，还认得出我吗？”

医学上有一个陌生的名词：脸盲症。就是辨认不清楚别人的脸，哪怕是亲友和熟人的。如果她辨认不出自己的脸，这就有些稀奇了。

据说，得此病症的人每天最怕照镜子。因为她或他看的首先是自己的那张脸。其实，自己脸上的五官特色，哪里长了斑，哪里有皱纹，她都一清二楚。可是，每天见到自己的脸还是觉得很陌生。她会问别人：“我怎么觉得我的脸每天都不一样？”

有此症状的人，她们跟外界疏离，没有朋友、恋人，从不参加学校、单位的活动，对什么都提不起劲来。缺乏安全感，保护自己胜过与别人诚意相对。

“他们是得了离人症。”有人分析说，离人症是从忧郁症和神经官能症派生出来的一种症状。如果用一句话来概括这病的症状，就是对自己活着这件事很淡漠，但是患有这种病的人，潜意识里又都很紧地抓着什么东西。就像一个孩子，如果突然失去了什么重要的亲人，就会一直跟在大人的后面，想紧紧抓住大人不放一样。

所以，给他们的建议是：不要再照镜子。实在想照镜子的话，就去抓一个抱枕，把脸埋在里面。

在尘世的诸多面孔中，自己的脸是我们最不了解的。谁会承认，镜中人足以代表真实的自己？哲学家写道：“美丽的人，照镜子时也许会认为自己就是如此。而丑陋的女子则知道自己不只如此而已。”

镜子被赋予宏大的象征意义。纯净无瑕的镜子呈现出一幅神秘的景象。圣子和圣母总被画成手持明镜的样子。他们自身便是神性的无瑕明镜，让人的心灵以之为鉴。虽然它总是令人不安：因为它并不是原原本本反映出事物的原样——右手在镜子中会变成左手，让人对形象和肖似两个概念产生了质疑：镜像模仿原型，映出一个十分肖似但略有区别的影子。

这样，“镜子”所包含的可能性指出对其身体复制的可能性，但其所包含的意义却是对复制的超越。镜中之人永不可能与镜外之人等同。因而，和镜中之人，面对相向而立的镜子，在无穷的交相映照中形成影像重叠、真假难辨的深洞。“肖似之中暗藏着背离。镜中的右手实际上是照镜者的左手。”仿佛是月亮的黎明和拂晓，一只鸟儿的右翅和左翅，一个事件的开端和结局。

比如普鲁斯特在讲述他的卧室时，曾写过一面“奇怪而冰冷冷”的镜子，侧照着房间，怀着敌意监视着他。某一瞬间在镜中捕捉到的难以描述的东西，触动了他敏感的心弦，因残缺或压抑而留下了空白，令镜中人难以把握。

但，镜子也会发疯吗？镜子发疯会成为哈哈镜，于是变形就会成为可能。在《疯人之舟》中，阿尔萨斯法学家、诗人布朗将世上常见的疯子归为112类。镜子则被列为可供选择的物品之一。疯人照镜，用来暗喻世界的动荡不定，黑白颠倒和罪孽的真实存在。在镜子里，他们的肉体灵魂像一道阴影，沉浸在“混乱与荒谬中”，含藏着深刻的原罪感。这对那些意志薄弱的人同样是一种暗示。镜子会被魔鬼操纵，使他们无法洞察隐秘的感官世界和人所不知的心灵领域。就像是无法照见自己某次被魔杖致命一击后，就永远委顿下去的情景。

和镜子一样，疯人虽然能反照出他人的癫狂，却只见其所见，丝毫不觉自身的疯癫。

但没有人能拒绝得了镜子。镜子是现实生活中奇妙的圆弧，镜框将它分割，禁锢影子。当人注视这个光滑的平面时，会发现自己的双重面孔。照镜子并认出自己，观察自己的形影。一旦有了镜子，那弧形的表面明亮或黯淡的色泽，会使人产生幻想，贪恋肉体带来幻影和欲念……

自恋是一种心灵的疾病。道德家用变形了的镜子来代表自恋，因为它会使人的视线产生错觉，与想象一道令人怀抱虚妄的欲念。但讲道者丛书中说，注视自我和自己的身体是最深的罪孽。因为它酝酿了一切虚荣。

如此，人在镜子面前，无可遁形，毫无遮掩，脆弱不堪。梦幻之镜、疑惧之镜、疯狂之镜、代表无意义的空白之镜，连接内心世界和外在世界的那道桥梁从此崩塌。

“我的心灵，何时你才会停止凝视那幽深的虚荣之镜？”

爱情之镜总是与空白和缺失分不开。这种缺失的部分有时会在镜中留下短暂的痕迹。但是，谁没有这种经历？

卡森·麦卡勒斯把人分成两种：一种是爱者，一种是被爱者。并曾断言，男人一生缺少的是镜子，所以，他追逐女人。而女人，每一个女人本质上都具有一面镜子的意义——肉体之镜。她意味着可以照到男人的影子，男人的影子只有在这面镜子中停留，才会出其不意地像一段历史。

那年我出差去另一个城市，见到了和我从小一起长大的女友。女友离过一次婚，因为深爱一个男人。难言的爱情如同少女般青涩，对于一个不再年轻、不再漂亮的女人来说，是要守口如瓶的。但是终于，镜子泄露了她的秘密，还有香烟。

“香烟”这个词有一丝女性的迷幻暗示。

有人曾通过观察发现，不会吸烟的人一般比会吸烟的人抽烟速度要快。因为在吸烟者看来，烟作为嫁接的一根手指，是构成肉体的某个部分；而平常不吸烟的人，明确意识到手指间的异物，所以不时“用”到这支烟，反而更具抽烟的仪式感，强调“是”恰恰因为“不是”。

但我的这位女友是抽烟的。在她看来，烟是一种“迷药”。她抽起烟来完全不优雅，具有一种不同于寻常女人的异质的、强悍的魅力，充满了一种挫折和邪恶的美感。

没法忘记那种感觉。她像男人那样很粗鲁地拔出香烟，打火机啪地点燃了它，微弱的火苗照亮了她粗糙的、不加修饰的漂泊者的脸——一张被爱情毁坏了的脸。在低下头的那一瞬间，一头长发扑满了肩头。

她的嘴唇从那支烟上缓缓移开，吁出一口浓重的烟雾，在米色凳子上坐成一个姿势，而小饭馆里的音乐以一种微妙的韵律应和着她。

鲁米斯在《我的香烟》中，把燃烧的烟蒂比作“爱的欲望”。火焰只剩下柔弱的光，融合着微微的热——像即将熄灭的欲望之火。他还把香烟与东方的焚香炉相比拟，但在焚香炉中焚烧的通常是波德莱尔曾经列举过的东西——琥珀、麝香、香脂，还有熏香……如一种芬芳的魔咒，隐藏起某种辛辣的东西，唤醒遥远的、深藏的、已经忘却了的记忆。

香烟还是女人的一首情诗，在比才的歌剧《卡门》中："甜言蜜语，爱人的甜言蜜语，如烟雾飘散。"

他们的狂喜、他们的销魂、他们的誓约，如烟雾飘散，我们闻着烟雾在空中飘散。

那是一个冬日黄昏，我俩在孔雀河沿街的一家小饭馆里吃饭、喝啤酒。小饭馆里人声嘈杂，她的外乡人的气质，还有烟，吸引了来往食客们的注意。

她对此视而不见，对我也视而不见，独自沉默着抽烟、喝啤酒。她偶尔举起脏的玻璃杯，恶狠狠地碰一下我的杯子："喝！"我说："喝！"

她的手腕上有一道圆形疤痕。她在他所不在的时间里，用烟头烫伤了自己。她抬起手臂吸烟的时候，这道疤痕像一只永不眨眼的眼睛那样露了出来，从过去望到现在，非常醒目。

她有时会抚摸这道疤痕。它的边缘、它的中心和表面细小的网纹。在黑暗中她也能够准确地找到它的位置，有如在心里辨认出他。

回忆中带着惩罚。我的女友一厢情愿地爱着他，就好像绝望的孩子跑不出阴天。她爱着虚妄而又抽象的爱情，带着她与生俱来的天赋。在这部正剧中，她充当其中似是而非的女主角。多年来，她对他的爱有如漫长的苦役。他是一个名词、一个概念。她心灵的指针只朝一个方向，这个方向一旦失去，她会束手无策。爱的巨大懊悔，仍旧带着她向前冲去。

但他是谁也得不到的男人。他的妻子也是一样得不到他。许多的夜晚，那些曾经和他做过爱的女人、他曾经拥抱过的女人，都有着花一样的容颜，像空气一样无所不在。

但是，除了身体中的瞬间欢愉，没有人真正得到他的心。他不爱她们，谁也不爱，但这并不妨碍他与这些女人频繁做爱，交换体液。他享用她们的身体，但又分离于她们的体外。

她一想起这个才华横溢、用情不专的坏蛋，她就想哭。痛苦得要命。

但这个男人从不对她们解释什么，即便是她们哭。从一开始到最后，这个面部粗糙的男人像黑夜一样沉默，没有语言。这种沉默光芒四射，但对这些女人而言，他像月亮一样悬挂在她们的梦境上方，为她们所憧憬。

她坐在这里是为了等他来。他俩已有两年未见了。就这样，我俩在灯光昏暗、嘈杂的小饭馆坐了好长时间，有一句没一句地聊。更多的时候是在沉默。她有时盯着我看，说起这个男人，目光变得幽深且含义不明。她的声音断断续续，悬浮在空气中，像某种既粗糙又柔和的物质。它们本来属于流逝已久的时间，消散在看不见的地方。想到这个滥情的坏蛋，她的心竟有一丝母性的怜悯。

女友的手机响了。

“是他打来的。他说在出租车上，一会儿就到。”女友冲我甜蜜一笑，眼角打开了扇形的皱纹。

“我去下洗手间，等我。”

女友说。

他来了，还是老样子。过度的滥情纵欲使他的精神看起来有些软和飘。他刚从一个女人的怀里挣脱出来，身体中有她的体温，目光飘忽不定，嘴角流露出一丝显而易见嘲讽的微笑。

他向我询问她，在说到她的名字的时候，声音是一种好听的、温和的、富有磁性的男性嗓音，在经过克制后变得缓和低沉，令女人迷醉。

简陋的卫生间，灯光可以不那么明亮，像来自地下。一面镜子垂直落地，脏污、破损，但不妨碍它分享这点儿微弱的蜜色的光。滴答漏水的管道遍布锈色。卫生间的门半开着，嘈杂的声音从门外传来，像从地下发出的，但不被光滑的镜面所吸收。

我看见她的时候，她显然刚补过妆。艳丽的唇膏使她平凡的脸容光焕发，俗丽的颜色使她暂时脱离了漂泊者的气质，而增加了一些世俗女人的味道。

现在，她正倾心于镜中的自己，右臂垂直下来，手指夹着一支点燃的烟。她向前移动脚步，轻轻摇动手臂，似乎又犹疑不定，片刻后，又把烟夹在了手上，像刚才那样轻轻摆动着手臂。

“哪种姿势更好看呢？”

她直视着镜子，与镜中人对视的眼神温柔，充满了质询的意味。一点点放荡就可以令一个普通女人容光焕发。这都因为是他提取了她。是他。他像一面真正的铜镜。因为她的心还想在那里得到映照，没有什么镜子会比他更为明亮。

想到他一会儿要出现在自己面前，可能会拥有一个甜蜜疯狂的夜晚，她的眼睛怎能不在镜子里潮湿起来。

她的姿势和镜子里的人紧紧相连，浑然一体，镜子忠实而一丝不苟地重复着她的动作，重复她脸上不断涌现的满足和慵懒。她仿佛和镜子之间建立起某种契约、某种磁场，她和镜中人在用某种语言交流。

她的这种姿势很是奇特。只有镜中人呼应着她，使她拥有这个姿势的最初版本。

现在，它即将成为一个取悦的姿势。

谁承受过如此秘密的注视呢？只有我看到了。

我的心里，涌现对她的一丝怜悯。

镜子是对称的吗？在它的后面空无一物，不透明的东西始终隐藏在镜子后面，带着对某一事物最智慧的模拟。而人的形象，在这个对镜自照的时刻显示出神性。

“你在那碎裂的镜子里寻找什么秘密？”人在诘问自己影子的时候，渴望得到的是这个秘密以及对内心的认识。

我看见她很小心地伸出手擦去镜面上的水渍，从镜子中，看到了我的影子。

她略微吃惊地回过头。

——现在，镜中人开始说话。

南子：作家。著有《奎依巴格记忆》《洪荒之花》等。

本文刊于《天涯》2008 年第 2 期。

安安静静许多年

杨永康

世界上最小的硬币此刻就在我的口袋里，世界上最小的小刀此刻就在我的口袋里，世界上最小的电话本此刻就在我的口袋里，世界上最小的玫瑰此刻就在我的口袋里。世界上最安静的硬币、最安静的小刀、最安静的电话本、最安静的玫瑰此刻就在我的口袋里。把手伸进口袋就能摸到它们中的任何一个，圆圆的硬币、光滑的小刀、厚厚的电话本、布满露珠的玫瑰。多年来它们一直是那么安静，以至我把它们从口袋里一次次掏出来，又一次次放回去。外面的世界太吵，外面的世界太闹，它们会眩晕的。

外面的世界是太吵，外面的世界是太闹。我还是希望它们的生活中能出现一些美好的晕眩与一些美好的意外。我不假思索地把圆圆的硬币、光滑的小刀、厚厚的电话本、布满露珠的玫瑰掏出口袋。外面的阳光很好，我轻松地把它们扔向空中。我希望它们都能很快找到自己的所爱，都能很快快乐乐。这样我就不会把手老插在口袋了。我可以从从容容向阳光里的那些孩子招招手，我也可以在阳光里同罗比从从容容地握握手。在阳光里同罗比从从容容地握握手，感觉好极了。我真希望能再见到她。在阳光里见到她。她只是离开我一会儿，一小会儿。当我下意识地把自己的手重新伸进口袋，我发现圆圆的硬币、光滑的小刀、厚厚的电话本、布满露珠的玫瑰又回到了我的口袋。我摸摸它们，然后告诉它们我是真心希望它们的生活中能出现一些美好的晕眩与一些美好的意外的。真心的。我想再努力努力。我不假思索地把硬币投进公交车的投币箱里，一秒钟后，我发现自己干了件蠢事。美好的晕眩、美好的意外，并没有出现。出现了一个野蛮的家伙。那家伙与售票员发生了争执，争执完，犹不解恨，使劲地挥舞自己的拳头砸向了投币箱。里面的硬币受到剧烈的震动，叮当作响。我投进去的那枚，也未能幸免，不由自主地蹦了起来。可恶的是，那家伙喘息了一下，又挥舞着拳头砸了下去，比第一次更狠。公交车强烈地震动了一下，有几枚硬币被震到了投币箱外面，在车板上叮叮当当。其中的一枚，身不由已地滚到了那家伙的脚下，被狠狠地一阵猛踩。我想它会受不了的，它会再次跳起来的。可硬币却出奇的安静。面对粗暴的脚、粗暴地踩，硬币很安静。我从来没有见过如此安静的东西。我弯下腰捡起了硬币，揩净了上面的污迹。我不会再干类似的蠢事了。我真心希望它们重新安安静静。

比硬币更安静一些的是小刀。即便它碰上了另一枚不怀好意的小刀，它也很安静。有一年夏天，我出门旅行。在火车上碰到了几个装作睡眼惺忪的年轻人，他们在夜深人静的时候，像拎自己的包一样拎走了我的包。当时我只有一个念头，保住自己的包，没有包，我这个孤单的旅人会更加孤单。面对年轻人手中的利器，我想到了我口袋中的小刀。我把手伸进自己的口袋，我摸到了钥匙、纸片、手机、电话本，甚至药片什么的，就是没有摸到小刀。奇怪。我又摸了一遍口袋，还是没有摸到小刀。就在我彻底绝望的时候，小刀出现在我布满汗珠的手心里。我希望它毫不含糊地将自己打开，将自己的锋利打开，勇敢地打开。它没有如我期待的那样毫不含糊地将自己打开，将自己的锋利打开，勇敢地打开。它只是安静地握在我的手心里，比口袋里还安静。奇迹出现了，僵局被打破了，那些年轻人看了一眼我手中安静的小刀悻悻地下车了。我的小包保住了，我的一小点儿虚荣心保住了，我的安静也保住了。实际上是小刀的安静一瞬间刺激了我的安静。我安静地看着那几个年轻人跳下了车，我甚至有点儿担心车轮是否会伤着他们中的任何一个。还好，没有一个因为车轮而发出尖叫。不是因为我仁慈，也不是因为我大度，而是因为安静，安静的小刀。

比小刀安静一些的是电话本。我偶尔会翻翻它，也可以说是翻翻它们。里面大多是我多年前的朋友。帮过我的朋友。他们的姓名至今仍清晰可辨。一个是位中学老师，我曾在他的家乡教过书。我曾在他家里吃过好多次饭。他老婆做的饭真好。每一次我都吃得很多。听说大嫂后来半身不遂。现在做饭的只能是他了。我一直想找机会看看老两口，一直没有去成。真想亲手做点儿好吃的带给他们，真想真想。一个是学校的会计，腿有点儿瘸。我调机关工作后一段时间，工资关系仍保留在学校。一个下雪的日子，他一瘸一拐地来找我，雪真大呀，他的全身都白了。他拿出一叠钱来，让我数数。自己一年多的工资嘛，我有点儿兴奋地一张张数了。在雪里数了。足足数了两遍。够不够？他问我。我说够，够。让他进去暖和暖和。他没有进去。他说自己走路慢，得早点儿回去。我只好看着他一点点消失在黄昏的雪里。多年没有再见到他了。有一次郊区发生了一起出租车女司机被杀案。我去采访，嫌疑人正好是会计十几岁的小孙子。我想打电话问候一下老会计，无奈老会计的电话已经停机了。有一个是我的女恩公，从穷乡僻壤发现了我。为了感谢她，我送了她几十斤粮票。八几年全国的通用粮票、地方粮票都废了。气功流行的那些年，她迷上了气功。听说常常去铁道边上练，火车过来了还在练。家人只好把她送进医院里。我一直想打电话问候问候她，又怕不妥。有一次她给我打来了电话，问我的情况好不好，一个劲地说我送的粮票，他们全家吃了好多年哩。我记得我当时很想很想说一句话，但到最后一句也没有说出来。有一个是我跟了多年的老上司，已经去世多年。他一直在单位称我杨先生，我一直称他为程先生。我们年龄相差很大，但什么荤玩笑都开。有一次我们去西安，天热极了，我问他吃不吃西瓜，他说吃。无奈那路边的西瓜一个比一个干，一点儿水分都没有。我开玩笑说，到西安我们买个好的。一到西安我问他先办事，还是先吃西瓜，他说先办事。办完了事，天快黑了。我说我们吃西瓜去吧，他说回家吧。老上司特恋家，特恋老婆。无论走多远，能当天赶回去都赶回去的。后来得了糖尿病，我带西瓜去看他，他已经不能吃那东西了。卧床不起的他笑着对我说，杨先生还欠程先生一个西瓜呢。有一个人的名字已经记不清了，他是我学童时代唯一的“敌人”。我坐他的前边一排，他坐我的后面一排。他老往课桌前边靠我的一侧的桌沿上抹墨水。有时候是红的，有时候是蓝的，有时候是黑的，夏天的时候我的白衬衣总是多姿多彩的。要是上图画课，我的衬衣更是斑斓之极。连老师都说，某年夏天最好的一幅画就是我衬衣上的那幅。一个行为艺术展，学校没有可参展的作品。老师就把我的衬衣送去了，还得奖了呢，奖品是一件白的确良衬衣。不是奖给我的，是奖给他的。他大方地送我了。为保卫衬衣我们曾发生过许多争执。可惜我怎么也想不起他的名字了。

最安静的是玫瑰。以至多年来我一直怀疑它是否存在，真切的存在。要不是碰见罗比，我会永远怀疑下去的。那时候我一贫如洗，实在想送罗比一样东西。就把手伸进了自己的同样一贫如洗的口袋。硬币、钥匙、小刀、纸片、电话本，甚至小石子什么的……那时候没有电话本，也没有小刀，甚至没有钥匙，更没有硬币。只有一叠纸片与一块橡皮，当然不好送人，太小学生。正在我发窘的时候，我摸到了一朵花，一朵布满晶莹露珠的花。我有点儿吃惊。我得想办法证实自己口袋里是否有一朵玫瑰，玫瑰是否就在我的口袋里。答案是肯定的，我口袋里确实有一朵布满晶莹露珠的玫瑰。我小心翼翼地把它捧出口袋，闻了一下它的香，然后送给罗比。罗比小心翼翼地接过玫瑰，怔了一下，然后扬起了布满香气的手。一些布满香气的纸片便从天空哗啦啦飘落下来。一瞬间满天都是纸片，被泪水打湿的纸片……我重新把手伸进自己的口袋，我摸到了一叠完好无损的纸，与一片同样完好无损的橡皮。多年来我一直都很歉疚，有一次例外。我正乘坐一辆小中巴回老家，半道上有一个人上来，是个小偷，摸了一个又一个的口袋。最后摸到我前面一排，座位上是个女孩子。那小偷刚把手伸过去，一声清脆的咳嗽。我是说从我座位上发出一声咳嗽，小偷只好悻悻地把手缩回去了。我想我并没有咳嗽，我甚至连嘴巴与喉咙也未动一下。正在我胡乱猜测的时候，我座位上又发出一声同样的咳嗽。我有点儿吃惊，是从我的口袋里发出来的。我不由自主地把手伸进口袋，意外中摸到了一朵花。一朵玫瑰。一朵我曾经想给罗比的玫瑰。看来它一直安安静静在我的口袋里。安安静静那么多年。那么多年我怎么没有注意到它？每次去干洗衣服的时候，我都会翻口袋好多遍的，怎么从未发现？我想，这次不会错的。是的，不会错的，那个越来越远的背影就是罗比，就是在我口袋里安安静静许多年的罗比。我发现她是罗比的时候，这世界上最小最安静的硬币就在我的口袋里，这世界上最小最安静的小刀就在我的口袋里，这世界上最小最安静的电话本就在我的口袋里，这世界上最小最安静的玫瑰就在我的口袋里，这世界上最小最安静的爱人就在我的口袋里。我已经很难将最小最安静的硬币、最小最安静的小刀、最小最安静的电话本、最小最安静的玫瑰、最小最安静的爱人，与我的口袋分开，与我的肌体分开，与罗比分开。

杨永康：作家。著有《再往前走》《满手汉字》等。

本文刊于《天涯》2009年第2期。

迷恋午后的光

项丽敏

迷恋午后的光

我迷恋自然中那些日常又有神性的事物——早晨的露珠、鸟鸣，第一缕照到窗帘上的橘红，雨水敲打雨棚的声音，马路边的香樟树在路灯中投下的浓郁的影子……

在冬日，我居住的房间午后拥有的光也是叫我迷恋的，暖而明亮，从窗户中探进身体，斜斜地倚在墙上，画一扇印象派的窗，或在地板上懒洋洋地躺着，挥发着熟苹果的微醺气息。

这是属于我的光。是的，那么多的光当空照耀，笼着万物，唯独这一小束光是属于我的，在我的房间里赤着脚走来走去，静悄悄地。

当我捧一本书或一杯茶坐进这束光里的时候，光的手就会轻柔地抚摸过来——我的头发、我的额头，甚至我的嘴唇都能感受到光的恩宠。像一只被主人抚摸的猫那样，我微合上眼睛，眼前盛开出一片蔷薇花园，耳边则听到来自天空的，如同融化了的太妃糖般光滑的音乐。

性感

圣女果就是小西红柿，是我喜欢的水果之一。不仅喜欢它的味道，它的颜色及形状都给我视觉的愉悦。日常，洗几枚，用玻璃盘盛着，放在眼前，便是一道可观的静物。在水果中，圣女果算得上性感尤物了。

很少在自己的文字中动用“性感”这个词，尽管我喜欢这个词以及它所表现的特质。十年前看安吉莉娜·朱丽主演的《原罪》，一下子就被她迷住，她的容貌以及周身散发的神秘气息，准确地诠释了“性感”这个词，定义了这个词的禁忌与美。

三年前听维塔斯的歌，看他在MTV中光头的样子，穿白衬衫或黑风衣，裹着大红围巾，那眼神要么忧伤得令人心碎，要么带着邪气撩一下，又纯洁又妖娆地笑着，也是性感逼人。

性感是一个人天生的禀赋，但它也会在某一天离开拥有它的人。这和年龄有关——也不是绝对，有些人在年老时仍然性感，比如科恩。

科恩的性感来自他低沉而深邃、略带沙哑的声音。一个人的声音和容貌是同样重要的，甚至更重要。有时我们听一个人的声音，就会在心里做出判断——这个人是不是自己喜欢的。听科恩年轻时的歌声倒是平常，他的声音是在逐渐年老的过程中变得独特的，又苍凉又温暖，予人深入魂魄的抚慰。

和科恩不同的是，安吉莉娜和维塔斯的性感在岁月中逐渐凋谢了。两年前，在中国巡演的维塔斯已明显发胖，多了媚俗气。不知道是怎么回事，尽管那声音还是他的，那个人却不是之前令人惊艳到气绝的维塔斯了。

无论是科恩、安吉莉娜，还是维塔斯，他们都将性感的气息渗透到艺术中，通过作品放大了性感的魅惑。

对于艺术作品来说，具备了性感就具备了很重要的渲染力。在摄影方面，早在20世纪末，旅德艺术家王小慧的《花之灵》系列，就以细微的视觉表现了花卉震撼人心的性感。而更早——20世纪20年代的时候，一位名为奥姬芙的女画家，在新墨西哥州的沙漠上生活并创作了半生，她所绘画的鸢尾花热烈而缠绵，充满了欲望，将植物的性感表现得淋漓尽致。

布列瑟农

已经忘了是哪一年听到《布列瑟农》这首歌，总之是多年前了，在我所买的一盘CD里有这首歌。很多个午后我盘腿坐在地板上，反复听着这首歌，完全沉浸于它温柔的诉说与绵延的忧伤里，在一种受难般的炽烈中迷醉难返。

《布列瑟农》这首歌的名字来自一个地名，是佛罗伦萨和慕尼黑之间的一个地方，一个被山村包围的小镇——这是几年以后，在我接触了网络以后得知的。在成为一首歌名之前，知道这个小镇的人并不多，尽管它有着童话中的宁静与美丽。

一个地名成为一首歌名，打破时空局限为世界流传——算得上奇迹了吧。这奇迹是爱情创造的，也唯有爱情才能创造这样的奇迹。

马修·连恩就是这个奇迹的创造者。在《布列瑟农》这首歌诞生之前，马修·连恩是一个漂泊的音乐家，一个环保主义者——为绿色和平组织工作。马修·连恩对自然的热爱来自童年时期的生活。在他还是个五岁孩子的时候，父母便分居了，父亲决定离开圣地亚哥喧嚣的都市生活，独自去往加拿大的育空地区——那是一个人烟稀少的荒野之地，也是印第安土著的繁衍之地，有大量的野生动物，有浪花飞溅如白马的河流。马修·连恩七岁时第一次跟随母亲去往育空，沿途的北美风光袭击了他幼小的灵魂，他被大自然的原生之美震慑了——这次经历决定了他后来的人生走向。

如果说大自然意味着马修·连恩的父亲，那么音乐就意味着他的母亲了——是音乐寸步不离地陪伴他生命的成长，以温柔而宽厚的怀抱驱散他的恐惧与孤独。十一岁的时候，马修·连恩有了自己的第一架钢琴。二十五岁时，马修·连恩发表了第一张音乐专辑。之后不久，便有了《布列瑟农》。

马修·连恩是为了一个女孩儿来到布列瑟农的。女孩儿也是绿色和平组织的成员，他们在工作中认识并相爱。年轻的爱情有着烈日的金黄，他们需要挥霍，需要触摸彼此的全部并融化彼此。

他们选择了布列瑟农这个有着纯净星空的小镇。

布列瑟农，哦，布列瑟农，因一段爱情而永恒的地方。教堂的钟声在小镇环绕，安抚着恋人们因离别而悲伤的心，而火车的鸣笛已近，车轮咔嗒，将分别带走两颗破碎的心。马修·连恩把心爱的姑娘送上火车后坐上了另一趟火车，他要去的地方将远离姑娘所去的地方。布列瑟农是他们的幸福小镇，也是他们的悲伤小镇。极致之美的艺术往往诞生于极致的伤痛中，马修·连恩在火车上很快写下了《布列瑟农》，握笔的手指上尚留着姑娘的泪温。

1995 年，《布列瑟农》这首歌被收在马修·连恩的第五张专辑里，这张名为《狼》的专辑获得了“北极光”最佳原声带奖，这一年马修·连恩三十岁。

从第一次听《布列瑟农》到现在，已过去很多年了。那张 CD 也早已损坏，而我隔一段时间还是会在电脑里找出这首歌，放大音量，反复地听。每一次听这首歌都像是经历着一场爱、一场别离，经历着生与死。没有一首歌能像这首那样，将我揉碎又展开，再揉碎。

也许我的心里也有一个布列瑟农吧？也许每个人的心里都有一个布列瑟农——也许这就是它征服了这个世界的原因。你再也不能回到那个地方，那梦一样的城堡，浪漫的小镇——从你踏上火车之后。

一只苹果品尝了自己

一只苹果品尝了自己
通过你的手
致命的牙齿，以及舌尖

每个夜晚都会做梦。很多年了，也可以说，几十年来一直如此。我不知道那些梦是从哪里来的，它们犹如超现实的影片，给了我夜晚的另一面生活。如果没有梦，我的生活是多么单调，尽管梦是虚假的，也并不总是有美梦——很少有美梦。

大多数的梦会被我忘记，醒来的时候就忘记了，能记住的是给我强烈印象的。我无法控制我的梦，我的梦却能控制我。是的，我经常被自己的梦控制，就像一种蛊，摆不脱，会沿着梦的暗示走下去，把梦到过的在现实中演绎一遍。

在我的指甲上——几乎每个指甲上都有竖纹，据说这是神经衰弱的征兆。可能就是多梦导致了我的神经衰弱。我并不熬夜，每天晚上十点会准时上床，很快就能入睡，当然并不能够进入深度睡眠——我仍然能听见夜晚的声音，比如昨天夜里突然下起的雨，我听得清清楚楚，能听到每一滴雨落地时的寂寞。是的，我听到了寂寞，在下着雨的春夜，难免会有这样古老而忧伤的寂寞。

我在雨声中做起了梦，梦到写诗。

在梦中写诗，这是近两年来常有的，和我近两年来的写诗生活有关。白天的工作会影响到夜晚的梦境，白天的思想也会在夜晚的梦境延续。在梦里所写的诗是绝妙的。我似乎也知道自己是在梦中，带着喜悦，一遍遍地读着那些无与伦比的诗句，希望能够记下它们，在醒来时写下。但我从来没有记住过，一句也记不住。哦，那些诗，它们分明是长了翅膀的夜鸟，天一亮就飞走了。多么遗憾，那些从不存在的绝妙的诗，我失落了它们，就像失落了不曾拥有的美好爱情。

但是昨夜的诗我却记住了。先是“一只苹果品尝了自己”，然后是“通过你的手／致命的牙齿，以及舌尖”。我很快醒了过来，亮了灯，跳下床，在电脑桌上抓起笔和纸，把它们记下。

“一只苹果品尝了自己”——梦中的句子果然奇妙。回到床上我咀嚼着诗句，感觉到诗句的微妙和危险。但我不能确定——它确实来自于我，而不是我所看的某一本书。

无论怎样，我是满足的——这只夜鸟，在天亮之前终于被我抓住，在它飞走之前。

初夏

立夏日，路边已有红熟的野草莓了。以前曾在文字里说，对五月的期盼，就是为了能采摘那遍地的野草莓。而现在，面对野草莓已没有了采摘的欲望，看一眼，在心里打个招呼，就走过去了。

龙西小区对面，那家花店门口的蔷薇花也摆开阵势，和往年一样隆重地开起来。

花店是我每天都要路过的地方，每次路过时都会转头看看，有时看花，有时看人。去年以前花店里是两个人，一对花甲之年老夫妻。在早晨，通常是男主人把门打开，把屋子里的花一盆一盆搬出，给花们挨个浇水。偶尔我会在花店门口停下，取出卡片机给开花的植物拍照，女主人看见后就从屋子里走出，笑吟吟地指点着，告诉我那些植物的名字。

开春以后花店关门了很长一段时间。再开门时就只看见女主人，头发白了不少，脸上带着默默的哀伤。

今天的天气预报是说有雨的，早上阴沉了一阵，过了一会儿天就变蓝，到中午时阳光已有些灼人，毕竟是夏日了。

一幕

苏果超市门口，半人高的垃圾筒，不知是谁把一块甜瓜搁在上面——可能是超市里扔出来的坏瓜？黄色的瓜瓤被绿色的筒盖托着，有些招眼。

垃圾筒边站着两个拾荒者，一男一女，六十岁的样子，灰黑的脸、灰黑的衣服、灰黑的手。

女人的手里也有一小块甜瓜。女人将甜瓜放进嘴里，眯着眼，细细地嚼着，仿佛品尝世界上最精美的食物。

男人站在对面，安静地看着女人，目光温柔而满足。

女人吃完了手上的瓜，和男人说了一句话，两个人都弯腰笑起来。

女人接着拿起垃圾筒上的那块瓜，准备吃的时候又停住，把瓜伸到男人嘴边。

男人的喉间吞咽了一下，伸出手，把瓜推回女人面前。

——这是中午经过苏果超市时看见的一幕。当时很想拿出相机，把这一幕拍下来。

犹豫片刻，忍住没有拍。走过去很远后，又回头看看他们。

宿疾

立夏很久了，我仍被春天的季节病——花粉过敏症——纠缠着。

这不致命却能一夜间致人面目全非的宿疾，仿佛在我身上某个地方扎下了窝。多少年了，我仍然没有办法端掉这个窝，只好小心翼翼地对待它，和它说好话。在它完全不顾及我的颜面迅猛发作时，我便使出吞药的绝招——白色的、细小的药丸，早晚各一把。抗过敏的同时，也让我陷入昏天暗地的嗜睡中。

“真奇怪，你有花粉过敏症，而你却拍摄了那么多花。”一位朋友说。

也许这就是一个人宿命吧。被所爱的伤害着。

两千年前，古希腊女诗人萨福在诗中也曾说过：

经常，那些
我以温柔相待的
伤我最多

凉鞋

傍晚，在达芙妮店里给自己买了一双鱼嘴凉鞋，黑色，坡跟，边缘有细细的花朵镶边。

每年夏末我都会给自己买一双凉鞋，这个时候买凉鞋很划算，比夏初便宜很多。

这样说好像我是个很俭省的人，其实不是，一种习惯而已。夏末买凉鞋的习惯是哪一年开始的呢？大约有七八年了吧，记得当初曾在日记里写过，也和身边的朋友说过这件事。我说，买一双好看的凉鞋存放在那里，会觉得，就算为了穿上这双凉鞋也要活到第二年夏天。

那时候我对活着这件事可能没什么把握，总是摆脱不了生命的无常感。若仔细地想想，大概是觉得没有什么东西能够让我愿意为之活。就像每个写作者都会遇到“为什么而写”的问题，每个人也都会遇到“为什么而活”这样形而上的问题吧。是这样的，人总是要为自己为什么活着找个理由，爱是最好的理由了，其次就是责任。

有一段时间我觉得自己是为爱而活的，我活在这个世界上，是因为这个世界有我爱的人，哪怕看不见那个人也没关系，而如果那个人不在了，那么这个世界对我来说就是一片荒凉的废墟了。只是后来爱过的那个人没有死去，爱却在我心里死去了。怎么办呢？如果要活下去就得为自己再找个理由。这个理由并不难找，一个人若想为自己做的事找理由总是不太难的。比如为了看到明天的日出我要活下去，为了写够一百首诗歌我要活下去，为了吃到下一个春天的野草莓我要活下去，甚至是为了穿上一双好看的凉鞋我要活下去。

有孩子的人不需要为活着找那么多的理由吧？孩子就是唯一的理由——不可动摇的理由。记得很多年前在一个作家的散文里读到一句话，大意是无论如何要坚持活到女儿三十岁的时候才可以死。说这句话时他的女儿才刚刚出生，在这之前他大概也时常会被死的念头，或者为什么而活的念头纠缠吧，孩子的出生拯救了他的生之虚无感，一个需要依赖他而活的生命同时也成了他活着的依赖与信念。

前一段时间看了一部名叫《命》的电影，根据日本作家柳美里的自传体小说改编的。当柳美里的母亲得知女儿怀孕后欣喜若狂，大呼“万岁”，之所以如此兴奋并不是因为要升级当外婆，而是觉得，再也不用担心有过自杀史的柳美里某一天会突然不想活了。“有了孩子的女人是不会自杀的，你的姐姐会好好活下去的。”母亲目光湿润地对柳美里的妹妹说。

这也不一定，我就曾有一个远房亲戚在生下孩子不久后自杀了，那几乎成了我的一个心结，很多年不能解开，至今也无法想明白她为什么要自杀，怎么舍得丢下刚满周岁的孩子离世而去，况且她给人的印象一直是开朗、很有责任心的。

我们永远不能知道另一个人内心的悲哀、凄凉——破败的里子总是被隐藏着，肯拿出来给人看的都是光鲜的那一面。

近两年来我已不太想着为什么而活的问题了，或许是血液里的热毒差不多已释放完了吧。也不是一次都没想过，当生的厌倦感再次围拢过来，我会对自己说：你没有什么理由不活，所以你得活着，体验着——像体验一次探险旅行那样，体验你生命的过程与细节吧。

就像一个民族的生活习惯演变成一种风俗那样，每年夏末买一双凉鞋给自己也成了我个人的风俗。说起来还是跟俭省有点儿关系吧，比如这双达芙妮凉鞋，放在刚上市的时候，我是无论怎样喜欢也舍不得下手的。

项丽敏：作家。著有《金色湖滩》等。

本文刊于《天涯》2012年第2期。

那条叫沙爽的鱼

沙　爽

怀疑

那条鱼，我至今不知道它真正的名字。它像一个被偶然拐卖到这个世界上的人，沉默地安享它水面之下的生活。它就在那里，游动，进食，对万事万物漫不经心，并且自始至终拒绝与人类互通音信。透明的水荡漾在它的四周，透明的水盛在透明的玻璃器皿里。——水和玻璃共同组成的透明世界，与人类保持着最大的隔阂。

它也像我的曾外祖母。她的墓碑上写着：金门房氏。这就是说，她娘家姓房，她嫁给了一个姓金的男子。其他不详。当然我知道我祖母叫她“妈”，我父亲叫她“姥姥”，但让我疑惑的是，她丈夫该怎样叫她呢？是不是只能叫“喂”，或者“那谁”。——当我们偶然想不起某人的具体称呼，或者虽然记得却需要隐讳，通常会这样指代。作为一个没有确切名字的人，她面容模糊，距离我们无限久远。因为这个缘故，每年清明给她烧纸钱，我都怀有隐约的不安。我疑心我表达孝心的这些冥币，像一封又一封写错了收信人姓名的信函，永远投递不到正确的地址。在那个我们无法触及的世界里，她消失在许许多多的无名氏之间，像一条隐匿了名字的鱼。

我认识它已经有很多年了，我是说这条鱼。那时候它还是“它们”，从花鸟鱼市场上成双成对地来到我家里。而所谓的“双”和“对”是根据身形大小和鳞片上的花纹进行区分——每一种花色都有两条或四条，在水族箱里为人类的婚姻习俗表现出合理的对称。但它们是否乐于遵守这些人类社会的交际守则，这件事情大大值得商榷。它们流线型的身体缺乏明显的性别特征，生殖器官微小而隐蔽。在长达七八年的时间里，我始终未能发现它们中的哪一个向另一个表达过爱情，或者疑似爱情的友谊。当春天到来，它们恢复了旺盛的食欲，在水中游动的速度和频率大大增加。而此时水色变绿，肉眼难辨的藻类展露出蓬勃生机。我把眼睛贴近水族箱仔细观察，看不见鱼卵，更不用说有小鱼出世。是不是在我睡着的时候，这些冰冷的大鱼悄悄地产卵，并互相把后代当成了美食？或者十几条鱼居然恰巧同一个性别？——但是据说，在性别差异悬殊的情况下，鱼群中的一部分会自行把自己转变成异性。它们不像人类，用复杂异常的变性手术实施绝育功能。这些奇怪的鱼，它们口唇开合，它们若无其事，它们对我保留了关于种族的重大机密。

每天清晨，当我出现在自己的卧室门口，隔着一整个客厅的宽度，它们马上表现出一阵喧哗和骚动。有别于我成年后达成的文明素养，它们毫不掩饰对于食物的热切期望。那是一粒粒暗绿色的、散发出水藻气味的固态物，和我吃的螺旋藻倒是有几分相像。只是出于卫生方面的疑虑，我始终没有下定决心开口品尝。我也怀疑它们的营养，接近于减肥食品制造的饱腹假象，导致了我的鱼们长期以来生长迟缓。如同我怀疑我每天吃下的食物和所谓滋补品，它们漂亮的外表包庇了可疑的实际成分，最终会引导我进入饱经病痛却无法医治的可怕命运。但比以上这些更让我难以说清的是：它们，我是说这些与我朝夕相处了多年的鱼，它们是否认得我？

它们在清晨时分对我表现出的热情让我羞愧。我假装目不斜视，在它们身边走来走去，给自己准备出一份简便早餐。我要它们明白：我是我，我不是另一个人。那个每天喂饱它们的人还在酣睡，我的体形、相貌、性别、发式，与他有明确的区分。它们必须纠正这集体性的错认。有时候，我会恼怒地（隔着水和玻璃）敲敲它们的脑门：喂！你们！要记得这是我！

它们不理会我的气愤，继续热切环绕在我的手指周围。几个胖乎乎的头挤作一处，圆圆的、没有牙齿的嘴在水和空气的交界处咀嚼出可笑的声音。这只不过是水的声音，但这是它们能够说给我听的唯一的声音。我还能怎么办呢？我的手完全不听从我的指挥，它径自向着旁边装鱼食的塑料袋伸过去；我的嘴则对着空气发狠：哼！你们这帮讨厌的家伙！

每隔上一段时间，它们就要暂时转移到浴缸里。对于这个新住所，它们并没有表现出什么不满意。只是浴缸里的水要比水族箱浅得多，上面也没有什么封闭措施，这让我随便就可以骚扰它们。我一会儿摁摁这个的脊背，一会儿拽拽那个的尾巴。这样的亲昵方式显然让它们很不习惯，但它们尽可能地对我保持容忍。

有时候我觉得它们是认得我的，但这个想法又似乎不对。

在电影《岁月神偷》里，那个叫芳菲的女孩儿说，鱼的记忆只有七秒钟，所以鱼是快乐的。

但是我的鱼，它们看起来并不快乐。虽然也不能说它们忧戚——总有些事情注定无法忘记。而记忆就像鱼鳔中溜进了空气以外的物质，让身体缓慢下沉。

可是，生命中最深刻的记忆就真的值得记忆吗？我怀疑。

曾经有人尖锐地向我指出：沙爽，你怀疑一切！

是的，我承认我是这样。

它们和我的关系

从远处看，水族箱体态狼狈。这个肾脏出了问题的怪物，它被迫附赘的体外循环系统日夜喧响。要发现某些事物的美需要彼此足够贴近——这样的建议尤其适合我这个眼睛近视的人。如果忽略掉笨拙吵闹的外部形象，水族箱其实有一颗柔软而安静的心。

为什么身体内部的血液反而比皮肤更容易变脏？如果五脏六腑恰似一条条整日忙于吃喝拉撒的鱼，它们汲取营养和氧气，却派生出废物和小剂量的毒。当我从小区附近的药房走过，橱窗里的广告一直在劝说我："快给你的肠子洗个澡吧！"我觉得，普及的医学知识并没有给我带来多少优越，它首先让我知晓了身为活体动物的悲楚和不洁。如果能够擦洗掉体内旷日持久的污渍和苔藓，像初生的婴儿排出绿色的胎便，我的水族箱或许也可以短暂地回复到它的清白时光。让清凉的自来水代替温热的母乳，打着细小的漩涡注入它的体内。当是时，客厅里充盈周末上午的光线，天花板上的波纹轻轻摇荡。从任意一个角度看过去，水族箱通体淡绿，仿佛它本身变成了一大块会涌动的厚玻璃。再过上几天，当八九点钟的太阳从东南方向斜斜探进来，水族箱的一半水域被突然照亮，另一半仍隐在阴影后面缄默不语。我可以想象到这部分水域正在上升的温度，像向阳与背阴的房间氛围迥异。从寒凉到炽热，我奇怪鱼的表情何以如此宠辱不惊。而此时的水色之美难以形容，直到有一天我翻开夏加尔的画册，那些半透明的、水光潋滟的绿，一块一块的液态翡翠，它们是房屋、街道、流水、低矮的山峦、流水中倒映的月亮和人脸。并且一不小心，它们就会飞起来。

就在这一天，我的脚踏进大理石地面上抖动的一小片虹光，突然觉得双膝发软。这片阳光和水共同制造的七彩幻影，为找到它们我枉费了许多年。我看见一条鱼正从这个彩色地带横穿而过，它闪烁的斑斓鳞片在水晶宫殿外面投下漆黑的影子。它们的数目暗中经过上帝的筛选——七，它是我信守的时间单位中一个不大不小的循环，月亮在这个承诺中滑过一个圆环的四分之一。七，它恰巧暗合它们在我身边经历过的整整七个漫长的冬天。——我的鱼们，我多么希望我的声音可以穿越时光的流水，幸运地抵达你们轻灵的心。

整整一个上午我守在水族箱前面。本来我一直以为，花色和大小相同的两条鱼就像人类中的孪生子，外表和神态让局外者难以区分。但在凝神观察之下，我暗暗吃了一惊。比如那两条白底黑花的鱼，我一直觉得它们是同一位画家在同一天里信手挥洒的两幅水墨小品，不仅篇幅尺寸相同，旨趣和画面也十分接近，很适宜挂在一起，像两面相向而立的小镜子彼此映衬。但是我错了。率先游到我眼前的这一条鱼气质端凝，身体上的墨色分出远近，近处笔法清晰，远处暗云疏淡，活像一幅泼墨山水。而另一条鱼不停地在水族箱的另一侧欢快地游来游去，墨色主要集中于它身体的下半部分，氤氲如花，如叶，却是一幅写意花鸟。自知缺乏为他人命名的奇巧天赋，我决定朴素为本，分别称呼它们：大水、二水。

小金是七条鱼中体形最娇小的一个。它身体的前半部分呈现富丽堂皇的金红色，从纤细的腰肢开始，颜色逐渐过渡成乳白，末梢部分几近透明，仿佛就要融化在水里。这蓬松华丽的尾部占据了它整个身体的二分之一，以至于初见之下，我以为它是金鱼。但是人家告诉我，它仍然是一条锦鲤。

我喜欢小白。虽然生活中我极少敢于穿着白色衣裤——必须承认，白是这世上最挑剔的色彩之一。一袭银光闪闪的白礼服，需要彻头彻尾的美貌才能匹配得起。而小白之白中，又隐隐泛出不易察觉的浅金色，于雍容华贵的气度中暗藏狡黠。进餐中的小白周到优雅，但是如果跟踪观察，你会吃惊地发现，它一点儿也没有委屈自己的胃。由于营养充分，它身形流畅，动作精准，将男性和女性的双重美感齐集一身。这位鱼界中的精英分子，它为鱼处世的典范值得我认真学习。

三黑当然通体漆黑。但是为什么“三”呢？因为上面还有我大舅和二姨。——作为人类的三黑是我的表舅，虽然他比我大不了几岁。我已经有好几年没有见到他了，听说眼下他在做集装箱生意，已经从沈阳新民迁居鲅鱼圈。

我外祖母去世的时候，他赶来盖州奔丧，肤色仍然偏黑，这个特征让我当即认出他来。我说："是三黑舅舅吧？"他说："呀，小红都长这么大了！"出于多年前的习惯，这些新民的亲戚们仍然叫我"小红"，仿佛我依旧停留在青涩的少年时代。虽然那时候我已经开始喜欢上黑颜色。由于强烈的羞怯和自卑，我希望一身黑衣像深夜的天然帷幕将我重重包裹。黑吸纳了物理学上的全部光线，使视觉效果趋于隐晦。黑衣还有最便捷的一点，它随时可以体面地出席在丧礼中间——伴随中年而来的，是见证更多的人在身边死去。藏身于黑衣深处，我觉得我像一条在人世间隐匿了形迹的鱼。

最后要说到大红和二红，它们长得比较俗气。这一点也像我和我弟弟。我是说，虽然我原来叫"小红"，但自从我弟弟出生之后，我升级为"大红"，而他跟在我身后依次排序。这两条鱼就是我们小时候的样子，穿着红底黑花的厚棉袄，透出一股笨拙的倔脾气。作为水族箱中的两条霸王鱼，我觉得这么称呼它们，让我和我弟弟捡了个便宜。大红的体积最大，双颊饱满红润，像跟谁赌气时涂上去的水粉胭脂。二红的体形偏瘦，脑门上雀斑明显，嘴角还有一颗口福痣，看起来很馋的样子。这与实际情况不符——我弟弟长得远比我白净好看。从小到大，有什么好东西他首先谦让我吃；尽管如此，青春期之后，他还是比我足足高出了二十厘米。

偶尔

只是偶尔，我逗留在水族箱前面。多数时候，我几乎遗忘了它们。有那么多的劳碌需要应对，有那么多的深情，像被轻易蒸发掉的水。谁能真正时时刻刻把另一个生命放在心尖上？——即使是骨肉至亲，即使是两个深深相爱的人。

一位酷爱养鱼的朋友告诉我，正是水中这些无言而曼妙的生灵，让他感受到生命无处不在的美。现在，当我久久地注视着它们，我也感受到生命本身的静谧和沉潜，正缓慢地渗透进我的内心。

我本质上是个易于焦虑和厌世的人。除了必要的上班时间，我长年囿于斗室，性情孤僻，并且随时可能陷身于自我怀疑。极少的时间里我去外地，穿行在陌生人中间，他们宽厚、温暖，这些潺湲的流水，低回的琤瑽声让我愉快。这时候我是一条自得其乐的鱼，随意漫游，浮想联翩。

有关这些人，我对他们一无所知，当然他们也不认得我。这样的对等关系让我感到安全妥帖。有一次我去开会，随便拣了一个座位坐下来，我旁边的女人不断地侧头打量我。出于礼貌，我微笑点头致意，没想到她开口说:“——是沙爽吧？”我骇了一跳。这些我从未见过的人，奇怪的是他们竟会认得我。诸如此类的处境让我不知所措。后来我慢慢明白，我的天性中携带有一种不合时宜的古怪嗜好——我喜欢万物都可以在同一个水平面上彼此交接。一旦我能够准确地分辨出一张张鱼脸，我就要求它们平等地从人类中辨别出我的容颜。

突然有一天，我发现小金身体倾侧，它原本轻盈柔曼的尾部此时变成了巨大的负担，让它看起来像半个将断未断的书名号。到底有什么样的书写隐藏在这个符号下面？冬末春初的水色微显混沌，但水质看上去还是好的。水族箱上方的过滤器也始终保持着正常运转。由于水泵的吸力，小金轻盈的身体在水泵周围惊险地随波打转。我把它捞出来，养在水盆里。但是一天后，它死了。

接下来的情形越来越坏。死亡是这样接二连三。这场发生在水中的瘟疫，气势汹汹，让我心惊胆战。偌大的水族箱一天比一天空旷，我甚至来不及悲伤，整个人随时被惊骇填满。我的眼睛急急在水中逡巡，死亡肯定不是突然出现的，那么它到底藏在哪里？这之前我曾经想过，我们之所以能够在某些时刻隐约地窥见死亡的阴影，是因为它本身并不透明。但是显然，在透明的水里，死亡也隐匿了它的形迹。

这天我们正在吃晚饭，从水族箱那里传来了奇怪的声音。我扔下筷子跑过去，是二红，它借用的是我弟弟的名字。平时它也像我弟弟一样，喜欢炫耀自己高超的游泳技艺。有时候它在水中倒立，或者开足马力逆向行驶，故意在拐角处折出一个大弯。现在，它整个身体直立起来，尾部剧烈摇摆，头部蹿离水面，激起一片水花乱响。我不禁目瞪口呆。我想大红知晓个中原委，可是它沉着脸潜在一旁，不声不响。

这一生，我再也不可能忘记这一场死亡的舞蹈。一条鱼的生命中究竟蕴藏有多少激情？它无可言说的悲伤、疼痛和不甘，在不知情的旁观者看来，几乎近于——热烈而欢快。

现在只剩下大红自己了。也就是我。每天我都要在水族箱前转来转去，因为另一个我可能很快就会死去。我仔细追想起这些鱼来到我家的时间，惊讶七年的光阴是这样短暂。前五年里，它们的身长增加了两倍；此后就基本停滞不前。一条鱼的寿命会有多久？难道它们已经到了寿限？它动作迟缓，但是看起来仍然安稳、镇定。但是过了两天，我吃惊地发现，它的背脊上方出现了一块白色的霉斑，有一角钱硬币大小，活像春天在我的脸上绽放的桃花癣。这下子我知道该怎么做了。我把它捞进水盆里，用活氧机把臭氧输送到水中进行消毒，再用消过毒的水清洗那块霉斑。一定很痛。它用尾巴拍打着水面，水花溅了我一脸。

然后，将水族箱里的水也依样消毒两个小时，再把它放回去。

这么反复折腾了几天，那块霉斑奇迹般消失了。

原来霉斑和死亡都害怕臭氧。事情竟是这样简单！

这一天上午，我坐在殡仪馆大厅的长凳上，等待进入告别厅。我的朋友们在周围或坐或站，他们和我一样，嘴里东拉西扯，眼神左顾右盼——殡仪馆是最容易巧遇熟人的地方。而在对死者的礼遇中，有一部分是生者之间的下意识表演——无论世界怎样变化，殡仪馆的小舞台永远忙碌而喧哗。

这天去世的是我朋友的母亲，我已经多年没有见到她了。有一段时间，我常常到这个朋友的家里去，他的母亲喜欢我，甚至半开玩笑地要认我做干女儿。听说她笃信天主教，我把我的那本插图版的《圣经故事》带去送给她。作为一个始终没有找到自我信仰的人，我不能确认上帝会不会帮助他的信徒们，在死亡面前保持住人类应有的镇定和高贵，使人世间的万千眷恋让步于天国无垠的美。我想象着她手捧《圣经》升入天堂的样子，奇怪自己并不感到悲伤。也只不过几年时间，我就习惯了这些生离死别的场面。我甚至想象过我死去时的样子，如一截枯木躺在一簇簇虚假的菊花中间。——如果允许我省略掉这一节就好了，连同紧随其后的墓地、碑刻、三七、五七、三周年祭、五周年祭……我更乐于把自己最后的灰烬交给一条大河，像某部影片中一个幻想自己是鱼的人终于回到了水里。大河将带着它浩浩荡荡地穿城而过，这条与中国的大多数河流背道而驰的大河，它一路奔赴的方向，与传说中灵魂的露宿地不谋而合。

它也应该回到更浩荡的水里，我是说这条劫后余生的鱼。而不是像眼下这样，在空荡荡的水族箱里凭吊自己的影子，对着食物发怔，像一个人提前面对鳏寡孤独的老年生活。我想起我旅途经过的远方小镇，在一个初夏的午后我抵达那里。彼时阳光明丽，远远近近的湖水一片粼粼闪烁。湖面上是曲折的木质回廊，透过脚下木板之间的缝隙，湖水中穿梭着一道道五彩斑斓的奇异云霓——那是无数条艳丽的锦鲤。我在其中找到了大红和二红的近亲，还有小白、三黑、大水和二水，唯独没有小金——很快我就会知道，小金那美观大于实用的美学追求注定无法在这里生存。这时同事递给我一小袋鱼食，刚抓起一把撒下去，湖水中掀起了一阵巨大的漩涡和风暴。真是一派流光溢彩的绚烂景象，鱼群激起的水花甚至将我们的衣裤溅得斑斑点点。远处的红莲花随风轻漾，更远处是原生态的荒凉泥岸——如果把我的鱼送来这里，它或许可以借此找到它失散的亲人，和期待多年的爱侣。但是我更疑心，在这样近乎惨烈的食物竞争里，多年的安逸生活会使它很快成为弱肉强食中的弱。那些鱼真的一定就是它的同类？而表面上热热闹闹的群体生活完全无补于内心的孤苦无依——如同我偶尔置身事外，在人群中看到的我自己的样子。

我告诉我的好友，我养的鱼只剩下了最后的一条；现在，它和我共用一个名字。

她讶异：怎么？你给你的鱼起名叫沙爽？

我说：是的。

我已经知道，它有可能活得比我更地久天长。这条在神话中跃过龙门的鱼，因为年长，它嘴边两条神秘的触须会逐渐转变成传奇般金黄，它周身上下的每一枚鳞片都刻满年轮一样的同心圆，盛装疏朗或密集的记忆。

那些在我的身边一条条死去的鱼，我觉得它们住到了我的身体里。我带着它们在天地间游走，像携带着死去的亲人的呼吸。只是偶尔，我出现在这个世界上。我在此，在彼。我像那条叫沙爽的鱼，坚持着不让自己抽身远去。

沙爽：作家。著有《手语》《春天的自行车》等。

本文刊于《天涯》2012年第2期。

身心之累

闫文盛

局外人

我寄身的屋子像囚笼。为了打破这种幻象，我努力地工作，虚构种种旅行，但每逢家人外出，置我一人于此境时，那顽劣的过去便颓然显形。这一天也是如此。我在长时间的定型动作中找不到解脱之力，是的，许久以来，我总是对未曾经历的一生充满期待。楼下不远处的操场上，雪迹未除，两个在我看来还很年轻的人影把我的思绪带出了屋子。那稀疏的林木也是往昔，它们在风中摇曳着枯干的枝节。我没有思想，只有竭尽某种可能的爱恨。不，末日已经过去，我与万物同在。它们络绎登台，次第散去。岁月空疏，那茫茫雪昼，也是往昔。

去年夏季，我已经读完了《静静的顿河》的三分之二章节，而后，我在长达年余的杂事中忙碌，直到这一年结束，我仍在过着另外一种生活。迄今，我似乎找到了自己种种病灶的由头，不，自我之力也与万物同在。我常常迷惑着，想找到更准确的答案，但结果仍与解救无涉。在漫长的独处的光阴中，屋子被我弄乱了，刚刚购置的一大批书籍溢出了书柜。我想象着不久之后的阅读时刻，现在我需要梦到顿河。那安详的下午时光，已经过去了，此后，我厚颜无耻地装着深沉。水滴石穿的生活里，我被重新塑造成一个俗人。而万物静默如斯。

我感受着自我的灵魂这个秘密的回声，我想写下这些大词。是的，“我愿意成为我愿意成为的人”。如今，我视佩索阿为第一知音。此前为卢梭、普鲁斯特、梭罗、芥川龙之介、卡夫卡、《沉思录》的作者马可·奥勒留。不过，除了佩索阿与我相似之外，我至今还不愿意承认受到了谁的影响。我狂妄地视一切书本上的东西为自身之外的附加物，我只想写下自己内心那巨大的真实。在追根溯源中，我像个偏执狂一般，暴躁而胆怯。不，我并不觉得这一切即是真正的自身。在日复一日的搏斗中，我甚至为此而绝望。

有一天，我花费了一整个下午去阅读我曾经的上司写下的诗行，并为之倾倒。我像是突然发现了一座富矿般兴奋至今。我们确实在一起度过了很多光阴，但后来我们只能分开，离去，“在短暂失语、失聪和失明的恍惚里”，“没入深海永不回头”。为了纪念这次伟大的发现，我暂且放下手头的工作，去继续书写这个未完的短章。这事情看起来如此滑稽。但我深陷在自己的内心里，并且对另一颗相似的内心的强大丰富性产生了某种忌妒之情。一直以来，我都很少去猜测别人的内心生活并决心为之奉献好奇和赞美，但这一次我破例了。我拨打电话，但对方却关机了。相对于我曾经的上司，我成了名副其实的局外人。

这真是一次大大的意外。

自我否定

我有很多方面的雄心，但所有的这一切都可能离我远去，最终我所剩余的寥寥无几。我站在这里，看着窗外，内心里充满着对自我的否定。

不，就在刚刚逝去的这一刻，我仍然觉得自己像个帝王。我仔细地体验着自己不羁的思想，漫长得超越了一生的怅惘。我自信我可以捕捉独属于我的每一个时刻。那种强烈的占有欲把我推向自我审察的绝境。我看着自己，开始回忆起往事低垂的时分。二十年过去了，人事式微，我依然在无尽的眺望中消磨光阴。

进入到一桩事件中到底有多难啊，每逢午睡初起，总是有许多未竟之事在我的脑海中盘桓不去。我依靠描述它们来消解这种日复一日的压迫之感。我注视着日光西移，在幻视中与许多场景相遇，童年时野草疯长的河岸现已不再。我搜索枯肠，仍然难以从此刻脱逃而去。

或许，沉睡本身即是梦境，那纷乱的群山间，清风明月渐次生长。而我置身的陋室与此相反，有时夜间狂风肆虐，明月杳无踪迹。初来此处时我曾经有过的满足感也已不再。我异常造作地重申着自己的物质理想，它们形同另一重重压。这是我之前未曾想象到的。

我徘徊在始终如一的情绪沼泽中，那设想中的顶层小楼，上面覆盖着屋瓦。

青藤缠绕的岁月里，我面对着如何写完自己的一生这唯一的真理。

这里距离我的故乡并不遥远。我一次次地依靠内心的力量与她接近。在我降生的地方，厚实的土墙已经变薄，形同乌有。我已经无法把它准确地描画出来。有时是杂乱的图谱，我屏息静气，却找不到自我的踪迹。

我不知该庆幸自己天然的敏感，还是力图修饰。不，我深知这个虚无的话题的毒性。在我还在为生计奔波的那些年里，我可能找到了一种足以抵挡其侵蚀的替代品。有时是同事相处时的小小愉快，有时是昙花一现的爱情，有时也可能是愤怒。

是的，这些年，我总是像在堵漏似的对待虚无。现实中一些小小的所得也与此相关。但是，那时的生活确实存在着危险。当我走在无人的街头，一场突如其来的大雪可以使灵魂裸露。更多的时候则是一片混沌。

我的确在一次次地否定爱情，那些曾经无限纠结的日子啊，那些难以成眠的漫漫长夜，那些誓言和随之而来的幻灭的碎片，已经占据了我生命中的五年甚至更久。相对而言，我更喜欢这些沉寂的日子。当日常生活的图景徐徐展开，我无须伪装，便可深入人群，变成最为普通不过的一分子。

熙熙攘攘的灵魂无关虚无。在我路经之地，我欣喜地看到了漂亮而壮观的居所、美艳不可方物的女人、贴实而平稳的劳作以及不断上涨的报酬。我喜欢为之奋斗并有所得。那些意兴阑珊之际的书写也类同于虚无。我不知道，我为什么会写下它们?

自我否定并非我的兴趣所在，就像愤怒本非我愿。但当身离此境，那些熟悉的雷同之境总是交叠着出现。我不知道这些隐匿之物有无源头?

但恰恰是在这个时候，我一次次地逼近了自己。

黄昏之外

我很难在最想写的那类文字里消除掉我的踪影。有一些人出于善意，一再地规劝我。我当然也寄希望于下一刻，彻底地变成另一个。但那可能是荒诞的。在许多时候，看天空中的云霓飘移，然后再将目光降下来，注视身边的车水马龙，我都会有一种古怪的幻觉。年复一年，那外在的世界似乎不变，只是我却感觉到了自己的衰老。不，我并未视衰老为某种不祥，在一定程度上，我并不留恋那稚嫩的激情。我喜欢看着恒定的自己在静谧里来去。

但是不行，自我怀疑是日复一日的。大概从八年前开始，一直延续至今。我看不到它的尽头。在杯盘狼藉之间，悠扬的音乐声中，我也有过短暂的愉快的时刻。在祥和的家庭气氛中，这种时刻可能延续得更久。可是，伴随着黄昏的来临，那相对准时的空隙里，我穿行在城郊，想象着即将莅临的短暂的夜的黑寂，我总是会琢磨着该做点儿什么，如何把它完整地度过。这样，直到家中喧哗再起，这种强迫性的焦虑的时分才会过去。

大概在之前不久，我的每一个黄昏都是在忙碌的工作中度过的。我竭力地回想着这种变奏的形成，直到答案隐约浮现。我再度看到了城市的车水马龙。那时我穿越了大半个城市去兼职的地方，漫长的上下班路途中，我隐身在难以计数的人群中，日子过得踏实而安稳。极偶尔，我会在嘈杂的车厢里萌生一种退意。在一个突然的契机里，这个愿望终于达成了。

我于是得以在大把涌来的时光中去体味一种新的生活。妻子代替我去奔波，尽管我并不希望如此。在此之前和之后，我都反对她这样做。但我那大男子主义倾向可能于事无补，妻子在她的生活中拓展的空间是我的思想所不及的。这正是我的困惑之处。除此之外，我对于自己久居的城市也产生一种新的感觉。我不知道这里的人们如何起居生息，我深信自己所看到的一切只是表象。

在初来的那些日子里，我总是竭力地向自己灌输一个观念——我只是暂居在这里，但事情却在后来变化了。如今我在与那些曾经陌生的邻居们在黄昏里相逢，熟络地打着招呼。我在试图制造一种新的沟通方式，为此甚至动用了一些卑劣的手段。在黄昏的余光里，我不止一次地看到对面单元里相拥的夫妻。那时候，我没有想到我们会离得如此之近。不，我对这种可以偷窥的居住地心生抵触，但是无法。我在自己的小天地里遇到种种麻烦，其实已经很久了。

而我真正的惊骇只来自于内心。我无限地夸大着自己所遇到的难题。有时言辞间的交流可以消解一部分不快，但如果是根本性的障碍，则任何话语都是无用的。当我寂然独坐时，我那么明白地看清楚了自己。生活，在阳光强烈的照耀之中度过了一天又一天，既然我们所生存的地方已经存在了数百万年，那我完全有理由相信，它在我的生命中即永恒。而我们在重复前人的错误。如果黄昏不存在，我宁愿事实确然如此；但这事实上不可能。于是我只有在这里写下那近乎被蒙蔽的现实，虽然我明白一切远未结束。

也许，我们最伟大的理想就是重复。

身心之累

我有一些思想难以为我所察，当我意识及此，我知道，那种久违的对抗性是构成我生活在此的一个源头。我的整个身心都被这种无来由的困惑折磨着，许多年如一日。

曾经，我有过刻骨的相思和幻想。我用尽全身的力气寻找知音，把自己的另一半从人海中救出来。当我们融合为一体，我听到自己的心跳加快了。有时我想借助一些掩体来讲故事，但更多的时候，却知道赤裸着比附加任何外物都干净。我有一种以心灵为主角的大好奇。

因为难以抵达而带来的痛苦几乎无时不在。我体验着一种与生俱来的彷徨感。当然，我们的距离也可以如此之近，彼此脸上纤毫毕现。在往事中，这种时刻更多。但我在茫然中提问时，这种亲近感消失了。我看到了物我之间的沟壑。我想找到一柄巨斧，把这沟壑填平。在神话中，这个场景滋生出一种古老的诗意。我梦想着有一双青筋毕露的巨手。

让我来说说那内心的震动吧，我的朋友。我们相识多少年了，想起那些欢乐时辰，在露水般清洁的早晨，想起那高冈上看到的日出，万物初醒，大地上奔跑着原始的马群，想起那木栅栏和简易的房舍，我总有一种潸然泪下的冲动。多少年后，当这一切都不可复现，我们将老未老时，在这个城市的街角，我遇到了那曾经的往昔。你的身影中依稀可见转身离去时的决绝。我已经喊不出你的名字。

那些长夜里的孤寂如此遥远而清晰。我等待着此心彻底安静下来的一刻。不，我经常觉得自己没有这样的力量。或许一场情爱能起作用，它驱走我内心的恶魔，哪怕只是须臾间的转折，我已经可以感受到那种情感的温度，我的爱人，我有时会被自己的软弱和污浊所恐吓。

不错，我的敌人经常只是我自己。我在一些大历史剧中所看到的惊心动魄，也抵不过那深及骨髓的命运之感。我在这样的城市里生活，有数不清的人与我共生，我该是多么幸福啊。我走得自由自在，如果压力只是一层外衣，我尽可随手把它除去。但我无法这样做。

这是多么让人痴迷的景象，万物都有顿悟的一刻。我常常被告诫，世界多么广大。是啊，我其实多么醉心于那远方的风景。它构成我身心之外的另一种价值观。某一个午夜，我站在距离我生息的城市数千里之外的地方，转身四顾茫茫。天地如初生，而万物视我如无睹，我是我自身的旅人。

所有的故事都形成一种潜在之力。我追随着这一切，试图使自己站立。我在一种被动的生活中度过了三十四年，那内在的不安化身无限，在我的周身涌动。不，我无法找一个替身。尽管我希望如此。三十四年了，我看到时间也在分解。而我只是经过。我是我自身的旅人。

本能

我时常被一种恐惧所淹没。不，我不能轻信我这样的生活为更多的人所拥有，但事实证明，我得到的这一种体验并不新奇。在人群聚集的房间里，我暗暗勘探，想要找到某一种同类。但时间纷飞，我只看到了一些浮动的面影。

是的，我还看到了众生的喧嚣。置身于人群，那种恐惧暂时被屏蔽。在午夜的大街，如果同行的并不止一个人，那种寂静也不会带来更深的绝望。我想起了许多往事，它们像影片中倏忽而过的叶片或者风声。爱情，或许等同于往事？

不，岁月的背景轮廓远比这所有的一切都含混。

我有许多次想倾谈的愿望，但源于一种莫名的骄矜和自我放弃，我被迫地退回到了自己的本能。我有时在夜里看到沉默之中的自己。当某一种声响把这种沉默打破，我站起身来翻书或者走到窗口，眺望远处的青山。那深远的黑暗看起来如此黯淡。

我在这样的日子里并没有感到幸福。当然我在长时间的忙碌之后极度需要这些。我找啊找，终于在艰苦的追寻之中向自己敞开心扉。这多么滑稽。我有一种预感，我将在对自我的审察中走得更深。但偶尔，我还是想要放弃。十年或者更久？我都在做这一件事。

不，我甚至已经看到了自己的一生。那些浮华的杂质我也喜欢，有时沉浸于某一种氛围，看周围人喜笑颜开，我会怀疑自己为什么要去独处。至于宁静，我愿意把它赠送某一类人。在内心顽强的抵抗之下，我看到另一个自己悄悄地从母体中分离。

秋深了。我在屋子里走来走去，想许多匆匆走散的人。迄今我仍找不到那个大世界，它离我多么远啊。当喧嚣退场，我被置于一个两难的境地。如果是单身时期，我会聆听到某种声音，丝丝缕缕的，令人窒息。这好像是整个世界留给我的遗产。我始终有一种破坏的欲望。

在很小的时候，我曾经仰望星穹。那是空旷的高远之处？我想不到它的样子。当周围的同伴悄然离去，我感到了那种绝对的寂静。狗吠此起彼落。但我的听觉把它过滤了。我对这种虚拟的时刻记忆犹新。

我常常会想象地球上只剩下一个人时，那种难以言喻的场景。在成人后的世界里，我断断续续地经历着这样的思考的时刻。生活的碎片在无人处翻滚着。我穷尽心力，想要捕捉到某种欢娱，但是很难。有什么事物可以被同化、合并，成为一种新的晶体？

迄今我仍不知道。但我知道，生命的崭新一页时常被揭开。我有一种清除自己的罪恶般的冲动。当恒久的定律被打破，我希望曾经的限定不成为障碍。我醒过来了。今天下午，我睡了三个半小时，这大概是最近半年来最酣畅的一次午睡。我听到窗外的微风轻吹。

我怀疑我在午睡中做梦。这是另一种追逐。不，我的恐惧并没有消失。当我可以静下心来，仔细地看它时，我觉得我离自己的本能更近了。在我就餐的时候，我还在咀嚼着这一句话，而妻子和儿子，他们观察着我，一个他们最熟悉不过的陌生人。

闫文盛：作家。著有《失踪者的旅行》等。

本文刊于《天涯》2014年第2期。

虚实

朱　强

立春以后，我开始郑重地关注起自己的身体、思想以及情绪的变化。我尝试通过镜子、尺子、称重器，还有朋友的眼神——去发现自己身上的这些细微改变。

之所以这样做，是因为当我翻出十多年前的照片，发现当初脸庞的轮廓已经彻底地被时间篡改。对此，我兴趣浓郁，甚至很想搞清楚——在这个过程中时间在我脸上到底置换过哪些细节。

事情最初是从我爸给我测量身高获得了灵感。开春后每隔一段时间，他就让我赤脚，挺直脊梁贴紧门板，然后用角尺抵住我的脑袋，又在角尺底下画条刻痕。年复一年，门板上这些深深浅浅的刻痕不断长高。刻痕之间长短不均的间距显示出我成长的轨迹，以至于后面他完成这件工作已经相当吃力，每每需要踮起脚尖才能将角尺架上我头顶。

我爸的这个行为，让我发现许多事物的改变都是在春天悄悄进行的。新生命受孕、植物抽芽、风变暖和、情欲萌生，它们借助春天上升的力量满足自我。我相信，人始终是自然的一部分，在自然运行规律中，每个人如愿以偿接受生老病死。而我便常常通过身体的这些变化，感受自然的细微之处。每当我的身体或情绪出现轻微紊乱，便闭目冥想，在清明与黑暗之中，找寻人与自然的隐蔽通道——自然与人紧紧抱在一起，彼此不分。通过自然的补给与调节，我觉得没有什么疾病与负面能量能够扰乱我的心智以及本来安定的生活。

久而久之，我发现，身体每个细胞里都潜藏着一个关于春夏秋冬、阴晴雨雪的显示器。每当冬去春来，皴裂的嘴唇又开始光滑红润了，让人醉卧不安的溃疡又开始平复了。根据细微的知觉，我判断外面的世界已经春气浮动，自己和春天之间，始终串联着一个巨大连通器。我在连通器的此端，深切地感受着彼端的一切。

此前，夜里总是被寒气扰醒。睡眠像一只被风浪掀动的帆船。身体辗转反侧，床板咯吱作响。在整个过程中，人好像患了神经衰弱症一样难受。然而，所有的这些不适，都在春天里消失殆尽了。窗外隐隐的春意，导致我开始触摸到床的柔软，体会到来自于梦河的暖气与香味，以及身体被床榻贴紧的那种甸实感与快慰。

春天于我的影响，远远不止这些。在这个季节，除了身体开始应和起春天的节奏以外，最关键的一点，是整个头脑意识也渐渐地扭转方向。

时在冬日，整个人对待外面的事物常常是持拒绝态度的，人被严实地包裹在厚厚的棉袄里，手脚都藏缩袖底，只想安安静静地坐在屋子里烤火。冬夜，我时常招呼朋友去师大的操场锻炼身体，可是却几乎没有哪次不遭到朋友的委婉拒绝，他们一致认为，冬天最好是能够把自己藏起来，尽量砍断自己与外面事物的丝丝缕缕与枝枝蔓蔓。这样一来，许多的可能就在他们手上给彻底掐断了，存在于他们身体里的创造力以及敏锐知觉就被彻彻底底封固了。

可一旦外面春气上升，人的心里又开始蠢蠢欲动，在心里，特别有想做表演家的冲动，并且时时刻刻深信自己就是一个出色的表演家。也就在这个春天，我尝试着让自己完成一桩特殊的演技，元宵节后，我的一个好友搬动住所，乔迁之喜，她在家里宴请宾客，以示庆祝，为给大家带来一点儿愉悦，于是我毛遂自荐，兴致勃勃地下到厨房。捏起袖管，抓起锅铲，但事实上，却极有可能把庖厨弄得乌烟瘴气的，将饭菜烧得面目可憎、一塌糊涂。因为这可算是我的一桩处女宴了，我当然不能对朋友告白，说出真相。以前我妈给我做饭，后来，我又在饭馆酒店食堂蹭饭多年，新鲜的鱼肉、花豆、菜蔬，它们是如何变成脍炙人口的美味，于我来说，确实不解。尽管以前爸妈做饭我袖手旁观，但等到自己亲自上阵，依然免不了两股战战。可是我发达的神经末梢却深切地感受到屋子外面的十丈春天，燕子的呢喃，桃红柳绿。春天让我对待所有事物的态度彻底改变了，我觉得世界与我，此时是完全是相关的、在场的，即使自己没有办法以一个主人的角色介入，至少，我也应该参与进去，所有事物都伸开了手臂，揽我入怀，而我，自然也该以吹面不寒杨柳风的态度回敬春天。春天不仅是一个万物生发，美人与流言以及情欲繁殖的季节，同时它也让各种事物之间建立起了广泛的、密切的联系。

老死不相往来的冤家，在春天渐渐和好了；一种平时在某人看来难以接受的口味，现在也开始受到舌头与肠胃的青睐；一个曾经被持有偏见多年的城市，在春天也开始绽放颜色。我觉得春天的最大魅力，就在于它能够在所有事物之间重新洗牌，推倒重来。过去的一切规范、固化的思维现在都被它一拳打乱了，一个崭新的秩序，悄悄得到建立。而我借助于春天强大的神秘力量，在大堆的食料面前，手脚也渐渐从容起来。我开始以一个大厨的身份面对所有，尽管毫无经验，可是依旧把花菜烧肉啦，清炒淮山啦，莲藕炖汤啦，爆炒青菜啦，红烧鲫鱼啦，凭借以往从《随园食单》里猎取那一点点经验烧得让朋友们没有理由不佩服我手艺的娴熟、专业与老道。

从此点说来，春天对所有事物的塑造力绝对不容小觑，有关于个人的癖好、性格、审美观、感知能力，它们或多或少地都受到春天的影响，并且影响总是无形无象，无名无臭。平常出现在你感官意识里的春天，说白了，仅仅是春天的一小部分罢了，另外，还有更多的，没法琢磨的春天，充斥天地，把控一切，也正因为这一部分神秘春天的存在，更加使春这个季节神圣、迷人、蕴含丰富。

可以说，这种虚与实、有形与无形的组合，加深了春天的层次，它让你觉得春天并非单独的一所房子，房子之上，还有门，有窗，有帘子，有种种抵达外界的通道。

我很希望自己所在的生活环境也装扮得和春天一样，真真假假，虚虚实实，参差的，错落的，因为只有这样，生活才能够体现出它的巨大活力与鲜明个性。

因此，我每到一个完全陌生的环境，如若可以感受到此地人的生活里也有务虚的、懒散的、貌似虚妄的、不求进取的、神秘的、匪夷所思的成分，我的内心便往往难以按捺住欢喜，并且很有住下来的打算。而对待那种一览无余的、干燥的、坚硬的、被规定好的生活，我却常常是哈欠连天，我发现与它们周旋久了，类似于胸闷、气短、皮肤干燥等等身体与思想疾病就会纠缠我，而生活里那些貌似不务实际、百无一用、神奇玄幻的东西，恰好是一粒舒心丸。它给生活带来了春天的某种气息，很好地平衡着生活里的那些结结实实、方方正正、平平整整的事物。

当我在朋友家展示过厨艺，扬扬自得了好几天以后，朋友又有邀请，不过这次是去她那里喝茶，同时坐对面的还有一个曾经做时装走秀的朋友，不过现在却已经彻彻底底退出了这个声色犬马的行当。头脚等粗，走路摇晃，声如洪钟。我们坐在春天的阳台上冲泡普洱。茶壶里的烟气蒸染到窗户玻璃上，隔在窗子外面的春天形象模糊，模糊到几乎要被人遗忘的程度。中途我解手去，无意间转到隔壁空屋子，屋子后面有个小小走廊，临街。靠墙是一具 20 世纪 80 年代很流行的梳妆镜，花梨木的，镜面呈椭圆形。我很好奇，不明就里，为何梳妆台要从卧室搬出来。后来，对镜子推敲许久，突然，发现镜子里，除我以外，在我身后五十米的距离，还有两个高高大大的石狮子，威风凛凛地蹲踞在对面某个大门两侧。这时我才恍然过来……尽管这种生活的虚与神秘，给我带来了某种程度的悚惧，但同时它也使一条街上对门的两种看似不相关事物之间建立起了某种内在的联系，至少，在车马喧嚣以外，还有这么多有趣的东西存在着，填补着街道上下的空洞。

我觉得“虚”与“空”截然不同，虚并非没有，它既隐蔽，又开放，它时常以消极的方式入世，繁衍着“虚构”“虚与委蛇”“虚情假意”“虚文浮礼”“虚张声势”“虚怀若谷”“虚心”等等同类，它们努力建造着自己与外界事物的种种有趣的联系，中国式的、中庸式的、遗世独立的、四两拨千斤的、孔孟的、老庄的，它们制造着各种美丽缘分，调节着人的中枢神经，消灭生活里的种种乏味事物。试想一下，生活如果仅仅只是梳妆啦，如厕啦，吃饭啦，工作啦，洗碗啦，洗浴啦，求职啦，更衣啦，睡觉啦，这样一来，生活不过是在一个的方寸大小的世界里展开着。假如在这些实实在在的日常事务里，也有着闲聊啦，撒谎啦，嗑瓜子啦，发愣啦，求仙问卦啦，“歪摆台门”啦，门上明镜高悬啦，插艾草啦，拜月啦，将瓦片藏枕头底下给孩子压惊啦等等无意义却挺有意思的事情存在，生活的真实性与层次感则必将扩大十倍，生活的空间也必将放大十百万千倍，你与世界的联系，也必将变得密切；生活也将和春天一样，神秘十足、暗中发力、受人敬畏。

可是，总有人无聊透顶、千方百计、专心致志地试图消灭这类虚妄的、难以咂摸的、无意义的东西。他们试图通过科学、种种理论和公式，进而诠释、剖析、解构这些东西与不是东西的东西。他们试图在生活的每个零部件上一一贴上诸如用途、产地、材质、保质期等等标签，试图让所有事物身份明确，背景翔实，至于打喷嚏啦，抓痒啦，看星星啦，放屁啦，这些无意义，又说不出所以然的事便统统可以拖出去枪毙了。

说实话，我对用于推算立春的那个公式向来就很反感，它的繁缛程度确实有妨碍春天本身的神秘性。尽管，曾经我也是祖国的花朵，接受过光荣的九年义务教育，解过不少于十箩筐的数学题。对于这门科学，老师成天耳边唠叨，早已经建立起有关于它的深厚信仰：公式几乎是探求一切答案的通路。即便如此，我仍然觉得天道在运行中，充满着某种神秘力量，它远远不是一两个公式所能够概括的。

今年立春，比往年任何时候都早。在年前，立春这个事件就已经早早收场，按照民间的说法，这多少有些不甚吉利：它被戴上了寡妇年的帽子，若翻皇历，必定可以看到不宜嫁娶的醒目字样。尽管算命先生曾经不止十次谆谆告诫过我：立春之日，最好是装聋作哑，不宜见光，不宜发声，躲在暗处，默默无闻。今年我却很无奈地，被一团团五颜六色的亮光笼罩，这些光亮在我的前后四方扑朔迷离。幸好，一切都并非来自于春日里的天光，而是舞台上下的一簇簇聚光灯。不仅如此，在我嗓子里，还连续不断地回荡着轰轰声响。幸好，这些声音被巨大的音响拉伸，放大，早已经不再是独属于我了。我被社长钦点担当晚会主持，通过话筒，我一遍又一遍赞美春天，念诵有关于春天的诗句，似乎有意在吸引春天的目光。然而舞台上最容易让我感受到氤氲春气的，却是傣族舞蹈《林间的少女》的主角。二十出头的美人通体紧裹着翠绿色绸布，酥软的身体蓬勃、饱胀、扭动、一字排开，像一种让人窒息的沉香。烟气在屋子里缭绕。春天给予人的感受便是这样水蛇般的身体。它让你在即将昏睡时血液里升腾起一股无形的力量。

一旦立春，我觉得头脑、神经以及心脏都应该束之高阁了。它们感受事物的能力固然是敏锐的、发达的，但是它们与外界所建立起来的联系却总是繁缛的、琐碎的，不如血液与色声香味的关系那么直接、简单、从容。有趣的劳伦斯曾经有过一个关于血液的神秘哲学，他说除了大脑和神经，还有另一个意识活动的中心，即血液的意识，它独立于普通的思想意识而存在于我们身上。我觉得这个血液的意识才是捕捉春天的利器，春天就这样一点点地渗透到血液里，花香与泥土以及脂粉的香味在血液里自由来往着。

我是在赣州涌金门的夜色里，深切感受到这一点的。时间在大年初五，月夜之下，我与几个美貌如花的女子在夜色里散步。我觉得那个夜晚，才是真正意义上的立春，温风如酒。江面、对岸、林中、石壁以及古城墙上的古风、新鲜的风，随时随刻都可能传到我们四周。这些风表面柔滑，身影稍纵即逝。因此，我不得不打开我的另外一个血液意识，将这些来往的风死死捉住。直到现在，那个夜晚的风，还在我的记忆里延续着它们的温暖与生命，尽管温暖有一部分来自于那些美貌如花的丽人。她们的言笑一度让我怀疑自己是否就是当年的唐玄宗。这里面既有我当年的同学，也有现在的红颜知己，她们和春风一样，使人迷醉。

同样也就是在那个春风沉醉的晚上，某个细节为我后面判断春天的浓度提供了有力参照：高高的古城墙后面，横着稀稀疏疏的枝条——光秃兮，颀长兮。当我 3 月 10 号路过环湖路，看到搂粗的槐树与杨柳，开始浓妆淡抹，我便觉得山河在日渐丰满；而与此相反，女人们却在逐渐变细、变瘦、变得婀娜，身体的线条渐渐显山露水。当我躺在床上，想着这个春天紧裹在女人们身体上的衣服，像剥竹笋似的一件件被剥下来，我就会赶紧翻身跃起，因为我很害怕那些衣服把我压得近乎窒息。

前天清早，我睡在八楼。恍惚中觉得，隔时便有木门的撞击声在我的梦境中挖空了一块。醒来以后，我赶紧下床，发现外面刮起了大风。洗浴间的木门在大风里没能把持住重心，正反复地发出乒乓的声音。乍暖还寒的天气，屋子里因为这声音而被什么东西凿空了，我内心也是一片空旷。

不过我却在下楼梯时，目睹了真正意义上的春光。春光既不是乱花渐欲迷人眼，也不是明媚、透亮、灿烂等等词汇所能够形容的，它是一种源于自然的光亮，去除了一切人为的修饰。在我与春光目遇之前，我眼前出现的是一只发着橘红色光的电灯泡。它被我下楼窸窸窣窣的声音惊动，迅速地散发光芒，昏暗狭隘的楼道顿时被它撑开。可以说，这种光整天与我为伴，白天我通过它敲键盘、看电脑屏幕，晚上我靠它晚餐、读书、审阅稿件，它与我朝夕为伴，形影不离。久之，我也便只习惯依靠这一种光，去辨别事物、判断是非。可是在这个早上，当我下楼的脚步逐渐轻盈，灯泡随即熄灭了，楼道的花窗里开始有一片一片的菱形的白光从春天里涌入。因为这些自然的光，我觉得楼道里也塞满了春天。

如此，我的感官世界一旦丰富起来，春天也开始无所不在了。我感觉自己与春天的关系，就像水上的木筏，水位上涨，木筏也随之上升。如果再细致点，春天就可能被放大得更加入微。因为我的细致、敏锐、清醒，以及与春天如火如荼的感情，我无意间发现：关于我与某个女人的流言在网络上蔓延着。一个网友隐姓埋名，每天在吃喝拉撒睡以外，便在博客里絮絮叨叨地编撰我与某个女人的情史，有关于两人的见面啦，接吻啦，恋爱啦，送礼物啦，一同在街道旁的小店里吃羊肉串啦。故事讲述得有板有眼。它如影随形，精确着、放大着、深化着我的记忆，似乎非得在我以外，制造出一个更加真实的我。这让本身相对虚假的、模糊的、清白的、没有绯闻的我至于惭愧，感到羞耻，无脸见人。然而我依旧照常吃饭、睡觉、穿衣、走路、大声朗诵诗歌，对于故事里的我始终不管不顾，因为我觉得网络太大了。许多人，我与他们完全陌生，在陌生人里，流言传着传着，就散了，散布流言的人也觉得无聊，没有了意义，不再传了。没想到对方却开始变换招数，有的放矢，居然对我的师长、同学、知己、文友一网打尽，狠下毒手，企图使我身败名裂。他每天坚持在他们当中，串门、招呼、发纸条、留下脚印。如此，我便隐隐地感觉到惶恐、愤怒、焦躁、寝食不安。我很担心那些胡说八道的东西颠覆平时千辛万苦所获得的声誉、荣耀，让朋友们误以为平时老实巴交的我，原来这么风流、重色、不讲规矩。流言原本是无所谓的，它在广阔的、无垠的春天里蔓延着，像蜂蝶般纷纷扰扰，嗡嗡哼哼。然而那些广阔土地对我一无所知，流言也像风一样，仅仅是一些呼呼作响、浩浩荡荡的清风与熏风罢了。真正让流言成为流言的，是我的那些朋友、亲戚、师长，恰当流言吹送到他们的耳朵里，流言才开始发挥作用，释放毒素，侵蚀、瓦解我的形象。

因为流言的存在，我终于发现自己不过是别人的作品，有关于面子、帽子、身份、荣耀、成绩、声望、位置，它们平常紧紧粘贴在我额头上，为我添光增彩，与我同呼吸，荣辱与共，与血液、发肤、灵魂共处，作为我身体的一部分，让我耀武扬威，只不过，它们随时可能被吹落，背叛我、远离我。而我，却因为曾经对它们过于迷恋，心有挂碍，每每心有恐怖。

现在，流言像风一样，使我更加清楚了身上的那些累赘的，随时可能脱离我与抛下我，使我身败名裂的成分，特别是每当我翻出十多年前照片，发现当初脸面的轮廓，已经彻彻底底被时间篡改一通，对于这种种改变，我兴趣浓郁，甚至也很想搞清楚，在这个过程中，时间在我脸上——到底置换过哪些细节。恰巧在这个春天，有关我与某个女人的流言使这些细节顺势浮出水面：对于面子啦，帽子啦，身份啦，荣耀啦，声望的认识我也因此而更加透彻，我真心但愿哪天能将这些虚妄的东西统统甩掉，好让我站在春天里，更加实在、虔诚、轻快、自由、敏锐、光彩焕发，从而，与春天打成一片。

朱强：作家。著有《秋水长天》《生活在江西》等。

本文刊于《天涯》2014年第2期。

骊歌

陆蓓容

一

九年前的暑假，和高中同学骑夜车绕西湖，曾经误打误撞地来到那个高峻的门墙之前。几盏夜灯不情不愿地透过梧桐树叶亮下来，一行校名高悬于顶，从暗处隐隐滤出金色。门前是出名的酒吧街，霓虹灯变幻不绝，出租车不时停一停，又很快驰去。三五闲汉也不知醉了没醉，欹斜着，款步向暗处隐没。毕业使人兴奋，升学则不然。我支着车往大楼里睃了一眼，什么也看不清；赶紧翻身上车，追着前面的同学向长桥公园骑去了。

两月后入学报到，终于从那门脸下踏进去。左首一个微型操场，二百米的红跑道圈住篮、足两用绿地皮，外边一围爬满凌霄花的铁丝网子。再外边开路，路尽头一栋楼——留学生公寓。左边一栋楼——国际教育学院，全校食堂屈居此楼地下。右首全是楼，堪堪六七栋，兜住中间一片见缝插针的草坪。愣是没有找到学生宿舍——很快知道，校园里摆布不下，安置在三条马路之外。从绿树红墙庭院五进，旧操场上挖出过贡院水井，图书馆边矗立着碑亭的高中来到这里，欲不伤心如何可得。

两箱衣服书本真正运到宿舍区，伤心更是几乎淹没了人。寝室在九楼，没有电梯；浴室只一间，男女各用三天，逢周日休息；交费领寝具，清一色蓝白格子床单；发一只搪瓷脸盆、一只带盖搪瓷杯。我瞪着那印着隶体校名的杯子，先想起幼儿园时代的搪瓷小饭碗；又想，这么大家伙，究竟是打饭使呢，还是刷牙？

人生中唯一的一段集体生活，就这样开张大吉。我带了书和笔，买来一叠粗黄毛边纸，妄图每日写一张字——当然不可能；读一卷书，更是做梦——白天也就罢了，九楼的夜里是门虽设而常开。学姐们穿着松垮的睡裙，飘飘忽忽，人各像一团云朵。有时云朵飘进来，拖一把凳子坐定，就讲某位老师的课不好办："期末考试背古文哦。"

"背什么？"

"夫画者，成教化，助人伦，穷神变，测幽微。与六籍同工，四时并运……"

五个学妹眼睛一起亮一亮，又刷地暗下去。

云朵不飘进来的时候，屋里五人也常披着像样的外衣——因为尚未鼓起"都是女人"的勇气，公然内衣出没——各自从那常开的门里进出不休。有人继承高中时代的伟大恋爱，抱着电话机，屈腿坐在燠热深长的走廊里，一勾头发跌到额前；有人去邻屋找老乡聊天，直到日光灯统一熄灭，才蹀躞着挪回门内；有人打水、洗衣服、洗澡。

我就在那最后一拨人里。从前养成了每天淋浴的习惯，不信区区澡堂难倒英雄汉，便据守盥洗室，舀小盆冷水往身上浇。虽然逼上梁山，倒也通身爽利，不曾得病。——因为杭州的秋天实在太热了。也有不喜欢澡堂的同学，不断加入盥洗室大队。其坦然者如入无人之境，羞的便略略含着胸，睁大了受惊般的眼睛，急急匿到角落里去。我还清楚记得自己解衣撩水看同学的时候，心里不是想起张爱玲写女体的名句——"长长一段白蚕似的身躯"，就是想她们各自的家乡。山东、河北早已凉透了吧，洞庭湖上应该也刮起了秋风？

在那小小的屋子里，我第一次献出过分直接的善意，买了一罐辣酱，放在寒素的姑娘桌上，第二天收到她亲手做的鞋垫，几乎羞愧不能言；第一次夜不归宿，就在楼下的小礼堂里猫着，投影屏上放了一宿金基德的电影；第一次热得睡不着觉，起来跑到学校楼顶，在吴山的晨曦中横卧补眠；也是第一次知道女生之间的矛盾是怎样产生、扩大，乃至愤然不可收拾。

曾经请书法系的同学写过一张“君子慎独”，粘在书桌对面朝夕惕厉，最终却扛不过家乡迟来的初冬——穿毛衣的季节，冷水澡宣告失败，我每日课后回家。

二

据说学生的主要任务是学习，在这里，这成了一句虚话。本科四年，上三年课，除了一位老师讲《兰亭集序》，另一位老师真的让我们背古文以外，具体知识已经遗忘殆尽。印象最深的总是逸事。讲古代遗址，老师带来串玉件，往我们手里一放。“好好看，据说是良渚的东西。至于怎么来的嘛，不好问。”讲汉代封泥，又拿来一堆陶泥块，上面印文俨然。“年轻时候做着玩的，封泥就长这个样子。”我们也讲西方美术史，拉斐尔的和谐、《雅典学院》的构图、塞尚故意把苹果画得就要从桌子上滚下来，以及“达·芬奇太土了，我们美术学院的学生，应该管他叫莱奥纳尔多”。我对他们多数人都没有什么直观的感受，有时作业要写“赏析”，就硬着头皮从一堆拗口的洋名字里挑出一两个勉强知道的，抱着隐约的一丝歉疚动笔杀熟。

有门书画鉴定课，是那时难得的期待。因为老师家富收藏，会带着实物来给我们开眼界。有几回是大立轴，个子最高的男生帮忙，从黑板顶端挂下来，下摆还要人托一托。一次拿来一个手卷，这挂不得，只好全班同学凑到讲台前面，乌压压地一齐看。看绛丝包首旧得很了，绢素暗沉，上面飘浮着些几百年前的人物狗马。所有这些东西，一概不谈真假，不讲价格，仙气沾到，宝物收回。鉴定需要眼力，红口白牙可讲不清。老师大约觉得跟我们永远谈不到这一层了，便尽说些印章、纸墨、题款、著录的常见知识。我坐着，只能每回看他中式对襟衫子上，那几条砂金线绣的暗纹龙。到期末考试那天，简直是请君入瓮：黑板前又挂出一幅大画，人各发一张白纸，要求写明鉴定意见及理由。允许使用一切资源，谷歌、百度不在话下；当然，其实什么也搜不到。他笑眯眯地说："欢迎同学们望气而知，望对了一样得分。"我从座位上站起来，拔脚就去图书馆找参考书。他还是那么笑眯眯地虚拦一下，"这么认真就不好玩了呀"——合着他是来玩儿我们来了！

好在世事总是公平。借着每年暮春下乡考察的机会，我们也可劲玩儿过。一年到南京，大巴把城郊接合部的路压出一溜土印子，拉着一车年轻的灵魂去"酒醒天涯问六朝"。到时已是薄暮，梁陈帝陵荒芜不显，只剩下各种吐着舌头的石辟邪，微笑着，站在村庄、野地或小学校的凉棚里。深春如醉，草色齐腰，起不了半丝荆棘铜驼之感，只是竭力跃起来坐上底座，或者和它们一样微笑起来，匆忙拍几张照片。次日又到栖霞寺，越发僻远无人迹。吃几色伪装荤肉的淡素，咽两杯浊茶，然后在千佛岩下站成一排，仰着脸看中国唯一的南朝造像：青苔有脚，悄悄爬到佛头，遮住了菩萨的半边身子，娇俏地垂望我们。有一处可以攀缘，自然要上去登临送目。一只脚稳踏房檐，赶紧侧过半个身子，摸摸造像的脸——多已在四十年前被凿去。

又一年去山东，那里有我爷爷的故乡。临出发，老头子一口济南话谆谆嘱咐，曰：绿豆煎饼，无上至味。刚到曲阜，我就急不可耐地代老人家一抒乡情，踅到暗黄灯泡照着的夜摊棚前，独自要一套煎饼果子，配胡辣汤。还不到深夜，脸上刚沁出一点儿油汗，小城已在眸中渐渐变暗。第二天到孔府、孔庙，人多如蜂群，几乎下不去脚。北地风多，冷意夹着尘土，劈头盖脸地朝身上裹。仓皇撤出，只想去孔林行礼如仪——一脚踏进，却是整个人都惊暖过来。百岁千岁的树，向天空婉娈伸枝，藤蔓缠绵在每一块石碑上，叫你忘了那底下睡着人。几道溪水流得平缓，轻轻一跳便可越过，身前身后开满了无知无觉的二月兰。

我就这样度过了四个春天。欢欣都历历在目，愧悔也一样不可消磨，因为犯过很多错误。像小时候到处展示自己擅背唐诗那样，标榜着读了那些应该读给别人看的书。很快忘记书里写的什么，又急急忙忙地打开了下一本。积年回首，恨不得把脸折巴折巴叠起来，再埋到地底下去，但当时并不如此。老师们个个宽容，他们大概都还没有忘记自己年轻时候的经验，对于学生们煞有介事地啃书，半是鼓励，半是不在乎。要为自己读书——这是多么浅显的道理，然而随着年岁渐增，终于得以自悟，却比由他们开口相告痛切得多，并且终此一生永不再忘。

三

我的毕业和升学是连在一起的。大三大四衰病相仍，百废不兴，连标榜都懒得再标，常常约一个低年级小学妹，一人一辆自行车去绕西湖。从清波门出发，经过净寺，转杨公堤。从一座高桥上望见于谦祠堂的牌坊头。曲院风荷后门种一排木芙蓉，霜秋时候临水肃妆，我们便目逆而送之，停下来喝点儿水，再向南骑回学校去。有时我一个人放学，则循湖滨步行，走到北山路上回望，城隍阁岿然在眼，往下却找不到教学楼。天鹅排队来跟人问好，偶尔一两条笨鱼游到种荷花的浅泥中来，摆摆尾巴脱遁不得。春润庐——一栋民国别墅，如今是住家了——里面冬天枇杷花，夏天樱桃果子。浙大附中对面小摊定点卖鸡蛋饼，我觍着老脸，跟那一群半大孩子排队抢食吃。

有时候凌晨去中医院排队看病，雨丝低密，乌桕结了子，一小串一小串留在树枝上，路灯画出它们虚瘦的身躯。通宵火锅店里还有人影，蒸汽温柔地罩住他们。又有时黄昏去上海看场戏，半夜再狼奔豕突地赶回来。路边总有夜宵摊子，三两个人等候，树荫下惊走一只猫。标榜伤感和文艺，与标榜读书一样无聊；幸而贱恙粗平，著名折子戏亦多已看过，我不再有很多机会走这两条路了——凡走这两条路，出租车必开过学校。校名还和当年那样，隐在夜色里黯淡不清。

直到双脚踏进硕士的门槛，才终于稍为振作。南山路上的酒吧在四年间渐次偃旗息鼓，学校对面新开几家中西餐馆，和一个二十四小时营业的法国面包房。我很高兴，课前先买一片当点心，再到水房泡一杯茶，施施然穿过那些以神秘栈道相连的楼们，去上政治或者英语课。我已经不会再在这个迷宫般的"楼阵"里迷路，在无聊之极的课堂上，看完了各种各样的历史八卦和日本轻小说。

学校以新的姿态展现在面前。当然，变的是我，而不是它。我能逃更多的课，就有更多时间探索那个袖珍的图书馆。二楼是综合阅览室，新书架更新极慢，好书却多。别择之际，常常登上小梯，在一个架子前攀登至顶，徐徐下扫。下梯子，弯腰，滑稽地撅一会儿屁股，最后蹲下。扫视完毕，换一个架子，如是重复下去。其间常常没有人，校园烂漫而岑寂。不刮风，鸟更是一叫不叫，满池锦鲤游泳唼喋。久蹲之后陡立起来，少不得眼黑腿软，伸手扶住铝合金书架，心跳怦然作声。我熟悉这里的每个架位，能够准确地找到散文、诗集、历史论著、科普读物，乃至健康读本和言情小说。我认得窗台上的大多数花草，知道最后一排书架背后置有把没人坐的椅子，墙角躲着一扇暗门。

四楼有专业阅览室，这就多些人气。各种绘画专业的同学面前摊开画册，手下不停，不多时纸上就临出一个几乎一样的形象来。这里很好，一大面一大面的书墙，俱戳着硬壳精装中外文献。好多著名学术工具书，过去因为我的无知而相见不相识，如今却成了亲密战友。有时抱下一本索引，本来只为查一个人，不想却为其他人的作品勾走魂魄，眯着眼睛去认那题跋款识了。窗前的吊兰太过肥美，看得人贪馋不已，偷掐回来的一枝，如今早已长疯。

但学校之为学校，就必有各种庞大机构的不好处。图书馆员的素质是其一。他们眍着眼睛，穿着愚蠢的全套大嘴猴运动装，或者只有时装周上才会出现的布片和麻袋，延迟到位，提早锁门。上班时间大声打公家电话，串门聊天，笑得人心头无明业火，化作两条愤恨的眼刀。好几次我借了书，都想“以一个知识青年的身份”和这些毫无敬畏之心的妇女谈一谈，然而不敢。又想给校长信箱写信，然而校长真的看信箱吗？

随着所谓学术生涯的展开，书画琴棋诗酒花，撒开大步弃我而去。我用书日多，读书日少，风流折尽，老境初来，成了一个枯淡无趣的生产工具，生产一些对历史现象的观察和解释，尽管十之八九会很快成为废纸——在这个学术潮流比数码产品换代更快的时代尤其如此。然而我并不自悔。人总要选择一种方式过完这一辈子，有时并不是你有功于历史，而是它恩泽了你，让你知道自己是怎样思考和认识世界的。想明白这一点，我就不再焦虑一切终极问题，老实地独自玩智力游戏，像一只努力捉尾巴尖的猫。

这只猫生产出一些废纸之后，痛感知识很不够用。在学界，你能看到什么、讨论什么，取决于你有什么样的曾经。人的智商其实相去不远，彼此不同的只是平台。好平台推你往更高的地方爬，坏的则坑你没商量。那些写不出漂亮论文的人，只怕多半不是因为笨，而是根本没有机会知道研究不必一定写成样板戏。此时我不得不承认，这所学校可以算是一个好地方。它虽然永远只能有微型操场、地下食堂、几棵并不巍峨的年轻松树和两株花期极晚的迟钝玉兰花，我却看到系里有三五只优秀的脑袋，在想着一些对现实生活毫无补益，而有助于愉悦心灵的奇妙问题。可惜，本科时代却没有能力认识这一切。如今也还是眼高手低，怎样也追不上他们的步伐。

四

其实没有什么时间纠结功力问题。因为在这个体制里，再差劲的人也要拿一叠论文换毕业文凭。比起花钱买学位来，好歹没有功劳也有苦劳，总算还不太亏心。我恪尽人事，去北京查资料，拜多年老友所赐，得以借住北大宿舍。每天早起去图书馆，栖鸦喈喈，暗蓝的天角被枯枝划破，一勾月痕赶紧补将上来。偶尔来得及吃食堂的早饭，便与她分一盘饺子、一碗粥。我还攘臂争先，帮她打水，尽一点儿可笑的客气之义。窗下一排白杨树早已秃得彻底，有时一个男生在树下吃一阵子风，就能抱到从楼上飞扑而下的姑娘。

与回忆个人的事相比，追溯友谊远更难堪。本科毕业区区两年，同学们的姓名和容貌已经差不多被忘光，高中、初中和小学的就更不必提。偶尔遇上一个敢于以老朋友自居的对象，甚至于常常不能自信，怕终有一日也会彼此陌生。世事总在变，自然规律是无从违抗的。我顺应它，并不困难，也不想矫情。可是不能收拾好回望前尘时的一点点遗憾。

许多高中和本科时代的朋友都在我默默的遗憾里疏远，乃至消失了，而她仍旧在。以至于我没办法把各种往事写进文章里，仿佛消费回忆就会剪灭友情。我能说什么呢？至我读博，她已经在京城一角工作生活。我又去查资料的时候，在那简静如清渊的家里吃到热粥、小菜、水蜜桃。她整晚做她的胜业，静如不存在，我每小时却写不上三句话。

不过我敢于消费爱情。拜查找资料所赐，认得一位八竿子打不着的工科男，研究“回转寿司的传送带、自动扶梯的滚动扶手……归根结底，一种哲学思想的理论应用”。就在硕士期间，去北京查资料的那一次。他也从南方来，陪我厮混了三天，吃过炒肝、牛街糖葫芦，看过烟袋斜街上一个乞讨老爷爷笑呵呵地拉一把不知什么琴。然后我们就各自滚回各自的学校，继续当工蜂。西鹣东鲽，这恋爱谈和不谈一个样。两下无架可吵，平日谈谈书，夸赞或埋怨一下导师，很不认真负责地互相调戏一两句。又陷入下一个这样的循环。

想得多，大概特别容易导向凉薄。可以谈谈书，这个难得的作用力像大麻一样狠命地致幻，才能抵住各种拧在一起的反作用力，起码使我远隔山川湖海，依然还坐在这只爱之船上。有时深夜写完一长段，灭灯枯坐，先想起“听谯楼打初更玉兔东上”，心中默默，胡乱接上一句，“我好比潜水龙困在沙滩”。全心全意的依赖也许在某些时候悄然来过，像西洋画里那些垂着眼皮的大天使，看我们一眼，便又悄然飞向别家去。我到他的学校去，只觉得图书馆的书好、食堂的饭好，天上的星星和半山灯照的晕黄海水，当然也很好。我在那里干什么呢？依旧摊一堆书，刷半天网页，写论文。

但恋爱的消息传到自家学校，却着实炸了个不大不小的窝。在师兄师妹凑一对，师兄还是香饽饽的专业里，“学姐找了个工科男博士”，简直是新闻。学妹们问我，渠是什么样的？我说：当发现我连四则运算都玩不转的时候，渠就笑得很嚣张。这居然也令她们艳羡不已，说有助于下一代的基因！这帮小蹄子还来排队挂号，请“学姐夫”若去哪所理工科高校工作，千万要记得介绍优质男青年来一缓饥荒。

恋爱是如人饮水，读书亦然。男朋友来自读书至上的北方老城，他的娘亲大人听说我要考博，一迭声的“读书好”，着实把我惊了一呆。要知道在我们南方，死读书是会被叫作酸户头的。我果然很酸，应景生了两天娇病，捧着肠易激的肚子粉墨登场，在一个由春入夏的日子里结束了学生生涯中最后一场大考，结果在意料之中。

五

硕士就算高学历，这在举国上下普遍扩招的大环境下简直笑话。我去面试，去报到，走那些熟门熟路的老程序时，觉得博士还是乌泱乌泱的一大群人。本科期间的老面孔一个不剩，硕士同学也鲜少直升。至此仿佛大棚里的一畦菜，瓢白肉厚的早都上市，成为各种用人单位的盘中餐，只剩我孑然一棵，负隅顽抗，还想把自己养得更肥。至于新同学，大多很老。他们常常已是被吃过一茬的菜帮子，为了重新长出嫩叶来再卖个善价，不得不回来再下一遍坑。

优越感大概是世上最愚蠢的事物之一。然而在一群人模狗样的博士生身上，这玩意儿实在难免。我已经无数次在研究上深感挫败，诚不认为今吾多识胜于故吾，只是矜喜于自己的年轻——当然，是和那些老菜帮子们比出来的。可惜这种胜之不武的喜悦总是虚妄，自己轻轻一戳就会破灭。有一次导师跟我说，你还小，可有诸多愿景和希望。我想了一下，回答说：我不过是从前话本小说里写的，那一等“二十五六岁的中年妇女”罢了。

同学们的优越又有千万种原因。有一位，已在普通高校任教多年，能写会画，起有各种斋名堂号，发过论文得过奖，承担项目若干条。我没有那么八卦，去检索旁人履历，这一切都是他自己说的。研究规划做汇报，他上台先做个人介绍，一口南方普通话，西服里面羊毛衫褶出几道无趣的横纹。我在下面看老师们的表情，真是于无声处听惊雷。又有一位资深媒体人，在“文化名城”之间到处飞，见人先露三分笑，粉面常年电视妆，自谓“谈笑有鸿儒，往来无白丁”。开题报告那天，她头发挽成民国髻，蕾丝暗花蓝旗袍，袅袅婷婷宣讲完毕。对面一行博导各学庙里罗汉，沉默思维。终于有个半老头子从瞌睡中睁开眼睛，诚恳地看着她说：你这写出来不是论文，是教材。

此刻我已在校多年。知道它虽然也揣着扬名立万的春心，实则要脸，更害羞。它仿佛知道各人有各人的缘法，其欲扶摇直上者，能得它伸手相托；若想着知白守黑，或者竟然连白都不知，它也会温柔地放你走人。它不怎么宣称自己是名校——这真真是极好的——传言名校本科生源最好，硕士差一截，博士再差一截。然而最能干活儿的可不就是那差了两截的博士吗？

我常常坐在教室最后一排往前看。各种各样的长发、烫卷、马尾，或者包成发髻。是的，女生很多。世人对女博士玩笑一般的恐惧不知从何而来，人大概总是无法理解自己没有走过的路，再加上男人也总是无法理解女人吧。身份从来都是拘束，自己背上的尚且要竭力卸掉，外加的就更不值一提了。我从未听说哪个妹子因为是博士而没能嫁掉，只见到自家师姐一个比一个深美闳约。她们都能写一笔好故事，很能干、很聪明。以高等动物自居的我，才懒得拿她们去比男生。

人各有志，我劝过怕成为“女博士”的师妹，也有过一个勇于跳坑的同学。她在一个奇异散漫的家庭中长大，很难得地既不缺乏慈爱，也没有牺牲自由。她目标明确，意志坚定，有幸福就晒，有压力就嚷。第一年落榜，也不愁眉苦脸，独自找到上海美术馆实习。整理了大量相关材料，连博士论文的选题也定了个大概。第二年长发及腰，声势见长，喊着“我好紧张啊”，狠狠甩掉一票人，卷土重来。我有时真羡慕她，做事循序渐进，心情中等偏上，轻松地积跬步以至千里。我要祝她幸福。

六

因为各种原因，我将提前离校一年。在这件事悄悄拉开序幕的 9 月 1 号，我来学校报到。站在面包房门口看校门，秋阳滑过满墙爬山虎，叶片浏亮，聚拢了一小叠一小叠的反光。校名终于在蓝天下熠熠生辉，几辆校车停着，一群学生打扮的人正要混上去，坐它到钱塘江畔的新校区。那里有奇形怪状的房子，就在校园里的寝室，还有鹅和向日葵。我只去那里考过几回试，其余时间都消磨在眼前这片弹丸之地上。我在门背后写过的字已经被好几次粉刷彻底掩埋，那两株映照我见导师的玉兰花，叶子又在悄悄黄落。我也不知道在这里砸出去的，将是人生的几分之一？也不知道用市侩妇女的眼光来看，这九年是不是真的值得？

与高中毕业时无可置疑的眷恋相比，如今站在门前，好像没有什么强烈的瞻依之情。财务部的中年妇女曾经算错奖学金，凶神恶煞地打电话来，叫我立刻到校缴还。图书馆曾经贴错一大套书的书号，直到我拈了一本去刷卡，工作人员才理直气壮地说：不借了。还有一位老师，曾经在私人微博上布置作业，抖着机灵，扬言次日必须交齐。我心情复杂地想：做出这些事情的人，和在外开“学术会议”时的我一样，所倚仗的，无非就是那块烫金的校名。也许它还是黯淡一点儿为好，起码在我心中。

虽然不会有机会开口，回想起来，最不舍得的还是老师们。右首电梯到五楼，穿过一条直廊，再向右折，左首是三间教室，我都坐过。讲台上站过一个土匪头子似的莽汉，络腮胡和头发一样剃得很短。他的论文像小说，声名在四方。有一次我到香港，有人特为来致意，说读过贵校某某老师的大作，精彩之极。也站过一个瘦高男子，戴着胡适之风格的小圆框眼镜，声情并茂地对我们说，康德去世前九天，还没有失去人文的意识。还站过一个爱喝咖啡和吃奥利奥的大叔，冬天带我们去孤山浙图古籍部，身上裹一件棕色厚衣服，远看就像一只微微哂笑的熊。他们已经不再是“白身”，成了各种小领导，我则从来到去，即将与这一切作别。

所幸如今我仍在此，平静生活。有一天经过老师们面朝西湖的办公室，忽然停住，想起一件半年前的旧事。当日为一份校样去找某位老师。办公室两边书柜，中间一条大长桌。门边一面墙原是空的，低低陈着一条大横幅。裱过，加了框子，玻璃表面映着日光灯黯黯一闪。里边卡通画一般画着“温柔敦厚”四个大字。几把椅子颓然地散在这字前面。他叫我在那椅子上坐，我捏着校样商量了几句，便觉气氛沉闷难堪。一会儿望见桌子对面放了一张琴。琴啊，我仿佛找到救命稻草似的，赶紧拈起话头来。不料他很和乐地，就那么问我：想听吗？一边说，一边把我让到了琴面前。他也坐下拨弄数声，侧过手去调音。调一响，双手起个势，拈一段乐声出来。那音总也不准，只得辍了曲子再调去。我心里暗暗替他着急，又怕他尴尬，什么话也不能说。他却开了口，解嘲似的把一双大手在裤子上擦着，说：有汗不能弹啊，夏天不能弹。那么着擦了三几遍，音终于好了。弹个什么呢？开口问。回答说：我先弹了，一会儿你猜，好不好？我只能说好，努力回忆记得不多的几个调子。其实对我来说，若非旋律明显，所有的古琴曲听着都一样。《归去来辞》是好的，因为节奏清楚，像一个人摇头晃脑地在念那篇文章；《流觞》也是好的，缘由一样，闭闭眼睛，能想到酒杯在水流里打着漩。那曲子却出乎意料的长。起手一段弹得很顺，越到后来，越是举步维艰。他那双大手停在空中的时候，几乎比落在琴上的时间还要久，像是拿不准该去捉哪一根弦。音声滞重，绕在暗沉沉的天光里。我当着十三徵趴在桌上，那琴声带得木桌子低钝地共鸣。有一些音总是弹不出来，只是捺着弦，溜过去了一小阵空白。我越发不敢看他，只是用力听。有一回手在空中，他竟然还低笑了一声，说自己忘了。从前上本科的时候，他给我们上过很多课，那时他还不那么显得老，头发还黑，面色也不那么深重。其实他现在也不过盛年，而头发已花白，身上烟味重极。我在那大桌子上四处看着，有好多毛笔，一大瓶玄宗墨汁、一些乱七八糟的书、一个景泰蓝色的瓷盒子。毛毡子上跌满了墨痕。又把眼睛挪回琴上，正赶上一个漂亮的手势，四根手指直直张开，往回里一带，突然硬掠到弦上去，在空中略作一停，叫人想起“手挥五弦”。那曲子终于结束，堪堪二十分钟。我瞅到桌上一叠减字谱，看是《广陵散》。他说，是啊，就是《广陵散》。问他是跟哪位老师学的，答说：自己学。又问：这二十分钟是怎么记下来的？答说：硬记，记音。我说起近在勾山里的西湖琴社，他恍若不知。惊佩交加，一时不知还能说什么。过了一会儿，我想起自己喜欢的有限几个曲子，就数给他听：《酒狂》《关山月》《长相思》《秋风词》。那边已经又埋在琴上。前半段我实实在在记不得，由着一堆散乱的音跌跌撞撞往外滚。“长——相——思兮长相忆，短——相——思兮无穷极”，这两句却记得千真万确，就那么几个不长不短的停顿，在心上一把掐紧。可他又忘了。他不泄气，自顾找。在几根挨着的弦上，找下一句的关节处。我自五音不全，只能记个影子，听这几个像是对的，那几个也像不错。两个笨人在将将开霁的黄昏里心无旁骛。我很为他的勇气感动，心里挣扎般地低吟着那一句，盼那琴声凑得上来。终于对了，“早知如此绊人心”。“绊人心”三字是好容易找着的，弹出来有如敲打。“何若当初——莫相识。”“初”字后面好几个音符，像再也下不了决心说那么沉痛的话，在口边百转千回地犹豫着，而终于无法掩藏。一个小姑娘敲门进来，也许是他的硕士生。我说就走，他叫住我。我站在“温柔敦厚”前边，听他完完整整地又弹了一遍。初夏天色时时变换，一线夕晖，又被带雨的灰云盖住。骑车时心思大乱，抬头看树，渺渺然绿了一天。

于今想来，那一天的难过，无非是毫无长进，狠不下心写这段骊歌。

陆蓓容：作家。著有《更与何人说》等。

本文刊于《天涯》2015 年第 2 期。